Simon Rhys Beck

Leon und Mick – 24/7

Ein Roman der Dif

Impressum

http://www.deadsoft.de

Cover: Irene Repp
http://www.daylinart.webnode.com
Bildrechte:

1. Auflage
ISBN 978-3-96089-027-0
ISBN 978-3-96089-028-7 (epub)

1. Kapitel
Mick

Die Geräusche, die mein alter Serena schon seit geraumer Zeit macht, sind nicht gerade vertrauenerweckend. Ich werfe einen Blick auf die Tankanzeige, Sprit hab ich noch genug. Zum Glück, denn nachdem mein Kumpel Mo mich ziemlich deutlich rausgeworfen hat, weiß ich gerade nicht, wo ich über Nacht bleiben soll. Zum Glück kann ich mich darauf verlassen, dass Mo die Tiere versorgt. Denn das ist eine der wenigen Gemeinsamkeiten, die wir haben: Wir lieben die Tiere, die wir eingesammelt haben. Und auch wenn wir uns mal zoffen – die Tiere werden nicht darunter leiden.

Ich seufze leise und der Wagen auch. Das ist nicht besonders beruhigend. Die Wischer quietschen ächzend und besser gewischt haben sie auch schon mal, wenn ich ehrlich bin. Aber Geld für neue Wischer hab ich nun auch keines.

Ein gelbes Ortsschild huscht an mir vorbei. Wo bin ich gerade – Kleingroßen Hunzingen? Keine Ahnung. Kommt davon, wenn man sich so aufgebracht hinters Steuer klemmt. Na ja, notfalls penne ich im Auto. Wenn ich morgen zurückfahre, hat Mo sich bestimmt schon wieder beruhigt. Weiß sowieso nicht, warum er so abgegangen ist. Ging mal wieder um Geld, nicht umsonst ist sein Spitzname „Money“. Aber ich will nicht ungerecht sein, im Geld schwimmen wir wirklich nicht und die Tiere fressen uns so langsam die Haare vom Kopf.

Ich verlasse die kleine Ortschaft wieder, es wird langsam dunkel. Na, eigentlich war es heute den ganzen Tag über

nicht hell. So ein richtiger kack-verregneter Tag. Da war der Streit mit Mo der krönende Abschluss.
Mein Wagen macht schon wieder so ein seltsames Geräusch und dann nimmt er plötzlich kein Gas mehr an. Eine ganze Lightshow flammt auf dem Armaturenbrett auf. Ich wusste gar nicht, dass ich so viel Licht im Auto habe! Scheiße! Was jetzt?
Keine Chance, ich lasse den Wagen langsam auf dem Randstreifen ausrollen. Er ruckelt noch mal, dann geht er vollends aus. Kurz überfällt mich Panik – die Kiste wird ja jetzt hoffentlich nicht anfangen zu brennen oder zu explodieren oder so. Aber ich sehe keinen Qualm aufsteigen. Ehrlich gesagt sehe ich gar nicht besonders viel. Es gießt wie aus Eimern.
Total gefrustet ziehe ich mein Handy aus der Tasche. Ob Mo mich wohl abholt? So eine verdammte Kacke! Und ich weiß nicht mal, wo ich gelandet bin! Da werde ich wohl das Navi im Handy bemühen müssen … Kaum hab ich die App gestartet, piept das Gerät zwei Mal verdächtig. Das kann doch jetzt nicht wahr sein – der Akku gibt auch noch seinen Geist auf! Ja, hat sich denn die ganze Welt gegen mich verschworen? Ich hätte Hilde, meine Schäferhündin, mitnehmen sollen. Wäre ich jetzt wenigstens nicht allein gewesen … im Nirgendwo … mit Weltuntergangsregen und so.
Ich starre auf das dunkler werdende Display. Das ist der Supersparmodus, kurz vor „ich mach jetzt mal aus“. Vielleicht kann ich doch noch bei Mo anrufen?
Der Regen lockt mich nicht gerade, aber ich steige aus. Vielleicht find ich hier irgendwo ein Straßenschild oder

irgendetwas, an dem ich mich orientieren könnte. Dann spare ich das letzte Akku-Prozent für den Anruf auf.

Nach etwa zehn Minuten Sucherei rette ich mich sauer und total durchnässt wieder in den Wagen. Hier gibt es mal gar nichts, nur Bäume, Kuhweiden und Felder. Ich müsste wahrscheinlich eine halbe Stunde lang latschen, um zurück in die Ortschaft zu kommen, durch die ich eben gefahren bin. Oh Mann, Mick, denk nach, was stand auf dem blöden Ortsschild?

Vielleicht sollte ich jemanden anhalten? Das Problem: Seit ich hier stehe, ist kein einziges verdammtes Auto vorbeigekommen. Wie ich schon erwähnte, ich stehe im Nirgendwo.

Wenn ich hier übernachten muss, wird es eine Scheißnacht. Ich bin nass, es ist unangenehm kalt und ich habe auch nichts zu essen dabei.

Ganz toll, echt.

Es ist nicht so, als hätte ich solche Nächte nicht schon erlebt. Hey, ich hab schon Schlimmeres hinter mir. Aber das heißt nicht, dass ich jetzt total begeistert bin.

Sollte ich vielleicht mal ein Warndreieck aufstellen? Ich stehe ja nicht gerade auf einem Parkplatz … Auf der anderen Seite – es regnet immer noch und hier kommt eh keine Sau vorbei. Aber der Gedanke, dass mitten in der Nacht irgendein halb Besoffener in mich reindonnert, ist auch nicht gerade verlockend.

Ich entscheide mich mal für den Warnblinker, wobei mir das Getickere schon nach wenigen Sekunden mächtig auf die Eier geht.

Noch einmal ziehe ich das Handy heraus, nur um festzustellen, dass es sich mittlerweile ausgestellt hat. Und kein

Flehen der Welt bringt es dazu, noch einmal anzugehen. Damit wäre das auch erledigt – Mo holt mich mit Sicherheit nicht ab. Ich werde die Nacht im Auto verbringen und mir warme Gedanken machen. Am besten denke ich an warmes Essen, damit hab ich zwei Probleme auf einmal erledigt.

Leon

Ich werde den Hersteller des Navis verklagen. Und meinen Agenten, der mir dieses Interview aufs Auge gedrückt hat. Und den Restaurantbesitzer, dem ich das Essen zu verdanken habe, das wie ein Stein in meinem Magen liegt. Den Koch gleich mit. Die Kellnerin auch .... Den Grund überlege ich mir später.
Es regnet. Okay, den Regen kann ich nicht verklagen. Im Grunde mag ich Regen. Ich bin auch gern draußen, wenn es regnet. Aber jetzt bin ich genervt, weil ich in der Dunkelheit nicht richtig gucken kann. Was eine schlechte Voraussetzung ist, wenn man den Weg nach Hause sucht. Ich bin irgendwo falsch abgebogen und das Navi ist nach dem dritten Bitte-wenden-Hinweis verstummt. Ich warte noch auf die Navis, die einen bei falschem Abbiegen mit Schimpfwörtern belegen. „Du blöder Hornochse, das waren keine 100 Meter!“ Ist vielleicht eine Marktlücke.
Letztendlich liegt meine schlechte Laune wohl daran, dass ich heute meinen Parttime-Lover abserviert habe. Das stelle ich jetzt mal ganz selbstkritisch in den Raum. Aber hey, ich hatte einfach keine Lust mehr auf Kimi. Also auf Kimis Kimme schon, aber er selbst ging mir einfach nur noch auf die Nerven. Ich weiß, das ist ungerecht, denn unsere Beziehung bestand aus klaren Regeln und Absprachen. Ich mag Regeln und Absprachen und ich kann nicht behaupten, dass Kim eine gebrochen hätte. Wäre vielleicht interessanter gewesen.
Ich hatte ihn einfach über. So wie das meist ist. Länger als ein paar Wochen kann ich niemanden in meiner Nähe ertragen. Nicht mal meinen Freund Max, den ich tatsäch-

lich recht häufig sehe. Solange es nicht an einem Stück ist. Das ist bei Max allerdings sehr unwahrscheinlich, da er eine Tierklinik leitet und insofern ziemlich busy ist.
Okay, aber die Überlegungen, die Kim, Max und generell meine Beziehungen betreffen, helfen mir gerade kein Stück weiter.
Ich fahre noch ein bisschen auf dieser Straße, bis zur nächsten Kreuzung, beschließe ich. In diesem Moment erwacht Dirk, meine Navigationsstimme, aus seinem Dornröschenschlaf.
„Es gibt eine alternative Route."
„Ach nee", sage ich und will gerade auf dem Bildschirm genau diese Route anklicken, da sehe ich etwas direkt vor mir. Hey wow! Was …?! Im letzten Moment erkenne ich den am Straßenrand stehenden Typen, reiße das Lenkrad zur Seite und schleudere um ihn herum. Ein paar Meter dahinter steht ein Van mit Warnblinker. Scheiße, fast hätte ich ihn erwischt! Direkt hinter dem Fahrzeug komme ich zum Stehen. Ich spüre meinen Herzschlag, er wummert in meinem Hals. Ich atme tief durch und zählte langsam bis zehn. Dieser Kerl … fast hätte ich ihn umgenietet. Hat der nicht mehr alle Tassen im Schrank?!
Wütend, viel zu wütend, reiße ich die Tür meines Wagens auf. „Was soll denn so eine verdammte Scheiße!", brülle ich in die Dunkelheit. Ich steige aus und stapfe durch den Regen auf diesen Kerl zu. „Bist du total bescheuert, du Vollhorst?!" Ist jetzt vielleicht nicht so klug, jemand Fremdes derart anzupfeifen, aber mir gehen wirklich die Pferde durch.

Der Typ kommt langsam näher, ich erkenne trotz meiner Wut, dass er mich nicht angreifen will. „Mann, sorry, tut mir leid …“

„Ich hätte dich fast erwischt, du Idiot! Was kasperst du überhaupt an der Straße herum?“

„Ich musste mal pinkeln. Bin liegengeblieben.“

Mein Blick wandert zu seinem Wagen und zurück zu der Stelle, an der ich ihn fast auf der Kühlerhaube gehabt hätte. Dazwischen liegen locker 30 Meter.

„Und warum pisst du nicht an deinem Wagen?“

„Ich piss doch nicht an meinen Wagen!“, erwidert er empört.

„Nein, das meinte ich auch nicht.“ Ich versuche, das Grollen aus meiner Stimme herauszuhalten. Ich bin zwar immer noch aufgebracht, aber ich will ihn nicht zusätzlich erschrecken. Hat ihn sicher auch geschockt, unser Beinahe-Zusammenstoß. „Warum läufst du hier an der Straße entlang?“

Er wirft einen Blick über die Schulter. Da hinten steht tatsächlich ein Baum am Straßenrand. Ein Baum, ich muss mich zurückhalten, keinen Lachflash zu kriegen.

„Bitte sag mir nicht, dass du einen Baum zum Pinkeln brauchst.“

Er ist noch nähergekommen und ich sehe, dass er noch ziemlich jung ist, irgendwo so Anfang zwanzig. Und er ist total durchnässt, Wasser läuft ihm aus den Haaren durch das Gesicht. Auch sein Hoodie ist total nass.

Er strafft sich ein bisschen. „Wo du mich schon fast umgefahren hast – kannst du mich vielleicht mitnehmen? Ich steh hier seit Stunden, aber kein Schwein fährt hier lang.

Mein Handy-Akku ist alle und der Wagen sagt keinen Piep. Das ist so ein verfickter Scheiß …"

Ich sehe mich rasch um. Für einen Hinterhalt mit räuberischer Absicht wäre diese Stelle tatsächlich völlig ungeeignet. Ich hab ja selbst seit Ewigkeiten keine Menschenseele mehr gesehen. „Wo musst du denn hin?"

Er zuckt mit den Schultern. „Keine Ahnung." Er schlingt die Arme um seinen Oberkörper, ganz offensichtlich friert er.

„Okay, hol dein Zeug. Wir setzen uns erst mal in meinen Wagen."

Ich laufe rasch zurück zu meinem Wagen und setze mich hinein. Allein dieser kurze Ausflug hat mich schon ziemlich durchnässt. Mein Puls hat sich mittlerweile wieder normalisiert. Mal sehen, was ich da für ein kleines nasses Kätzchen aufgelesen haben. Was ich eben so sehen konnte, war schon ausgesprochen lecker.

Die Beifahrertür öffnet sich und mein Kätzchen schwingt sich pladdernass auf meine beigefarbenen Ledersitze. Und leider stinkt das Kätzchen nach ausgewachsenem Kater! Oh mein Gott, ich sterbe! Total geschockt halte ich die Luft an. Der Gestank ist nicht auszuhalten. Ich werde mein Angebot zurücknehmen und den Typen gleich wieder rausschmeißen. Himmel, ich kann nicht atmen. Okay, ja, mag sein, dass ich ein kleines bisschen geruchsempfindlich bin. Ich starte den Wagen und lasse sofort das Fenster herunterfahren.

„Ähm, es regnet", werde ich informiert.

„Ja", erwidere ich gepresst. „Aber mir scheint, als wäre die frische Luft plötzlich knapp geworden."

Es dauert nur einen Moment, bis er versteht. Vorsichtig riecht er an seinen Sachen.
„Hm, sorry, kann sein, dass ich etwas … ähm, streng rieche."
Ich wage kaum, mich zu meinem Navi nach vorn zu beugen, aus Angst, ihm näherzukommen. „Streng rieche?", wiederhole ich schwach.
„Ich hab die Zimmer für die Tiere saubergemacht."
Was auch immer das heißen mag … „Und, wo soll ich dich rausschmeißen … ähm, absetzen?", frage ich und atme nur ganz flach durch den Mund.
Er seufzt herzerweichend. „Ich hab keine Ahnung. – Kannst du die Heizung etwas wärmer machen? Mir ist total kalt."
Keine Ahnung? Wo soll das sein? Ich kann überhaupt nicht klar denken bei diesem Gestank! Mehr als Unwillen keimt in mir auf. Ja, ich geb zu, ich neige zu Reizbarkeit. Aber das ist wirklich hardcore.
Automatisch drehe ich die Heizung hoch. Der Stinkekater klappert nämlich bereits mit den Zähnen.
„Danke. Weißt du, ich … Mo hat mich nämlich rausgeworfen. Der ist nicht lange sauer, das weiß ich schon. Aber heute kann ich nicht zurück. Und der Wagen sagt echt keinen Mucks mehr, keine Ahnung, was der schon wieder hat. Aber ich weiß, was Mo sagen würde – musst ja auch keine Damenbinde fahren, Alter. Nur hilft mir das jetzt auch nicht weiter. Eigentlich wollte ich im Auto übernachten. Aber das ist so scheiße kalt! Aber ich hab auch nur noch …" Er unterbricht seinen Redeschwall und zieht offenbar sein Portemonnaie aus seiner Hosentasche. Nach

einer Pause sagt er: „Ich hab nur 13 Euro und 94 Cent. Damit kann ich auch nirgendwo übernachten."
Mir schwirrt der Kopf, aber ich kann schon die Verzweiflung in seiner Stimme hören.
„Und dein Auto? Wie kriegst du das zur nächsten Werkstatt?", frage ich matt.
„Werkstatt? Wer soll denn das bezahlen?", fragt er zurück.
Oh. Mein. Gott. In was bin ich hier nur hineingeschlittert? Vielleicht sollte ich dieses räudige Etwas einfach mit nach Hause nehmen. Macht man das nicht so, wenn man was Hilfebedürftiges auf der Straße findet?
Man vielleicht, ich normalerweise nicht. Ich sollte ihn im Tierheim abgeben, den passenden Geruch hat er ja bereits.
„Willst du mit zu mir kommen?", höre ich mich fragen. Oh nein, der Gestank hat mein Gehirn bereits vernebelt!
„Oh, äh, echt jetzt? Das wäre super! – Wie heißt du überhaupt?"
„Leon. Aber meine Freunde nennen mich Lee." Ich habe keinen blassen Schimmer, warum ich ihm das sage. *Er* wird mit Sicherheit nie dazugehören!
„Ich bin Mick."

***

Mick betritt mit ehrfürchtigem Blick mein Haus. Ich bemühe mich noch immer, Abstand zu halten.
„Willst du vielleicht duschen?"
Er nickt sofort, aber wahrscheinlich eher, weil er so friert. Ich sehe, wie seine Kiefermuskeln zucken, damit seine Zähne nicht klappern.

Er ist ein hübscher Junge, stelle ich fest, als ich ihn endlich bei Licht betrachte. Kurze, dunkelblonde Haare, eine kleine Stupsnase und Sommersprossen – oder Dreck, das kann ich nicht so genau erkennen. Ein Augenbrauenpiercing und in seinem rechten Ohr sehe ich fünf kleine silberne Ringe übereinander. Kein Vergleich zum ätherisch schönen Kimi, aber der ist ja jetzt Geschichte. Ich mag exotische Männer, Kim war Halbasiate. Und er war nicht im Gesicht gepierct, dafür an anderen Stellen.

Mick ist nicht exotisch, es sei denn, man steht auf abgefahrene Gerüche. Na, vielleicht könnte man seinen abgerissenen Look auch als exotisch bezeichnen.

Aber ich will nicht ungerecht sein, er ist ein hübscher junger Mann.

Ich gehe vor ihm her und zeige ihm eines meiner Badezimmer.

„Handtücher und Duschgel findest du im Schrank."

Er nickt etwas schüchtern. „Danke."

Ich lasse ihn allein.

2. Kapitel
Mick

Ich stehe in diesem Wahnsinnsbadezimmer und kriege kaum den Mund zu. Ein Waschparadies! Ich hab sowas bisher nur im Fernsehen gesehen. Dieser Typ muss echt Schotter haben. Alles in Braun und Beige. Was ist das – Marmor?

Aber überraschen sollte es mich nicht – der Wagen, das Haus. Der Typ ist sicher Millionär. Und … eine echt Sahneschnitte. Aber leider ein Kotzbrocken, glaub ich zumindest. Egal, jetzt bin ich hier und ich friere mir die Eier ab. Muss unbedingt unter die heiße Dusche. Wenn er es schon anbietet, bin ich der Letzte, der so ein Angebot ablehnt.

Der Typ ist mein Retter, denke ich albern, und schäle mich aus den nassen Sachen. Die Dusche ist *hightech*, ich muss erst mal gucken, wo man überhaupt das Wasser anstellt. Und dann prasselt es ganz sanft in großen Tropfen auf meine eisige Haut. Allein dieses Gefühl lässt mich hart werden. Notstand? Vielleicht hätte ich Mo auch nicht so eine doofe Absage erteilen sollen, dann hätten wir uns nicht gestritten und ich wäre nie liegengeblieben. Aber hätte hätte Fahrradkette … Irgendwie war es mir gegen den Strich gegangen, dass er meinen Arsch schon eingeplant hatte. Obwohl, nee, meinen Arsch auch nicht, eher meinen Schwanz. Ja, ich will nicht undankbar sein. Verdammt, ich mag ihn ja auch. Und er verdient das Geld. Aber … ich weiß auch nicht. Manchmal fühlt es sich einfach nicht richtig an. Na ja, sieht man mal, was man davon hat, wenn man sich nicht zusammenreißen kann.

Ich dusche lange und sehr gründlich. Was Leon, Lee, wohl gerade macht? Würde mich mal interessieren, was er überhaupt macht. Scheint ja 'ne Menge Kohle zu haben, der Typ. Er sieht aus wie ein Börsenmakler. Total aufgestylt mit seinem perfekt sitzenden Anzug. Und das Auto ... So ein Mega-Protz-Mercedes.

Aber er ist ein gutaussehender Kerl. Kantig, männlich, ziemlich schlank. Kann schlecht schätzen, wie alt er ist. Maximal Mitte dreißig. Hängt bestimmt immer im Fitness-Studio herum. Nee, er hat sicher so einen eigenen Fitness-Raum in seiner Villa. Ich konnte es ja fast nicht glauben, als er vor seinem Haus gehalten hat. Der Kerl ist reich! So sieht es aus. Es sollte mich nicht interessieren. Wenn ich Glück habe, krieg ich etwas zu essen und einen Schlafplatz. Das Problem mit dem Auto kann ich dann morgen angehen. Und das ist ein echtes Problem.

Doch, natürlich interessiert er mich. Würde gern wissen, ob er auf Männer steht. Aber ich hab sicher verschissen, so wie er mich angeguckt hat. Und ich geb zu, die Sachen stinken nach Katzenpisse. Ich habe nämlich heute die Katzenzimmer geschrubbt und die Katzenklos ausgewaschen. Das ist eine Scheißarbeit – und ja, ich hab richtig gestunken. Aber jetzt rieche ich ganz frisch nach Lees Duschgel. Ich seufze leise, als mein Magen knurrt. Ob er auch noch was zu essen für mich hat?

Ich steige aus der Dusche und da fällt mir auf, dass ich keine frische Kleidung dabei habe. Wenn ich in meine alten Sachen steige, schmeißt er mich sicher sofort achtkant raus. Nackt? – Wenn er nicht schwul ist, dann schmeißt er mich genauso raus.

Also wickel ich ein frisches Handtuch um meine Hüften.

Vorsichtig bewege ich mich über den Flur. „Leon?“ Ich zucke ein wenig zusammen, weil meine eigene Stimme so durch den Gang hallt. Fast wie in einem Schloss. Kann mir jetzt überlegen, ob Leon der Hausgeist ist. Hehe … oder der Alte Kastellan.

„Leon?“

„Ja, ich bin hier drüben.“

Klingt nicht gerade einladend. Ich folge seiner Stimme und lande in einem Wohnzimmer. Leon sitzt auf einer weißen Couch und hat ein Glas in der Hand, sieht nach Alkohol aus. Wahrscheinlich musste er auf den Schreck erst mal was trinken. Er mustert mich unverhohlen. Ich glaube, die Frage, ob er schwul ist, wäre damit beantwortet.

„Hast du vielleicht etwas zum Anziehen? Sonst muss ich mein altes Zeug …“

Leon springt fast vom Sofa hoch. „Ich hol dir was!“

Ein paar Minuten später kehrt er zurück, reicht mir eine graue Trainingshose und ein T-Shirt. Ich bin erstaunt, dass er so etwas Profanes überhaupt besitzt.

„Setz dich.“

Ich bleib stehen, trete von einem Bein auf das andere. „Ich will dir keine Umstände machen, aber – hast du irgendwas zu essen im Haus? Ich hab das letzte Mal heute Morgen was gegessen.“

„Klar. Zieh dir was an, ich guck mal, was der Kühlschrank so hergibt.“

Ich lass das Handtuch einfach von meinen Hüften rutschen und beobachte, wie er reagiert. Er bleibt einfach interessiert stehen, mustert mich von den Füßen bis zum Kopf. Dann schnalzt er und dreht sich um. Was soll das jetzt bedeuten?

„Rührei und Lachs okay?“

Das hört sich nach purem Luxus an und ich schlucke hastig, damit mir der Sabber nicht übers Kinn läuft.
„Gern. Mein Kumpel ist Veganer, wir essen gar nichts Tierisches."
Ich höre leises Seufzen aus dem Nebenraum.
„Mein Beileid."
Grinsend und angezogen folge ich ihm. Als ich die Küche betrete, klappt mir der Unterkiefer herunter. Dieser Raum ist so unfassbar groß und hell und … mir fehlen für einen Moment die Worte. Kommt auch nicht so häufig vor.
„Bist du Koch oder so?"
Leon dreht sich zu mir um. „Bitte?"
„Deine Küche … Mann, so ein Teil haben doch nur Starköche!"
Ein feines Lächeln entsteht auf seinen Lippen. „Du hast mein Teil doch noch gar nicht gesehen."
Ich stutze. Hab ich das jetzt richtig verstanden?
„Dein Kumpel, der Veganer … ist das der Typ, der dich heute vor die Tür gesetzt hat?"
Ich nicke und beobachtete mit wachsender Faszination, wie er in der Küche hantiert. Macht das offensichtlich nicht zum ersten Mal. Hoffentlich bindet er sich nicht noch ne Schürze um. Obwohl, hey, nur Schürze hätte dann auch wieder was. Aber er hat lediglich das Jackett ausgezogen und die Ärmel seines Hemdes ein wenig aufgekrempelt. Er hat sehnige Arme mit dunklen Haaren darauf.
Schmale, aber sehr kräftige Hände. Und er trägt einen breiten Silberring. Ist er vielleicht vergeben?
„Warum?"
Ich setze zu einer Antwort an, beiße mir dann aber auf die Lippen. Das wäre jetzt vielleicht etwas zu viel Information.

So gut kennen wir uns auch nicht. „Kleiner Streit“, weiche ich aus. „Haben wir öfter mal.“
„Ah.“
Er holt Brot aus dem Schrank, schneidet ein paar Scheiben ab. „Setz dich doch.“
Der Geruch des Rühreis lässt mich schon wieder sabbern. Ich hab so einen Kohldampf! Leon holt eine kleine Platte mit Lachs aus dem Kühlschrank. Ich hab das Zeug schon mal gegessen, ist aber ne ganze Weile her. Mir kommt es vor wie in einem anderen Leben.
Er richtet schließlich alles auf zwei Tellern an, das dunkle Brot, den Lachs, das Rührei. Für sich selbst nur eine Anstandsportion, so kommt es mir jedenfalls vor. Besteck fischt er aus einer der vielen Schubladen.
„Was ist jetzt dein Plan?“, fragt er mich, als wir uns an der Küchentheke gegenübersitzen. Er stellt ein Glas und eine Flasche Wasser auf den Tisch.
Ich hab mir den Mund derart vollgestopft, dass ich gar nicht antworten kann. Er nimmt es mit einem Grinsen zur Kenntnis.
„Boah, sorry, das ist voll lecker“, sage ich, als ich endlich irgendwas Verständliches sagen kann. „Was meinst du mit Plan?“
„Dein Wagen steht in der Wildnis und du musst dir wohl überlegen, wie es damit weitergehen soll.“
„Ach so …“ Etwas verlegen kratze ich mich am Kopf. Das ist ein echtes Problem. Ich muss Mo anrufen, aber im Moment sieht es finanziell nicht gerade rosig aus für uns.
„Ich … ähm … Wäre es okay, wenn ich heute Nacht bei dir bleibe? Über Nacht hab ich bestimmt eine Eingebung.“

Leon

Verdammt, er ist Zucker. Wie er so in meiner Küche sitzt und verlegen auf seinen Teller starrt. Na, ich habe es auch noch nicht häufig erlebt, dass sich jemand völlig Fremdes über Nacht bei mir eingeladen hat.

Ich bin gespannt, was ihm über Nacht einfallen soll. Mit 13 Euro wird er nicht weit kommen und ganz offensichtlich hat er auch keine Kreditkarte oder wenigstens eine EC-Karte, denn ansonsten wäre die Hotelübernachtung ja auch kein Thema gewesen. Das war mir sofort klar – ich bin ein ziemlich aufmerksamer Beobachter. Aber vielleicht ist ja sein veganer Kumpel die Lösung für alle Probleme.

„Okay, du kannst hierbleiben." Ich stehe auf, räume meinen Teller in die Spülmaschine. Als ich mich umdrehe, sehe ich, wie er sich Wasser in das Glas gießt.

„Danke", murmelt er. Ich bin erstaunt, dass er so verlegen ist. Nach der Peepshow in meinem Wohnzimmer hatte ich ihn anders eingeschätzt.

Himmel, er hat schon einen geilen Körper. Schön definierte Muskeln, glatte Haut. Sehr sexy. Und er ist komplett rasiert. Auf seinen Armen sind Tattoos, auf der Innenseite seines rechten Unterarm steht „Animal lover" in einer schönen schwarzen Schrift – auf den Oberarm des linken Arms sind einige Pfotenabdrücke tätowiert. Okay, *das* ist exotisch. Trotzdem ist er im Vergleich zu Kimi sehr natürlich, ich weiß noch nicht genau, woran das liegt.

Ich bin auf jeden Fall froh, dass er nicht mehr so bestialisch stinkt. Das war ein bisschen arg viel Natürlichkeit.

„Es gibt ein paar Regeln in meinem Haus. Okay für dich?"

Er sieht mich abwartend an.

„Fass nichts von meinen persönlichen Sachen an, ohne zu fragen. Wenn du was mitgehen lässt, reiß ich dir den Kopf ab. Und wenn ich was sage, meine ich das auch. Ich hab keine Lust auf Diskussionen."

Er nickt vorsichtig. „Das sollte wohl machbar sein. Ich hoffe jedenfalls, dass ich nicht versehentlich irgendwas anfasse, was ich nicht anfassen soll. Aber eigentlich bin ich auch nur müde und will schlafen."

Ich zeige ihm das Gästezimmer, in dem er übernachten kann. Als er sich dicht an mir vorbeischiebt, um den Raum zu betreten, atme ich seinen Duft ein. Er riecht nach dem Duschgel, das ich meinen Gästen zur Verfügung stelle. Aber auch nach sich selbst. Angenehm.

„Alles in Ordnung?", fragt er.

„Ja." Ich nicke.

Er hat den Anstand rot zu werden. Wir verstehen uns ohne Worte, wie es aussieht. Sehr interessant.

„Zahnbürste findest du im Bad, in dem du geduscht hast."

In der Tür drehe ich mich noch mal zu ihm um. „Musst du morgen früh zur Arbeit?"

Er schüttelt den Kopf. „Nein … ich … ich habe gerade keine Arbeit."

„Aha." Warum hatte ich das nur geahnt? „Na dann gute Nacht."

„Gute Nacht – und danke, dass ich hierbleiben darf."

3. Kapitel
Leon

Die Nacht ist kurz, zu kurz. Sicher, weil ich noch lange über meinen Straßenfund nachdenken musste. Darüber habe ich die Trennung von Kim fast vergessen.
Aber als ich am nächsten Morgen aufwache und kein anschmiegsamer Junge neben mir liegt, erinnere ich mich. Morgens war Kim ein angenehmer Zeitgenosse. Ohne Allüren und große Ansprüche. Leider hatte er die unangenehme Eigenschaft im Laufe des Tages immer nerviger zu werden. Ich sage zwar ganz gern, wo's langgeht, aber ich habe keine Lust das dauernd zu tun. Menschen, die sich nicht mit sich selbst beschäftigen können, gehen mir auf die Nerven. Ich bin doch kein Entertainer.
Im Grunde ist das Wort „Trennung" schon zu stark. Eine Trennung würde implizieren, dass wir vorher ein Paar waren. Ich glaube nicht, dass man davon sprechen kann.
Gegen halb sieben schwinge ich die Beine aus dem Bett und gehe eine Runde Joggen. Mein Gast schläft mit Sicherheit länger und ich habe keine große Befürchtung, dass er sich unerlaubterweise in meinem Haus umsieht.
Als ich um halb acht wieder zurückkomme und unter die Dusche springe, ist von Mick noch immer nichts zu sehen. Gleich werde ich ihn noch aus dem Bett schmeißen müssen. Immerhin sollte er sich um die Sache mit seinem Wagen kümmern. Bin gespannt, was er für eine Idee ausgebrütet hat. Ich fürchte ja, dass da eher wenig bei herumgekommen ist. Nicht, dass ich ihn für schlicht halte. Okay, vielleicht doch.

Ich ziehe eine Jeans und ein schwarzes Poloshirt an und gehe ins Wohnzimmer. Ein Blick auf mein Handy zeigt mir einige neue E-Mails. Eine davon ist von meinem Freund Max.
Guten Morgen. Denkst du an unser Mittagessen? Ich habe keine Lust, da allein zu sitzen wie bestellt und nicht abgeholt. M.
Typisch für Max, mich an solche Termine zu erinnern. Dabei ist es doch eher er, der Termine verschludert. Was mit absoluter Sicherheit daran liegt, dass er nicht nur durch seine Arbeit extrem zeitlich eingespannt ist, sondern auch durch seine ausufernden sexuellen Aktivitäten.
Ich grinse in mich hinein. Wie oft er seine Dates wohl schon bestellt und nicht abgeholt hat? Aber ich date Max nicht. Dieser Versuch war ernüchternd und endete schließlich auch noch für mich auf einem der Tische in seiner Klinik, wo er mir die Augenbraue klammern musste.
Hinter mir höre ich ein Geräusch und drehe mich hastig um. Mick, ich hatte ihn kurzzeitig vergessen.
„Guten Morgen."
„Morgen", sagt er mit entzückend rauer Stimme. Er sieht total verschlafen aus. Ich glaube, er hat nicht mal in den Spiegel gesehen, wenn er überhaupt schon eine Runde durchs Badezimmer gedreht hat.
„Möchtest du frühstücken?"
„Mmh, wenn das möglich wäre …" Er unterdrückt tapfer ein Gähnen, das ihm vermutlich den Kiefer ausgerenkt hätte.
„Milchkaffee, Cafe latte, Espresso, Cappuccino, Café americano, schwarz …"

Er unterbricht mich mit einem: „Äh, warte mal, das kann ich mir überhaupt nicht merken."
Überrascht mich das?
„Du brauchst dir das nicht merken, das ist kein Intelligenztest. Sag mir einfach, was du für ein *Heißgetränk* zum Frühstück bevorzugst."
„Heißgetränk?", wiederholt er etwas hilflos.
Gut, da ist heute Morgen noch nicht allzu viel zu holen. Aber er ist süß. Das muss reichen.
„Ich zieh dir einfach einen Kaffee."
„Okay, super." Er setzt sich so ungewaschen und verstrubbelt in meine Designerküche und ich schwöre, diesen Anblick muss ich erst mal sacken lassen. Ich bin fasziniert, wie er da so herumhängt, sich am Sack kratzt und nun doch endlich gähnt, dass ich bis in seine Speiseröhre gucken kann.
„Und, wie sieht dein Plan bezüglich deines Autos aus? Ich kann dich noch irgendwohin fahren, heute Mittag habe ich allerdings einen Termin."
Ein seltsamer Ausdruck huscht über sein Gesicht. „Ja, ich hatte eine Idee. Ich kenne einen Typen, der ne Werkstatt hat. Wenn du mich dahin bringen würdest, hättest du mich vom Hals."

Mick

Der Kaffee ist klasse. Ich hab auch super geschlafen, das Bett war toll. Ich könnte sofort bei Leon einziehen. Leider nagt meine ‚super Idee' dann doch an meiner guten Laune. Die Idee hat nämlich einen Haken und der heißt Marco. Es ist Marcos Werkstatt und ich hab kein Geld, um seine Dienste zu bezahlen. Also wird der Deal wohl so laufen, dass ich *meine* Dienste anbieten muss.

Ich hab das schon öfter gemacht, eine schnelle Möglichkeit, um an Geld zu kommen. Aber ehrlich, mein Traumjob sieht anders aus. Und Marco ist auch irgendwie ein Scheißkerl. Leider hab ich keine andere Idee. Kurz habe ich darüber nachgedacht, Mo wieder anzuhauen. Wenn ich dem von Marco erzählen würde, hätte ich sogar gute Chancen, dass er zumindest sofort losrast, um mich abzuholen. Aber davon haben wir die Kohle für die Autoreparatur auch nicht zusammen. Und letztendlich haben wir uns ja genau deswegen gestritten: Mo meinte, dass ich mal mein eigenes Geld verdienen muss.

Ach scheiße, als wenn das so einfach wäre. Arbeiten liegt mir irgendwie nicht. Eine Zeit lang geht das gut und dann schießt mir irgendwas quer und ich kann mich nicht mehr aufraffen. Ist ja nicht so, als wäre ich arbeitsscheu. Bei Mo auf dem Hof da klotze ich ganz schön ran. Da gibt's kein „mach ich morgen".

Ich mustere Leon so unauffällig wie möglich. Mann, der Typ ist heiß. Selbst in Jeans und so'm spießigen Poloshirt sieht er geil aus. Aber ich weiß nicht, was ich von ihm halten soll. Ehrlich gesagt weiß ich nicht mal mehr, ob er auf Männer steht. Gestern war ich noch ziemlich sicher,

aber er hat überhaupt keine Anstalten gemacht, mir nachzusteigen. Hatte ich das gehofft? Ich kaue nachdenklich auf meiner Unterlippe.
Vielleicht. Scheiße Mann. Ich bin echt nicht untervögelt, wieso hab ich solche Gedanken? Wäre ohnehin mal besser, für ne Zeit lang gar nicht zu ficken. Irgendwie hab ich den Eindruck, als würde das nur noch mehr Probleme nach sich ziehen.
Zwischen Leon und mir wird ohnehin nichts laufen. Nicht mal, wenn er schwul wäre. Der Typ hat Kohle wie Heu und nur Mitleid gehabt … wahrscheinlich, weil er mich fast über den Haufen gefahren hätte.
Wenn ich Glück habe, setzt er mich bei Marco ab und ich krieg die Karre noch mal repariert. Für irgendeinen hoffentlich nicht so sehr unangenehmen Service. Himmel, Mo würde mir in den Arsch treten, wenn er wüsste, dass ich mich noch mal auf Marco einlassen will.
„Toast?“ Zwei perfekt geröstete Toastscheiben landen auf meinem Teller. Ich strahle Leon an, der Mann ist mein Frühstücksgott. Er ist überhaupt ziemlich göttlich.
„Was machst du eigentlich so?“, frage ich, während ich dick Butter auf meinen warmen Toast streiche.
„Meinst du beruflich?“
Komische Frage – was soll ich sonst meinen?
Ich nicke und kriege fast einen Geschmacksorgasmus, als ich in den Buttertoast beiße.
„Ich bin Autor.“
Diese Information muss ich mal verarbeiten. Wenn er Bücher schreibt und so viel Asche hat, muss er berühmt sein. „Kenne ich was von dir?“

Er lacht leise, was mir eine angenehme Gänsehaut entlang der Wirbelsäule beschert.
„Wenn ich es einschätzen sollte, würde ich sagen: Nein."
Okay, er denkt sicher, dass ich gar nicht lesen kann. An dieser Stelle sollte ich beleidigt sein. Bin ich aber nicht, dafür schmeckt der Toast zu gut. Ich inhaliere beide Scheiben und schenke ihm ein treudoofes Lächeln.
„Möchtest du noch mehr?"
Viel mehr, denke ich. Wenn hier schon ein schnöder Buttertoast wie der Himmel schmeckt, dann muss das das Paradies sein. Ich nicke und versuche mich an einem wirklich verführerischen Lächeln. Das hat er verdient.
Und er bemerkt es. Einen kurzen Moment verharrt er, dann runzelt er die Stirn und wendet sich erneut dem Toaster zu.
„Wo ist die Werkstatt von diesem Typen?"
Ich nenne ihm die Adresse, auch wenn es mir schwerfällt. Ich habe leider keinen Plan B.

Leon

Ich bemerke seine Anspannung schon, als er in meinen Wagen steigt. Seine Idee, den Wagen bei einem Kumpel namens Marco reparieren zu lassen, scheint einen gewaltigen Haken zu haben. Hatte ich schon erwähnt, dass ich gut darin bin, Leute einzuschätzen? Ich mache das einfach gern. Manchmal setze ich mich nur ganz still in ein Café, um Leute zu beobachten. Das geht auch ganz hervorragend auf einer Buchmesse. Solange mein Pseudonym geschützt ist. Ich fürchte, sobald bekannt ist, wer L. A. Crow ist, wird es vorbei sein mit der Beschaulichkeit.
Meine Bücher sind zurzeit auf den Bestseller-Listen, international. Aber noch weiß niemand, wer hinter L. A. Crow steckt, nicht einmal, ob sich ein Mann oder eine Frau hinter dem Namen verbirgt. Mir gefällt das so. Warum ich das kann? Der Verlag gehört mir. Ein Verlagsimperium, das ich von meinen Eltern geerbt habe. Da ich jedoch kein großes Interesse am Verlagswesen habe, bin ich nur stiller Eigner, die Geschäfte führen die Leute, die davon Ahnung haben. Ich schreibe lieber.
Nicht einmal die Verlagsmitarbeiter wissen, wer sich hinter L. A. Crow verbirgt, da ich meine Skripte über meinen persönlichen Agenten habe vermitteln lassen. Ein bisschen absurd, da ich ja der Inhaber des Verlags bin, aber definitiv der sicherere Weg.
Ab und an muss ich ein Interview geben, da geht es ausschließlich um den Verlag und um einzelne Autoren, die gerade populär sind. Aber niemand weiß von meiner Autorenidentität.

Nur Max und mein Agent Kevin, genannt Kiwi. Kiwi ist ein ganz grandios trockener Literaturagent. Und Max würde mich ohnehin nie verraten, dafür teilen wir zu viele Geheimnisse.

„Nächste Abfahrt“, verkündet Mick neben mir und hört sich schon so ähnlich gequetscht an wie Dirk, meine Navi-Stimme.

„Alles klar mit dir?“

Er reibt seine Hände an seiner, nein, *meiner* Jeans ab. Ich hatte heute Morgen spontan beschlossen, ihm mit weiterer Kleidung auszuhelfen. In der Trainingshose kann er nicht unter Leute gehen und seine eigene Kleidung – ausgeschlossen!

Jetzt steckt er in meinen Levis, trägt meine Unterwäsche und eines meiner schwarzen T-Shirts. Da er einen Hauch muskulöser ist als ich, sitzen die Klamotten hauteng. Es fällt mir schwer, mich auf die Straße zu konzentrieren. Ich weiß allerdings noch nicht, wie ich damit umgehen soll, dass ich ihn so anziehend finde.

„Ja, klar, wieso?“, fragt er gespielt fröhlich.

Ich glaube, selbst das gefällt mir an ihm – dass er ein so verdammt schlechter Schauspieler ist.

„Ich habe mich gerade gefragt, wie du mit 13 Euro in der Tasche das Abschleppen und die Reparatur bezahlen willst.“

„13,94“, verbessert er mich stoisch.

„Oh hey, ich hatte deine Reichtümer falsch eingeschätzt.“

„Mmh“, brummt er unkommunikativ.

Ich setze den Blinker und fahre an der nächsten Ausfahrt raus.

„Also? Wie wolltest du deinen Werkstattmeister bezahlen?“

„Ich hoffe mal, dass ein Blowjob ausreicht", sagt er schließlich genervt.
Ich fahre noch ein Stück schweigend weiter, aber in mir brodelt es. Das kann doch wohl nicht wahr sein! Der kleine Scheißer will sich prostituieren! Ich fühle die Anspannung, die sich in meinen Schultern festsetzt. Verdammt, ich kenne ihn gar nicht. Er muss sich mir gegenüber nicht rechtfertigen. Trotzdem fühlt es sich so an, als hätte ich einen Anspruch auf seinen Arsch oder seinen Mund. Gar nicht gut.
Bei der nächsten Gelegenheit fahre ich rechts ran und schaue ihn an. „So, du wolltest also ein bisschen blasen als Gegenleistung für die Autoreparatur?"
Er windet sich und sieht stur aus dem Fenster, antwortet aber: „Ja, bestenfalls."
„Bestenfalls?"
„Na ja, schlechtestenfalls reicht das nicht und … dann könnte es etwas unangenehm werden."
Was immer das auch heißen mag. Diese kalte Wut, die sich in mir ausbreitet, verstehe ich nicht. Woher kommt dieses Gefühl? Mick ist nicht mehr als ein kleiner Stricher, den ich zufällig aufgelesen habe. Ja, es interessiert mich, was er macht. Mich interessieren Menschen eben, vor allem solche, die ich üblicherweise nicht um mich herum habe. Er macht mich neugierig.
Mit einem Ruck lege ich den Gang wieder ein und fahre an.
„Weißt du, es sieht gerade etwas schlecht aus mit Geld", fängt er jetzt doch an zu erklären. „Und ich brauche den Wagen. Mo brauche ich auch nicht zu fragen. Der finanziert sowieso alles allein und nicht umsonst ist sein Spitzname Money. Er guckt schon aufs Geld und er wird mir

bestimmt keine Reparatur bezahlen. Auf meinem Konto ist auch Ebbe, falls du das fragen willst."

Ich lasse diesen Redeschwall über mich ergehen und versuche, meine Schultern aktiv zu entspannen.

„Für einen Blowjob kann ich dir das Geld auch geben – wenn du gut bist."

Ich sehe, dass er sein Gesicht zu mir dreht, ihm steht der Mund offen vor Verblüffung.

„Ich … ich bin gut, ehrlich", stottert er. „Ich mach das sofort."

„Nein, danke. Da stehe ich nicht drauf während der Fahrt."

„Nee, schon klar, das meinte ich auch nicht." Jetzt klingt er tatsächlich verlegen. „Willst … willst du das wirklich? Ich meine, das … ich würde das echt gern machen. Weil mit Marco …"

„Ich will es nicht wissen!", unterbreche ich ihn barsch.

Er sinkt ein wenig im Sitz nach unten.

Ich biege an der nächsten Kreuzung links ab, zur Werkstatt dieses Marco wäre es nach rechts gegangen. Aber ich habe meine Entscheidung schon getroffen. Ich werde Mick bei meiner Werkstatt rauswerfen. Da bekommt er dann auch einen Leihwagen, denn ich gehe nicht davon aus, dass sein Auto heute instandgesetzt werden kann. Und ich habe ihn dann von der Backe, immerhin wartet Max in einem der angesagten Bistros der Stadt auf mich. Es ist ohnehin besser, wenn ich mich erst einmal herunterfahre. Irgendeine kleine fiese Stimme in meinem Hinterkopf sagt mir, dass er einen dazu bringen könnte, ihm den Hals umzudrehen.

Mick schweigt wie ein ängstliches Häschen, bis wir auf den Hof meiner Werkstatt einbiegen. Ich parke meinen Wagen, steige aus, ohne Mick eines weiteren Blickes zu würdigen. Trotzdem bekomme ich mit, dass er mir folgt. Wie ein kleiner Junge im Auto warten möchte er ganz offenbar auch nicht.

„Ah, Herr von Dohlenstein", werde ich vom Werkstattmeister begrüßt. „Gibt es Probleme mit Ihrem Wagen?" Er linst neugierig an mir vorbei, ich kann mir selbst überlegen, ob er auf mein Auto starrt oder auf Mick, der mit Sicherheit hinter mir steht.

„Nein, mit meinem Wagen ist alles in Ordnung. Aber wir haben ein anderes Problem." Ich schildere ihm kurz die Situation, versuche ganz grob die Position des liegengebliebenen Wagens zu beschreiben.

„Na, dann hoffen wir mal, dass der Wagen noch dort steht und nicht mittlerweile abgeschleppt wurde. Das kommt teuer", brummt Helmholz und verzieht das Gesicht. „Und dann? Was sollen wir mit dem Schätzchen machen? Ein Nissan Serena – oder was sagten Sie?" Sein Mund verzieht sich zu einem abschätzigen Grinsen.

„Reparieren, wenn möglich. Und hier … der junge Mann braucht in der Zwischenzeit einen fahrbaren Untersatz."

Helmholz mustert Mick über meine Schulter hinweg. „Ein Skateboard?", schlägt er völlig respektlos vor.

Ich bedenke ihn mit einem strafenden Blick. „Nein, er braucht natürlich einen Leihwagen. Ich komme für die Kosten auf."

Helmholz hebt beschwichtigend die Hände. „War nur ein Witz, Herr von Dohlenstein. Nichts für ungut."

Ich bemerke einen leisen Kopfschmerz, der von meinen angespannten Schultern nach oben in meinen Hinterkopf

kriecht. Ich weiß, was Helmholz denkt … Es sollte mir egal sein.
„Na, dann kommen Sie mal mit Herr …?“
„Alsmann“, sagt Mick leise.
„Sie fahren mit uns mit. Dann werden wir Ihren Wagen sicher finden.“
Er geht einige Schritte hinter Helmholz her, dreht sich dann aber um. „Wie … machen wir es jetzt?“, fragt er leise.
Ich starre ihn an, lasse mich vom Blick seiner dunkelbraunen Augen einfangen. Seine Augen sind wirklich besonders.
„Ich streck dir die Reparatur vor“, sage ich knapp. Ich ziehe meine Visitenkarte aus der Tasche und reiche sie ihm. Meine Güte, wie spießig, denke ich insgeheim.
Er nickt und nimmt die Karte entgegen. „Danke. Ich … mach das wieder gut.“
Ich kann mir ein leises Lachen nicht verkneifen.

4. Kapitel
Mick

Wow, was für eine geile Karre! Ich geb richtig Gas auf der Autobahn. Hätte nicht gedacht, dass es so viel Spaß macht, eine A-Klasse zu fahren. Der Wagen hat aber auch alles an überflüssigem Schnickschnack. Sogar eine Sitzheizung! Ich bin total begeistert.

Der Gesichtsausdruck von diesem Helmholz hat aber auch alles gesagt – der hat sich seinen Teil gedacht. Als wenn er bei dem unsäglichen Gespräch zwischen Leon und mir im Auto dabei gewesen wäre.

Wir haben meinen Nissan ziemlich rasch gefunden, zum Glück stand er noch da, wo ich liegengeblieben war. Im Vergleich zu der schwarzen A-Klasse, mit der ich jetzt über die Autobahn heize, ist mein Wagen ein stinkender Misthaufen. Ich fürchte, die Mechaniker überlegen gerade, ob sie Folie auf die Sitze legen müssen, um sich überhaupt hineinsetzen zu können.

Na ja, könnte ihn wirklich mal aussaugen und etwas von innen saubermachen. Aber wir transportieren so häufig Tiere damit, irgendwie lohnt sich das Saubermachen auch nicht wirklich.

Mo wird Augen machen, wenn ich mit diesem Wagen auf seinen Hof fahre.

***

Und was er für Augen macht …

„Mick? Was ist das für ein Auto?" Kopfschüttelnd und mit gerunzelter Stirn steht er vor dem Wagen.

„Verflucht, hast du jemanden überfallen? Wo warst du überhaupt gestern? Was sollte die Scheiße! Ich hab versucht, dich zu erreichen!"
Er mustert mich aus zusammengekniffenen Augen. „Was sind das für Klamotten, die du anhast? Hast du etwa … mit deinem Arsch dafür bezahlt?" Er klingt plötzlich richtig angepisst.
„Hey Alter, jetzt beruhig dich mal."
„Beruhigen? Ich hab mir voll Sorgen gemacht, Mick. Mann, ich meinte das gestern nicht so. Ich hab total übertrieben …" Er kommt vorsichtig näher und ich lasse zu, dass er die Arme um mich legt. „Wo warst du letzte Nacht?"
Ich weiß, was er eigentlich fragen will: Warst du bei einem Freier?
„Verrückte Geschichte, kann ich dir sagen. Ich erzähl sie dir gleich, aber ich schätze, es gibt erst mal was zu tun, oder?"
„Ich hab die Tiere schon gefüttert, mach dir keine Gedanken." Mo seufzt leise. „Sollen wir ne Runde mit den Hunden gehen und reden?"
Ich nicke.
Das mag ich am meisten an dem alten Hof, den Mo geerbt hat: Er liegt mitten in der Wildnis, eine einzige geschotterte Zufahrt gibt es, ansonsten nur Felder, Wiesen und Wald. Es ist die reinste Idylle. Der Hof an sich ist weniger idyllisch, im Grunde ist er eine Ruine. Mo und ich wohnen im Nebengebäude, das wir so weit wie möglich renoviert haben. Ich weiß, dass er lieber gestern als heute in die Stadt ziehen würde. Aber er hat mich und die Tiere am Hals. Die Tiere … okay, die liegen ihm auch am Herzen.

Alles begann mit Hilde, meiner Schäferhündin, und dann kamen immer mehr Tiere hinzu. Tiere, die keiner mehr haben will, Fundtiere … Mittlerweile ist es das reinste Tierasyl, das wir haben. Leider kostet das einen Haufen Geld und nur Mo hat einen richtigen Job. Er arbeitet in einem Bioladen in der City.

Und ich stocke unser gemeinsames Geld gelegentlich auf mit … ähm, Dienstleistungen.

Wir leinen drei unserer Hunde an und lassen noch zwei weitere ohne Leine mitlaufen. Hilde ist natürlich mit dabei. Sie ist schon zehn Jahre alt und sieht nicht mehr so gut, daher leine ich sie lieber an.

„Na, hast du mich vermisst, Süße?“ Ich streichele ihr dichtes schwarzes Fell. Sie begleitet mich schon seit Jahren, selbst in der Zeit, in der ich auf der Straße übernachtet habe, ist sie immer bei mir gewesen. So ein großer Schäferhund ist beeindruckend und ein echter Schutz, wenn man auf der Straße lebt. Zum Glück musste ich das nur wenige Wochen. Bis ich Mo kennenlernte.

„Jetzt erzähl schon“, drängelt Mo, als wir nebeneinander den Feldweg entlanglaufen.

„Ich bin letzte Nacht mit dem Wagen liegengeblieben. Aber mein Handy war alle, daher konnte ich dich nicht anrufen. Eigentlich wollte ich im Auto übernachten, aber dann hat mich so ein cooler Typ aufgelesen.“

„Du bist mit einem fremden Typen mitgefahren?“, fragt Mo ungläubig nach. „Dir sollte man echt …“

„Der war harmlos, echt. Hat mich mit zu sich genommen. Ich konnte bei ihm pennen und er hat mir sogar Frühstück gemacht. Der hat eine Villa, Alter, ein halbes Schloss ist das! Ich glaub, der ist prominent oder so … ein Schriftsteller.“

„Aha. – Und wie bist du zu dem Wagen gekommen?“

„Leihwagen von der Werkstatt. Den muss ich zurückgeben, wenn mein Auto fertig ist … Oh Scheiße! Die wollten mich ja anrufen. Ich muss unbedingt mein Handy aufladen!“

„Wer bezahlt die Reparatur?“, fragt Mo sofort nach und seine Stimme klingt schärfer als bisher.

„Keine Bange, das zahl ich irgendwie allein ab. Erst mal streckt Leon das vor.“

„Warum?“

Ich zucke mit den Schultern, fühle mich ein wenig unbehaglich. „Ich weiß nicht genau. Ich glaube, er ist einfach nett und leiht mir das Geld … sozusagen.“

„Mick, verarsch mich nicht. Ich weiß, was das heißt … sozusagen. Du lässt dich ficken!“

„Nein, Mo, echt, ich schwör. Er hat mich nicht angefasst.“

Unser Gespräch im Auto übergehe ich an dieser Stelle gekonnt. Ich weiß selbst nicht, was ich von Leon halten soll. Ich weiß nicht mal, wie er genau tickt. Im Moment bin ich einfach froh, dass ich diesen Leihwagen habe und mein Wagen repariert wird. Alles Weitere wird sich zeigen.

„Und die Klamotten? Wart ihr gleich shoppen oder was?“

Okay, jetzt besteht kein Zweifel mehr – Mo ist eifersüchtig. Dabei sind wir gar nicht zusammen oder so. Ich unterdrücke ein leises Seufzen.

„Nein, die gehören ihm. Hat er mir geliehen, weil ich keine frischen Sachen dabei hatte.“

„Ah, okay, und du willst mir erzählen, dass ihr nicht gevögelt habt? Was soll das? Seit wann lügst du mich an?“ Jetzt klingt er tatsächlich eingeschnappt.

„Mo, ich geb dir mein Ehrenwort: Zwischen Leon und mir ist nichts gelaufen. Meine Klamotten waren nass, er hat mir ne Dusche angeboten. Ich hatte nichts Frisches zum Anziehen. Ende. Er hat in etwa die gleiche Statur wie ich. Es sind seine Sachen und ich geb sie ihm wieder."
„Aber er steht auf dich", behauptet Mo sofort.
„Nicht mal das weiß ich! Ich weiß nur, dass er einen Haufen Geld hat."
Mo geht eine ganze Zeit lang schweigend neben mir her und ich sehe, wie es in seinem Kopf arbeitet. „Wenn er so viel Geld hat", murmelt er schließlich. „Vielleicht ist das DIE Chance?"
Ich kapiere nicht, was er meint.
„Wenn er jetzt auf dich steht – meinst du … du könntest über ihn an Geld kommen?"
Oh wow, ich bin überrascht und eigentlich auch nicht. Wie schon erwähnt, Mos Spitzname ist Money, er hat ein Faible für Geld. Was leider nicht bedeutet, dass wir darin schwimmen. Aber doch, dass wir uns bisher über Wasser halten konnten.
„Wie genau?", frage ich vorsichtig.
„Wenn er scharf auf dich ist, könntest du ihn ausnehmen", schlägt Mo vor. „Er sieht bestimmt heiß aus, oder?" Mo hat ins Schwarze getroffen. Dabei habe ich ihm quasi gar nichts von Leon erzählt – wahrscheinlich ist das genau der Grund, warum er das Richtige vermutet hat.
Ich nicke knapp.
„Warum besorgst du es ihm nicht ordentlich und lässt dich dafür bezahlen?"
Ich zucke bei seiner groben Wortwahl fast ein bisschen zusammen.

„Wann trefft ihr euch wieder?"
„Wir haben nichts vereinbart, aber ich hab seine Karte."
„Nicht zufällig seine Kreditkarte, oder?" Mo grinst ein wenig aufgesetzt. Er kann mir nichts vormachen. So sehr es ihn lockt, dass wir uns vielleicht endlich aus dieser Scheißsituation herausziehen können, so sehr quält ihn der Gedanke, dass ich mich dafür verkaufen muss.
In diesem Moment bleibt Hilde abrupt stehen.
„Komm weiter", locke ich sie. Aber sie sieht aus, als hätte sie gerade den Leibhaftigen erspäht. Das leise Knurren entgeht mir keineswegs und auch nicht ihre ansatzweise hochgezogenen Lefzen. Ich suche den Weg ab nach irgendetwas, das ihre Aufmerksamkeit erregt haben könnte. Aber ich hab ja auch keine Hundenase. Keine Ahnung, was sie wittert.
„Lass uns zurückgehen", schlage ich vor.
Mo nickt. „Das ist vielleicht deine Chance", sagt er leise.
„Unsere", verbessere ich.

***

Wir gehen zusammen ins Haus, und ich tausche Leons Klamotten gegen meine eigenen aus. Nicht, dass ich seine Sachen nicht gern noch getragen hätte, aber es ist sein Zeug. Ich will auch nicht, dass die Sachen dreckig werden.
Mo folgt mir in mein Zimmer, als ich mich umziehe. Er lehnt im Türrahmen und sieht mich mit diesem typischen Blick an. Ich weiß, was er bedeutet, kenn ihn ja schon lange genug.
„Willst du ficken?"

Er zuckt die Schultern und macht ein hilfloses Geräusch. Dann dreht er sich abrupt um und geht. Ich weiß nicht genau, was mit ihm ist. Aber ich hab nichts gegen ne Runde einzuwenden. Mo ist schon sowas wie mein Fuckbuddy, Beziehung würde ich das nicht nennen. Dazu gehört eindeutig mehr.

Ich ziehe meine eigenen Jeans an, lasse das T-Shirt aber auf dem Bett liegen.

In der Küche hab ich Mo dann eingeholt. Er steht am Kühlschrank und holt eine Flasche Wasser heraus. Unsere Küche ist auch so ein Fall von 100jähriger Katastrophe. Nur der Kühlschrank ist neu, den hat Mo mal ganz billig geschossen, ein Ausstellungsstück. Alles andere ist schon arg in die Jahre gekommen.

„Was ist überhaupt mit deinem Wagen?", fragt er und betrachtet mich, lässt seinen Blick über meinen Oberkörper wandern. Mo ist etwas kleiner als ich, insgesamt schmaler, so von der rippigen Fraktion. Ich mag seine rotblonden Haare und die hellgrünen Augen. Er hat was Irisches, so wie die Typen bei Herr der Ringe. Also nicht Golum, sondern die anderen … Hab mal gesagt, dass er seine Haare lang wachsen lassen soll, aber die Idee fand er nicht so prickelnd.

„Keine Ahnung. Er hat komische Geräusche gemacht und dann ist er ausgegangen."

Mo verdreht die Augen. „Wenn man schon mit 'ner Damenbinde unterwegs ist …"

„Hey, beleidige mein Auto nicht! Das ist superpraktisch!"

„Ja, wenn es fährt … Meinst du, bei deinem neuen Verehrer gibt es was zu holen?"

„Ich weiß es nicht … Vielleicht. Oder auch nicht."

„Und du sagst, dass er gut aussieht?“
„Ja, ziemlich“, gebe ich zu. Bringt ja auch nichts, ihn anzulügen. Irgendwann sieht er Leon und dann ist er beleidigt, weil ich ihm nicht die Wahrheit gesagt habe.
„Wie alt ist er denn, dein neuer Sugardaddy?“
„Keine Ahnung, irgendwo um die dreißig, vielleicht etwas älter. Und sag nicht Sugardaddy zu ihm.“
„Ist er nicht?“
Ich gehe auf ihn zu. „Komm her, du eifersüchtige Tucke.“
Er zögert noch, aber ich sehe an seiner Körperhaltung und an seinem Gesichtsausdruck, dass er will.
„Los, Hose runter und mach dich lang auf dem Tisch.“
Ein Hauch von Rot zieht über sein Gesicht. Ich weiß, dass er darauf steht, wenn ich eine Ansage mache. Das ist nicht unbedingt mein Spielfeld, aber ich kann das. Hey, was das angeht, bin ich sowas von flexibel.
„Warte kurz“, presst er hervor und rennt fast aus der Küche.
Ich brauche nur etwas warten. Solange setze ich mich auf die Tischkante und streiche über meinen Schwanz. Er zuckt schon erwartungsvoll in meiner Hose. Ich mag Mos Arsch und freue mich darauf, dass er ihn mir gleich zur Verfügung stellen wird.
Vielleicht liegt es daran, dass ich doch ein bisschen auf Leon stehe. Da ist etwas an diesem Kerl, was mich echt anmacht.
Aber jetzt geht es um Mo.
Der kommt in diesem Moment zurück in die Küche, senkt den Blick und öffnet seine Hose.
Ohne etwas zu sagen, legt er sich auf den hölzernen Esstisch und präsentiert mir seinen festen, weißen Arsch. Die

Hose hängt auf seinen Schuhen. Mann, sein kleiner Hintern ist wirklich geil. Ich bin sofort hart. Er legt das Kondom neben sich auf den Tisch.
In seiner Ritze schimmert es feucht, wahrscheinlich hat er eine hastige Runde durchs Bad gedreht. Er hat sich selbst vorbereitet. Denn eines will er auf keinen Fall – einen kuscheligen Fick mit Vor- und Nachspiel. Mo steht auf harten Sex. Und damit meine ich richtig hart. Wenn ich ihn auf dem Küchentisch durch die komplette Küche rocke, bis er mit dem Schädel irgendwo anstößt und sein Schwanz am Ende blaugequetscht ist, das ist so sein Ding. Ein Stück weit kann ich da mitgehen, aber irgendwann ist bei mir auch Schluss.
Da er nur ganz kurz im Bad war, gehe ich davon aus, dass er sich zwar etwas Gleitgel gegönnt hat, sich aber überhaupt nicht vorgedehnt hat. Ich weiß, dass er darauf steht, aber ich nicht so wirklich. Mag es nicht, wenn mein Schwanz so abgeklemmt wird.
Als ich mit den Fingerspitzen durch seine Poritze gleite, gibt er auch tatsächlich ein unwilliges Geräusch von sich.
„Wenn du willst, dass ich's dir besorge, hältst du jetzt den Mund“, knurre ich ihn an. „Halt dich ordentlich fest, Hände an die Tischkante.“
Brav befolgt er meine Anweisung. Am liebsten hätte er Ringe am Tisch, an denen ich ihn richtig fesseln kann. Das hat er mir mal im in einem schwachen Moment anvertraut. Aber hey, Eisenringe am Küchentisch? Das geht echt nicht! Das kann man doch keinem erklären.
Ich ziehe ihn an den Hüften ein Stück zurück und greife um ihn herum. Sein Schwanz ist bretthart und feucht an

der Spitze. Ich biege ihn nach unten, sodass er unter die Tischplatte kommt.
Mo stöhnt unterdrückt.
„Los, Arsch nach oben. Ich will sehen, was ich kriege.“
Er hat sich mit seinen Jeans, die ihm auf den Füßen hängen, eine Fußfessel gebastelt und ich könnte wetten, dass das Absicht war. Ich nehme mir extra viel Zeit, mir das Gummi überzustreifen. Dann lege ich beide Hände an seine Arschbacken. Ich glaube, ich kenne niemanden, der so einen weißen Arsch hat wie Mo. Glatt und weiß wie ein Puppenarsch. Mit beiden Daumen spreize ich sein Loch und schiebe die Fingerkuppen ein Stück in ihn hinein.
Sein Stöhnen ist leise und klingt sehnsüchtig, es jagt mir eine Gänsehaut über den Rücken. Wenn ich ihn jetzt ganz schnell zum Abspritzen bringen wollte, müsste ich nur etwas ganz unglaublich Versautes vom Stapel lassen. Dann geht er ab wie Schmitz' Katze. Kenne keinen, der auf Dirty Talk so abgeht wie Mo.
„Willst du jetzt meinen Schwanz? Oder soll ich dich nur mit den Fingern vögeln?“
Mo schnaubt frustriert und biegt den Rücken noch weiter durch.
„Oh, ich sehe schon, du brauchst es. Du willst es … richtig hart, oder?“
„Ja.“ Seine Stimme zittert vor Verlangen.
Ich ziehe meine Daumen aus seinem Loch heraus und drücke sofort meinen Schwanz hinein. Eine einzige Bewegung, langsam, aber mit Nachdruck. Dann stecke ich bis zum Anschlag in ihm drin. Er wimmert leise. „Ja, gib's mir.“

„Sag mir, wie du es brauchst“, fordere ich und halte ganz still.
„Ich brauche es hart, so verdammt hart“, keucht er und windet sich, versucht mich zu einer Bewegung zu animieren.
Ich lasse die Finger in einer federleichten Berührung über seine angespannten Arschbacken gleiten. Er zittert leicht.
„So ein kleiner, geiler Arsch, der so viel verpacken kann …“
Und dann ziehe ich mich fast komplett aus ihm zurück und stoße mit einer einzigen Bewegung erneut in ihn hinein. Hinaus und hinein. Er stöhnt unterdrückt und klammert sich am Tisch fest. Meine Stöße sind gleichmäßig und kräftig und Mo verändert seine Haltung minimal, sodass ich den passenden Punkt in ihm treffe. Jetzt mischt sich ein anderer lustvoller Ton in sein Stöhnen.
„Mach härter!“, fordert er.
Ich stoße fester in ihn hinein, Schweißtropfen bilden sich auf meiner Stirn. Die Nummer ist echt anstrengend. Bei jedem Stoß schiebe ich den Tisch ein Stück weiter, das Quietschgeräusch lenkt mich nicht mehr ab. Beim ersten Mal musste ich so lachen, dass wir den Fick abgebrochen haben. Ich packe mir seinen Schwanz, der stramm unter der Tischplatte klebt und lasse ihn einmal gegen den Tisch flippen. Er jault leise auf. Dann fasse ich seine Eier und presse sie leicht zusammen. Das tut mir selbst weh, aber Mo fährt darauf ab. Sein Keuchen wird heftiger, als ich seine Hoden gegeneinander presse.
Ja, ich kann das. Ich kann Mo Lust bereiten, auch wenn mich das nicht so anmacht wie ihn. Aber er bringt die Kohle rein, ich revanchiere mich gern bei ihm. Wenn, ist er

eher sowas wie mein Sugardaddy, mein Investor. Nicht Leon … Wobei … Investition klingt super.
„Das ist die Idee!“, entfährt es mir.
„Was … was meinst du?“, stöhnt Mo fahrig.
„Ach nichts.“ Ich widme mich wieder konzentriert seinem festen, kleinen Hintern und ziehe an seinen Eiern. Da bemerke ich, wie er sich anspannt. Mein Schwanz wird heftig zusammengepresst und er spritzt mit einem Ächzen seine Sahne unter den Tisch.

5. Kapitel
Leon

Pünktlich betrete ich das Bistro, in dem ich mit Max verabredet bin. Ich bin nicht erstaunt, dass er noch nicht da ist. Dafür ist es aber schon brechend voll, ich hoffe, dass Max wenigstens den Tisch reserviert hat.
Ein geschäftiger und verflucht junger Kellner steuert auf mich zu. „Kann ich Ihnen helfen?"
„Haben Sie einen Tisch auf Max Bahrendorf reserviert?"
Er flitzt hinter die Theke und kommt in wenigen Sekunden zurück zu mir. „Aber sicher, dort hinten am Fenster, Tisch 6. Ich bringe Sie hin."
Ich lächele. Max hat tatsächlich den besten Tisch im ganzen Bistro reserviert – mit Ausblick auf die Altstadt, denn das Bistro befindet sich im 2. Stock. Für Max gibt es kein „ist schon okay, nehm ich auch" – es muss immer das Beste sein. Er ist so ein verdammt erfolgreicher und ehrgeiziger Mann, der es auch gewohnt ist, dass alle nach seiner Pfeife tanzen.
Ich warte ungefähr fünf Minuten, dann betritt Max das Bistro. Ich muss nicht genau hinsehen, ich spüre es sofort. Er ist so eine Art Naturgewalt, was zum einen an seiner Körpergröße liegt, er ist an die zwei Meter groß, und auch daran, dass er sensationell gut aussieht. Männlich, mit perfektem Gesicht und Muskeln, die man quasi durch jedes Kleidungsstück hindurch sehen kann.
Ihm folgen die Blicke von Männlein und Weiblein, als er auf unseren Tisch zusteuert. Ich weiß, was jetzt kommt, als er mich mit einem breiten Grinsen vom Stuhl hochzieht. „Lee, du bist schon da …" Er küsst mich wirklich auf die

Wange zur Begrüßung. Damit wendet sich ein Teil der Bewunderer wieder ab. Fast kann ich das enttäuschte Seufzen hören.
„Max, du kannst es nicht lassen, was?“
Er zieht eine Augenbraue nach oben. „Keine Ahnung, was du meinst.“ Aber dabei grinst er von einem Ohr bis zum anderen.
„Tut mir leid, ich wäre fast pünktlich gewesen.“
„Das hätte mich nur erschreckt.“ Ich winke ab und mustere ihn kurz. Er ist ziemlich elegant gekleidet, trägt einen dunkelgestreiften Anzug und schwarze Schuhe. „Ist irgendwas? Ist irgendwer gestorben?“
Er grinst und setzt sich mir gegenüber an den Tisch. „Nein, ich hatte einen Termin bei meiner Bank. Denke über eine Erweiterung der Klinik nach.“
„Du erstaunst mich, Max. Ich hätte nicht gedacht, dass du dich für einen Termin mit deinem Bankberater in Schale wirfst.“
Sein Grinsen vertieft sich und zeigt ein einzelnes Grübchen an der linken Wange. Er ist ein höllisch attraktiver Mann und verdammt gefährlich. Ich werde das nie vergessen.
Ein amüsiertes Funkeln entsteht in seinen dunkelblauen Augen. „Du hast mich ertappt, Lee, tatsächlich wäre ein Lederoutfit angemessener gewesen, wenn ich zu meinem Bankberater gehe. Aber in diesem Fall wollte ich die Sache nicht überspannen.“
„Woah, du verprügelst deinen Berater?“, frage ich nicht wirklich erstaunt.
Er lacht. „Du hast eine so nette unverblümte Art. Hast du schon bestellt?“
„Nein.“

Wir widmen uns kurz den Karten, die uns eine süße Kellnerin gebracht hat. Großen Hunger habe ich nicht und das bemerkt Max. Nachdem wir bestellt haben, fragt er lauernd: „Ist irgendetwas? Immer wenn du so wenig isst, ist was im Busch."

„Du meinst, außer der Tatsache, dass ich Kimi gestern rausgeworfen habe?"

„Oh, soll ich sagen, dass es mir leidtut?" Er schiebt die Deko auf dem Tisch beiseite, als wäre es von Belang, dass nichts zwischen uns steht.

Ich winke ab. „Ich hatte ihn einfach satt. Es ist so, wie es ist. Kimi war ein ganz reizender Zeitvertreib, aber nicht viel mehr."

Er wartet ab, sieht mich durchdringend an. „Los, erzähl mir auch den Rest", fordert er schließlich. Seine dunkle, grollende Stimme beschert mir glatt eine Gänsehaut auf dem Rücken.

Ich runzele die Stirn. „Hör auf damit!"

Er grinst jungenhaft und löst damit die Spannung in mir sofort wieder auf. „Es ist so ein schönes Gefühl, dass das bei dir funktioniert."

Ich mustere ihn recht ernsthaft, die Sache zwischen uns ist kein Spiel. Es ist nicht so, als wenn wir es nicht miteinander versucht hätten. Wir waren dabei in etwa so erfolgreich, als hätte man zwei Kampfhunde zusammen in einen Zwinger gesperrt. Am Ende hat er mir derart eine gepfeffert, dass ich buchstäblich an seiner Wohnzimmerwand heruntergeflossen bin wie in einem Zeichentrickfilm. Die Nacht habe ich dann in seiner Klinik verbracht zwischen maunzenden Katzen und bellenden Hunden, während er mir den Cut an der Augenbraue geklammert hat.

Das war der Moment, in dem wir uns sicher waren, dass wir lieber die Finger voneinander lassen sollten. Eine weise Erkenntnis.

„Nicht Lee, komm schon. Ich sehe an deinem Gesicht, was du gerade denkst.“

Seit dieser Nacht frisst Max mir aus der Hand. Es tut ihm immer noch furchtbar leid, dass er sich nicht unter Kontrolle hatte. Trotzdem kann er das Spielen nicht unterlassen. Er erinnert mich manchmal an eine große Raubkatze. Wunderschön, gefährlich und ich möchte nicht von ihr bespielt werden.

„Ich hatte gestern Nacht fast einen Unfall“, sage ich und erzähle ihm von meiner denkwürdigen nächtlichen Begegnung.

Am Ende sieht Max mich ungläubig an und dann lacht er laut. „Du hast eine stinkende Bordsteinschwalbe am Wegesrand aufgegabelt?“

Einige Gäste drehen sich zu uns um und ich lächele entschuldigend. „Max, bitte.“

Doch er lacht weiterhin und kann sich kaum beruhigen. „Du … du hast ihm einen Leihwagen bezahlt? Himmel, was immer du genommen hast – nimm weniger davon! Was … oh Mann! Den Typen siehst du nie wieder. Er ist mit deiner 501, deiner Unterhose und deiner Kohle ab durch die Mitte. Hast du wenigstens gecheckt, ob er dich nicht auch beklaut hat?“

Ich schüttele unwillig den Kopf. Ich glaube nicht, dass Mick so ein Arschloch ist.

„Lee, ich kann das gar nicht glauben.“ Er beugt sich nach vorn. „War er es wenigstens wert?“

In diesem Moment kommt unser Essen. Aber Max lässt natürlich nicht locker.
„Also?“, fragt er wie nebenbei, als er beginnt, an seinem Steak herumzuschneiden.
Mir fällt sofort Micks veganer Kumpel ein – der hätte sicher seine helle Freude an dem Anblick. Ich verkneife mir ein Grinsen. „Wir hatten keinen Sex.“
Jetzt bleibt Max tatsächlich der Mund offen stehen und ich hab Angst, dass ihm das Stück Fleisch wieder auf den Teller fällt.
„Mund zu, Max“, befehle ich streng.
Sein Gesichtsausdruck ist Gold wert. „Du hast ihn nicht gefickt?“
Wieder schnellen einige Köpfe zu uns herum und dieses Mal muss ich wirklich lachen. „Wir fliegen gleich hier raus.“
„Dann ist das aber deine Schuld“, behauptet er und widmet sich wieder seinem Steak.

6. Kapitel
Leon

Ich arbeite gerade an meinem neuen Skript, als mein Mobiltelefon vibriert. Unwillig werfe ich einen Blick darauf. Die Nummer kenne ich nicht, wer ruft mich jetzt an? Es ist viertel nach fünf.
Ich nehme den Anruf nicht entgegen. Trotzdem ist meine Konzentration flöten, ich mag es gar nicht, wenn ich so aus der Story rausgerissen werde. Ich strecke die Beine und stehe auf. Seit ungefähr zwei Stunden habe ich ziemlich bewegungslos vor meinem Laptop gesessen und getippt. Ich kann völlig in meine Geschichten eintauchen.
Ich gehe in die Küche, ziehe mir einen Kaffee und lehne mich gegen die Küchenzeile. Die Sonne hat sich mittlerweile verzogen, es regnet schon wieder. So wie letzte Nacht, als ich Mick aufgegabelt habe. Vielleicht hat Max recht und der Junge ist mit meinen Jeans durchgebrannt. Auf der einen Seite ein lustiger Gedanke, auf der anderen …
Wieder vibriert das Telefon neben meinem Laptop. Ich gehe dorthin, eine Handynummer, die gleiche wie vorhin. Da ich ohnehin nicht mehr schreibe, nehme ich das Gespräch an.
„Ja?“
„Leon, bist das das?“
Mick. Ich erkenne seine Stimme sofort.
„Du hast auf meinem Handy angerufen. Was meinst du, wer sonst dran sein könnte?“
„Dein Manager? Dein … Freund?“, rätselt er vorsichtig.
„Meine Ehefrau?“, schlage ich vor.

„Ich … ich wollte dir nur sagen, dass das alles geklappt hat. Mit dem Auto und so. Aber die Reparatur wird länger dauern. Die waren richtig fies in der Werkstatt und haben gesagt, dass sie die ‚Ronte erst mal wieder zusammenschweißen müssen'."
Ich verkneife mir ein Lachen, weil er so schmollig klingt. Sein Auto ist ein ungepflegter Schrotthaufen, soviel habe ich schon im Dunkeln erkannt. Und wenn er so stinkt, wie Mick gestunken hat, war es eine Zumutung für die Mechaniker.
„Ich wollte mal mit dir reden …"
„Tun wir doch gerade."
„Ja, stimmt. Aber es geht um das Geld, weil …" Er atmet hörbar durch. „Weil erstens hatten wir ja einen Deal und zweitens hatte ich eine Idee. Ich, also mein Freund und ich, wir haben so eine Art Tierasyl. Und da hab ich mich gefragt, ob das … Ich hatte den Eindruck, dass du ziemlich viel Geld … ähm, verdienst."
Er ist interessant, wie er so verlegen herumstammelt.
„Ein Tierasyl ist jetzt kein Investmentcase oder so …"
Mit diesem Ausspruch zaubert der kleine Stinker ein Lächeln auf mein Gesicht. Wo er diesen Ausspruch wohl her hat? Bestimmt aus dem Fernsehen, glaube nicht, dass er BWL studiert.
„Aber könnte ja sein, dass das irgendwie doch interessant wäre … du weißt schon, Steuerersparnis oder so."
Jetzt kann ich mein Lachen doch nicht mehr zurückhalten. Ich will ihn gar nicht beschämen, aber es ist einfach so unfassbar komisch, was er mir da erzählt.
„Okay, okay … ich dachte ja bloß." Er macht sofort einen Rückzieher.

„Nein, alles gut." Ich versuche, mich zusammenzunehmen. Aber das Lachen kämpft noch immer um die Vorherrschaft in mir. „Ein Tierasyl, ja?"
„Ja, mit meinem Kumpel zusammen …", sagt er ganz kleinlaut. „Wir sind auf Spenden angewiesen. War ja nur so eine Idee … Aber die andere Sache, die mit dem Auto – ich zahl dir das zurück."
„In Naturalien?", frage ich noch immer amüsiert.
„Wie du möchtest."
Ich setze mich auf meinen Schreibtisch. Na, das klingt doch mal interessant.
„Hast du heute Abend Zeit?"
Er stockt kurz. „Ja, aber … hier bei uns können wir uns nicht treffen."
Mir entgeht das „uns" keinesfalls. Ist wohl doch nicht bloß sein Kumpel, der Veganer. Da fliegt mich so ein merkwürdiges Gefühl an. Was ist das? Es ist unangenehm und macht mich sofort wütend.
„Also zumindest nicht, wenn du …"
„Vergiss den Blowjob", unterbreche ich ihn harsch.
Er schweigt betreten, zumindest interpretiere ich das so.
„Ich will heute Abend ins Kino, da fehlt mir noch eine Begleitung." Tatsächlich hatte ich geplant, mit Kim ins Kino zu gehen. Aber das hat sich ja kurzfristig erledigt. Warum nicht Mick mitnehmen?
„Was läuft denn?", fragt er vorsichtig.
„Ein Film", antworte ich etwas kryptisch.
„Ah okay, na dann …"
Es ist besser, wenn er nicht vorher weiß, was ich mir ansehen möchte. Es ist nämlich der BDSM-Erotik-Film „Nightshadows", der bereits seit Wochen läuft. Ich will

auch nur die Konkurrenz etwas im Auge behalten. Ich schreibe Erotikromane und bin damit international erfolgreich. Und ich habe absolut keine Lust, etwas zu schreiben, was es schon gibt, egal ob als Buch oder als Verfilmung. Also muss ich mir zumindest die Verfilmung des Megasellers ansehen, wenn ich auch um die Bücher einen großen Bogen mache. In meiner Freizeit lese ich andere Literatur.
„Komm gegen sieben zu mir. Dann gehen wir etwas essen und sehen uns später den Film an."
„Äh, ja … Ist okay."
Ich hoffe inständig, dass der Abend nicht zu einer Vollkatastrophe wird. Wenn der Typ stinkt, dann wird es nichts mit Kino. Dann schleife ich ihn eigenhändig unter die Dusche!

***

Es wird sieben Uhr und Mick ist noch nicht da. Hatte ich etwa erwartet, dass ausgerechnet er pünktlich kommt? Um zehn nach sieben werde ich unruhig, viertel nach sieben kriecht leiser Ärger meinen Nacken hoch.
Dann kommt ein Auto auf den Hof geschossen. Ich höre fast den Kies hochspritzen und mir sträuben sich die Haare. Zum Glück ist das nicht mein Wagen, der über den Kiesweg schlittert.
Nur Sekunden später klingelt es Sturm an meiner Tür.
Der Typ ist echt verhaltensoriginell.
Ich gehe zur Tür und öffne.
„Oh Mann, du bist noch da. Tschuldige, dass ich zu spät bin, aber ich hab das einfach nicht früher geschafft. Musste noch Mo helfen und duschen und mich umziehen …"

„Guten Abend“, unterbreche ich ihn. „Ja, ich bin noch da und wir sollten jetzt losfahren.“ Ganz dezent schnuppere ich in seine Richtung. Aber er riecht angenehm und da seine Haare noch nass glänzen, gehe ich davon aus, dass er wirklich erst vor Kurzem aus der Dusche gefallen ist.
Ich greife mir meine Jacke von der Garderobe, nehme mein Portemonnaie und die Autoschlüssel.
Der Leihwagen, eine schwarze A-Klasse, parkt quer auf meinem Hof. Und sie sieht aus, als wäre Mick Offroad gefahren. „Und, läuft der Wagen gut?“, frage ich etwas schwach, da ich mir den entsetzten Blick von Helmholz allzu deutlich vorstellen kann.
„Ja, perfekt.“ Mick strahlt mich an, doch dann wird seine Miene ernst. „Das ist sicher höllisch teuer.“
„Höllisch“, bestätige ich.
Mit einem Knopfdruck öffne ich meinen Wagen, der unter der Remise geparkt ist. „Steig ein.“

Mick

Ich gebe zu, ich bin etwas aufgeregt. Zum einen, weil dieser total heiße Typ neben mir sitzt. Und Leon sieht wahnsinnig geil aus. Er trägt eine eng sitzende schwarze Jeans und ein schmal geschnittenes graues Hemd. Seine dunkelbraunen Haare haben einige hellere Strähnen, das ist mir vorher noch gar nicht aufgefallen. Vielleicht sind sie auch gefärbt, sieht auf jeden Fall cool aus. Ein Hauch von Bartschatten lässt ihn viel rauer aussehen, als am Abend vorher. Sein Alter kann ich immer noch nicht einschätzen. Er hat einige winzige Fältchen in den Augenwinkeln, ansonsten könnte man ihn auch locker auf unter dreißig schätzen.
Leider kann ich ihn überhaupt nicht einschätzen. Ich weiß nicht mal ansatzweise, was er denkt. Das macht mich auch nervös.
Zum anderen bin ich schon seit Ewigkeiten nicht mehr im Kino gewesen, hatte ich gar kein Geld für! Und jetzt freue ich mich auf den Abend. Und ich bin froh, dass ich mich einigermaßen ordentlich angezogen habe. Die Jeans, die ich trage, ist ohne Löcher und der Hoodie frisch gewaschen und ohne provokanten Aufdruck. Auf jeden Fall tageslichttauglich, find ich zumindest.
„Hast du Hunger?“
„Ja, auf jeden“, sage ich. Doch dann fällt mir ein, dass ich überhaupt kein Geld mithabe – also doch schon, meine restlichen 13 Euro. Na, für’n Burger beim Goldenen M würde es ausreichen. Ich hoffe inständig, dass Leon den Kinobesuch „mit Einladung“ gemeint hat. Sonst stehe ich dumm da. Ich hab mir – ehrlich gesagt – gar keine Gedanken darüber gemacht. Bis jetzt. Vielleicht sollte ich

das vorher mal zur Sprache bringen. BEVOR wir an der Kinokasse ne peinliche Szene hinlegen.
„Im Kino ist ein schönes Bistro, da können wir vorher essen. Warst du schon mal im Cineplan?"
„Ähm, nein. Ist schon gefühlte 100 Jahre her, dass ich mal im Kino war."
Er wirft mir einen kurzen Blick zu. „Zu altmodisch?"
„Nee, nein, auf keinen Fall", antworte ich hastig. Er soll ja nicht denken, ich hielte ihn für alt oder so.
Er lacht leise. Es ist ein kratziges Geräusch, was ich sehr sexy finde. Überhaupt muss ich mir eingestehen, dass ich ihn ziemlich geil finde. Das ist nicht gut, aber ich bin kein Kostverächter. Mal sehen, was noch so passiert. Ich suche ja nicht nach der Liebe meines Lebens oder so. Wenn Leon bereit ist für etwas Fun, ich wäre dabei.
„Erzähl mir was von eurem Tierasyl", sagt er jetzt.
Ich spüre, wie meine Ohren heiß werden. Wenn ich gewusst hätte, dass ich mich damit so in die Nesseln setze … ich hätte mir eher die Zunge abgebissen, als irgendwas zu sagen. Mann, ich hab ihn wirklich nach Geld gefragt!
„Ja, also … Das ist durch einen Zufall entstanden. Oder vielmehr durch einige Zufälle. Mo hat den alten Hof seiner Tante geerbt und nach und nach kamen dann die Tiere. Okay, einen Hund und zwei Ziegen hat er mit geerbt."
„Mo, dein *Kumpel*, ja?"
Mir entgeht nicht, dass er das seltsam betont. Aber Mo ist ein Kumpel und alles andere geht ihn nichts an.
„Ja", sage ich daher knapp. „Und jetzt hat er mich am Hals und eine Menge Tiere. Die wurden bei uns abgegeben, manche haben wir auch aufgelesen. Aufgepäppelt. Wir

arbeiten auch mit dem örtlichen Tierschutzverein zusammen."
„Wie viele Tiere habt ihr?", fragt er und klingt tatsächlich interessiert.
„Ich weiß gar nicht genau … zehn Hunde, Katzen … mindestens zwanzig, ein paar Meerschweinchen, Kaninchen, Ratten, sogar Vögel, einen Esel, zwei Ziegen, ein Pony, so'n ganz kleines …" Ich denke einen Moment nach. „Ich glaube, das war's."
Leon hält vor einer roten Ampel und sieht mich fassungslos an. „Ist das dein Ernst?"
„Ja, klar." Verwirrt runzele ich die Stirn. Warum sollte ich ihm irgendeinen Scheiß erzählen?
„Und wer bezahlt das alles? Die Futterkosten? Tierarzt?"
Ein wenig unbehaglich rutsche ich auf meinem Sitz nach unten. „Meistens Mo. Manchmal kriegen wir auch Spenden …"
Ich spüre, dass er etwas sagen will. Aber dann wird es grün und er richtet den Blick wieder auf die Straße.
„Hast du auch Tiere?", frage ich.
„Haustiere?"
Jetzt muss ich lachen. Was ist das denn für eine Frage? „Ja, also Insekten interessieren mich jetzt nicht so. Und ich kann mir auch nicht vorstellen, dass die in deinem Palast wohnen … Höchstens im Garten."
„Ich habe keine Haustiere", sagt er und grinst, als ob das die absurdeste Idee wäre, die er jemals gehört hatte.
„Bist du allergisch oder was?"
Jetzt lacht er tatsächlich. „Das hört sich so an, als würdest du Leute mit einer Tierhaarallergie für die letzten Menschen halten."

„Nein, nein, so hab ich das gar nicht gemeint“, wehre ich ab.
„Ich kann dich beruhigen. Ich bin nicht allergisch, hab nur keinen Bezug zu Tieren.“
Das muss ich erst mal verkraften. Keinen Bezug zu Tieren. Hm. „Du hast Angst vor Hunden“, mutmaße ich.
„Nein, echt nicht. Meine Eltern hatten immer einen Hund. Ich bin mit Hunden aufgewachsen.“
„Du bist mal gebissen worden.“
Er schüttelt amüsiert den Kopf. „Nein. Und ich bin auch nicht vom Pferd gefallen. Katzen haben sich nie auf mein Gesicht gelegt, als ich ein Säugling war und Ratten nicht meine Füße angeknabbert.“
„Iihh!“
„Ich habe einfach keinen Bezug zu Tieren. Ich mag sie nicht mal besonders gern essen.“
„Das zumindest ist erfreulich, obwohl ich Fleisch esse.“ An dieser Stelle hätte ich mir eine Kopfnuss von Mo eingefangen, der das überhaupt nicht nachvollziehen kann. Vielleicht wäre Mo der heißere Kandidat für Leon? Stopp! Ich muss mein Kopfkino anhalten – ich weiß nicht mal, ob Leon überhaupt auf Männer steht!
Direkt vor uns sehe ich das Schild vom Cineplan und bin sicher, dass ich hier noch nie war.
Leon biegt auf den Parkplatz ein, zieht an der Schranke ein Ticket aus dem Automaten und sucht sich einen Platz. Es ist ziemlich voll.
„Hoffentlich kriegen wir noch einen vernünftigen Tisch im Bistro“, murmelt er.
„Ich bin mit jedem Tisch einverstanden“, erklärte ich. „Notfalls esse ich sogar im Stehen! Und wir sind eben auch

an einem Imbiss vorbeigefahren, falls gar nichts mehr frei ist."
Leon wirft mir einen Blick zu, der deutlich sagt, was er von ‚Imbiss' hält. Doch seine Züge glätten sich schnell wieder. Er legt die Hand kurz auf meinen Rücken und schiebt mich sanft nach vorn. „Komm, du hast sicher Hunger."

***

Wir betreten das große Kinogebäude, in dem sich auch das Bistro befindet. Ich checke ganz kurz, was läuft – unter anderem der neue Film mit John Cusack. Ein ziemlich cooler Actionfilm. Dachte ich mir ja, dass Leon den ansehen wollte. Jetzt freue ich mich noch mehr – der Abend kann gar nicht mehr schlecht werden.
Leon deutet nach oben in die erste Etage und ich folge ihm die Treppe hinauf. Mann, er hat so einen geilen Arsch, ich muss mich wirklich beherrschen, damit ich nicht meine Hand darauf lege. Aber so direkt hinter ihm hab ich auch den perfekten Ausblick. Meine ganz böse, böse Fantasie beschert mir ein Bild, wie statt Mo Leon vor mir auf dem Küchentisch liegt. Vor Schreck verschlucke ich mich und kriege einen Hustenanfall.
Leon dreht sich besorgt um. „Alles klar?"
Ich winke ab und ringe nach Luft. Geschieht mir recht.
Das Bistro, das wir betreten, ist so ein ganz modernes Teil – und es ist brechend voll. Wir müssen uns bis zur Theke durchdrängeln und ich sehe nur, dass Leon mit dem Kellner spricht. Hören kann ich es nicht. Ich lasse meinen Blick durch den Raum schweifen. Alles scheint hier aus Glas und Chrom zu bestehen, Schwarz und Weiß herr-

schen vor. Wundert mich, ist zurzeit nicht alles auf Braun und Beige getrimmt in der Gastronomie? Aber ehrlich gesagt bin ich auch kein Fachmann in solchen Fragen. Ich gehe nie essen, habe meine Infos lediglich aus dem Fernsehen. Aber, wie ein Bekannter von mir immer sagt: Trotz großer Fachferne habe ich auch eine dezidierte Meinung zu dem Thema.

Ich bin mehr als überrascht, als wir zu einem Tisch geführt werden, auf dem ein „Reserviert"-Schild steht. Kapiere ich nicht – hatte Leon reserviert?

Egal, der Tisch ist super, in einer Ecke, in der es etwas ruhiger ist. Man hört die Hintergrundmusik zwar noch, aber man kann sich auch unterhalten.

Ich setze mich Leon gegenüber. Die Karten stehen in einem Halter auf dem kleinen Glastisch. Leon nimmt sie und reicht sie zu mir herüber. „Ich weiß schon, was ich essen möchte", sagt er lächelnd. Dieses schmale Lächeln ist schon sehr speziell. Obwohl es nur angedeutet ist, sehe ich, wie es seine Augen erreicht. Es ist fast, als würde er nur mit den Augen lächeln.

Ich bin etwas überfordert, als ich die Preise sehe. Wenn Leon das Essen nicht bezahlt, kann ich mir nur eine Cola und einen Korb mit Pizzabrötchen leisten – ohne Dip! Vielleicht sollte ich ihn mal vorsichtig fragen.

„Du, Leon …", beginne ich.

Aber er unterbricht mich sofort. „Du bist eingeladen. Hatte ich das nicht erwähnt?"

Ich bemerke, wie mir verräterische Röte am Hals hinauf bis in die Ohren kriecht. Gut, dass die Beleuchtung etwas schummrig ist. So fällt es sicher nicht auf.

„Danke.“ Mehr fällt mir gerade nicht ein. Etwas entspannter werfe ich einen zweiten Blick auf die Karte. Da ich schon wieder riesigen Hunger habe, kann ich mich kaum konzentrieren. Ich entscheide mich schließlich für eine Pizza mit nem Haufen Gemüse drauf. Die sprengt auch nicht das Budget. Ich meine, Leons wahrscheinlich sowieso nicht. Aber ich will auch nicht wie der letzte Höhlenmensch erscheinen.

Als das Essen schließlich gebracht wird, schmeiße ich als Erstes mein Messer auf den Boden. Reflexartig bücken wir uns beide danach und stoßen wie die Deppen mit den Köpfen gegeneinander. Leon zieht eine Grimasse, als er wieder unter dem Tisch hervortaucht.

„Entschuldige“, stammele ich. Keine Ahnung, warum ich mich so tölpelmäßig benehme.

„Wird schon keine Gehirnerschütterung sein.“ Er hebt kurz die Hand und in Lichtgeschwindigkeit erscheint ein Kellner an unserem Tisch. „Wir bräuchten ein neues Messer.“

Erst nachdem ich die Hälfte der Pizza verspeist habe, lässt mein Hunger etwas nach. Jetzt bin ich wieder halbwegs menschlich unterwegs. „Du hast gesagt, dass du schreibst – was denn so?“

„Romane“, erklärt er knapp und schneidet ein Stück von seinem Keine-Ahnung-was-in-Teig-gerollt ab.

„Krimis?“, hake ich nach.

„Durchaus mit Krimi-Elementen“, sagt er. „Bisschen Thriller, bisschen Erotik.“

„Also keine Fantasy-Sachen?“

„Magst du Fantasy?“

„Ja, sehr!“

Er sieht mich an, als würde er mir nicht abkaufen, dass ich überhaupt lesen kann. Aber ich mag Fantasy-Bücher – und Filme. Steh ich voll drauf! Games of Thrones, Herr der Ringe, Eragon und so was.
„Nein, bisher habe ich keinen Fantasy-Roman geschrieben."
„Aber du bist erfolgreich", vermute ich.
„Wie kommst du darauf?"
„Dein Haus? Dein Auto? Deine Klamotten? – Hier deine Uhr …", ich deute mit der Gabel auf sein Handgelenk. Die Uhr daran ist silber-blau und klobig. Auf dem Ziffernblatt glitzert es dezent. „Die war doch sauteuer, oder?"
Er grinst. „Meine Uhr? Hm, weiß ich gar nicht mehr genau, was die gekostet hat."
So wie er grinst, würde ich behaupten, er weiß es ganz genau. Aber er will es mir offenbar nicht sagen.
„Also liege ich wohl richtig: Die war sauteuer. Und du bist ein erfolgreicher Schriftsteller."
„Iss deine Pizza, sonst fängt der Film ohne uns an."

***

Wie ein Schaf tappe ich hinter Leon her. Der Kinosaal, den wir betreten, ist relativ klein, was mich überrascht. Der Film ist doch gerade erst angelaufen! Aber vielleicht ist das hier so ein Gesamtkonzept – Bistro und einige kleinere stylische Kinos. Das Kino sieht jedenfalls ganz kuschelig aus – alles ist lila und die Sitze sehen ziemlich neu aus. Bequem sind sie jedenfalls.

„Ist das eigentlich nicht 3D?", frage ich Leon, der sich neben mich setzt. Wir sitzen in der letzten Reihe, neben ihm und mir ist – bisher – ein Platz frei.
Der sieht mich erstaunt an. „Nein, wie kommst du darauf?"
„Dachte nur …"
Es dauert nicht lange, dann ist der Saal recht gut gefüllt. Zum Glück ist die Vorstellung nicht ausverkauft, die beiden Plätze neben uns bleiben frei.
„Kannst du meine Jacke auf den Sitz neben dir legen?" Leon hält mir seine Jacke entgegen und als ich sie annehme, hüllt mich ein Hauch seines Geruchs ein. Im letzten Moment reiße ich mich zusammen – fast hätte ich meine Nase in seiner Jacke vergraben. Bestimmt nur ein irre teures Aftershave oder so, das mich hier so verrücktmacht. Oh Mann, verdammt, ich sollte seine Jacke mal langsam hinlegen, sonst denkt Leon noch, dass ich in seinen Taschen herumwühle! Dabei wäre ich viel zu ungeschickt, um als Taschendieb arbeiten zu können!
„Alles klar?"
„Ja, klar." Oh verflucht, er hat es bemerkt. Ich weiß wirklich nicht, warum ich mich heute so zum Horst mache. Ich lehne mich entspannt zurück und kurz darauf beginnt schon die Werbung. Witzig, sie machen für den Film, den wir gleich anschauen, Werbung. Voll überflüssig. Vor allem, weil der Trailer so lang ist – wir haben ja gleich schon den halben Film gesehen!
„Möchtest du Eis?", fragt Leon, als das Licht wieder angeht.
Er überrascht mich echt. „Ja, gern."
Leon winkt den Eisverkäufer heran, der ins Kino kommt und kauft eine Schachtel Eiskonfekt. Doch statt mir die

Schachtel zu geben, bunkert er sie vor sich auf dem Tisch. Ich sag mal lieber nichts, er bezahlt ja schließlich. Erst als das Licht ausgeht, nimmt er den Karton und öffnet ihn. Dann holt er ein Stück Eiskonfekt heraus und hält es vor meinen Mund.

Ich kann das nicht glauben, aber das Spiel kann ich mitspielen. Ganz vorsichtig nehme ich mir das Stück Eis, meine Unterlippe berührt seine Finger. Wow, das ist irgendwie abgefahren.

Der Vorspann beginnt und irritiert mich etwas. Die Musik ist ganz cool, aber … sieht erst mal so gar nicht nach Action aus. Ich will Leon gerade darauf aufmerksam machen, da geht's auf der Leinwand schon voll zur Sache. Ähm … ist das etwa … ein Softporno? Ein Hetero-Softporno?!

Und dann dämmert es mir – das ist gar nicht der Film mit Cusack, sondern dieser BDSM-Film! Dieser *Nightshadows*. Oh nee. Meint Leon das etwa ernst?

Aber der sitzt mit völlig entspanntem Gesicht in seinem Sessel. Genießt er den Film?

Er wendet den Kopf zu mir und reicht mir noch ein Stück Eiskonfekt – auf die gleiche Weise wie vorher. Versuchsweise sauge ich seinen Zeigefinger ein bisschen in den Mund. Er zieht ihn langsam zurück.

Ich sehe wieder zur Leinwand, die Sexszene war wohl nur der Vorspann oder was … Jetzt gibt es etwas Geschichte. Okay, ein bisschen. Irgendein Mäuschen, das sich von einem stinkreichen Typen verhauen lässt. Alles sehr stylisch in Szene gesetzt. Bisschen Fesseln, Handschellen, bisschen Demütigung.

Zwischendurch füttert Leon mich mit Eiskonfekt. Ich schwanke zwischen süßer Verzückung und großer Verwirrung. Hetero-Sexszenen interessieren mich sowas von überhaupt nicht. Einige ... Szenen sind mir allerdings nicht fremd, hab ich schon mit Mo gemacht. Und dann wacht der böse sexgeile Troll in meinen Kopf auf. Was, wenn Leon dieser Jo aus dem Film wäre und ich die Lisa? Okay, die Strapse und dieses Stringhöschen würde ich ablehnen. Und ich schätze, auch in High Heels würde ich eine verdammt schlechte Figur abgeben. Die Vorstellung ist so absurd, dass ich fast in ein lautes Lachen ausbreche. Ich muss das unterdrücken! Es ist zu verrückt!
Aber der Gedanke entsteht in mir – wie wäre es, wenn *ich* vor Leon auf die Knie gehe? Ein weiteres Stück Eiskonfekt erscheint vor meinem Mund. Ich denke gar nicht nach, sondern öffne den Mund, lasse ihn mit den Fingern hinein. Das ist ein Wahnsinnsgefühl, innerhalb von Sekunden bin ich hart. Er schiebt seinen Finger weiter in meinen Mund. Das ist irre.
Der Film ist sowas von vergessen. Ich schließe den Mund um seinen Zeigefinger, sauge ihn ein, lasse ihn bis in meinen Hals gleiten. Gott, ich stehe darauf!
Leon zieht den Finger zurück, ganz langsam. Er sieht mich nicht an, schaut tatsächlich auf die Leinwand. Ich frage mich, ob ihn der Film geil macht. Oder unser kleines Spielchen.
Jetzt nimmt er noch ein Stück Eiskonfekt aus der Packung, leckt einmal kurz über die Schokolade und hält mir die Praline dann wie eben vor die Lippen. Ich denke gar nicht darüber nach, sondern öffne den Mund, strecke die Zunge heraus. Er streicht mit dem Schokostück über meine

Zunge. Ich stöhne ganz leise. Er sieht mich durchdringend an, als er das Eiskonfekt auf meiner Zunge platziert. Das ist echt Porno.

Leon drückt meine Zunge nach unten, als er seinen Finger aus meinem Mund zieht. Dann sieht er wieder auf die Leinwand. Ich bin völlig durcheinander und aufgeheizt – und auf der Leinwand gibt's gerade ein nettes Spanking. Ohne weiter darüber nachzudenken, lege ich meine Hand auf Leons Oberschenkel. Ich hab ihn vorher noch nie angefasst. Sein Oberschenkel ist angespannt, als ich meine Hand nach oben gleiten lasse, kippt sein Bein sacht nach außen, in meine Richtung. Wow, das ist geil. Ich wandere mit der Hand weiter bis ganz nach oben, in seinen Schritt. Seine Hose sitzt ziemlich tief, daher kann ich seine Eier durch die Hose nicht fühlen. Aber seinen Schwanz – und der ist mindestens genauso hart wie meiner. Leider weiß ich nicht, ob das an dem Film liegt.

Im Moment ist mir das herzlich egal. Ich streiche mit festem Druck an seiner Erektion nach oben. Das ist einfach geil, wie gut ich sein Teil durch die Hose hindurch spüren kann. Er muss so richtig megahart sein. Aber ich will mehr, ich will ihn richtig anfassen. Ich starre auf die Leinwand, sehe aber gar nicht, was darauf passiert. Konzentriert zupfe ich die Knöpfe seiner Jeans auf. Sein Schwanz springt mir beinahe entgegen, als ich die ersten zwei Knöpfe auf habe. Ich lasse meine Hand von oben in seine Hose schlüpfen. Mann, das ist so geil. Ich unterdrücke ein leises Stöhnen. Dieser Typ macht mich total an, dabei ist noch gar nichts Richtiges zwischen uns gelaufen. Ich glaube, so etwas habe ich noch nie erlebt.

Ich berühre seine glatte samtige Haut, seine heiße, feuchte Schwanzspitze. Am liebsten würde ich mich zwischen seine Beine gleiten lassen, ihn schmecken. Aber das geht hier nicht. Ich hab keine Lust, rausgeworfen zu werden. Bisher hat zwar keiner etwas von unseren Aktivitäten mitbekommen, alle starren wie gebannt auf die Leinwand, aber das ist selbst mir zu heikel.
Aber schmecken kann ich ihn auch so: Ich ziehe meine Hand vorsichtig aus seiner Hose und stecke meinen von seinem Vorsaft feuchten Finger in den Mund. Er sieht zur Seite, starrt mich an, verfolgt, wie ich ihn schmecke, die Augen schließe. Sein Geschmack überwältigt mich fast. Gott, ich will ihm einen blasen. Ich will seinen Schwanz ganz tief in meinem Hals.
Mit geschlossenen Augen lasse ich meine Hand wieder in seine geöffnete Hose wandern. Ich spüre, wie er unter meiner Berührung zuckt, wie er seine Beine weiter auseinandernimmt.
Ich fasse ihn an, streiche an seinem Schwanz auf und ab, lasse meinen Daumen über seine Eichel gleiten. Bis er plötzlich mein Handgelenk mit einem sehr festen Griff umschließt.
„Hör auf."
Ich höre seine raue Aufforderung deutlich, obwohl er sie sicher nur geflüstert hat.
„Okay." Ich nicke, bin jetzt ziemlich verlegen. Es ist ein doofes Gefühl, so aufgegeilt zu sein und dann eine Abfuhr zu kriegen. Ein bisschen eingeschnappt lasse ich den Rest des Films über mich ergehen.
Wir sprechen kein Wort, bis wir endlich wieder im Auto sitzen.

Schließlich sage ich: „Warum schleppst du mich in einen Hetero-Soft-Porno? Du weißt schon, dass ich schwul bin, oder?“ Mein Tonfall ist etwas pissig, aber Angriff ist ja bekanntlich die beste Verteidigung. Vielleicht ist der Typ ja doch hetero und war nur angeheizt durch den Film. Ich bin so ein Idiot, ehrlich.
„Hat es dir nicht gefallen?“, fragt er lauernd.
Ich weiß sofort, dass er nicht den Film meint. Verflucht. Er denkt sicher, dass er mir damit einen Gefallen getan hat. Klar, der kleine Schwanzlutscher, der steht ja auf sowas … Und es ist so eine verfickte Scheiße – er hat recht. Ich könnte heulen, weil ich mir so blöd vorkomme.
„Doch, danke für den Abend“, presse ich hervor wie so'n richtig dummer kleiner Stricher.
Er lächelt schmal und wir fahren schweigend zurück.
Als er auf den langen Kiesweg einbiegt, der zu seinem Haus führt, ist die Spannung zwischen uns noch immer da. Sie ist fast unerträglich. Ich versuche, mich davon abzulenken. Hey, diese Lampen, die den Weg säumen, hab ich zum Beispiel noch gar nicht vorher wahrgenommen. Sind das etwa Solarlampen? Ich hab keine Ahnung, was ich sagen soll. Mir fällt einfach nichts ein. Die Stille ist unangenehm, aber ich kann sie nicht durchbrechen. Okay, ich könnte irgendeinen Quatsch erzählen, wie sonst auch.
Er parkt neben der A-Klasse. Vorstellung zu Ende.
Jetzt dreht er sich zu mir. „Los, bring es zu Ende.“
Ich bin kurz sprachlos. „Bitte?“
Er wiederholt es nicht, sieht mich einfach nur an. *Bring es zu Ende.* Wenn das nicht Ausdruck höchster Leidenschaft ist …

„Schieb den Sitz weiter zurück", sage ich und muss mich räuspern. Vielleicht will er, dass ich ihm einen Handjob verpasse, aber darauf habe ich keine Lust mehr. Ich weiß gar nicht, ob ich noch Lust auf irgendetwas habe. Aber ich habe auch meine Ehre, verdammte Scheiße!
Routiniert öffne ich seine Hosenknöpfe und streiche mit den Fingern über seine Oberschenkel. An den Innenseiten entlang bis nach ganz oben. Ich spüre, dass er hart ist. Gut, muss ich wenigstens nicht von vorn anfangen … Trotzig beuge ich meinen Kopf hinunter in seinen Schoß.
Als ich mit den Lippen seine Eichel umfasse, ist es wie eine Befreiung. Ich höre sein Aufstöhnen – oder ist es mein eigenes? Dann setzt mein Verstand aus. Ich schiebe meine Hände in seine Pants, um sie weiter nach unten zu bekommen. Dieses Auto ist zu eng, ich muss ihn sofort haben. Ganz und sehr tief in meinem Mund. Er schmeckt so gut, tausendmal besser als dieses Eiskonfekt. Ich drehe noch durch. Ich will, dass er abspritzt, ich will seinen Saft. Aber er zieht mich an den Haaren nach oben.
Ich höre mich selbst wimmern.
„Mick, sei vernünftig", flüstert er fast sanft. „Bring es mit der Hand zu Ende. Das kannst du sicher genauso gut."
Hat er irgendwas von vernünftig gesagt? Ich hab keine Ahnung, was er meint. Fahrig greife ich nach seinem nassen Schwanz und wische mir mit dem Ärmel selbst den Speichel vom Kinn. Er war eben schon ganz kurz davor, wie kann er so beherrscht sein?
„Oh, wow, du hast einen Griff", stöhnt er, als ich beginne ihn zu wichsen. Aber ich lasse nicht einen Deut lockerer. Er spreizt die Beine so weit, wie es möglich ist, und lehnt den Kopf nach hinten gegen die Kopfstütze. Es wäre nur

fair, wenn ich ihn gegen sein Lenkrad spritzen lassen würde, aber als ich spüre, wie es ihm kommt, wölbe ich die Hand über seiner Spitze und fange sein Sperma auf. Ich bin ja nicht so …

Er hat kein einziges Geräusch von sich gegeben. Klar, so leicht gekeucht hat er, aber sonst war die ganze Aktion seltsam still. Jetzt sieht er mich an, beobachtet mich, wie ich die Hand öffne und zu meinem Mund führe. Ich würde ihn wirklich gern intensiver schmecken und meine Zungenspitze in seine Sahne tauchen. Aber wieder hält er mich fest.

„Mick, du sollst doch vernünftig sein." Seine Stimme klingt rau, als hätte sein Höhepunkt sie wundgescheuert. Er kramt in seiner Jackentasche und hält mir eine Packung Taschentücher entgegen.

„Danke." Ich nehme die Taschentücher, wische mir die Hand sauber.

Leon sagt kein Wort. Ich auch nicht, mir fällt nichts ein. Wieder mal. Ich bin nicht mal mehr geil, weil ich so ratlos bin.

„Ich melde mich, wenn der Wagen fertig ist, okay?" Ich öffne die Tür und will aussteigen.

„Die Reparaturkosten sind damit abgegolten", sagt er kühl.

Es ist wie ein Schlag ins Gesicht.

Wortlos verschwinde ich.

7. Kapitel
Leon

Ich spüre, wie ich langsam runterkomme. Die geschmeidigen Bewegungen der Übungen haben mich schon etwas beruhigt, die Atemübungen führen nun zu etwas, das man tatsächlich Entspannung nennen könnte. Allerdings haben meine Gedanken noch nicht mitbekommen, dass ich mich hier auf mein Yoga konzentrieren will. Ich muss meinen Kopf wieder klarkriegen. Unbedingt.
Ich ärgere mich über mich selbst, darüber, wie ich Mick behandelt habe. Das war unnötig. Diese Sache im Kino, die war richtig heiß. Keine Ahnung, wann ich das letzte Mal so etwas gespürt habe. Fast hätte ich wie ein Teenie in der Hose abgespritzt. Mitten im Kino.
Und er bläst tatsächlich wie ein junger Gott. Warum also musste ich ihm unseren „Deal“ aufs Brot schmieren? Er hat mich angesehen wie ein verletztes Reh, bevor er die Flucht ergriffen hat. Zusammenfassung: Er war süß und ich hab mich in seiner Gegenwart wohl gefühlt – ich war ein Arschloch.
Seufzend öffne ich die Augen und stehe auf.
Mein Smartphone vibriert auf dem Sideboard. Es ist Natalie, meine Lektorin. Oh nein, ich weiß, warum sie anruft. Seufzend nehme ich den Anruf entgegen. „Guten Morgen.“
„Hallo Lee, habe ich dich geweckt?“
Ich lache leise. „Dazu müsstest du schon deutlich früher anrufen. Was möchtest du?“

„Ich wollte mal hören, ob du die Szene in Kapitel 4 schon umgeschrieben hast. Ich würde gern weiterarbeiten, aber du wolltest die Szene ja vorher komplett überarbeiten."
„Nein, ich bin leider noch nicht dazu gekommen. Muss vorher noch etwas ausprobieren."
Jetzt lacht Natalie. „Du willst mir hoffentlich nicht erzählen, dass du alle Sexszenen vorher erst persönlich ausprobieren musst!"
„Meinst du etwa, ich recherchiere nicht gründlich? Ts ts ts …"
Natalie zögert. Wir arbeiten zwar schon länger zusammen, allerdings weiß sie von mir persönlich nicht sehr viel. Daher kann sie vermutlich auch nicht einschätzen, wie viel Erfahrung und wie viel Fantasie in den Geschichten stecken. Was ich allerdings weiß, ist, dass sie mich sehr interessant findet. Möglicherweise hätte ich bei ihr Chancen, aber ich möchte gar nicht.
„Ich setze mich dran, okay? Morgen Abend bekommst du den Text." Tatsächlich muss ich dafür aber noch in die Stadt, zum Puff meines Vertrauens. Denn ich recherchiere wirklich sehr gründlich. Und in bestimmten Bereichen fehlt mir leider die praktische Erfahrung. Oder zum Glück, ich lasse das jetzt mal offen.

***

Ich parke meinen Wagen im Parkhaus und gehe zu Fuß weiter. Das Etablissement, das ich besuchen möchte, liegt im Keller eines großen Hauses mitten in der City und ist sehr exklusiv. Von außen kann man es nicht als Bordell

erkennen, aber das macht nichts. Denn man kommt ohnehin nur mit Empfehlung dort hinein.
Es ist ziemlich viel los heute in der City, aber ich habe kein Problem mit vielen Menschen und Gedränge. Das liegt sicher an meiner Kindheit, in der ich auch ständig auf Empfänge und Veranstaltungen mitgeschleift wurde. Ich finde es eher interessant, die Leute zu beobachten. Und so lasse ich auch heute meinen Blick über die Leute schweifen. Und dann bleibe ich an einer Person hängen … ein junger Mann in einem schwarzen Hoodie steht mitten in der Fußgängerzone und spricht Passanten an. An seiner Seite ein schwarzer Schäferhund, der Typ sammelt offenbar Geld. Sieht zumindest so aus – er hat eine Spendendose in der Hand. Wie ferngesteuert gehe ich auf ihn zu. Ich will gar nicht, aber ich muss überprüfen, ob das Mick ist. Ich habe so ein merkwürdiges Gefühl, würde mich wundern, wenn ich mich täusche. Normalerweise kann ich mich auf meine Eingebungen verlassen.
Mick. Er ist es.
Ich gehe weiter auf ihn zu, als er mich erkennt, wirkt er überrascht.
„Oh, hi, Leon."
„Hallo Mick." Ich betrachte ihn eingehend. Als ich einen Schritt auf ihn zumache, knurrt der schwarze Schäferhund plötzlich dunkel.
„Hilde", sagt Mick überrascht. „Was soll das?"
Ich frage mich, ob er von seinem Hund eine Antwort erwartet.
„Du sammelst Geld?" Ich deute auf die Spendendose.
„Ja", sagt er etwas zögerlich.
„Hast du eine Erlaubnis?"

„Bist du von der Stadt oder was?", fragt er sofort genervt.
Ah, okay, er hat keine Erlaubnis und er weiß, dass man die normalerweise braucht.
„Ich sammle Geld für unser Tierasyl, verdammt. Und das brauchen wir dringend", sagt Mick jetzt ziemlich aggressiv. „Also wenn du jetzt bitte weitergehen würdest … oder du kannst natürlich auch was spenden!" Auffordernd hält er mir die Dose entgegen.
Die Töle an seiner Seite knurrt wieder. Das irritiert mich – denn normalerweise habe ich keine Probleme mit Hunden. Ich bin noch nie angeknurrt worden!
„Was ist das für ein sympathischer Hund, der dich begleitet?"
„Das ist Hilde – und ich hab keine Ahnung, warum sie dich anknurrt. Sie ist sonst sanft wie ein Lamm." Jetzt klingt er auch ein wenig ratlos.
Ich fasse einen Entschluss. Der Puff kann warten. „Los, pack deine Töle ein und komm mit. Du kriegst hier sonst nur Ärger, wenn du ohne Erlaubnis Geld schnorrst …"
„Ich schnorre nicht!", unterbricht er mich empört. „Und Hilde ist keine Töle!"
Oh Mann, er sammelt mitten in der City Geld … mit einer Spendendose, die aussieht, als würde er von einem offiziellen Verein kommen! Und ich weiß, wie genau das die Damen und Herren der Stadtverwaltung nehmen.
„Ihr habt doch keinen Verein gegründet, oder?", frage ich vorsichtshalber nach.
„Nein, verdammt", knurrt er jetzt so böse wie sein Köter.
„Mick, jetzt pack dein Zeug zusammen und komm mit. Weißt du was? Ich guck mir auch euer Tierasyl an, okay?"

Jetzt wirft er mir einen wirklich überraschten Blick zu. Und ich kann das verstehen, denn ich bin selbst überrascht. Okay, nach kurzer Selbstanalyse wird mir klar, dass ich ein schlechtes Gewissen habe. Ich bin verdammt durchschaubar – zumindest für mich selbst. Aber so verkehrt ist das ja eigentlich nicht.

„Ich bin mit dem Wagen da, also mit dem Leihwagen. Wo hast du geparkt?", fragt Mick vorsichtig. „Du könntest hinter mir herfahren. Also, wenn du wirklich …"

„Ja, klar, so machen wir es." Ich bin froh, dass ich seinen unfreundlichen Hund nicht in meinem Wagen transportieren muss. Allerdings habe ich schlimmste Befürchtungen, was die A-Klasse betrifft …

***

Wir vereinbaren als Treffpunkt einen der Park & Ride Parkplätze im Norden der Stadt. Ich muss nicht lange auf Mick warten. Und Mann, der Wagen sieht schlimmer aus, als ich befürchtet hatte. Ich glaube, er ist damit eine Rallye gefahren! Ich möchte das Auto auf keinen Fall von innen begutachten, wahrscheinlich hat die gute Hilde schon die Sitze zerfetzt.

Mick parkt neben mir und springt aus dem Auto. „Fährst du hinter mir her? Wir müssen ein Stück aufs Land raus."

Ich nicke ergeben. Bereue ich meinen spontanen Vorschlag? Nein, ich glaube nicht. Dass ich Mick getroffen habe, versetzt mich unerklärlicherweise in gute Laune.

Der Weg zu Micks Tierasyl lässt meine gute Laune dann allerdings rapide wieder abflauen. Dieser Hof – oder was auch immer es ist – liegt nicht auf dem Land. Sondern im

Niemandsland. Befestigte Straßen gibt es seit geraumer Zeit nicht mehr. Dafür aber metertiefe Schlaglöcher! Ich verfluche die Idee, ihn zu begleiten. Ich hätte einen Jeep gebraucht! Auf jeden Fall einen Wagen mit Allrad.
Ich weiß: Wenn ich mir den Benz kaputtfahre, werde ich Mick verklagen. Aber bei dem gibt es ja auch nichts zu holen.
Also muss ich da jetzt einfach durch. Ich hab es ja selbst angeboten.
Nach einer schier endlosen Autofahrt biegt Mick auf eine Hofeinfahrt ein. Da ist es nun – Micks Tierasyl. Ein alter Fachwerkhof, zwei Scheunengebäude, ungepflegte Weideflächen, alte Bäume, ein kleines abgewracktes Häuschen mit rotem Klinker. Vor dem Häuschen steht ein silberner Opel Astra Kombi. Ah, dann ist der *vegane Kumpel* wohl auch vor Ort.
Mick parkt direkt daneben und steigt aus. Er öffnet die hintere Tür und der große Hund springt aus dem Auto, verharrt kurz, als hätte er sich versprungen und hetzt dann wie nicht gescheit in Richtung Weide. Ich glaube, der Hund hat sie nicht mehr alle …
Auch Mick sieht seiner Hilde erstaunt nach.
Dann zuckt er die Schultern und kommt auf mich zu.
„Und, wie findest du es?“, fragt er neugierig. Seine Augen leuchten dabei wie die eines Kindes. Ich weiß gar nicht, was ich dazu sagen soll.
„Schlecht ohne Navi“, sage ich also ausweichend. „Vielleicht würde ich es sogar *gar nicht* finden. Ist ziemlich weit ab vom Schuss.“
Er geht nicht auf mein Gefrotzel ein. „Da hinten auf der Weide stehen Willi und Kraut, das Pony und unser Esel. In

dieser Scheune sind die Hunde untergebracht und die Katzen sind in den Räumen im ehemaligen Bauernhaus. Das heißt, die meisten können natürlich draußen herumlaufen. Aber einige vertragen sich nicht und wir brauchen auch Räume für die kranken Tiere oder die, die aufgepäppelt werden müssen. Da haben wir auch die Ställe der Kleintiere“, berichtet er.

„Habt ihr auch Hühner?“ Ich hoffe nicht, diese Viecher finde ich nämlich sehr unheimlich.

„Nein, bisher nicht. Aber witzig, dass du fragst. Wir könnten tatsächlich jetzt ein paar Hühner aufnehmen … aus schlechter Haltung. Was natürlich nicht witzig ist.“

Wir gehen langsam auf das kleine Ziegelgebäude zu, als sich die Haustür öffnet. Heraus tritt ein junger Kerl mit rotblonden Haaren. Er ist kleiner als Mick, mit deutlich schmaleren Schultern. Aber er ist ebenfalls ziemlich ansehnlich. Nicht mein Typ, aber er ist ein hübsches kleines Kerlchen. Jetzt mustert er mich allerdings mit verkniffenem Blick.

„Das ist mein Kumpel Money“, stellt Mick ihn eifrig vor.

„Manni?“, frage ich irritiert. Die Eltern sollte man nachträglich noch verhauen.

„Also, *Money*, von Geld“, erklärt Mick sofort.

Ach ja stimmt, so etwas hatte Mick bereits erwähnt. Sein veganer, *sparsamer* Kumpel.

„Ich heiße Moritz“, sagt der junge Mann etwas pikiert und reicht mir die Hand. Er hat einen festen, warmen Händedruck.

Zum Glück, hatte schon Mitleid mit dem armen Kerl gehabt. „Dann bist du der vegane Kumpel, ja?“

Moritz wirft Mick einen giftigen Blick zu.

„Warum ist dein Spitzname ‚Money'?" Nach Geld sieht es hier wirklich nicht aus. Eher so, als würde Geld dringend gebraucht werden.
„Ist eine alte Geschichte. Ich hab früher viel mit Leuten aus der linken Ecke herumgehangen. Aussteiger, Ökos. Von denen hatte selten einer Geld – ich schon. Hab ja gearbeitet." Moritz sieht mich nicht an, als er das sagt. Sein Blick irrt unruhig umher und schließlich schaut er einfach zu Boden.
„Dann haben sie ihn angeschnorrt, damit er was zu trinken beschafft – oder was zu rauchen", wirft Mick ein und klopft seinem Freund auf die Schulter.
„Du sicher auch", sage ich uncharmant, lächle ihn jedoch an.
Er zieht eine Grimasse. „Da kannten wir uns noch gar nicht."
Moritz' Blick bleibt weiterhin auf den Boden geheftet.
„Ich zeig Leon das Haus und so. Ist doch okay, oder?" Mir entgeht nicht, dass Mick noch einmal Moritz' Schulter drückt. Sieht fast aus wie ein geheimes Zeichen.
„Ja klar", sagt Moritz, alias Money hastig.
„Wolltest du wegfahren?"
Moritz schüttelt den Kopf. „Nein. Ich wollte eigentlich drüben füttern und die Hunde rauslassen."
„Hey, das kann ich machen", sagt Mick fröhlich. „Ich füttere und du gehst zu den Hunden, okay?" Ohne eine Antwort abzuwarten, winkt er mir zu. „Komm, wir gehen in die Scheune."
Ich folge Mick und da mich der Anblick seines Arsches ein wenig ablenkt, bin ich nicht gut auf das vorbereitet, was mich erwartet. Und ehrlich, ich hätte mich darauf gar nicht

vorbereiten können! Der Geruch in der alten Scheune haut mich fast aus den Socken. Mick öffnet einen altersschwachen Schrank und nimmt einige Katzenfutterdosen heraus. Es riecht durchdringend nach Katzenpisse ... ziemlich genauso wie Mick bei unserem ersten Zusammentreffen gerochen hat. Ich glaub, mir tränen gleich die Augen.
„Kommt ... Miez, miez ... es gibt Abendbrot ... miez ... miez", säuselt Mick in einer absolut haarsträubenden Stimmlage, während er die Dosen aufzieht. „Wo seid ihr Süßen?"
Ich starre ihn an, warte fast darauf, dass er sich die Mick-Maske vom Kopf reißt und darunter Daniela Katzenberger zum Vorschein kommt. Aber als dann tatsächlich gefühlt hundert pelzige Vierbeiner – okay, wahrscheinlich sind es nur fünfzehn – aus allen Richtungen auf mich zu sausen, habe ich den Impuls, sofort die Flucht zu ergreifen. Es ist tatsächlich ein wenig beängstigend. Nicht, dass ich Angst vor Katzen hätte, aber dieses Gewusel ist schon speziell. Und ich glaube, ganz speziell nichts für mich. Ich trete vorsichtig den Rückzug an, versuche, keinem Vierbeiner auf die Füße zu treten und gleichzeitig über keinen zu fallen. Was gar nicht so einfach ist, denn Mick hat sie noch immer nicht alle gefüttert und – ehrlich gesagt – machen sie den Eindruck, als hätten sie seit Tagen nichts zu fressen bekommen.
Mick lacht und streichelt rund um sich zu. Er sieht so wunderschön aus in diesem Moment, dass mir für einen Augenblick der Atem stockt. Ich genieße diesen Anblick für ein paar Sekunden, dann sehe an mir herunter. Scheiße, ich glaube, meine Hosenbeine sind komplett voller Katzenhaare. Ich sehe an den Beinen aus wie ein Yeti.

Der Katzenfutter-Geruch, der mich jetzt streift, bringt mich übrigens dazu, sofort und fluchtartig den Rückzug anzutreten. Ich weiß nicht, ob ich es schon erwähnt hatte, aber ich bin ein wenig geruchsempfindlich. Ich spüre etwas Kleines, Weiches unter meinem Schuh und versuche, den Fuß nicht voll zu belasten. Das vorwurfsvolle Quaken unter mir sagt mir, dass ich nur mäßig erfolgreich war. Ich stolpere, weil mir ein anderes Fellknäuel zwischen die Beine läuft, und kann mich nur gerade so auf den Beinen halten. Verdammt, ich muss hier raus! Bevor ich noch lang in die Katzenmeute falle.

„Leon? Leon – ist was?“, ruft Mick, aber ich brauche frische Luft. Ganz dringend.

Endlich draußen. Ich atme einmal tief durch. Das ist schon heftig. Mann, jetzt weiß ich, dass ich bestimmt niemals in einem Tierheim arbeiten könnte. Es ist faszinierend, dass Mick so darin aufgeht. Und er sah verdammt glücklich aus in diesem Augenblick.

Ich gehe ein paar Schritte. So lange Mick diese Viecher füttert, kann ich mir das ganze Gelände mal richtig ansehen. Wo ist dieser Moritz eigentlich hin?

Wohin ich schaue, alles sieht renovierungsbedürftig aus, heruntergewirtschaftet. Ich würde gern mal wissen, wie die zwei hier über die Runden kommen. Und dass sie hier wohnen – völlig unvorstellbar! Zumindest für mich. Ich gehe Richtung Weide, der Zaun ist derart baufällig, dass er an einigen Stellen schon auf dem Boden liegt. Um das hier wieder auf Vordermann zu bringen, bräuchte man sicher eine halbe Million. Oder eine Abrissbirne. Wahrscheinlich beides.

Und dann passiert es – der nächste Schritt, den ich mache, ist eindeutig der falsche. Ohne, dass ich hinsehen muss, weiß ich, was los ist. Ich könnte kotzen. Es hilft nicht, ich muss schauen, in was ich hineingetreten bin.
Hundescheiße.
Und was für ein Mega-Scheißhaufen!
Ich atme ganz flach, zum einen, weil ich auf keinen Fall wissen will, wie das riecht, was jetzt unter meinem 180-Euro-Schuh klebt. Zum anderen, weil die Wut mir die Luft zum Atmen nimmt. Ich würde jetzt gern schreien, irgendjemanden zur Sau machen.
In diesem Augenblick biegt Mick um die Ecke. Er sieht mich an, wie ich völlig erstarrt da stehe – in einem riesigen verfickten Hunde-Scheißhaufen! Als er näherkommt, scheint er die Situation zu erfassen. Vielleicht bin ich auch auf die Kackmeile des Hofes geraten.
„Zieh deine Schuhe aus“, sage ich so beherrscht, wie es mir möglich ist.
Ich ziehe meinen Schuh aus der braunen Masse, streife die Sohle am Gras ab und peile eine klapprige Holzbank an, die vor der Scheune steht. Wenn ich jetzt noch mit der Bank zusammenbreche, werde ich Mick den Hals umdrehen, nachdem ich ihn mit dem Scheiße-Schuh verprügelt habe.
Mick folgt mir wortlos.
Als ich mich vorsichtig auf der Bank niederlasse, fragt er: „Warum soll ich meine Schuhe ausziehen?“
„Weil ich die anziehen werde. Du kannst dafür meine Schuhe haben“, erkläre ich liebenswürdig.
Eigentlich habe ich nicht damit gerechnet, aber Mick hockt sich tatsächlich hin und schnürt seine alten roten Chucks auf. Und da sehe ich ein winziges Zucken in seinen Mund-

winkeln. Der Kerl findet das auch noch komisch! Gleich setzt es wirklich was! Ich beuge mich nach vorn und greife nach seinem Kinn, zwinge seinen Kopf nach oben.
„Mick, findest du das etwa lustig?“, frage ich leise.
Das Zucken um seine Mundwinkel wird stärker, aber er versucht, sich zu beherrschen. Er schüttelt den Kopf, bemüht, mir nicht in die Augen zu sehen. Das ist echt unfassbar, wie respektlos er ist.
Er zieht sich auch noch die Socken aus, reicht mir seine Schuhe und ich trete mir meine Schuhe mit einem angeekelten Blick von den Füßen. Bah, ich könnte echt kotzen.
Misstrauisch mustere ich seine ausgelatschten Treter. Aber barfuß laufen kommt nicht infrage. Daher schiebe ich meine Füße in seine Chucks. Ich erwarte ein klammes Milieu und bin überrascht: Seine Schuhe sind warm und trocken von innen.
Er nimmt meine Timberlands und sagt: „Ich mach sie dir sauber.“
Als er aufsteht, stößt er ein seltsames Geräusch aus, es klingt wie ein Gurgeln. Dann ist es um ihn geschehen. Was mit einem leisen Glucksen beginnt, wächst sich zu einem richtigen Lachanfall aus. Es schüttelt ihn förmlich, er kann sich kaum noch beruhigen. „Sorry, das tut mir echt leid … aber … aber das ist so unfassbar ko…ho…misch!“
„Ja, saukomisch“, bestätige ich leicht genervt.
Mick stolpert rückwärts. „Bin gleich … bin gleich wieder da …“, keucht er und haut mit meinen Schuhen ab.

Mick

Scheiße, ich sterbe gleich vor Lachen. Ich kann einfach nicht mehr … Ich muss mich zusammenreißen, aber ich schaffe es nicht. Kichernd und mit Tränen in den Augen laufe ich zur Wassertonne. Im unteren Teil der Tonne ist ein Wasserhahn befestigt, den drehe ich jetzt auf. Unter dem eiskalten Regenwasser stochere ich mit einem rostigen Schraubenzieher die Hundekacke aus dem Megaprofil seiner Schuhsohle. Was sind das überhaupt für Schuhe? Will er damit ne Bergtour machen? Haben mehr Profil als meine Winterreifen.

So, jetzt geht's wieder. Wie kann man sich so aufregen? Die Kacke ist doch schon ab – ist ja kein Kaugummi. Als ich zurückgehe, meine Füße sind mittlerweile schon halb abgefroren, sehe ich, dass Leon noch immer dort sitzt. Auf unserer morschen Bank. Mann, ich bin froh, dass er kein Übergewicht hat … ich meine, nicht nur, weil er total geil aussieht, sondern auch, weil die Bank nicht unter ihm zusammengebrochen ist. Ich fürchte, da hätte er nun gar nicht mehr drüber lachen können.

Und ich muss wirklich sagen, auch wenn es irgendwie schräg aussieht – dieser Kerl kann meine Chucks tragen. Eigentlich alles – er sieht immer heiß aus. Wahrscheinlich sogar, wenn er nichts an hat. Oh wow, da sollte ich jetzt nicht dran denken, jedenfalls nicht, solange er noch diesen verkniffenen Blick drauf hat.

„Hier bitteschön. Alles wieder okay." Ich reiche ihm die Schuhe, aber er winkt ab.

„Nein, danke. Die kannst du behalten", erklärt er und steht auf.

In diesem Augenblick kommt Hilde wie eine Wahnsinnige um die Ecke gefegt. Sie geht vor mir in die Bremse und knurrt wieder. Ich weiß gar nicht genau, ob sie mich anknurrt oder Leon. Nur Sekunden später schüttelt sie sich und trabt dann los, als hätte sie uns gar nicht gesehen.
Leon guckt ihr verdutzt nach. Sie ist schon etwas seltsam in der letzten Zeit. Ich seufze leise. Macht sicher das Alter.
„Wo ist eigentlich dein Kumpel Mo?“
Ich zucke mit den Schultern. Mit den Hunden müsste er eigentlich durch sein. „Vielleicht ist er in seinem Zimmer bei den Katzen.“
Leon folgt mir tatsächlich, obwohl ich glaube, dass er den Kaffee schon auf hat. „Er hat auch Katzen in seinem Zimmer?“
„Mmh.“
Wir betreten unser Haus. „Mo, bist du hier?“
„Ja, oben.“
Als ich sein Zimmer betrete, sehe ich, dass er Maybe und Hope gerade gefüttert hat. Die zwei Katzenwelpen haben sich zwar gut entwickelt, seit Mo sie in der City aus der Mülltonne gefischt hat. Leider haben sie beide eine Infektionskrankheit, Katzen-AIDS. Daher wollen wir sie nicht mit den anderen Katzen draußen laufen lassen. Irgendwann müssen wir jemanden finden, der die zwei übernimmt. Am besten wäre es, wenn sie irgendwo als Hauskatzen wohnen könnten. Aber weder ich noch Mo halten das für sehr wahrscheinlich.
„Ich hab Sachen vom Laden mitbekommen, kannst du bitte …“ Mo stockt, sieht auf meine nackten Füße, dann auf Leon, der hinter mir ins Zimmer kommt.

„Ähm … wieso läufst du ohne Schuhe …?“ Er entdeckt meine Schuhe an Leons Füßen. „Äh, also, was ich sagen wollte … der Kofferraum ist voll. Kannst du die Sachen bitte in die Küche räumen?“
„Ja klar, kein Problem. Alles in Ordnung mit den beiden?“
„Ja, denen geht es gut.“
Mo nimmt eine der beiden schwarzen Katzen auf den Schoß und streichelt sie. Er mustert Leon, das bemerke ich. Aber er macht das ganz geschickt, ich weiß nicht, ob Leon das überhaupt mitkriegt. Der guckt sich gerade interessiert in Mos Zimmer um.
„Bleibst du noch ein bisschen, Leon? Ich könnte was kochen.“
Ich starre Mo an, dann fällt mir ein, dass er Leon ja als Investor gewinnen will. Ganz kurz war da ein Gefühl von Abwehr in mir. Es fühlte sich nicht gut an, dass Mo Leon eingeladen hat. Doch das Gefühl ist schon wieder weg. Seine Energie kann Mo sich allerdings sparen – nachdem Leon jetzt auch noch in die Scheiße getreten ist, wird er keinen Euro in unser Projekt investieren.
Trotzdem würde ich mich freuen, wenn er zum Essen bliebe. Mo kann sehr gut kochen.
„Bleibst du?“, frage ich.
Leon sieht mich neugierig an. „Möchtest du, dass ich bleibe?“
Ich nicke. „Mo ist ein super Koch. Der würde weinen, wenn er mal in deiner Küche kochen dürfte.“
„Spinner“, sagt Mo. „Räum lieber das Auto aus!“
Ich flitze nach unten und Leon folgt mir langsamer.
„Wenn ich zum Essen bleiben soll, wirst du dann vorher deine Füße noch waschen?“

Mein Gesicht wird total heiß, aber ich versuche, ganz cool zu bleiben. „Die lege ich zwar beim Essen nicht auf den Tisch, aber wenn dir das wichtig ist … Oder hat das was mit deiner Religion zu tun?“
Leon sieht mich verdutzt an, dann lacht er leise.
Gemeinsam räumen wir Mos Kofferraum leer. Er hat wirklich viel aus dem Laden mitgebracht, überwiegend Lebensmittel, die bereits abgelaufen sind. Manchmal greifen wir auch auf Foodsharing zurück, wenn das Geld zu knapp wird. Aber in dem Bioladen, in dem Mo arbeitet, bleibt auch viel übrig, was die Mitarbeiter mitnehmen können. Das ist sehr praktisch.
Ich stelle zwei Liter Soja-Milch in den Kühlschrank und als ich mich umdrehe, steht Leon direkt vor mir. Sein Gesicht ist nur wenige Zentimeter von meinem entfernt.
„Ich wollte mich entschuldigen“, sagt er leise. „Für gestern Abend.“
Jetzt werden meine Ohren heiß. „Alles okay“, sage ich. „Es … war schön.“ Aus irgendeinem Grund habe ich Skrupel, ihn zu berühren. Es ist so, als müsste er es mir erst erlauben.
Er streicht mir eine lange Haarsträhne aus dem Gesicht. Die Berührung jagt mir einen kleinen Schock durch den Körper. Ich lehne mich ihm entgegen, will mehr berühren, mehr anfassen. Mit den Fingerspitzen fährt er an meinem Kiefer entlang, vom Ohr bis zu meinem Kinn. Dann legt er seinen Daumen auf meine Unterlippe. Ich öffne sofort den Mund. Es ist so irre, er hat magische Finger. Das ist geiler als Sex. Sein Zeigefinger tippt gegen meine Zungenspitze. Das Gefühl schießt mir bis in den Schwanz.
„Ja, du bist wirklich ein kleiner Blasegott“, sagt er lächelnd.

Ich lache etwas verlegen. „Ich mach das gern. Hätte nichts dagegen, heute …“
In diesem Moment kommt Mo in die Küche, ich sehe ihn aus den Augenwinkeln. Er bleibt im Türrahmen stehen und wartet. Leon schreckt nicht zurück, wir fahren auch nicht ertappt auseinander. Er legt seine Hand an meine Wange.
„Vielleicht.“
Er wendet seinen durchdringenden Blick ab. Ich bin noch immer wie hypnotisiert oder in Trance. Aber Leon klingt ganz normal, als er zu Mo sagt: „Wir haben alles weggeräumt, jetzt kannst du loslegen. Mick meinte, du seist ein ziemlich guter Koch.“
Ich schüttele die Erstarrung ab. „Ich gehe dann mal meine Füße waschen.“

8. Kapitel
Leon

Wir sitzen an dem erstaunlich massiven Holztisch in der Küche und essen das, was Mo gekocht hat: eine Reispfanne mit Gemüse und Tofustreifen. Es schmeckt wirklich sehr lecker, Mick hat nicht übertrieben. Moritz ist ein guter Koch. Es macht ihm Spaß und es geht ihm leicht von der Hand. Abgesehen davon kann er mit Gewürzen umgehen.

Wir reden über ganz profane Dinge, die Stimmung ist locker. Mit beiden Jungs kann man sich gut unterhalten, auch wenn zwischen mir und Mick eine gewisse Spannung ist. Wenn ich ihn zufällig berühre, kribbelt es in meinen Fingern. Das ist schön, wenn auch sehr überraschend.

„Und ihr zwei wollt das hier so weitermachen mit eurem kleinen Tierheim?“ Ich bemühe mich, meine Stimme ganz neutral zu halten. Dabei könnte ich ihnen beiden jetzt schon sagen, dass ihr Projekt zum Scheitern verurteilt ist.

Mo seufzt leise, steht dann auf und räumt die Teller ab. „Die Möglichkeiten für uns halten sich in Grenzen. Ich zermartere mir schon manchmal das Hirn“, gibt er zu.

„Mo möchte eigentlich lieber in die Stadt ziehen“, sagt Mick und zieht eine Grimasse.

Mo dreht sich um. „Ja, Mann, aber das hat nichts mit dir oder mit den Tieren zu tun. Ich arbeite schon, seit ich von der Schule runter bin. Und ich konnte mir noch nie was leisten. Ich hab permanent zu wenig Geld. Das ist alles so … keine Ahnung. Ich bin einfach manchmal kaputt und müde.“

Mick steht auf, vielleicht, um Mo zu umarmen – da vibriert ein Handy.

„Meins“, sagt Mick und verzieht sich mit dem Gerät ins Nebenzimmer.
Wir können trotzdem hören, was er sagt. „Echt, schon fertig? – Super. Ja klar, kann ich abholen. – Morgen. – Wieviel hat der Spaß denn jetzt gekostet?“
Ah, es geht sicher um seinen Wagen.
„Oha. Das ist ja … – Ja, dann bis morgen.“
Er kommt zurück in die Küche und sieht ein bisschen blass aus. „Der Serena ist fertig“, informiert er uns. Er wirft mir einen raschen Blick zu. „Aber … Mann, für das Geld hätte ich wohl einen neuen Wagen bekommen!“
Das hatte ich schon befürchtet. Ich schiebe den Stuhl zurück und stehe ebenfalls auf.
„Hast du noch … etwas Zeit?“, fragt er mich jetzt.
Ich grinse ihn an. „Warum, hast du was vor?“
Er zuckt etwas linkisch mit den Schultern.
„Du kannst mir ja mal zeigen, wie du so lebst. Mein Haus kennst du schließlich schon.“
Jetzt lacht er. „Klar, da wirst du dich wundern über den Wahnsinnsluxus, in dem ich lebe.“
„Eher über die Wahnsinnsunordnung“, mischt sich Mo grinsend ein. Die Anspannung, die ich eben noch in seinem Gesicht gesehen habe, ist jetzt wie weggewischt.
Mo hat nicht übertrieben – bei Mick im Zimmer regiert das Chaos. Aber es liegt wenigstens kein Müll herum oder angebissene Butterbrote. Es sieht so aus, wie man sich das Zimmer von einem Teenie vorstellt. Was mich zu einer Frage bringt: „Wie alt bist du eigentlich?“
Mick dreht sich zu mir um. „Wieso? Hast du Angst, dass ich noch nicht volljährig bin?“ Er lacht. „Ich bin zwanzig.“
„Und seit wann vögelst du mit Mo?“

Die Frage lässt sein Lachen abrupt verstummen. „Warum meinst du …?“
Ich mache einen Schritt auf ihn zu und stehe nun direkt vor ihm. So nah, dass ich seine entzückenden Sommersprossen sehen kann. Erfreulicherweise haben die sich als ‚echt‘ entpuppt. „Ich habe Augen im Kopf und kann bestimmte Zeichen sehr gut deuten, Mick.“
„Wir sind nicht zusammen“, beharrt er.
„Aber er fickt dich – oder du ihn?“
„Interessiert dich das?“, fragt er forsch, aber ich höre die Nervosität in seiner Stimme.
„Ja, brennend“, sage ich leise und fasse in seinen Nacken. Er fühlt so gut an, seine Haare sind weich unter meinen Fingerspitzen.
Er lässt sich herüberziehen, versucht aber nicht, mich zu küssen. Ich lasse meine Nase, meine Lippen über sein Gesicht gleiten, rieche ihn, nehme seine glattrasierte Haut mit den Lippen wahr. Das leichte Zittern direkt unter seiner Haut.
Dann fasse ich in seinen Hosenbund und ziehe ihn mit einem Ruck zu mir. „Wow, du bist hart“, stelle ich fest. „Das fühlt sich gut an.“
Er stöhnt leise, als ich über seine Erektion streiche.
„Also, wie lange fickt ihr schon?“
„Du lässt nicht locker, was?“ Er lacht und keucht gleichzeitig, als ich mit einer Hand die Knöpfe seiner Jeans öffne. Ich will ihn gern noch einmal nackt sehen. Das Chaos um uns herum kann ich ganz gut ausblenden. Es ist faszinierend: Mick reizt mich so, dass ich mich vollkommen auf ihn konzentrieren kann.

„Als ich siebzehn war, hat er mich aufgelesen. War kurzzeitig auf der Straße gelandet …“ Er stöhnt zittrig, als ich meine Hand in seine offene Hose schiebe.
„Er hat sich um dich gekümmert und du hast dich revanchiert, ja?“, hake ich nach und grabe mich weiter nach unten.
Mick schiebt mir seine Hüften entgegen. Er hat einen schönen großen, geraden Schwanz, der sich gut anfühlt in meiner Hand. Als ich fester zupacke und nach unten streiche, bis zu seinen Eiern, stöhnt er: „Oh Gott, ist das geil … Hör auf, warte …“
„Was ist?“
„Ich will … ich bin dir was schuldig … lass mich …“
„Halt die Klappe, Mick! Und zieh deine Hose aus!“
Er gehorcht augenblicklich. Seine Jeans rutschen zu Boden. Seine Shorts hängen noch halb auf seinen Hüften. Und aus seinen Shorts ragt sein Schwanz heraus. Sehr geil.
Ich lasse ihn komplett los. „Zieh alles aus.“
Ich kann gar nicht so schnell gucken, wie Mick sich die Klamotten vom Leib gerissen hat. Er ist ein wirklich schöner Mann. Ich könnte ihn ewig anschauen, seine langen, muskulösen Beine, seine festen, glattrasierten Eier, die schmalen Hüften, die schmale Taille. Seine Schulterpartie ist ebenfalls mehr als ansehnlich, seine Arme gefallen mir besonders.
Ich fahre mit den Fingern über die festen Muskeln an seinen Oberarmen, über die eintätowierten Pfotenabdrücke.
Da bemerke ich eine kleine Bewegung – Mick will vor mir auf die Knie gehen. Ich halte ihn auf.
„Magst du das gern?“, frage ich.

„Hm?"
„Knien."
Er lächelt ein wenig verlegen, aber ich sehe auch die Lust in seinen Augen. Sein Mund ist leicht geöffnet, er atmet schneller. „Ja … kommt auf den Mann an, vor dem ich knien soll. Ich blase gern – und du schmeckst gut. Soll ich …"
„Du *sollst* heute gar nicht. Erzähl mir, wie du es dir am liebsten selbst machst. Legst du dich hin? Machst du es dir lieber im Stehen? In der Dusche? Benutzt du Toys?"
„Oh …" Jetzt grinst er. „Du bist neugierig. Ich leg mich gern hin, hier …" Er zeigt auf sein Bett und ich schiebe ihn sanft hinüber. Er fällt rücklings auf das Gewühl von Decken und lacht leise. Dann stellt er die Beine auf und lässt sie etwas auseinanderkippen. Das ist schön, er ist nicht schamhaft. Gefällt mir … und meinem Schwanz. Ich kann nicht behaupten, dass mich das alles kalt lässt.
„Zeig mir, wie du dich anfasst."
Er zögert keinen Moment, sondern greift nach seinem harten Schwanz und bewegt seine Hand fest an seinem Schaft von oben nach unten. Stimmt, er packt richtig zu, das habe ich gestern im Auto gemerkt. Ich sehe, dass seine Spitze von seinem Vorsaft glänzt. Er schließt die Augen und wichst seinen Steifen, als wenn ich gar nicht anwesend wäre. Das finde ich nicht nur total geil, sondern auch sehr beachtlich. Es sieht so aus, als wäre er absolut mit sich und seinem Körper im Reinen. Eine mehr als gute Voraussetzung für alles, was vielleicht noch kommt. Aber im Augenblick kann ich nicht einschätzen, ob überhaupt noch „mehr" kommt. Ich würde es mir wünschen, aber ich weiß nicht genau, wie Mick das alles sieht. Vielleicht ist es nur

ein Spiel für ihn. Ich habe schon bemerkt, dass er gern spielt. Das tue ich allerdings auch.
Jetzt öffnet er die Augen wieder, sein Blick ist total verklärt.
„Komm schon, pack deinen Schwanz aus, ich will dich schmecken!"
Eigentlich hatte ich ihn nur ansehen wollen, herausfinden, was ihm gefällt. Aber so einer Einladung kann ich nicht widerstehen. Dafür törnt mich sein raues, ungehemmtes Stöhnen zu sehr an.
Ich öffne meine Hose und mein Schwanz schnellt mir förmlich entgegen. Mick leckt über seine Lippen, fixiert meine Schwanzspitze mit einem fast beängstigenden Hunger. Ich hatte schon einige Jungs, die gern geblasen haben, aber Mick übertrifft sie alle.
Er saugt meine Eichel in seinen Mund, kaum dass ich sie ihm vor die Lippen halte. Und er saugt wirklich! Und dann öffnet er den Mund, lässt mich komplett in sich hineingleiten, während er einen grollenden Laut ausstößt. Das ist der Wahnsinn, wie sehr er darauf steht. Er packt meine Hüften, zieht mich näher an sich heran. Jetzt stört meine Hose, doch er dreht seinen Kopf so, dass ich auch in dieser Position in ihn eindringen kann. Ich überlasse ihm meinen Schwanz und schaue mir an, wie er sich selbst anfasst.
Mick hat einen wirklich schönen Schwanz und er packt ordentlich zu. Als er die Beine etwas breiter aufstellt, wird mir klar, dass er gern gefickt werden würde. Das fehlt ihm jetzt noch zur ultimativen Befriedigung. Aber ich möchte ihn noch nicht ficken, das wäre zu früh. Gott, dieser Junge ist es wert, dass man sich Zeit lässt und ihn mit jeder Faser genießt. Was für eine Entdeckung!

Er entlässt meinen Schwanz mit einen ‚Plop' aus seinem Mund und leckt über meine Eier, saugt sie abwechselnd und sehr vorsichtig in seinen Mund. Offenbar mag er selbst keine grobe Behandlung in diesem Bereich. Ich speichere alle Informationen über ihn ab, die er in diesen intimen Momenten über sich preisgibt.

Mick schiebt mich ein Stück zurück, atmet keuchend durch. Ich lasse ihm die Zeit, es ist okay, wenn er mal eine kurze Pause braucht. Es macht mich überhaupt nicht an, wenn meine Sexpartner anfangen zu würgen. Ich lasse meine Hand nach unten zwischen seine Beine gleiten und erhöhe den Druck direkt hinter seinen Eiern. Er quittiert meine Bemühung mit einem überraschten Keuchen. Offenbar mag er das – dann gibt es jetzt eine kleine Prostatamassage von außen.

Er reagiert sofort. Ich mag es, wie empfänglich er ist, wie empfindlich. Er stößt die Hüften nach oben und spannt die Arschbacken an.

„Ja, ja …" Seine Augen sind jetzt offen, er sieht mich auffordernd an, öffnet den Mund, streckt die Zunge raus.

Ich streiche mit den Fingern über seine Zunge und drücke seinen Mund wieder zu. So gern ich meinen Schwanz in seinem Hals versenken würde, jetzt möchte ich mich ganz auf ihn konzentrieren.

„Nimm die Hände nach oben", sage ich leise.

Er lässt seinen Schwanz los und verschränkt die Hände hinter seinem Kopf.

Ich übernehme seine Position, streiche über die samtweiche Haut, spüre die angeschwollenen Adern, die sich unter der zarten Haut entlangschlängeln. Dann fasse ich fester zu, so, wie er es bei sich gemacht hat. Wieder schnellen seine

Hüften nach oben. Ich setze mich so hin, dass ich ihn mit einer Hand wichsen kann und mit der anderen bequem zwischen seine Beine gelange. Als ich erneut mit der Massage beginne, spannt er sich an und wimmert leise.
„Oh Gott … bitte … nicht aufhören …"
Das hatte ich nicht vor. Aber die Gelegenheit ist günstig, einige pikante Details aus ihm herauszukitzeln. „Magst du es, gefickt zu werden?", frage ich ohne innezuhalten.
„Jaaaa …", stößt er hervor.
„Fickt Mo dich?"
„N… nein. Ich ihn."
Okay, interessant. Das hatte ich schon vermutet. „Und wie hast du es lieber?"
Er streckt sich, stemmt die Fersen in seine Matratze. „Was … oh Mann … Jaaa! Das ist so geil …"
Sein aufgegeiltes Gestammel ist wirklich heiß.
„Fickst du lieber oder hältst du lieber hin?", wiederhole ich meine Frage.
„Oh … ahhh …" Sein Stöhnen wird zu einer Art Grollen. „Ich … beides, verdammt."
Jetzt könnte ich ihn mir nehmen. Er ist mehr als bereit. Aber überraschenderweise habe ich kein Gleitgel in der Hosentasche und auch kein Kondom in der Socke, weiß auch nicht, ob Mick was parat hat. Auf hektisches Gesuche habe ich keine Lust. Ich will hier keine Unterbrechung. Mick ist so wunderschön in seiner Lust, ich kann kaum den Blick von ihm wenden. Und der Druck von außen wird ausreichen, ihm einen richtig geilen Höhepunkt zu bescheren.
Ich verstärke den Druck, streiche an seinem Damm entlang nach hinten, berühre ganz vorsichtig seinen Hintereingang.

„Ja, ja … schieb ihn rein“, keucht er heiser.
„Heute nicht“, sage ich leise und erhöhe das Tempo. Meine Hand ist bereits feucht von seiner Lust. Ich reibe mit dem Daumen über seine hochempfindliche Eichel und genieße sein verzweifeltes Stöhnen.
„Ich will sehen, wie du abspritzt. Zeig mir, wie du kommst.“
Es dauert nur noch wenige Sekunden, bis er in meine Hand pumpt und mit einem Grollen seine Sahne auf seinem Bauch verteilt. Er bleibt eine Zeit lang in dieser Anspannung, mit zusammengekniffenen Arschbacken und angespannten Oberschenkeln. Ich sehe seine Bauchmuskeln zittern. Dann lockert er alles und sinkt auf die Matratze zurück.
„Mmh“, schnurrt er zufrieden.
Ich lasse ihn in Frieden und schließe meine Hose. Es ist zwar etwas schwierig, meinen Schwanz so wegzupacken, aber es fühlt sich besser an so, richtiger.
„Warte!“ Mick hält meine Hand fest.
„Lass mich los.“
Micks Griff lockert sich sofort, aber sein Blick ist fragend.
„Mach den Mund auf.“
Es ist wirklich erstaunlich, dass er auf Ansagen so reagiert. Aber ich vermute, dass er längst nicht immer so folgsam ist. Ich tippe einen Finger in seine Sahne und streiche sie auf seine Lippen. Er lässt es sich widerstandslos gefallen.
„Ich würde lieber dich schmecken“, sagt er mit rauer Stimme.
„Ja, weiß ich.“
„Die Reparatur“, fängt er jetzt an. Was für ein Themenwechsel! „Die war schweineteuer …“

„Wir müssen ohnehin mal über Geld sprechen.“ Ich stehe auf, ziehe mein Hemd gerade.
Er richtet sich sofort auf. „Ich geb dir das wieder, okay? Ich will nicht, dass du mich aushältst oder so …“
Ich lege meinen Finger auf seine Lippen. Schöne Lippen, geschwungen, aber nicht sehr voll. Ich würde ihn gern küssen. Aber ich muss erst mal nachdenken. Im Augenblick fällt mir das allerdings schwer.
„Wie weit würdest du gehen, Mick, hm? Für all das hier?“
Er spitzt die Lippen, küsst meinen Finger. „Was meinst du damit?“
„Wie viel ist dir das Leben hier mit den Tieren wert?“
„Ach so, das meinst du … Dafür würde ich alles tun!“, sagt er mit Inbrunst.
Ich nehme ihm das auf jeden Fall ab.

Ziemlich nachdenklich und ziemlich unbefriedigt fahre ich nach Hause. Letzteres ist tatsächlich nicht das größere Problem. Klar, es nervt ein bisschen, aber ich hätte es ja anders haben können. Zwischen Mick und mir ist etwas … etwas mehr als nur Sympathie. Und das macht mich wiederum nachdenklich. Ich hätte ihn ficken können, dann wäre ich jetzt entspannter. Aber Sex mit Mick ist nicht planbar, soviel ist mir schon jetzt klar. Und Planung ist mir verdammt wichtig.
Und dann dieses Tierasyl-Fiasko! Mann, die zwei schlittern sowas von ins Verderben mit ihrem Projekt. Wie soll das funktionieren? Da ist zu wenig Geld und viel zu viel Arbeit. Moritz geht ja auch noch „nebenbei“ Vollzeit arbeiten. Ich glaube, am liebsten würde er die ganze Hütte verkaufen und dieses Kapitel hinter sich lassen.

Es ist schon nach neun, als ich zu Hause ankomme. Ich fühle mich seltsam, müde, erschöpft und gleichzeitig aufgedreht. Mein erster Weg führt mich in die Küche, ich hole mir ein Glas und gieße mir einen Whiskey ein. Vielleicht bringt mich der Alkohol ein bisschen runter.
In diesem Augenblick klingelt es an meiner Tür. Wer ist das?
Ich trinke einen Schluck und gehe mit dem Glas in der Hand Richtung Tür. Sollte es jemand sein, der mich überfallen will, kann ich demjenigen immer noch den Whiskey ins Gesicht kippen. Meine Güte, der Tag mit Mick und Moritz scheint mich ein klein wenig verwirrt zu haben. Wer um alles in der Welt sollte mich überfallen?
Ich öffne die Tür und sehe in Max' Gesicht. In sein erstauntes Gesicht. Er mustert mich vom Kopf bis zu den Füßen. Ich ihn ebenfalls – er trägt sein ‚Bad Max'-Outfit, schwarze Lederkleidung, die ihn sehr heiß aussehen lässt, auf eine gefährliche Art.
„Guten Abend, Lee. Bist du betrunken?", fragt Max ohne Umschweife.
„Ich … nein. Ich bin gerade erst nach Hause gekommen." Und dann fällt es mir wie Schuppen von den Augen. Ich war mit ihm verabredet. Mein Gesicht wird heiß. Das gibt es doch gar nicht. Ich habe den Termin vergessen!
Max schüttelt den Kopf und lacht laut auf. „Ich fass es nicht. Du hast unser Date vergessen! Und du wirst rot! Das habe ich ja noch nie gesehen. Was ist passiert?"
Ich trete beiseite und bedeute ihm, ganz hereinzukommen. „Du bist nicht allein, oder?"

„Nein, ich habe Chrissy dabei. Aber du weißt ja, für ihn ist es okay, wenn er warten muss. Das macht ihn noch heißer."
Max und ich hatten geplant, heute ins ‚PH' zu gehen, einen sehr exklusiven BDSM-Club. Eigentlich hätte Kimi mitkommen sollen und eigentlich ist das auch eher Max' Spielfeld. Ab und an begleite ich ihn ins ‚PH' oder zu anderen privaten Partys. Kim hätte es auf jeden Fall gefallen, als Sklave mitzukommen. Als ich mir Mick in einem Sklavenoutfit vorstelle, muss ich grinsen.
„Was ist los mit dir?"
„Entschuldige, das ist mir echt peinlich. Aber ich habe den Termin wirklich vergessen", gebe ich zerknirscht zu.
„Ja, das merke ich. Los, zieh dich um. Ist ja kein Problem, wenn wir etwas später auftauchen."
Ich schüttele den Kopf. „Nein, Max, tut mir leid. Heute gehe ich nur noch ins Bett."
Wir gehen gemeinsam ins Wohnzimmer und Max lässt sich auf mein Sofa fallen. Er ächzt leise. „Scheiß Cockring", brummt er.
Jetzt muss ich lachen.
„Also erzähl …"
„Willst du etwas trinken?"
„Oh, wird es eine längere Geschichte? Dann hole ich Chrissy rein, er kann ja auch hier neben mir knien." Er deutet auf den Platz neben sich und grinst breit.
„Mir ist es egal, wie du es möchtest. Aber ich fürchte, das könnte mich noch mehr ablenken als du in deinen ‚Bad Max'-Klamotten." Ich trinke noch einen Schluck, der Whiskey rinnt heiß durch meine Kehle.

Er grinst mich an. „Auf die Story bin ich gespannt, wenn sie dich davon abhält, uns zu begleiten."
Ich setze mich ihm gegenüber. „Ich habe den Typen wiedergetroffen … Mick."
„Den kleinen Stinker?", unterbricht er mich.
Ich zucke mit den Schultern. „Nun, gestunken hat er nicht mehr."
„Wollte er dir deine Sachen zurückgeben?"
Nein, meine Hose und mein T-Shirt hat Mick immer noch, und jetzt hat er auch noch ein Paar Schuhe dazu. Bald habe ich ihn komplett ausgestattet.
„Ich habe ihn zufällig getroffen. Er hat für sein Tierasyl gesammelt, das er und sein Kumpel haben."
„Ein Tierasyl", wiederholt Max ungläubig.
„Ja, deswegen hat er auch so gestunken … nach Katzenpisse." Die Erinnerung daran lässt mich erschaudern. Aber der heutige Tag hatte ja noch heftigere Überraschungen auf Lager.
„Mmh, das erwähntest du", bestätigt Max und ich sehe in seinen Augen, dass er sich schon wieder totlachen könnte.
„Die zwei, also Mick und sein Freund, wohnen auf einem alten Hof mit einem Haufen Tieren. Sie haben zu wenig Kohle und zu viel Arbeit."
„Und das hast du dir heute Nachmittag angesehen?" In Max' dunkler Stimme schwingt seine deutliche Belustigung mit. „Du bist ja generell so ein Tierfreund. Ich kann mir sehr gut vorstellen, wie du dir heute dieses Tierasyl angesehen hast." Seine Mundwinkel zucken.
„Ich hab mir auch Mick etwas genauer angesehen, wenn du es wissen willst", gebe ich zu.

„Ah, da kommen wir der Sache schon näher. Und natürlich möchte ich es genauer wissen.“ Er setzt sich bequemer hin, breitbeinig.
Ich verkneife mir einen Kommentar zu bestimmten Sextoys.
„Wir waren vorher schon zusammen im Kino und hatten im Anschluss ein kleines pikantes Erlebnis. Also, ich mag ihn, Max. Er ist süß und smart und sehr sexy.“
„Süß.“ Max seufzt.
„Er hat kein Geld, sein Kumpel verdient ein bisschen was. Für dieses Tierheim reicht es nicht mal annähernd.“
„Wo ist das Problem? Soweit ich weiß, hast du deine Jungs doch immer irgendwie bezahlt – oder zumindest ausgehalten.“ Er starrt mich an, sieht offenbar, wie es in meinem Hirn arbeitet.
„Oh nein!“ Max zieht theatralisch die Augenbrauen nach oben und mimt den Erschütterten. „Ich sehe es schon, Mickey Mouse ist etwas Besonderes. Er ist nicht so wie die anderen Jungs.“
„Jetzt hör schon auf“, unterbreche ich ihn heftig.
„Komm schon, Lee, begleite mich ins ‚PH‘ … ich kann dir deinen kleinen Mick auch aus dem Hirn vögeln. Wenn du willst sogar ohne Zuschauer.“
Ich kann mir ein Lachen nicht verkneifen. „Träum weiter.“
„Lee, weißt du, was mit dir los ist? Du bist verknallt.“
Ich starre ihn wortlos an, stehe dann mit einer ruckartigen Bewegung auf und gehe in die Küche, um mir einen weiteren Whiskey einzuschenken. Der spinnt doch! Okay, nein, er spinnt nicht. Es ist durchaus im Bereich des Möglichen. Ich fühle schon etwas mir persönlich sehr Fremdes,

wenn ich Mick ansehe. Das macht mich fast handlungsunfähig.

Mit dem Glas in der Hand schlendere ich zu Max zurück, der mich aufmerksam ansieht. „Was hast du da eigentlich für Uralt-Schuhe an?“, fragt er lauernd mit einem Blick auf Micks Chucks.

Ich schüttele den Kopf. „Eine schreckliche Geschichte. Es sind Micks Schuhe.“

„Das hatte ich schon vermutet. – Weißt du, Lee, es gibt doch nur zwei Möglichkeiten. Entweder du gönnst dir den Spaß mit ihm, das hätte für Mick dann auch finanzielle Vorteile, vermute ich. Oder du lässt jetzt sofort die Finger von ihm, bevor du aus der Nummer nicht mehr herauskommst.“

„Es gibt noch eine weitere …“

Max schneidet mir mit einer deutlichen Handbewegung das Wort ab. „Nein, die gibt es nicht. Wie alt ist der Kleine? Anfang zwanzig?“

„Ja.“

„Ein zwanzigjähriger selbsternannter Tierschützer, der sein Geld mit seinem Arsch verdient … der passt nicht in deine Welt. So einfach ist das.“ Er steht ebenfalls auf. „Oder glaubst du, du kannst ihn *erziehen*, sodass er in deine Welt passt?“

Der Gedanke ist genauso erregend wie abschreckend.

„Ich muss darüber nachdenken. Vielleicht fällt mir eine gute Lösung ein.“

Max kommt auf mich zu, bis er ganz nah vor mir steht. Ich kann ihn riechen, das Leder seiner Kleidung, den schwachen Geruch eines verdammt teuren Aftershaves. Gott, dieser Mann ist so unfassbar attraktiv.

„Ja, denk gut darüber nach. – Wie viele Tiere haben die Jungs bei sich untergebracht?“

„Ich weiß nicht, es waren eine Menge.“ Ich seufze leise. „Aber die Unterbringung der Tiere war in Ordnung, soweit ich das beurteilen kann.“

„In so einem Projekt stecken eine Menge Arbeit und eine Menge Geld. Warum ahne ich bloß, dass ich in dieser Soap noch eine Rolle spielen werde …?“

Jetzt grinse ich ihn arglos an. „Keine Ahnung. Die Jungs haben ein Tierheim, du eine Tierklinik … hm, ich komme sicher noch auf den Zusammenhang.“

„Ja, ja, verarschen kann ich mich selbst. Pass du bloß auf, dass du dich nicht verzettelst.“

Ich begleite ihn zur Tür. „Viel Spaß heute Abend. Und treib’s nicht zu heftig.“

„Lee, verliebt sein ist wie eine psychische Erkrankung. Die Symptome gleichen einer Psychose.“

„Ja, klar … fühlt sich gut an. – Max, für wie blöd hältst du mich?“

Max schüttelt den Kopf, aber er grinst.

9. Kapitel
Mick

Als ich wieder nach unten gehe, sitzt Mo vor dem Fernseher im Wohnzimmer. Er hat die Beine auf den Tisch gelegt, Hope und Maybe liegen neben ihm auf der Couch. Im Fernsehen läuft irgendein Krimi.
Er mustert mich nachdenklich.
„Na, ist dein Besuch weg?"
„Mmh."
„Mann, Mick, das ist ein Fang, den du dir da an Land gezogen hast", werde ich informiert.
Ich setze mich zu ihm. Leon als „Fang" zu bezeichnen, scheint nicht zu passen. In meinem Kopf ist ohnehin noch Kirmes. Ich denke über all die seltsamen Dinge nach, die Leon gesagt hat. Und was er alles von mir wissen wollte … echt verrückt. Noch verrückter ist allerdings, wie geil er mich machen kann. Allein der Gedanke daran, macht mich schon wieder scharf.
Mos Blick ruht nach wie vor auf mir. „Habt ihr gevögelt?"
„Nicht wirklich."
„Magst du ihn?"
„Sag mal, steht heute auf meiner Stirn ‚fragt mich, ich beantworte alles'?"
Moritz zieht überrascht die Augenbrauen nach oben. „Du magst ihn sehr", schlussfolgert er. „Das ist doch eine gute Ausgangslage. Er ist nett und er hat eine Menge Geld, würde ich vermuten."
„Aber du meinst jetzt hoffentlich nicht, dass ich ihn beklauen soll!"
„Quatsch … nachher landest du im Knast!"

„Also willst du, dass ich mich von ihm aushalten lasse?“ Der Gedanke missfällt mir.
„Die Reparatur deines Autos bezahlt er doch schon. Ich weiß ja nicht, was deine Gegenleistung dafür war.“ Moritz zuckt etwas unschlüssig die Schultern. „Du kannst auch arbeiten gehen, Mick. Aber eine passende Arbeit zu finden, scheint für dich auch nicht ganz einfach zu sein. Außerdem haben wir dann niemanden, der tagsüber die Tiere versorgt. Ich weiß sowieso nicht, wie das alles weitergehen soll.“
Wieder klingt er so mutlos, wie vorhin in der Küche. Ich lege den Arm um seine schmalen Schultern und ziehe ihn an mich. Er fühlt sich verdammt vertraut an. „Du hast recht, vielleicht ist Leon die Lösung unserer Probleme.“
Wie weit würdest du gehen, Mick? – Seine Frage hallt durch meinen Kopf, mischt sich mit dem bunten Kirmesdurcheinander.

***

Ich habe schlecht geschlafen. Immer wieder bin ich in der letzten Nacht hochgeschreckt und dann waren sofort zig Gedanken, die in meinem Hirn herumgeflogen sind wie besoffene Tauben. Als ich am nächsten Morgen aufwache, fühlt sich mein Schädel an, als hätten die besoffenen Tauben das ein oder andere Mal meine Schädeldecke von innen gerammt.
Es nützt nichts, ich muss natürlich früh raus, um die Tiere zu füttern. Zuerst die Katzen und die Nager, dann die Hunde. Danach öffne ich die großen Türen und lasse die Hunde, die sich vertragen, gemeinsam nach draußen. Es dauert über eine Stunde, bis ich Katzen und Hunde ver-

sorgt und begutachtet habe. Einige Tiere bekommen Medikamente, aber grundsätzlich scheinen heute Morgen alle fit zu sein. Als Letztes gehe ich nach draußen, um Kraut und Willi zu versorgen.

Die letzte Runde des Vormittags ist meine Lieblingsrunde – Klos saubermachen und Hundekacke vom Rasen kratzen. Als ich mit Schaufel und Eimer bewaffnet losziehe, macht Mo sich auf den Weg zu seiner Arbeit.

Er kommt zu mir herüber. „Wenn du heute etwas Zeit hast, könntest du versuchen, den Zaun wieder aufzustellen. Ich glaube, oben auf dem Dachboden in der Scheune ist noch etwas Holz. Vielleicht findest du was Brauchbares."

„Ich schau mal nach. Aber ich muss heute auch den Wagen tauschen." Etwas traurig sehe ich zu der schwarzen A-Klasse hinüber. Eigentlich müsste sie vorher durch die Waschstraße. Ich könnte auch einen Wasserschlauch draufhalten, aber der Weg von Mos Hof bis zur Hauptstraße ist so schlammig, da sieht der Wagen sowieso nach ein paar Metern wieder aus wie Sau.

Gegen elf Uhr bin ich fertig mit meiner Vormittagsrunde und ich habe sogar einen kleinen Extra-Spaziergang mit Hilde gedreht. Ich ziehe mir einigermaßen saubere Sachen an, werfe Mos und meine dreckige Wäsche in die Waschmaschine und suche unseren altersschwachen Staubsauger. Leider haart Hilde zurzeit teuflisch und der Leihwagen sieht dementsprechend übel aus. Ich sauge also rasch noch die Sitze ab. Will ja Leon nicht blamieren.

Als ich Hilde zurück ins Haus bringen will, weigert sie sich geschlagene fünf Minuten, mit mir mitzukommen. Am Ende muss ich das Tier ins Haus tragen, weil ich sie nicht

so am Hals ziehen will. Also so langsam zweifle ich auch an ihrem Verstand.
Um zwölf fahre ich dann endlich Richtung City, mit dem eingebauten Navi ist es überhaupt kein Problem, die Werkstatt wiederzufinden.
Mein Serena steht schon auf dem Hof und nachdem ich mir schon die bis zum Haaransatz hochgezogenen Augenbrauen des Werkstattmeisters ansehen muss, als der den Leihwagen betrachtet, mach ich schnell, dass ich wegkomme.
Auf dem Rückweg klingelt mein Handy. Eine Freisprecheinrichtung hat mein Wagen selbstverständlich – nicht. Daher hoffe ich inständig, dass ich nicht von der Polizei angehalten werde, als ich das Gespräch entgegennehme.
„Ja?“
„Hi Mick, hier ist Leon.“
Ein warm-kribbelndes Gefühl jagt bis in meinen Magen.
„Hi. War gerade bei der Werkstatt. Die wollten die Rechnung gleich an dich schicken.“
„Ja, ist in Ordnung. Hast du heute Nachmittag Zeit?“
„Klar, ich kann gleich bei dir vorbeikommen.“
„Gut, dann mach das. Bis später.“
Überrascht beende ich das Gespräch. Was Leon wohl von mir will? Ich denke an Mo und seine düstere Stimmung gestern Abend. Vielleicht habe ich es jetzt in der Hand, unsere ziemlich aussichtslose Situation in den Griff zu kriegen. Vielleicht … auch wenn ich nicht glaube, dass Leon der große Tierfreund ist. Und ob ich ihm etwas bieten kann, wofür er richtig viel Geld bezahlt, das sei mal dahingestellt.

10. Kapitel
Leon

Den ganzen Morgen habe ich an meinem Skript geschrieben und immer wieder habe ich mich dabei ertappt, wie meine Gedanken zu Mick geglitten sind. So ganz unauffällig, als würde ich das gar mitbekommen. Und so ist das Ergebnis meiner vormittäglichen Arbeit: 3000 Wörter, von denen ich 1967 wieder streiche.

Die Szene im vierten Kapitel habe ich noch immer nicht umgeschrieben. Und da ich befürchte, dass Natalie sich spätestens morgen wieder bei mir meldet, gehe ich das Problem als Nächstes an. Ich rufe meine Freundin Adelina an. Sie arbeitet als Domina im ‚Xtra hard' und ich denke, von ihr bekomme ich die Infos, die ich brauche.

„Hallo Lee, womit kann ich dir helfen?", meldet sie sich bereits nach dem zweiten Klingeln. Ich höre, dass sie im Auto unterwegs ist.

„Ich habe ein paar Fragen …"

„Schieß los, Süßer."

„Wird schwierig am Telefon. Eigentlich bräuchte ich etwas praktische Anleitung."

Jetzt lacht sie rauchig. Adelina hat ein sehr erotisches Lachen, das gleichzeitig total natürlich klingt.

„Damit könnte ich dienen."

Jetzt muss ich auch lachen. „Mach dir keine Hoffnungen, ich wollte mich nicht von dir fesseln und knebeln lassen."

„Aber wie wäre es mit einer kleinen Elektrosession?"

„Oh nein, danke."

„Ich habe auch schöne große Plugs dabei. War gerade bei einem sehr solventen Kunden, der darauf steht. Hausbesuch. Wenn du möchtest, kann ich jetzt bei dir vorbekommen", bietet sie an. „Ich habe auch noch etwas anderes Equipment im Wagen, wenn du eine kleine Vorführung benötigst."

Klingt gut. Adelinas Demonstrationen sind immer ausgesprochen aufschlussreich und wir haben meistens ziemlich viel Spaß zusammen.

Mick

Vor Leons Haus steht ein schwarzes SLK Cabrio. Ich parke meinen Serena ein Stück weiter entfernt – Mann, bei solchen Autos kriegt man ja doch Minderwertigkeitskomplexe. Auch wenn man sich gar nicht für Autos interessiert. Leon hat offenbar Besuch. Warum hat er mich dann auch hierherbestellt?

Ich steige aus und laufe durch den Nieselregen zu Leons Haus und klingele.

Leon öffnet quasi sofort – er stand offenbar direkt davor. Und neben ihm eine recht große, schlanke Frau in einem Leder-Latex-Outfit, das keine Fragen offenlässt. Die Absätze ihrer Schuhe sind schwindelerregend hoch und mindestens genauso schwindelerregend ist das, was mir aus ihrem Oberteil entgegenquillt. Sie hat ein hübsches, fast puppenhaftes Gesicht und tolle lange schwarze Haare.

„Ah, Mick, komm rein. – Adelina, das ist Mick. Mick – meine Freundin Adelina."

„Hallo", sage ich etwas schwächlich.

„War wieder mal sehr amüsant mit dir", sagt Leon. „Und informativ. Danke, dass du so schnell kommen konntest."

„Immer gerne, Lee", gurrt Adelina. Sie betrachtet mich völlig ungeniert. „Das ist dein neuer Favorit?"

„So ähnlich", sagt Leon lächelnd.

Die beiden küssen sich auf die Wangen zum Abschied und Leon wartet, bis Adelina vom Hof gefahren ist.

Dann wendet er sich mir zu und schenkt mir sein ganz spezielles Leon-Lächeln. „Schön, dass du gekommen bist."

Ich würde ihn gern umarmen zur Begrüßung, küssen, aber irgendwie kommt es nicht dazu. Es ist, als hätte Leon eine

Glaswand zwischen uns hochgezogen. Aber vielleicht liegt es auch an mir. Allerdings funktionieren seine Augen auch durch die Glaswand – ich bin sofort gefangen von seinem Blick.
„Komm mit ins Wohnzimmer. Ich möchte gern etwas mit dir besprechen."
Im Wohnzimmer haben er und Adelina wohl eben auch gesessen: Ich sehe Sektgläser und dann fällt mein Blick auf eine kleine Sammlung von BDSM-Spielzeug. Paddle, Flogger und Lederbänder, die ich nicht weiter zuordnen kann. Wahrscheinlich kann man sie multifunktional einsetzen. Eine kleine Gänsehaut zieht über meine Wirbelsäule bis hoch in meinen Nacken.
Leon beachtet das Sexspielzeug nicht weiter.
„Ich habe heute den ganzen Morgen an dich gedacht", sagt er mit einem schmalen Lächeln.
Ich erwidere es vorsichtig. „Und deswegen hast du dir gleich so ein paar neue Sachen gekauft?" Ich deute mit dem Kinn Richtung Tisch.
Er lacht. „Nein. Das hat Adelina hier gelassen, leihweise. Ich brauche das für meine neue Story."
Aha, dann schreibt er doch wohl eher Pornos als Krimis. Es sei denn, jemand wird in seinen Storys zu Tode *gepaddelt*. Ich versuche, meine Gedanken wieder auf unser Gespräch zurückzulenken.
„Worüber hast du denn nachgedacht?"
Er lehnt sich zurück, betrachtet mich wohlwollend. „Darüber, dass ich dich gern mag. Ich finde dich interessant und ziemlich heiß."
„Oh, danke." Ich spüre, wie Hitze in meine Ohren kriecht. Das Kompliment macht mich wirklich etwas verlegen. Ich

könnte das Kompliment so zurückgeben, finde das aber irgendwie doof. ‚Ja, du bist auch heiß‘ oder so … klingt doch kacke!
„Ihr seid finanziell ziemlich am Arsch“, fährt er schonungslos fort. „Aber ich könnte euch unter die Arme greifen. Für eine Gegenleistung.“
Mein Herz klopft mittlerweile ziemlich hart gegen meine Rippen. Ich befürchte, Leon kann das Hämmern bereits hören.
„Gestern habe ich dich gefragt, was du tun würdest für das Tierasyl, für das Leben mit den Tieren.“
Ich nicke langsam. Ich weiß noch, was ich geantwortet habe. „Ich habe gesagt, dass ich alles dafür tun würde.“
Leon schenkt mir ein nachdenkliches Lächeln. „Alles?“
Ich schüttele den Kopf. „Nein, natürlich nicht. Was … schwebt dir denn so vor als … Gegenleistung?“
Leon steht auf. „Möchtest du etwas trinken?“
Ich zeige auf die Sektflasche.
„Prosecco?“
Auch gut. „Ja, wenn noch etwas da ist?“
Er gießt mir ein Glas von der Plörre ein und ich trinke es komplett aus. Damit es meine Nerven etwas beruhigen würde, müsste ich wohl die ganze Flasche austrinken.
Er stellt sich hinter das Sofa, auf dem ich sitze. Ganz zart lässt er seine Fingerkuppen über meinen Nacken gleiten. „Ich will dich, zwei Monate lang, jeden Abend. Zu meiner freien Verfügung.“
Acht Wochen – das ist ein absehbarer Zeitraum. Die Frage ist, welche Entlohnung ich dafür bekomme. Und was ich dafür tun muss.

Ich räuspere mich, schiele nach der Flasche. „Was würde ich dafür bekommen?“
„Ah, darüber habe ich noch nicht so genau nachgedacht. Ich könnte dich anstellen als – persönlichen Assistenten.“
„Persönlicher Arschistent“, murmele ich leise.
Leon lacht. „Glaub nicht, das hätte ich nicht gehört.“
Ich grinse ihn etwas verlegen an.
„Wir können diese zwei Monate auch als eine Art Probezeit sehen. Wir experimentieren ein wenig, lernen uns kennen. Und ich unterstütze euch beide in dieser Zeit, damit ihr über die Runden kommt. Wenn es gut läuft, könnte ich über eine Stiftung nachdenken. Vielleicht ist eine Vereinsgründung sinnvoll …“
Wahnsinn, hat Mo vielleicht recht gehabt? Ist Leon unsere Chance? Ich blende alles aus, einschließlich des SM-Spielzeugs auf dem Tisch direkt vor mir. Das ist bescheuert und ziemlich blauäugig. Ich kenne Leon überhaupt nicht.
„Okay, in Ordnung“, sage ich. „Ich mach’s.“

Leon

Ich höre seine Worte, während ich mit den Fingern an seiner Halslinie entlangwandere. Er hat so weiche Haut, ich könnte ihn ständig anfassen. Ich bin ziemlich verblüfft, dass er sofort zusagt. Langsam umrunde ich das Sofa und setze mich wieder ihm gegenüber auf den Sessel.

„Aber ich mach kein 47/11!", sagt Mick mit fester Stimme.

Ich starre ihn verdutzt an. „Sofern du keine ungewöhnlichen Sexspielchen mit Duftwasser für ältere Damen kennst, würde ich sagen, du meinst 24/7."

„Ja, natürlich", stottert er verlegen.

„Das ist okay. Ich sagte ja schon: acht Wochen lang, jeden Abend von vielleicht sieben bis zehn. Ich möchte keinen Sklaven", beruhige ich ihn. „Aber ich mag es, wenn bestimmte Dinge nach meinen Vorstellungen ablaufen."

Mick nickt. „Mm-mh, hab ich kapiert. Du bist ein Dom."

Ich sehe, wie er seine Unterlippe nach innen saugt und darauf herumkaut.

„Aber ich bin kein Sub."

„Es ist ein Deal und es geht um eine Menge Geld", sage ich sachlich. „Ich bin nicht der heilige Franziskus, Mick. Wenn ich dir – euch – Geld zukommen lasse, erwarte ich dafür eine angemessene Gegenleistung."

„Ich stehe nicht auf SM", stellt er klar. „Ich meine, ich …"

Er stockt. „Ich stehe nicht auf Schmerzen", fügt er leise hinzu, fast entschuldigend.

„Aber du bist sehr empfänglich, was mich betrifft. Und ich kann dich beruhigen – ich bin ein Top, aber kein Sadist."

„Okay, ich habe ja schon gesagt, ich mach's. Erzähl mir etwas über deine Regeln, was soll ich machen? Und schließen wir einen Vertrag ab? Habe ich ein Safeword?"
Dass er mit den Begrifflichkeiten vertraut ist, zeigt mir, dass er schon Berührungspunkte mit dem BDSM-Bereich hatte. Ich werde herausfinden, wie und warum. Ich werde eine ganze Menge über Mick herausfinden.
„Du kommst jeden Abend um sieben zu mir. Schaffst du das zeitlich?"
Er nickt.
„Du bekommst einen Schlüssel zu meinem Haus."
Jetzt reißt er die Augen auf. „Ernst?"
„Falls ich mal nicht da sein sollte, werde ich dir Instruktionen in meinen Wellness-Raum legen. Dort kannst du auch duschen. Ich habe alles da, was man zum Duschen so braucht."
Mick blinzelt kurz. „Außen und innen polieren, ja?", fragt er spöttisch.
Ich grinse ihn an. Er ist wirklich erfrischend offen und offenbar hat er sich von seinem ersten Schock erholt.
„Ich erwarte, dass du nicht in meinem Haus herumschnüffelst, dass du nichts mitgehen lässt, dass du pünktlich bist und die Instruktionen befolgst. Okay soweit?"
Er nickt. Eine Bewegung in der Tasche seines Kapuzenshirts irritiert mich. Augenblicke später schiebt sich ein winziger pelziger Kopf aus der Tasche.
Ich starre diesen kleinen Kopf an und Mick folgt meinem Blick.
„Oh, das ist Tail", erklärt er. „Der ist gerade aufgewacht."
Eine Ratte. Er hat eine Ratte dabei, in seiner Tasche! Ich kann das einfach nicht glauben.

„Warum heißt die Ratte ‚Schwanz'?", frage ich mehr als irritiert.
Mick nimmt den kleinen Nager in die Hand. „Hallo? Ratte? Schwanz?"
Er präsentiert mir den langen, ziemlich haarlosen Rattenschwanz seines kleinen Begleiters. „Tail ist ziemlich neugierig. Wenn ich nicht aufpasse, kommt er öfter mal als blinder Passagier mit."
Ich atme ein Mal tief durch. Max läge spätestens jetzt vor Lachen unter dem Tisch.
„Okay, das sind meine Regeln. Du bist jeden Abend um sieben hier bei mir und stehst mir zu Verfügung. Du bekommst einen Schlüssel. Falls ich nicht da sein sollte, werde ich dir Anweisungen zurücklassen. Und – du schnüffelst hier nicht herum und fasst nichts an, was mir gehört. Mein Arbeitszimmer ist absolut tabu, klar?", wiederhole ich, denn ich bin mir nicht ganz sicher, ob Mick alles aufgenommen hat.
Mick nickt. „Ja, hab ich kapiert."
„Und Mick – keine Ratten in meinem Haus!"
„Klar, kein Problem. Eine Frage habe ich allerdings noch: „Was passiert, wenn ich mich mal … nicht daran halte?"
„Wenn du dich nicht an die Regeln hältst, werde ich ein Mal richtig ungemütlich. Beim zweiten Mal ist die Absprache zwischen uns erledigt."
„Aha, okay …" Er schweigt kurz. „Krieg ich was Schriftliches? Und was ist mit dem Safeword?"
„Du kriegst einen Vertrag, wenn du möchtest. Hast du ein Konto?"
„Ja, aber …"
„Du willst lieber Bargeld."

Er nickt. „Tiramisu."
„Bitte?"
„Mein Safeword."
„Okay, meinetwegen." Ich kann ein Grinsen nicht unterdrücken. Er traut mir offenbar nicht über den Weg. „Komm." Ich stehe auf. „Ich zeige dir meinen Wellness-Raum."
Er stemmt sich aus dem Sofa. „Wie viel Uhr ist es eigentlich?"
„Wieso, hast du noch ein Date?"
Er schnaubt, was ein bisschen genervt klingt. „Ich muss heute noch die Tiere versorgen. Und die haben ihre festen Zeiten."
Ich bleibe auf der letzten Treppenstufe stehen und sehe auf ihn hinunter. Da wir in etwa gleich groß sind, kann ich das sonst nicht. „Mick – kannst du mit dem Begriff Exklusivität etwas anfangen?"
„Klar, ich bin ein total exklusives Objekt", behauptet er und strahlt mich an.
Ich grinse zurück. „Stimmt, und ich möchte dich ganz exklusiv für mich haben. Keine anderen Männer in der Zeit."
Er sieht mich von unten herauf an. „Hast du mich deswegen so ausgequetscht gestern? Wegen Mo …?"
„Wenn ihr ein Paar seid, bin ich nicht an dem Deal interessiert."
„Mo und ich, wir sind kein Paar. Dafür haben wir in bestimmten … ähm, Dingen … zu unterschiedliche Ansichten."
Ich mustere ihn, während er vor sich hinstottert. „Sex?"
Er seufzt. „Kann ich nichts vor dir verbergen?"

Jetzt muss ich wirklich lachen. „Du bist ein verdammt schlechter Lügner, Mick." Ich greife nach ihm, lege die Hände auf seine Schultern und ziehe ihn dicht zu mir heran. Jetzt atmet er warme Luft gegen meinen Brustkorb. Seine Arme schließen sich um meine Taille. Als ich mich herunterbeugen will, um ihn zu küssen, sehen mich zwei kleine dunkle Knopfaugen sehr kritisch an. Seufzend lasse ich Mick los.

„Was ist?", fragt er erstaunt.

„Dein Begleiter …" Ich deute auf die Ratte, die jetzt auf seiner Schulter hockt.

„Oh."

„Ich möchte nicht, dass dein *Tail* mir in die Nase beißt."

Er hat den Witz verstanden und lacht leise. „Ich bringe ihn ins Auto, wenn du möchtest."

Bevor ich mich daran hindern kann, nicke ich. Mick dreht sich auf der Treppenstufe um und flitzt nach unten. Oh Mann, ich sabotiere meinen eigenen Plan. Aber er ist so sexy, ich möchte ihn wirklich gern vernaschen.

In null Komma nichts ist Mick zurück. „Ich habe immer eine Transportbox im Auto, das ist okay für Tail, wenn er eine Zeit lang da drin wartet."

„Freut mich für Tail, wenn es für ihn *okay* ist."

„Du machst dich über mich lustig", sagt er düster.

„Oh nein." Ich nehme sein Gesicht zwischen meine Hände, streiche mit dem Daumen über seine Unterlippe. „Ich nehme dich sehr ernst. Ich mag dich und ich finde dich sehr sexy."

Er schenkt mir einen koketten Blick. „Was ist jetzt mit deinem Wellness-Raum?"

11. Kapitel
Mick

Mein Herz klopft aufgeregt, als ich Leon in einen Raum am Ende des Flures folge. Und ich bin total geflasht. Das ist hier wirklich ein Wellnessraum, wie ich ihn nur aus dem Fernsehen kenne. Der Raum ist ziemlich groß, bestimmt 30 Quadratmeter, in einer Ecke ist eine Dusche mit einer Glaswand, zu einer Seite ist sie komplett offen. Es gibt eine Massageliege, Schränke aus dunklem Holz und eine richtig große Eckbadewanne. Sicher ein Whirlpool. Die Bodenfliesen sehen toll aus, grau-schwarzer Naturstein. Total abgefahrener Luxus.
„Wow, ich bin beeindruckt“, sage ich. Dann fällt mir etwas auf, das nicht so recht ins Bild passt: An den Wänden und im Boden befinden sich einige massive schwarze Eisenringe. Sogar in der Dusche!
Ich sehe mich zu Leon um, versuche in seinen Schädel zu schauen. Aber leider bin ich nicht sehr erfolgreich beim Gedankenlesen.
„Du kannst hier duschen, Handtücher sind im Schrank.“ Er öffnet den Schrank und deutet auf einen Kasten. „Andere Duschaufsätze.“
Jetzt grinst er mich an, so ein lauerndes Grinsen. Aber ich bin noch etwas geschockt wegen den Eisenringen. Leon hat offenbar keine Probleme damit, diese Ringe in seinem Badezimmer zu erklären. Und ich mach mir Gedanken über Eisenringe am Küchentisch …
„Ist das hier dein … *Dungeon*?“
Leon kommt näher, fasst in meinen Nacken und zieht mich zu sich heran. Ich wehre mich nicht, Leon übt eine wirklich

ungesunde Anziehungskraft auf mich aus. Da werde ich mir sicher derbe die Finger verbrennen. Bis dahin kann ich seine Hände auf meiner Haut genießen.

„Mick, sag mir doch mal, woher du dich mit all dem so gut auskennst."

Sein Atem streift über meine Lippen. Ich beuge mich zu ihm, fange seine Lippen ein. Dieser Kuss haut mich fast aus den Schuhen. Leons Lippen sind heiß und trocken, er wartet ab, lässt mich erkunden. Ich schlinge meine Arme fest um seinen drahtigen Körper und erobere seinen Mund. Es ist fast wie ein Zwang, ich will wissen, wie weit ich gehen kann. Ob er sich darauf einlassen kann? Oder ist mit ihm alles nur Planung und Unterwerfung? Ich denke gar nicht weiter darüber nach, schmecke ihn, lasse meine Hände unter seine Kleidung wandern. Seine Passivität irritiert mich ein wenig, aber Leon lässt mich einfach machen. Und es erregt ihn, ich spüre seinen harten Schwanz, als ich mich an ihn drücke.

Als ich mit der Zunge in seinen Mund eindringe, ist es fast wie Sex. Leon fasst in meine Haare, sein Griff ist sehr fest, und ich stöhne leise. Er beendet den Kuss. Seine Zungenspitze gleitet über meine Wange bis zu meinem Ohr. „Magst du mir nicht antworten? Woher kennst du diese Begriffe, hm?" Er fasst meine Handgelenke und hält sie hinter meinem Rücken fest. Seine Zunge wandert an meinem Hals nach unten. Das Kribbeln fährt mir sofort in den Schwanz. Ich habe da so eine empfindliche Stelle am Hals, da gibt es eine Standleitung direkt zwischen meine Beine. Ich kann das Keuchen nicht zurückhalten.

Leon lacht leise und lässt seine Zunge noch einmal über die gleiche Stelle wandern.

„Ja …“, seufze ich leise.
„Vielleicht müssen wir noch eine Regel hinzufügen … ich möchte, dass du mir immer antwortest, wenn ich dich was frage.“ Leon klingt freundlich, aber ich höre die Schärfe, die als Unterton mitschwingt.
„Kettest du mich sonst an?“, frage ich provokant.
„Das mache ich so oder so“, erwidert er liebenswürdig.
Trotz dieser Ansage bin ich noch immer geil auf ihn. Ich würde ihn am liebsten gegen die Liege stoßen und ihm die Klamotten vom Leib reißen. Aber ich vermute, dass er da nicht drauf steht. Mit Leon ist Sex nicht so einfach, schätze ich. Aber ich kann nicht besonders klar denken, wenn er mich so festhält und seinen steifen Schwanz an mir reibt.
„Hast du damit Erfahrungen?“, hakt er nach.
Ich schüttele den Kopf. „Wenn ich jetzt ganz lieb alles beantworte, darf ich dir dann gleich einen blasen?“, frage ich mit einem hoffentlich gelungenen Augenaufschlag.
Leons kühl-dominante Fassade bröckelt und er schenkt mir ein halbes Lächeln. Seine Augen funkeln amüsiert. „Wenn du es eben nicht erwähnt hättest, wüsste ich es spätestens jetzt: Du bist kein Sub, oder der schlechteste, den ich bisher hatte.“
Ich knabbere an seinem stoppeligen Kinn – Leon sieht heiß aus mit seinem Drei-Tage-Bart. Da stehe ich total drauf. „Ich mag aber gern vor dir knien … bitte …“
Er lässt meine Hände los, hält mein Kinn fest und küsst mich überraschend grob, besitzergreifend. Als er mich freigibt, schnappe ich nach Luft.
„Dann antworte mir gefälligst. Ich werde übrigens in den nächsten Tagen nicht mehr mit dir herumdiskutieren.“

„Mo“, sage ich. „Er ist ein Sub und er hat Erfahrungen im BDSM-Bereich. Vielleicht wärest du mit ihm … besser bedient.“ Ja, möglichweise klinge ich ein bisschen angepisst. Aber ich habe recht: Mo steht total drauf, sich unterzuordnen. Mit mir wird Leon zwangsläufig diskutieren müssen. Ich fürchte, das wird einige Reibereien geben in den nächsten Wochen. Hoffentlich wird es nicht zu hart für mich …

Apropos hart … Leon schiebt mich zu der Liege hinüber. Und ich bin immer noch hart.

„Ich will *dich*“, sagt Leon. „Nicht Mo.“ Er öffnet mit einer Hand meine Hose. „Das ist euer Problem? Er ist ein Sub und du willst ihn nicht toppen?“

Ich stoße mit dem Hintern gegen die Liege. „Ich …“ Ich stocke, will eigentlich nicht darüber sprechen, was mit Mo läuft. „Was er will, ist mir zu heftig.“

Leon schiebt meine Hose nach unten und umfasst meinen Schwanz. Ich merke, dass meine Shorts bereits feucht sind von meinem Vorsaft. Ich glaube, ich bin noch nie vorher so geil gewesen wie bei Leon. Wenn er mich jetzt nur ein bisschen wichst, komme ich sofort.

Er lässt mich überraschend los. „Zieh dich aus, ich zeig dir, wie ich dich in den nächsten Tagen hier sehen möchte.“

Etwas zögerlich ziehe ich mein Shirt über den Kopf und steige aus Schuhen, Hosen und Socken. Obwohl ich nicht prüde bin, ist es ein eigenartiges Gefühl, dass ich nackt bin und er komplett angezogen ist.

Er deutet auf eine Stelle direkt vor der Dusche. Ich muss eine Stufe hochsteigen. Auf dem Boden ist ein schwarzer Metallring befestigt.

„Geh auf die Knie, dort, wo der Ring ist“, weist er mich an. „Gesicht zur Wand.“
Als ich auf dem Boden knie, stellt er sich neben mich, seine Hand gleitet durch meine Haare. „Wenn ich dir keine andere Anweisung erteile, erwarte ich, dass du um sieben hier auf dem Boden kniest. Die Hände in den Handschellen, die ich hier befestigen werde. Klick sie einfach zu und warte.“
Widerspruch regt sich in mir.
„Wenn du vorher duschen willst, dann komm früher. Ab sieben ist das dein Platz.“
Ich werde Mo Bescheid sagen müssen. Was, wenn Leon ein Irrer ist und mich verhungern lassen will? Oder mich auspeitscht, bis ich bewusstlos werde?
Wir müssen einen Zeitpunkt vereinbaren, wann er herkommen und nach mir suchen muss. Ich seufze leise. Eigentlich hatte ich nicht vorgehabt, Mo in diese ganze Sache mit hineinzuziehen.
„Was ist los?“, fragt Leon.
„Ich … ähm, habe gerade über den zeitlichen Rahmen nachgedacht …“, sage ich ausweichend. „Ich meine, weil ich dann ja gefesselt bin …“
„Keine Angst, ich werde dich bestimmt nicht stundenlang hier sitzen lassen. Die drei Stunden, die ich habe, werde ich sinnvoller nutzen. Ab zehn kannst du nach Hause fahren. Wenn wir nicht gerade unterwegs sind.“
Ich starre gegen die mit Mosaikfliesen gekachelte Wand. Acht Wochen. Ich werde acht Wochen lang das Spielzeug eines Mannes sein, den ich überhaupt nicht kenne. Und es gibt eine Menge Dinge, die ich nicht erleben möchte … Am Ende sehne ich mich noch nach Sex mit Marco! Aber

darüber will ich jetzt gar nicht nachdenken. Leon ist nicht wie Marco, und selbst den hab ich überlebt.

Leon legt seine Hand unter mein Kinn und zwingt meinen Kopf in den Nacken. „Was da jetzt wohl in deinem hübschen Kopf vor sich geht …“

Ich sehe ihn von unten herauf an, zwinge die unangenehmen Vorstellungen beiseite. „Krieg ich jetzt endlich deinen Schwanz?“

Er lacht dunkel und schüttelt den Kopf, bevor er seine Hose öffnet.

12. Kapitel
Mick

Um sechs bin ich wieder zurück. Jetzt muss ich mich ranhalten! Erst mal lasse ich die Hunde raus, dann beginne ich mit der Fütterung der Raubtiere. Ich flitze echt im Dauerlauf über den Hof – bringe Futter hierhin, Wasser dorthin, mache Käfige sauber – und bei all diesen Arbeiten habe ich nur Leon im Kopf. Seinen Körper, sein Lächeln, seine warmen Hände auf meiner Haut, seinen Geruch, der mich fast in den Wahnsinn treibt. Den Geschmack seines Schwanzes … Ich falle fast über Hilde, die mitten im Weg liegt und sich nicht von der Stelle rührt.
„Mann, Hilde!", motze ich. Aber sie guckt mich nur verwirrt an.
Ich bin total außer Atem, als ich endlich mit allem fertig bin. Jetzt muss ich erst mal was essen. Als ich gerade in die Küche gehe, betritt Mo das Haus.
„Hey, alles gut?"
„Hm, ja …" Ich schmiere mir zwei Scheiben Brot mit Soja-Margarine und Marmelade. Was anderes finde ich nicht in unserem Kühlschrank. Dazu hole ich mir einen Apfel und eine Gurke, von der ich mir ein paar Scheiben abschneide. Scheiße, beim Anblick der Gurke habe ich schon wieder so schweinische Gedanken!
„Dein Wagen ist wieder okay?"
„Ja, ich habe ihn heute aus der Werkstatt geholt. Den Zaun konnte ich noch nicht reparieren. Hatte keine Zeit."
Mo sieht mich an und wartet auf die Erklärung.
„Ich war bei Leon."
Jetzt zieht er fragend die Augenbrauen nach oben.

„Er hat mich angerufen, als ich unterwegs war." Ich setze mich an den Küchentisch und versuche das Gurkenbild aus meinem Kopf zu verbannen.
„Und?"
„Ich hab ihm einen geblasen", sage ich und beiße von meinem Brot ab.
Mo lacht. „Hat es was gebracht?"
Oh ja, eine Menge …
„Wir haben einen Vertrag gemacht", nuschele ich undeutlich, weil ich mir die restliche Brotscheibe komplett in den Mund stopfe.
Ich sehe, wie Mos Gesichtszüge entgleisen.
„Bitte? Einen Vertrag?"
„Ja, so 24/7 – SDD."
„Was heißt denn SDD?", fragt er fast tonlos und lässt sich mir gegenüber auf den Stuhl fallen.
„Sklave im Dauerdienst", behaupte ich.
„Sag mal, hast du sie nicht mehr alle?", braust er auf. Er sieht aus, als würde er mir gleich eine knallen.
Ich fange an zu lachen. „Das war ein Schmerz, Mo! Ähm, ich meine natürlich Scherz!"
„Aber was ist mit 24/7?", fragt er schwach.
„Alle 24 Stunden um sieben fahr ich zu ihm. Wir spielen ein bisschen und um zehn fahr ich wieder nach Hause."
„Boah, bist du ein Blödmann! Mir ist fast das Herz stehengeblieben."
Ich grinse ihn an. „Morgen geht es los."
„Und warum hast du dann schon heute losgelegt?", fragt Mo spitzfindig.

„Warm-up.“ Ich grinse ihn an. „Ich hab Leon übrigens gesagt, dass er sich an dich wenden muss wegen dem Geld.“
Mo sieht mich geschockt an. „Mann, Mick, ich bin doch nicht dein Zuhälter!“
„Nee, aber das meine ich auch nicht. Es geht um die ganze Finanzierung hier. Leon wollte wissen, wofür wir als Erstes Geld brauchen und wie viel. Ich weiß es ehrlich nicht. Geld fehlt doch an allen Enden.“
„Du willst das echt durchziehen, was?“, fragt Mo und sieht mich durchdringend an.
„Mo, ich mag den Typen. Ich glaube, das funktioniert. Und unser ‚Vertrag‘ läuft zwei Monate, das halte ich locker durch. Ein kleines Problem gibt es allerdings – wir beide dürfen in dieser Zeit nicht ficken.“
Mo zieht eine Grimasse. „Is’ okay.“
„Wirklich?“
„Nein, aber … ach Scheiße … das ist ja nicht dein Problem …“ Mo steht so ruckartig auf, dass der Stuhl fast umfällt.
Ich stehe auch auf und gehe zu Mo, der ganz verloren in der Küche steht. Als ich die Arme um ihn lege, schmiegt er sich ganz nah an mich. „Mo, Süßer, wir sind kein Paar.“
„Weiß ich.“ Er drängt sich trotzdem an mich. „Morgen geht es los?“
Ich grinse verhalten. „Sollen wir zusammen duschen?“
„Ja“, haucht er sehnsüchtig.

***

Während Mo sich im Badezimmer auszieht, putze ich mir die Zähne. Ich beobachte ihn, wie er in die Dusche steigt und das Wasser andreht. Wie immer bin ich fasziniert von seiner weißen Haut, genau wie ich rasiert er sich penibel jedes störende Körperhaar weg.
Ich ziehe mich rasch aus und klettere hinter ihm in die Duschkabine. Jetzt so eine Luxusdusche wie Leon haben … Zum Glück ist unsere Dusche wenigstens groß genug für zwei Männer. Mit beiden Armen umschlinge ich seinen schmalen Oberkörper. Er legt den Kopf auf meine Schulter und lässt sich das warme Wasser ins Gesicht prasseln. Als ich die Hände nach unten gleiten lasse, streife ich seine Erektion. Wow, das ging schnell.
Ich nehme das Duschgel, das ich von Leon habe mitgehen lassen, und schäume Mos Rücken damit ein. Mo seufzt leise und dreht sich in meiner Umarmung.
„Warte mal, hab was vergessen …" Tropfnass verlässt er die Dusche und kramt in dem kleinen klapprigen Schrank herum, in dem wir unser Zeug deponiert haben. Mit einem schiefen Grinsen bringt er zwei Kondome und eine Flasche Gleitmittel in die Dusche.
„Du hast es aber vor heute", ziehe ich ihn auf.
Er stößt ein kleines verzweifeltes Geräusch aus. „Ich bin total unausgelastet, was das betrifft."
„Du brauchst unbedingt einen Freund."
„Ich will keinen *Freund*", sagt Mo heftig. „Ich will einen Dom, einen Master."
„Der sollte aber dein Freund sein, Süßer."
Mo sieht mich mit einem seltsamen Gesichtsausdruck an. „Fickst du mich jetzt oder willst du quatschen?", fragt er aggressiv.

Ich seufze innerlich und ändere mein Programm. „*Du* wirst mich heute ficken“, zische ich ihn an. „Ich will da morgen nicht so jungfräulich erscheinen.“
„Jungfräulich … pfff“, macht Mo abfällig und ich fasse ihm hart in die Haare, sodass er aufstöhnt.
„Wenn du es gut machst, kriegst du gleich ne schöne Extradusche. Da stehst du doch drauf, hm?“
Mo starrt mich an und nickt heftig, was ihm ein weiteres Stöhnen entlockt, da ich noch immer seine Haare festhalte. Mit der linken Hand greife ich an seinen Schwanz und reibe sehr unsanft über seine Eichel. Statt zurückzuweichen, presst er sich noch näher an mich heran. Es ist faszinierend, wie er mit Schmerz umgeht.
„Okay, dreh dich um“, haucht er an meinem Mund. „Ich geb mein Bestes.“
Er nimmt die Duschbrause in die Hand, spült meinen Rücken ab, verstellt den Strahl der Brause auf „Massage“ und hält ihn in meine Arschritze. Ein überraschend geiles Gefühl.
Ich ächze leise und stütze mich an den kalten Fliesen ab. Dann befestigt er den Duschkopf wieder, stellt das Wasser auf normal und dringt mit einem feuchten Finger in mich ein. Ich lege den Kopf gegen meinen Unterarm und beobachte, wie mein Schwanz sich noch steiler aufrichtet.
„Gut so?“, fragt Mo vorsichtig.
„Ja … mach weiter!“
Da Mo trotz seines schmalen Körperbaus nicht gerade ’n Kleinen hat, fasse ich selbst nach meinem Schwanz und wichse, als Mo seine Latte in mein Loch drückt. Der erste Moment ist alles andere als angenehm.

„Hee, ich wusste nicht, dass du das wörtlich meintest mit jungfräulich“, feixt Mo hinter mir, hält jedoch inne und gibt mir etwas Zeit.
„Ich hab in der letzten Zeit nicht so häufig hingehalten“, sage ich keuchend und stelle die Beine etwas weiter auseinander. Das Wichsen hilft mir über den ersten Dehnungsschmerz hinweg und Mo kann sich weiter in mich hineinschieben.
„Mann, das ist immer dasselbe“, motze ich leise.
„Was meinst du – gefickt werden?“, fragt Mo belustigt und fängt an, in mich zu stoßen. Sehr moderat. Ist ohnehin nicht sein Ding, das weiß ich. Wahrscheinlich kann ich froh sein, dass er hart genug ist.
„Nein …“ Ich versuche mich zu konzentrieren, aber das Gefühl ist schon sehr geil. Es stimmt, was ich Leon gesagt habe – ich werde auch gern gefickt. „Ich verkrampfe mich jedes Mal am Anfang und das tut voll weh.“
Mo drückt meinen Oberkörper weiter in die Waagerechte und seine Stöße werden härter. „Das ist normal, Mick. Du bist saueng und du müsstest viel länger vorbereitet werden. – Halt dich an der Duschstange fest.“
Ich lasse meinen Schwanz los und greife nach der Duschstange, da zieht er das Tempo richtig an. Heftig, wow, er nimmt mich so richtig durch, dass mir Hören und Sehen vergeht. Ich klammere mich an das kühle Metall, während er mit einer Hand die Dusche abstellt. Das nassquatschende Geräusch, das zwischen unseren Körpern entsteht, bleibt. Im Augenblick ist es mir egal, da Mo mich auf meinen Höhepunkt zujagt.
„Ja, ja … Oh Gott …“

Ich merke, wie der Saft in mir hochsteigt. Da hört er abrupt auf.
„Was soll das?“, keuche ich verärgert.
Mo zieht sich aus mir zurück. „Viel zu wenig Reibung in der Dusche“, erklärt er mit einem Grinsen.
Zu wenig Reibung? Bitte?
„Bitte Mick, dein Loch steht schön offen. Du kannst dich ausreichend entspannen, wenn er dich morgen vögeln will. Aber ich will jetzt was anderes. Bitte …“ Er sieht mich hoffnungsvoll an.
„Dann runter mit dir“, sage ich gespielt streng. Mein Arschloch zuckt und will unbedingt da weitermachen, wo wir eben aufgehört haben. Nicht nur das verdammte gierige Loch, ich natürlich auch.
Aber das Programm sieht einen anderen Verlauf vor. Ich sehe auf Mo hinunter, der sich direkt vor mich auf seine Fersen setzt, das Gesicht ganz nah an meinem Schwanz. Langsam schiebe ich meine Latte zwischen seine leicht geöffneten Lippen und erobere so seinen Mund. Seufzend lässt er es geschehen und so ficke ich ihn ein bisschen, genieße sein Saugen, sein Schlucken. Wie es wohl wäre, wenn Leon meinen Schwanz mit seiner Zunge verwöhnt? Der Gedanke bringt mich innerhalb eines Wimpernschlags fast zum Abspritzen und ich muss mich aus Mo zurückziehen. Himmel, das wäre der Wahnsinn!
Mo sieht mich überrascht an.
„Mach die Augen zu!“, befehle ich mit rauer Stimme.
Er schließt die Augen und öffnet den Mund. Ich muss mich einen Augenblick konzentrieren, es ist nicht ganz leicht mit einer so harten Erektion zu pissen. Aber ich weiß, wie sehr Mo darauf steht, das macht es leichter. Und

das Gefühl, mit einem Ständer zu pinkeln, ist auch geil. Ich lasse die ganze warme Brühe über sein Gesicht laufen, versuche ihm nicht in die Augen oder in die Nase zu pissen. Er lässt den Mund geöffnet und sein Stöhnen spricht Bände. Ich würde das nicht von ihm verlangen, aber ich bin durchaus bereit, ihm zu geben, worauf er steht.

Während ich ihm eine Natursektdusche verpasse, holt er sich einen runter. Aber er kommt erst, als ich ihm meinen Schwanz erneut in den Hals ramme. Ich spüre das Zucken seines Körpers, sehe, wie er zittert und krampfhaft schluckt.

Als ich meinen Schwengel aus seinem Hals ziehe, fällt er nach vorn auf seine Hände. „Danke", flüstert er. „Das war geil."

„Solange du mich jetzt nicht küssen willst …" Ich stelle die Dusche an und lasse Mo noch einen Moment, um sich zu sammeln.

Er richtet sich langsam auf und ich halte ihn vorsichtshalber am Oberarm fest. „Alles okay", sagt er, dann leckt er über meinen noch immer aufgerichteten Schwanz von den Eiern bis zur Spitze. „Du bist dran."

13. Kapitel
Leon

Ich wache um kurz nach sechs auf – mit einer Morgenlatte wie ein Teenie. Eigentlich hätte ich gern noch eine Runde geschlafen, doch leider produziert mein Gehirn die wildesten sexuellen Fantasien – und in allen spielt Mick eine Rolle. Wen wundert's?

Ich zwinge mich, die Finger von meiner Erektion zu lassen und stehe auf. Da ich ohnehin meine Gedanken auf Sex fokussiert habe, kann ich sie auch gleich aufschreiben.

Und so wird Mick kurzerhand zu einer Figur in meinem neuen Roman. Ich habe tatsächlich noch nie eine schwule Sexszene in meiner Romanreihe eingebaut und es macht mir einen Heidenspaß und die Szene wird richtig *hot*. Ich bin sehr gespannt, wie meine Lektorin Natalie darauf reagiert.

So schreibe ich den ganzen Vormittag, konzentriert und vollkommen im *flow*.

Gegen Mittag tauche ich aus meiner Schreibtrance auf, weil ich Hunger habe. Die Kaffeetasse neben meiner Tastatur ist unangetastet. Habe ich überhaupt gefrühstückt? Ich weiß es gerade gar nicht. Ich sollte bei Max anrufen, vielleicht hat er Zeit für ein gemeinsames Mittagessen.

Er hat.

Zwanzig Minuten später steht er mit seinem neuen Wagen, einer lackschwarzen Tesla-Limousine, vor meinem Haus.

„Na, bist du unter die E-Fahrer gegangen?“

„Schön, oder?

„Ziemlich groß, beeindruckend.“

„So wie ich." Er strahlt mich an und tätschelt den Wagen liebevoll. „Los, steig ein, mir hängt der Magen schon in den Kniekehlen. Und ich habe heute Nachmittag eine anstrengende OP."

Ich setze mich auf den Beifahrersitz und bewundere das Cockpit. Sieht sehr futuristisch aus.

„Komm schon, gib's zu, du bist neidisch."

Ich lache leise. „Und wie! Du kaufst dir einen Tesla – und ich kriege alte Turnschuhe. Die Welt ist einfach ungerecht."

Er stimmt in mein Lachen ein und wir fahren los, nahezu lautlos. Ich bin begeistert.

„Was macht dein Tierheim-Projekt?", fragt er.

„Das ist nicht *mein* Projekt", stelle ich klar, aber er grinst nur.

„Wie ist er denn so im Bett, dein Mickey?"

„Ich weiß noch nicht. Blasen kann er gut."

An der nächsten roten Ampel starrt Max mich ungläubig an. „Du weißt noch nicht?"

Die Ampel schaltet auf Grün und er fährt wieder an. Der Wagen beschleunigt unglaublich schnell und wir lassen alle anderen Autos hinter uns zurück.

Plötzlich prustet er los. „Ihr wollt es langsam angehen lassen oder was."

„Oh Mann, Max. Manchmal nervst du echt."

„Du hättest mit ins ‚PH' kommen sollen. War richtig gut und sehr befriedigend. Francesco war übrigens auch da, er hat uns zu seiner nächsten Party eingeladen. Also dich ebenfalls."

„Wann soll das Event denn stattfinden?"

„Müsste ich auf meinen Planer schauen. Zur Einweihung seines neuen Bauprojekts … Das wird sicher interessant."

Ich weiß, was das bedeutet. Francesco liebt orgiastische Ausschweifungen mit viel Alkohol, Sex und Drogen.
„War Chrissy verärgert, weil er so lange auf dich warten musste?"
Max schüttelt belustigt den Kopf. „Er konnte sich nicht beschweren."
„Du hattest ihn geknebelt?", falle ich ihm ins Wort.
„Nicht nur das", antwortet er. „Du könntest deinen Mickey mitbringen zu Francesco."
„Ähm …" Die Vorstellung ist – nicht vorstellbar. Mick ist ja nicht prüde, aber ich bin mir ziemlich sicher, dass er so eine Veranstaltung *crashen* würde. Eigentlich ist es sogar ganz lustig, sich das auszumalen. Vielleicht, so bei längerem Nachdenken – ich glaube, ich sollte Mick tatsächlich mitnehmen. Allein sein Gesichtsausdruck wäre es wert.
„Mal sehen, wie sich die Dinge bis dahin entwickeln."
„Also *entwickeln* sich die Dinge – das ist doch schon mal eine gute Nachricht." Zufrieden lächelnd setzt er den Blinker und wir biegen auf den Parkplatz ab. Er findet rasch einen freien Platz, auf den sein neues Riesengeschoss drauf passt.
„Ich habe ihm einen Vertrag angeboten und er hat ihn akzeptiert."
Max steigt ein bisschen zu heftig auf die Bremse.
„Au, heute schon genickt?", frage ich giftig und reibe mir den Nacken.
„Ihr habt einen Vertrag?"
„Ja, über acht Wochen. Ich fürchte, das werden sehr kostspielige acht Wochen werden."
„Einen zeitlich befristeten Vertrag?", fragt Max nach, als wir aussteigen.

„Ja. Dafür sponsore ich das Tier-Projekt."
Max kommt ganz nah und sieht mir in die Augen. „Hast du was eingeworfen?" Er fasst nach meinem Gesicht und dreht meinen Kopf. „Nein, die Pupillen sehen ganz normal aus", murmelt er. „Hauch mich mal an – hast du getrunken?"
„Nein!", erwidere ich empört.
„Also acht Wochen volles Programm. Gibt es da einen Ratgeber? ‚Einen Sklaven erziehen in acht Wochen'? Oder willst du einen schreiben im Anschluss?"
Ich lege meine Hand auf seine und entferne sie von meinem Kinn. „Max – ich will keinen Sklaven! Ich will Spaß haben mit Mick. Okay, vielleicht etwas spezielleren Spaß, aber glaub mir, Mick eignet sich überhaupt nicht für die Unterwerfungsnummer. Er ist vielleicht sogar eher Top als Bottom."
Jetzt legt Max mir den Arm um die Schultern und wir schlendern Richtung Restaurant. „Mein Beileid, Lee. Jetzt verguckst du dich in einen Typen und am Ende musst du selbst noch den Arsch hinhalten …"
Ich verdrehe die Augen, sage aber nichts mehr dazu.

***

Sehr pünktlich um sieben Uhr steht Mick vor meiner Tür. Er ist nervös, ich sehe es schon, als ich ihn hereinlasse.
Und er ist frisch geduscht, ein Hauch von Duschgel umweht ihn, der mir verdammt bekannt vorkommt. Max hatte wahrscheinlich recht – er hat etwas mitgehen lassen. Zumindest mein Duschgel. Ich sehe großzügig darüber hinweg.

Mick bevorzugt offenbar einen sehr einheitlichen Kleidungsstil – zu Jeans trägt er eigentlich immer T-Shirt und Hoodie.
„Hallo Mick. Na, bist du allein?"
Er starrt mich entgeistert an, dreht sich sogar um. „Äh … ja?!"
Dann begreift er. „Oh, du meinst Tail … Du hast doch gesagt – keine Ratten in deinem Haus." Er grinst mich schüchtern an. „Warte, ich hab was im Auto vergessen."
Mick dreht sich um und hetzt wieder nach draußen. Als er wiederkommt, trägt er eine zusammengefaltete Hose und zwei T-Shirts auf dem Arm.
„Hier, bitte, deine Sachen. Die Schuhe wolltest du ja nicht mehr …"
Ich nehme ihm die Klamotten ab und schließe die Tür hinter ihm.
Er räuspert sich, ein weiteres Zeichen für seine Nervosität.
„Ich … ähm … nach oben, oder?"
Ich nicke und folge ihm. Bin gespannt, ob er meine Anweisungen umsetzt.
Wir betreten hintereinander meinen Wellness-Raum. Ich habe ihn absichtlich nicht geheizt und das Fenster den ganzen Tag über offen gelassen. Es ist unangenehm kühl.
Mick zieht sich sofort aus. Er ist anbetungswürdig effizient in allem, was er tut. Jetzt wirken seine Bewegungen allerdings ein wenig abgehackt.
„Warte." Bevor er seine Hose von den Hüften schiebt, stehle ich mir einen Kuss. Er ist überrascht, kommt mir aber sofort entgegen. Er schmeckt intensiv nach Minze.

Ich beende den Kuss, bevor wir übereinander herfallen. Es fällt mir in Micks Gegenwart sehr schwer, in meiner Rolle zu bleiben.
Stumm gebe ich ihm ein Zeichen, weiterzumachen. Und er zieht sich komplett aus.
Kurz stockt er, als er die Handschellen sieht, die an dem Eisenring befestigt sind. Ich helfe ihm nicht, sie anzulegen. Er muss sich nach vorn beugen, um beide Hände mit den Handschellen zu fesseln. Die Kette ist so kurz, dass er sich nicht mehr aufrichten kann. Ich lasse ihm Zeit, eine passende Position zu finden und beobachtete ihn einfach nur. Das Verlangen in mir wächst von Minute zu Minute. Es ist anstrengend, ihn nur anzusehen, aber nicht anzufassen.
Um nicht krumm auf dem Boden sitzen zu müssen, was ihm ganz offenbar unangenehm ist, muss er die Beine spreizen. Dadurch kommt sein Sack mit den kalten Bodenfliesen in Kontakt.
Er keucht leise. Eine Gänsehaut überzieht seine Arme. Aber ich habe nicht vor, ihn lange frieren zu lassen.
„Alles in Ordnung mit dir?“
Er nickt.
„Geh auf alle viere. Ich möchte mir ansehen, was in den nächsten drei Stunden mir gehört.“
Er befolgt meine Anweisung, dann räuspert er sich erneut.
„Müssen wir vorher noch über die Dinge sprechen, die ich *nicht* machen will?“
Ich kann mir ein leises Lachen nicht verkneifen. Ein bisschen spät darüber nachzudenken, wenn man schon gefesselt auf dem Boden kniet.
„Nein, bleib ganz locker. Meine Lust auf Perversitäten hält sich in Grenzen.“

„Beruhigend“, sagt er und es klingt deutlich ironisch.
Ich glaub, ich bin total vernarrt in ihn. Wie kann jemand, der so überhaupt nicht zu mir passt, so wundervoll sein?
„Haben wir schon über Toys gesprochen?“
Mick schüttelt den Kopf. „Nicht so wirklich.“
Und ich sehe ihm an, was er jetzt denkt. Er befürchtet, dass nun die Spielsachen zum Einsatz kommen, die Adelina hier gelassen hat. Einige Dinge würde ich tatsächlich gern an ihm ausprobieren. Vor allem den Elektroteaser. Auf ganz schwache Stufe eingestellt, verursacht er ein nur leicht unangenehmes Prickeln. Ich würde gern sehen, wie Mick darauf reagiert.
Ich wandere mit den Fingerspitzen von Micks Nacken über seine Wirbelsäule nach unten. Dann umfasse ich seine Arschbacken und ziehe sie etwas auseinander.
„Wann wurdest du das letzte Mal gefickt?“
Er erstarrt leicht. Warum?
„Gestern“, gibt er schließlich leise zu.
Ich bin für einen Moment sprachlos. Nachdem – oder bevor – er bei mir gewesen war, hat er noch jemand anderes getroffen? Das kann doch wohl nicht wahr sein!
Ich benetze meinen Daumen mit etwas Speichel und dringe ziemlich grob in sein Loch ein.
Er ächzt leise und versucht nach vorn zu entkommen, was allerdings aufgrund der Handschellen nicht möglich ist.
Sein Hintereingang ist verdammt fest, die Muskeln krampfen sich regelrecht zusammen. Kaum vorstellbar, dass er gestern noch gefickt wurde. Diese Information ärgert mich aus irgendeinem Grund. Hatten wir nicht Exklusivität vereinbart? Wer hat gestern seinen Schwanz in dieses Loch gesteckt? Das würde ich gern mal wissen.

„Entspann dich“, fordere ich ungehalten.
„Bitte … ich brauch mehr Vorbereitung“, sagt er zittrig. „Bitte …“
Sein Tonfall besänftigt mich etwas und ich ziehe den Finger aus ihm heraus. So würde ich ihn auf keinen Fall vögeln wollen. Stattdessen knie ich mich hinter ihn und lasse meine Zungenspitze über sein Rückgrat wandern. Bis hinunter zu seinem noch immer fest verschlossenen Eingang. Ich tippe mit der Zunge dagegen und Mick stöhnt leise.
Das mag er. Schön, davon kann er noch mehr bekommen.
Ich spiele mit der Zunge an seinem Loch herum, ertaste die zarte Haut und lecke großflächig durch seine Spalte. Micks Stöhnen wird lauter, aber er hält ganz still. Endlich spüre ich, wie er etwas nachgibt. Jetzt kann ich mit der Zunge in ihn eindringen.
Ich ziehe mich zurück. „Leg die Unterarme auf den Boden und den Kopf auf die Hände.“
Jetzt streckt er mir auf sehr provokante Weise den Hintern entgegen. Ich stehe auf, betrachte ihn lange und mit Genuss. Sein Schwanz ist während meiner kleinen Zungenattacke hart geworden und klebt ihm jetzt fast am Bauch. Ich fasse ihm zwischen die Beine und nehme seine festen Eier in meine Hand. Die Haut ist samtig weich und Mick ist an dieser Stelle offenbar sehr empfindlich. Es wäre geil, seinen Sack mit einem Lederband abzubinden und dabei Micks Gesichtsausdruck zu beobachten.
Er macht meiner Hand mehr Platz und biegt seinen Rücken durch. Was für eine wunderbare Unterwerfungsgeste. Als ich spüre, dass Lusttropfen an seinem Schwanz nach unten perlen, stehe ich auf und hole das Gleitgel und

den Vibrator, den ich mir für heute Abend ausgesucht habe. Denn so heiß ich darauf bin, ihn endlich richtig zu ficken, so erregend finde ich es, genau das noch hinauszuzögern. Vielleicht muss ich auch noch mehr über Mick herausfinden. Dass er zum Beispiel so schnell verkrampft, hätte ich nicht erwartet. Immerhin verdient er mit seinem Arsch sein Geld – zumindest ab und zu. Aber einen Fick vorzubereiten, macht mir überhaupt nichts aus. Im Gegenteil, ich genieße Vorspiele mehr als Quickies.

Ich halte den silbernen, ziemlich schlanken Vibrator vor seine Nase. „In Ordnung?"

Er blinzelt und presst dann ein ziemlich raues „Ja", hervor.

„Streck die Zunge raus."

Er öffnet den Mund und ich halte die Spitze des Vibrators gegen seine Zunge, als ich ihn anschalte. „Das wird ausreichen, oder?"

Er sieht mich aus großen Augen an und nickt. Ich frage mich, was dieser Blick zu bedeuten hat. Misstraut er mir? Oder hat er Angst vor Toys? Zumindest hat er wahrscheinlich nicht allzu viel Erfahrung, vermute ich.

Ich befeuchte den Vibrator und auch seinen Hintereingang mit Gleitmittel. Erfreulicherweise ist er noch immer entspannt, zumindest kann ich die Spitze des Vibrators in ihn hineinschieben, ohne dass er aufjault. Dann schalte ich das Gerät wieder an und sehe zu, wie es sein Loch ganz langsam weitet. Mick stöhnt mit geschlossenem Mund. Er schiebt mir seinen Arsch entgegen, aber ich genieße es, dieses Spiel in meinem Tempo weiterzuspielen. Es macht mich total an, zu beobachten, wie er immer geiler wird. Wie die Vibration des Spielzeugs ihn langsam aber sicher in den Wahnsinn treibt und wie leicht ich es immer weiter in ihn

hineindrücken kann. Vielleicht braucht er etwas länger, um sich zu entspannen, aber dann scheint er ein kleines gieriges Stück zu sein. Und das gefällt mir ausgesprochen gut.
Probeweise ficke ich ihn mit dem Vibrator, ziehe das Teil ein Stück weit hinaus, dann schiebe ich es wieder hinein. Mick stöhnt hemmungslos auf.
„Gefällt dir das?“
„Jaaa, oh Gott … ja …“
Ich ziehe den Vibrator fast ganz aus ihm heraus und ändere den Winkel so, dass ich mit der Spitze gegen seine Prostata komme.
„Ohh, aahhh!“ Seine Oberschenkel fangen an zu zittern, es sieht aus, als müsste er sich zwingen, in der Position zu verharren.
„Oh Gott, das ist … zu heftig!“, stößt er hervor. Er versucht, die Beine zusammenzunehmen.
„Nein, lass die Beine schön weit gespreizt“, weise ich ihn an.
Er wimmert leise und stöhnt wieder mit geschlossenem Mund. Wahrscheinlich beißt er die Zähne aufeinander. Ich spüre, wie er beginnt dagegenzudrücken, er versucht, den Vibrator aus seinem Körper herauszuschieben.
„Aufhören“, sage ich freundlich und gebe ihm einen Klaps auf den Hintern.
Er erstarrt sofort und hört auf zu drücken. Sein Brustkorb bewegt sich heftig, er keucht wie nach einem Dauerlauf.
„Gott, ich will abspritzen … bitte Leon …!“
Ich schiebe den Vibrator weiter in ihn hinein, sodass er gut in ihm steckt, und widme mich dann seinem Schwanz. Der ist schon richtig nass, so geil ist Mick. Ich knie mich hinter ihn, so als würde ich ihn ficken wollen. Mit einer Hand

stütze ich mich auf seinem Rücken ab, mit der rechten greife ich nach seinem Schwanz. Er stöhnt fast gequält auf und stößt in meine Faust. Seine Arschbacken spannen sich an, was das Gefühl in seinem Inneren noch einmal verstärkt. Ich brauche gar nichts tun, ihm nur meine Faust zur Verfügung zu stellen.
Mit einem langgezogenen Stöhnen spritzt er schließlich ab, seine Sahne landet nicht nur auf den Fliesen, sondern auch unter seinem Kinn. Dann geben seine Beine nach und er lässt sich einfach auf den Bauch sinken.
„Bitte, nimm das Teil aus mir“, fleht er keuchend.
Ich stehe auf, sehe auf ihn hinunter, wie er sich zuckend auf dem Boden windet. Dann erbarme ich mich, schalte den Vibrator ab und ziehe das Teil vorsichtig aus seinem Arsch. Er winselt leise.
„Bleib so liegen“, weise ich ihn an, obwohl er ohnehin keine Anstalten macht, sich zu bewegen. Ich öffne meine Hose und hole meinen Schwanz heraus. Wahnsinn, ich bin selbst so geil, dass er in meiner Hand pulsiert. Micks Loch ist jetzt einladend weich gefickt, ich würde ohne große Schwierigkeiten in ihn eindringen können. Aber ich bleibe stehen, packe meinen Schwanz und hole mir rasch einen runter. Mein Sperma landet auf Micks perfektem Hintern.
Ich präge mir das Bild ein, speichere es genau ab. So ein sinnliches Bild, daran möchte ich mich noch lange erinnern können. Dann gehe ich zum Waschbecken und wasche mir die Hände.
Mick regt sich langsam wieder. „Könntest … könntest du mich bitte losmachen?“, fragt er schüchtern.

„Oder …?“ Seine unausgesprochene Frage bleibt in der Luft hängen. Er zieht in Erwägung, dass das Programm hier gleich weitergeht.

Ich hocke mich zu ihm, öffne die Handschellen. Dann helfe ich ihm beim Aufstehen, er schwankt leicht. Mit Nachdruck schiebe ich ihn in die Dusche.

„Ich brauche nur … noch einen kleinen Moment“, stottert er. „Gleich können wir …“

„Halt den Mund, Mick“, sage ich liebevoll. „Ich helf dir beim Waschen.“

Er lehnt sich gegen die Wand und ich warte, bis das Wasser angenehm warm ist. Dann nehme ich die Handbrause und dusche ihn ab. Er schließt die Augen, gibt sich vollkommen in meine Hand.

„Hast du Hunger?“

„Mmh, bisschen.“

„Ich kann etwas zu essen bestellen. Pizza? Chinesisch? Thai?“

„Pizza wäre super.“ Er öffnet die Augen und sieht mich an. Als wolle er noch etwas sagen.

„Du bist wunderschön.“ Ich lasse meine Hand an seinem nassen Gesicht nach unten gleiten, reibe mit dem Daumen die letzten Spermaspuren von seinem Hals.

Aus dem Schrank hole ich ein großes Badehandtuch und reiche es Mick.

„Danke.“ Er trocknet sich die Haare ab und schaut mich dann fragend an. „Anziehen?“

Ich schüttele den Kopf. „Nein.“

Er lächelt. „Woher wusste ich das bloß?“

Mick

Während wir im Wohnzimmer auf die Pizza warten, mixt Leon mir einen Cocktail ohne Alkohol.
Ich fühle mich ein bisschen merkwürdig, weil ich nackt in seinem Wohnzimmer hocke. Aber es macht mir auch nicht viel aus. Offenbar mag Leon mich gern ansehen, das kann er haben.
Noch immer spüre ich das angenehme Ziehen in meinem Loch und ich kann nicht verhindern, dass ich wieder geil werde. Oh nein, ich will nicht mit einem Ständer auf dem Sofa sitzen! Verhindern kann ich es leider auch nicht.
Leon reicht mir das hohe Glas und lässt seinen Blick über meinen Körper wandern. Dass mein Schwanz schon wieder zum Leben erwacht, bleibt ihm nicht verborgen. Er schenkt mir sein besonderes Lächeln und in seinen Augen entsteht ein warmer Glanz.
Ich trinke einen Schluck – wah, Geschmackshöhepunkt!
„Mann, das ist voll lecker!“ Ich strahle ihn an.
„Es ist wirklich erfreulich, wie leicht du zu befriedigen bist.“
Ich runzele die Stirn. Die Doppeldeutigkeit ist mir nicht entgangen. Aber wie genau meint er das?
Er setzt sich zu mir, streicht mit den Fingern über meinen Arm, über die Tätowierung.
„Ich werde mich mit Moritz zusammensetzen, um mit ihm eure finanzielle Situation zu besprechen. Ist das in Ordnung?“
Ich nicke. „Hab’s ihm schon mitgeteilt. Aber er weiß besser, wofür wir unbedingt Geld brauchen. Tierfutter auf

jeden Fall, das ist ein irre hoher Posten. – Aber du brauchst doch eine Quittung, oder?“

Leon zuckt mit den Schultern und lässt seine Hand über meinen Oberschenkel gleiten. „Darüber mache ich mir im Augenblick keine Gedanken. – Was meinst du, kommt ihr mit 500 Euro erst mal weiter, was das Tierfutter betrifft?“

Ich zucke zusammen. „Das ist echt viel Geld“, sage ich leise. „Dafür würde ich dir jetzt auch noch mal meinen Arsch zur Verfügung stellen.“

Leon guckt mich verdutzt an, dann lacht er. „Darauf komme ich gern zurück, wenn vielleicht auch nicht heute. Mick, ernsthaft, ich habe vor, dich zu genießen. Kannst du das verstehen?“

Seine Stimme klingt etwas heiser, was ich sehr erotisch finde. So wie ich er mich ansieht, glaube ich ihm das sogar.

„Du stehst auf mich“, stelle ich grinsend fest.

„Und wie“, gibt er zu.

14. Kapitel
Leon

„Lee, das ist *der Wahnsinn*!“ Natalies Stimme überschlägt sich fast. „Ich hätte nie damit gerechnet, dass du einen zweiten Mann in die Szene einbaust. Das ist so *hot*!“

Ihre Begeisterung freut mich ganz ehrlich.

„Dass Karen sich ansieht, wie Ryan diesen jungen Polizisten vernascht … perfekt. Und überraschend.“

„Ich wollte etwas Neues schreiben“, erkläre ich, während ich mit einem Kugelschreiber auf einem Block herumkritzel. Dass der junge Polizist verdammt viel Ähnlichkeit mit Mick hat, das bleibt mein Geheimnis. Vielleicht würde er sich wiedererkennen. Dafür müsste er das Buch allerdings erst einmal lesen. Das ist zwar im Bereich des Möglichen, jedoch nicht des Wahrscheinlichen.

„Ich arbeite dann weiter an deinem Text, Lee. Hast du schon mit Kiwi über die Textänderung gesprochen?“

Kiwi, also Kevin Haren, ist mein Agent. Ich habe keine Befürchtung, dass er die neue Szene nicht billigen könnte.

„Nein, ich möchte ihm den neuen Roman als Ganzes zu lesen geben.“

„Ich denke, er wird ihn lieben“, meint Natalie.

Davon bin ich überzeugt, denn immerhin hat er schon eine ganze Menge Geld mit meinen Romanen verdient. Kiwi ist allerdings nicht nur mein Agent, sondern auch mein Freund. Er hat es bisher verstanden, meine Identität geheimzuhalten und er regelt wirklich alles, was die Veröffentlichung meiner Romane betrifft. Ein absolut loyaler Mann – und sehr klug. Neben Max ist er übrigens der Einzige, der mein Autorenpseudonym kennt. Und ich rechne

es ihm hoch an, dass er bisher noch keinem Journalisten auf den Leim gegangen ist. Das Interesse, die Identität von L.A. Crow aufzudecken, ist bei einigen Journalisten schon zur fixen Idee geworden, wie mir scheint. Dabei ist es doch völlig gleichgültig, wer die Romane schreibt. Es zählt doch letztendlich nur die gute Story. Und die versuche ich abzuliefern.
Nach dem Gespräch mit Natalie ziehe ich mir die Laufschuhe an. Ich habe keine Ahnung, warum, aber ich fühle mich seltsam aufgedreht. Fast, als hätte ich überschüssige Energie. Die werde ich mir abtrainieren müssen, denn dieses Kribbeln in den Fingerspitzen nervt mich. Es fühlt sich so an, als wäre ich nervös, aber warum um alles in der Welt sollte ich nervös sein?
Es weht ein kühler Wind, aber zumindest regnet es nicht. Ich laufe zügig los. Die Bewegung befreit mich sofort. Und ich habe Gelegenheit, um über Mick nachzudenken. Ob es falsch war, ihm gleich so viel Geld in die Hand zu geben? Max würde mich für verrückt erklären. Aber er hatte auch mit den Klamotten unrecht – Mick hat sie natürlich nicht behalten.
Ich freue mich auf heute Abend. Mick ist so überraschend anders – und so verdammt sexy. Ich könnte ihn ständig anfassen, und es gibt noch eine ganze Menge an ihm zu entdecken. Nein, es war kein Fehler, ihm das Geld zu geben. Er braucht es. Und ich bin mir ganz sicher, dass er sich davon keine Uhr kaufen wird. Es ist faszinierend, mit welcher Konsequenz er seine Vision verfolgt.

Mick

Auch nach dem zweiten Klingeln öffnet Leon nicht. Merkwürdig. Dabei bin ich sogar eine halbe Stunde zu spät. Ich habe ein schlechtes Gewissen, weil ich nicht auf die Zeit geachtet habe. Vielleicht sollte ich mir mal eine Uhr anschaffen. Kommt irgendwie nicht so gut, erst das ganze Geld einsacken und dann nicht rechtzeitig auftauchen. Aber offenbar habe ich Glück, Leon ist selbst noch nicht da. Ich schließe die Tür auf. Kann immer noch nicht glauben, dass er mir seinen Schlüssel überlassen hat.
Entweder er vertraut mir oder das ganze Haus ist mit Videokameras ausgestattet. Der Gedanke ist erschreckend, aber auch irgendwie total abgefahren. Vielleicht filmt er ja alles, was hier passiert. Dann hat er bestimmt schon eine ganze Pornosammlung.
Ich sehe im Wohnzimmer nach, in der Küche, im Bad.
In Leons Wellness-Raum liegt keine Anweisung für mich, die Handschellen sind nicht an dem Metallring befestigt, daher weiß ich nicht, was ich jetzt machen soll. Soll ich mich ausziehen und einfach so dort hinknien?
„Leon?“, rufe ich vorsichtshalber.
Keine Antwort.
Vielleicht ist er in seinem Arbeitszimmer? Ich sollte dort nicht nachschauen. Das ist sein Allerheiligstes. Aber vielleicht hat er einfach die Zeit vergessen? Das passiert bestimmt manchmal, wenn man einen Roman schreibt.
Ich klopfe sogar an – doch da niemand antwortet, öffne ich die Tür. Auch im Arbeitszimmer ist Leon nicht. Neugierig gehe ich hinein. Der Raum ist der Wahnsinn. Zwei Wände mit Bücherregalen vom Boden bis zur Decke, akribisch

einsortierte Bücher, ein aufgeräumter riesiger Schreibtisch, altes Parkett und die eine Wand besteht komplett aus Glasscheiben. Auf dem Schreibtisch stehen zwei Monitore, einer davon blinkt im Standby-Modus. Auf dem großen Schreibtisch liegt ein mehrseitiges geklammertes Dokument. Ich sollte diesen Raum schleunigst verlassen, aber meine Neugier ist zu groß. „Verlagsvertrag" lese ich. Oh, das ist ein Vertrag für eines seiner Bücher!

In diesem Moment bewegt sich etwas in meiner Kapuze und nur einen Augenblick später springt ein kleiner dunkler Schatten auf den Tisch.

„Oh nein, was machst du denn hier?"

Tail ist schon wieder mitgekommen. Ich hab es wirklich nicht bemerkt. Wenn er schläft, dann verhält er sich völlig still. Er muss sich irgendwann aus der Tasche in mein Kapuzenshirt geschlichen haben.

Tail trippelt rasch von einer Seite des Schreibtisches auf die andere, sieht hinunter, entscheidet sich gegen eine Kletterpartie und setzt sich dann demonstrativ auf den Vertrag.

„Boah nee, runter da!"

Ich ziehe das Papier unter ihm hervor, was ihn wenig beeindruckt. Da fällt mein Blick auf den Namen auf der ersten Seite. „L.A. Crow" – ich glaube es nicht. Leon ist L.A. Crow? Der mysteriöse Autor, der mit seinen Erotikthrillern zurzeit diesen Mega-Erfolg hat? Ich habe sogar neulich gehört, dass etwas von ihm verfilmt wird. Aber klar, was hatte er noch im Kino gesagt? Er wolle die Konkurrenz im Auge behalten. Mann, das ist jetzt echt ne Überraschung! Ich hätte nie gedacht, dass Crow ein deutscher Autor ist. Die meisten Leute gehen ohnehin davon aus, dass die Romane von einer Frau geschrieben wurden.

Während ich mich noch von meinem Erstaunen erholen muss, köttelt Tail auf den Schreibtisch, genau an die Stelle, auf der eben noch der Vertrag gelegen hatte. Mann, das hätte jetzt auch noch gefehlt. Hektisch krame ich in meinen Taschen nach einem Taschentuch, finde nur ein gebrauchtes. Aber das sollte auch gehen.

Genau in diesem Augenblick höre ich ein Geräusch direkt hinter mir. Als ich mich umdrehe, sehe ich in Leons Gesicht. Und er sieht alles andere als erfreut aus.

Im Zeitlupentempo, zumindest kommt es mir so vor, lege ich den Vertrag auf den Tisch und entferne den Rattenköttel. Leons Schweigen ist so eisig, dass mir die Haare zu Berge stehen.

Er starrt Tail an, der mitten auf seinem Schreibtisch hockt und ihn anglotzt. Die beiden liefern sich ein richtiges Blickduell. Wäre lustig, wenn mir nicht das Herz in die Hose gerutscht wäre.

„Bring die Ratte ins Auto“, sagt er jetzt. Und seine Stimmlage verheißt nichts Gutes.

Ich schnappe mir Tail, der sich netterweise sofort einfangen lässt und haste die Stufen nach unten. Zum Glück hab ich immer etwas Futter im Handschuhfach. Es handelt sich dieses Mal zwar um Hundefutter, aber Ratten sind nicht wählerisch. Damit wird er sich eine Zeit lang beschäftigen. Wenn es überhaupt lange dauert, denn vielleicht schmeißt Leon mich nach einer Strafpredigt gleich wieder raus.

„Mach hier bloß keinen Blödsinn!“, warne ich Tail überflüssigerweise, als ich die Tür der Transportbox hinter ihm schließe. Am liebsten würde ich mich auch einfach ins Auto setzen und abhauen. Mein Hals ist wie zugeschnürt

und mein Herz klopft wie verrückt, als ich Leons Haus erneut betrete. Verdammt, ich sollte einfach abhauen. Wenn er in so einer Stimmung ist, wäre es wahrscheinlich besser, ihm einfach aus dem Weg zu gehen. Bis morgen hat er sich bestimmt wieder beruhigt.
Unglücklicherweise fallen mir die Worte wieder ein, die er während unseres Gesprächs über den Vertrag gesagt hat.
„Und was passiert, wenn ich mich mal … nicht daran halte?"
„Wenn du dich nicht an die Regeln hältst, werde ich ein Mal richtig ungemütlich. Beim zweiten Mal ist die Absprache zwischen uns erledigt."
Richtig ungemütlich. Genauso hatte er auch eben ausgesehen. Aber was genau heißt das?

Leon

Noch immer stehe ich in meinem Arbeitszimmer. Innerlich schäume ich vor Wut. Der Kerl hatte nicht nur die Frechheit, eine halbe Stunde auf sich warten zu lassen, sondern hat zudem noch mein Arbeitszimmer betreten *und* meinen Vertrag gelesen. Damit hat er herausgefunden, was seit zwei Jahren mein bestgehütetes Geheimnis ist. Er könnte mich damit jetzt mühelos erpressen – und ich muss zugeben, dass es mir eine Stange Geld wert wäre, meine Identität geheimzuhalten.
Dass seine Ratte dann auch noch auf meinen Schreibtisch kackt, ist fast schon eine Lappalie dagegen. Ich würde ihn am liebsten rausschmeißen. Aber damit würde ich mich angreifbar machen. Wenn ich jetzt unsere Abmachung auflöse, hat er überhaupt keinen Grund, meine Identität nicht an die Presse zu verraten. Er braucht Geld – wenn ich ihm den Geldhahn zudrehe, wird er es sich anderweitig beschaffen. Und dumm ist Mick wirklich nicht.
Abgesehen davon habe ich ihm ja in unserer Abmachung ein einmaliges Fehlverhalten eingeräumt. Da er nun gleich gegen mehrere Regeln verstoßen hat, wird der Denkzettel etwas deutlicher ausfallen. Die Tatsache, dass ich etwas für Mick empfinde, macht es nicht besser – sondern noch viel schlimmer.
Ich atme tief durch, versuche, meinen Zorn zurückzukämpfen.
„Leon?" Mick steht in der Tür zu meinem Arbeitszimmer und sieht mich ernsthaft verschreckt hat.

„Du bist eine halbe Stunde zu spät gekommen, du hast in meinen persönlichen Dingen herumgeschnüffelt und deine Ratte mitgenommen …“
„Aber …“, will er sich verteidigen.
Ich schneide ihm mit einer Bewegung das Wort ab.
„Wir haben einen Vertrag“, erinnere ich ihn. „Möchtest du den Vertrag gern auflösen?“
Er schüttelt hastig den Kopf, bevor er ihn hängen lässt. „Das tut mir echt leid. Kommt nicht wieder vor.“
„Das hoffe ich“, sage ich streng. „Ich werde dir helfen, dass du dich für die nächste Zeit daran erinnerst. – Geh in das große Badezimmer. Wasch dich. Die Hose kannst du gleich auslassen.“
Er hebt den Kopf und sieht mich fragend an.
„Unklarheiten?“
„N… nein.“
„Warte da, ich komme gleich nach.“
Ich gehe in mein Schlafzimmer, hole einen kleinen Buttplug aus meiner Toy-Schublade, dann mache ich einen Abstecher in die Küche und hole die Dose mit Ingwerpulver aus dem Schrank. Ingwer ist ein bewährtes Mittel, um manche Dinge etwas zu *verschärfen.* Ich mag eigentlich keine Tunnelspiele und bin mir auch jetzt sehr bewusst, dass ich kein Spiel vorbereite. Ich will Mick einen richtigen Denkzettel verpassen, auch wenn ich noch immer versuche, meinen Zorn ein wenig abzukühlen.
Mick wartet im Bad. Folgsam hat er seine Hose ausgezogen und das Kapuzenshirt. Sein T-Shirt hat er noch an.
„Soll ich mich ganz ausziehen?“, fragt er angespannt.

„Nicht nötig.“ Ich stelle den Plug auf die seitliche Ablage im Bad und hole eine Flasche Gleitgel aus dem Schrank. Seine Blicke folgen jeder meiner Bewegungen.
„Mick, hör mir zu. Ich lasse dir hier die Wahl. Du kannst dich jetzt verpissen, dann ist die Sache zwischen uns erledigt. Oder du stehst ein Mal gerade für das, was du machst. Es geht um richtig viel Geld, aber darüber hinaus noch darum, dass ich dir vertrauen will.“
Er nickt. „Ja, das hab ich verstanden. Wenn ich mich hätte verpissen wollen, hätte ich das eben gemacht.“
Ich deute auf die Massageliege. „Leg dich mit dem Oberkörper darauf. Die Füße bleiben auf dem Boden.“
Er gehorcht, fragt dann aber mit leicht zittriger Stimme: „Willst du mich ficken?“
„Ja, aber heute gibt es nur eine Erinnerungshilfe für dich.“ Ich bleibe hinter ihm stehen, betrachte seinen anbetungswürdigen nackten Hintern. Was für ein perfekt geformter Arsch. Ich sehe das Zittern seiner Muskeln, er hat richtig Schiss. Das ist gut so.
Mit Bedacht hole ich eine altmodische Badebürste aus dem Schrank und klicke den Holzstiel vom Bürstenkopf ab. Dann verteile ich Gleitgel auf dem Plug und streue etwas Ingwerpulver auf die glänzende Spitze des schwarzen Plugs.
Bevor ich mit dem Gleitgel hinter Mick trete, wasche ich mir noch die Hände.
„Du willst mir wehtun, oder?“
„Ja“, sage ich liebenswürdig. Erstaunt nehme ich zur Kenntnis, dass mein Ärger über sein Fehlverhalten längst nicht mehr so flammend rot in mir lodert. Ich verteile etwas Gleitgel auf seinem Loch und drücke meinen

Daumen so unsanft in ihn hinein, dass er aufstöhnt. Ich weite ihn minimal, ersetze dann meinen Daumen durch den Plug und schiebe ihn mit Nachdruck in Micks enges Loch. Mick stöhnt lustvoll auf, aber das Stöhnen ändert sich innerhalb von wenigen Sekunden.

„Ahh, oh Scheiße, ahh! Was …“ Er windet sich, versucht aus seiner Position zu entkommen. Aber ich stehe direkt hinter ihm und verhindere das.

„Au, verdammt … das brennt …“, jault er.

„Halt es aus“, sage ich kalt, obwohl mich der Anblick verdammt heiß macht.

Ich nehme den Holzstiel in die Hand und ziele auf seine weißen Arschbacken. Die Plugbasis lasse ich bewusst aus, denn ich will ihn nicht noch mehr quälen. Bei den ersten Schlägen zuckt er nur etwas zusammen, zu sehr ist er mit dem Brennen in seinem Inneren beschäftigt. Aber nach wenigen Sekunden nimmt sein Körper beide Schmerzquellen wahr. Er kann kaum noch ruhig stehen bleiben, versucht, den Schlägen auszuweichen, die feuerrote Streifen auf seinem weißen Arsch hinterlassen.

Sein Stöhnen wird lauter, schmerzerfüllt. Sein Kopf ist mittlerweile genauso rot wie sein Hintern.

„Au, verdammt, hör auf!“, jammert er. „Aahh …!“

Aber das habe ich noch nicht vor. Stattdessen platziere ich wohldosierte Schläge auf seinem überreizten Arsch – und zwar so lange, bis seine Atemfrequenz und das Geräusch seines Stöhnens sich ändern. Das Ingwerpulver brennt unangenehm, aber es kann einen auch richtig geil machen. Und so geht es meinem kleinen Mick in diesem Moment: Trotz der Schmerzen, die er nicht will, wird er hart. Was er natürlich auch nicht will. Wunderbar. Ich sehe, wie er sich windet, vor Schmerz und vor Scham. Der Anblick ist so wahnsinnig erfüllend.

„Oh Gott, hör auf … bitte … ich hab es verstanden … bitte …“ Sein Flehen geht mir durch und durch. Gleichzeitig zucken seine Arschbacken, während er seinen Schwanz auf dem Handtuch der Liege selbst stimuliert.

Ich könnte ihn so zum Orgasmus prügeln. Aber wo wäre dann die Strafe?

Mein Zorn ist mittlerweile einem durchdringenden Verlangen gewichen, dem ich allerdings nicht nachgeben will.

Ich lege den Holzstiel zur Seite und trete zurück. Aber Mick bleibt wie betäubt liegen.

Vorsichtig entferne ich den Plug, was er mit einem leisen Keuchen über sich ergehen lässt. Sein Loch zuckt und bleibt einladend offen. Das ist der Moment, in dem ich meine Vorsätze über Bord werfe. Habe ich eben behauptet, es sei keine Strafe, wenn er jetzt abspritzen dürfte? Ich sehe in sein Gesicht, das er mir zugedreht hat. Seine Augen sind geschlossen, Tränen laufen über seine Wangen.

Ich schiebe zwei Finger vorsichtig in sein Inneres und ertaste seine Prostata. Er bäumt sich sofort auf, krallt sich mit den Händen an die Liege. Er presst seinen noch immer harten Schwanz gegen den Rand der Liege und kommt innerhalb von Sekunden.

Neue Tränen laufen über sein Gesicht.

„Ich glaube, du bist ein Arschloch“, flüstert er rau.

„Das Brennen hört gleich auf“, informiere ich ihn sachlich und reiche ihm ein kleines Handtuch.

Er richtet sich auf. „Darf ich duschen?“, fragt er leise.

„Bitte.“

Ich denke, ich habe meinen Standpunkt deutlich gemacht. Und ich bin mir sicher, dass Mick sich in Zukunft an die Abmachungen halten wird.

15. Kapitel
Mick

Ich kann nicht glauben, dass Leon mich direkt zur Tür begleitet, als ich frisch geduscht nach unten komme. Ich bin so aufgewühlt, weiß gar nicht, was ich sagen soll. Ich war noch niemals in meinem ganzen Leben in so einer Situation. Es fühlt sich schrecklich an.

„Leon, ich …“

Er sieht mich mit völlig neutralem Blick an. „Bist du morgen pünktlich?“

Ich nicke.

„Gut, dann bis morgen. Denk über unsere Absprache nach, Mick.“

Er umarmt mich nicht, er berührt mich überhaupt nicht.

Ich sitze kaum im Auto, da fange ich an zu heulen. So eine verdammte Scheiße. Ich hab keine Ahnung, was los ist. Trotzdem fahre ich los. Ich bin total durcheinander. Es dauert eine Zeit lang, bis ich mich wieder einigermaßen unter Kontrolle habe. Ich ziehe die Nase hoch. Meine Scheiße, was bin ich für eine Memme … Der Abend war das komplette Desaster. Und dann tut mein Arsch auch noch so weh …

Die Rückfahrt ist eine Qual. Zum Glück hat das verzehrende Brennen in meinem Arschloch aufgehört. Ich dachte, ich werde verrückt. Das war der heftigste und unangenehmste Schmerz, den ich jemals erlebt habe. Nicht die Schläge allein, Leon hat nicht planlos auf mich eingedroschen. Das alles war perfekt dosiert, aber trotzdem viel heftiger, als ich erwartet hatte. Und dieser verdammte Scheißplug, den er mir reingeschoben hat … Ich habe keine Ahnung, was er da draufgeschmiert hat. Das Gefühl war so überwältigend, dass ich das Mistding nicht mal mehr rauspressen konnte. Davon abgesehen hätte Leon so ein Verhalten sicher überhaupt nicht toleriert.

Aber das Schlimmste ist, dass mich diese Tortur auch noch geil gemacht hat. Das ist wirklich demütigend.

Oh Mann, mein Arsch glüht, ich kann kaum sitzen.

Als ich zu Hause ankomme, stemme ich mich mit einem leisen Stöhnen aus dem Auto. Diese Nacht werde ich wohl auf dem Bauch schlafen müssen.

Mo wartet in der Küche auf mich. Auch das noch …

„Hi. Warum bist du noch auf?“, frage ich müde.

„Ich hab auf dich gewartet.“ Er lehnt sich gegen die Arbeitsplatte in der Küche. „Ich hab es mir überlegt“, sagt er langsam. „Das ist alles totaler Schwachsinn. Sag das ab mit dem Vertrag! Bei dem Geld, Mann, Alter, ich will mir gar nicht vorstellen, was du dafür machen musst!“

„Alles gut“, behaupte ich und nehme mir die Flasche Wasser aus dem Kühlschrank.

Mo sieht mich erstaunt an und dann mustert er mich ganz genau.

„Ich zieh das durch, kein Problem.“

Mo schüttelt den Kopf. „Lass uns darüber reden, Mick. Ich hab dich da irgendwie reingequatscht. Und ich glaube nicht, dass die Idee so brillant ist.“ Er macht eine Geste Richtung Küchentisch, damit wir uns setzen. Aber ich schüttele den Kopf. Stehen bleiben ist im Augenblick die bessere Option.

Mo runzelt die Stirn. Er ist nicht doof.

„Wir haben heute noch mal über den Deal gesprochen … diskutiert.“

Mos Augen werden groß. „Diskutiert? Alter, ich kenn dich schon seit Jahren – mit dir kann man gar nicht diskutieren."
„Das hat Leon wohl ähnlich gesehen", murmele ich.
„Was? Was hast du gesagt?"
„Wir hatten eine kleine Meinungsverschiedenheit", gebe ich nun doch zu. „Das heißt, ich habe mich nicht an die Regeln gehalten, die wir vereinbart hatten. Darüber mussten wir noch einmal … sprechen."
„Sprechen", wiederholt Mo ungläubig. Er kommt auf mich zu. „Ihr hattet also eine *Meinungsverschiedenheit*, ja? Was hat er mit dir gemacht? Du hast doch geheult …"
Ich versuche Mos durchbohrendem Blick standzuhalten, aber ich schaffe es nicht. Da fasst er mir mit festem Griff an die Arschbacke. Ich springe fast in die Luft. Mann, das brennt wie die Hölle!
„Okay, ich glaube, ich bin im Bilde. Du warst nicht artig und er hat dir den Arsch versohlt", sagt Mo und es klingt gleichzeitig liebenswürdig wie ätzend.
„Pff." Ich weiche vorsichtshalber ein bisschen zurück, damit Mo mir nicht noch mal an den Hintern packt.
„Oder hat er was anderes mit dir angestellt?"
„Nein, nein, du hast es erfasst. Er hat mich so richtig durchgelassen", sage ich angepisst. „Neidisch?"
Mo sieht mich erst verblüfft an, dann zieht er eine Grimasse. „Wahrscheinlich hattest du es echt verdient." Dann glätten sich seine Gesichtszüge wieder. „Warum hast du geheult? Hat er dir richtig wehgetan?"
„Warum willst du das wissen – um dich daran aufzugeilen?"
Mo sieht mich schweigend an und wartet, bis ich mich wieder abgeregt habe. Ich hebe entschuldigend die Hände.

„Ja, Scheiße, es tat richtig weh." Ich wische mir über die Augen. „Ich hab Angst, dass ich es vermasselt habe …", gebe ich schließlich leise zu.

Mo kommt wieder näher und zieht mich in seine Arme. „Du Doofkopp. Er hat dich bestraft, weil du dich nicht an seine Regeln gehalten hast. MEHR nicht."

Ich lege meine Stirn auf Mos Schulter. Mann, ich hab einfach keine Ahnung, von diesem BDSM-Scheiß. Aber eins weiß ich – ich bin verdammt motiviert, Leon zu gefallen. Das ist doch krank.

15. Kapitel
Leon

Die Strafaktion hat mich nicht kalt gelassen. Oh nein, alles andere als das. Ich sitze noch lange im Wohnzimmer mit einem Glas Whiskey und denke darüber nach. Zum einen hat es mich wahnsinnig geil gemacht, sein Schmerz, die Demütigung und seine qualvolle Lust. Zum anderen habe ich sehr wohl die Verwirrung in seinem Gesicht gesehen, als ich ihn nach Hause geschickt habe. Die Tränen in seinen Augen. Die Enttäuschung.
Das ist das erste Mal, dass mir eine Bestrafung im Nachhinein leidtut. Ich überlege, ob ich die korrekte Entscheidung getroffen habe.

***

Fünf Minuten vor sieben steht Mick am nächsten Abend vor meiner Tür.
Als ich öffne und ihn mustere, senkt er überraschend schüchtern den Blick.
„Hallo, da bin ich."
„Komm rein."
Unschlüssig bleibt er im Eingangsbereich stehen. „Ich … ich wollte mich entschuldigen. Ich habe dich gestern wütend gemacht und das wollte ich nicht", sagt er leise.
„Okay." Ich trete auf ihn zu, umfasse sein warmes Gesicht mit beiden Händen und küsse sein Kinn, hauche Küsse auf seine Kieferlinie, unter sein Ohr, auf seine Schläfe. Er hält ganz still.
„War es zu heftig gestern für dich?"

Er schüttelt verlegen den Kopf, doch ich sehe in seinen Augen, dass ich recht habe.
„Möchtest du etwa … darüber sprechen?“, fragt er und kriegt tatsächlich rote Ohren.
„Ja, stört dich das?“
Oh ja, er braucht nicht mal zu antworten. Ich sehe, wie schwer ihm das fällt.
Er streicht seinerseits mit den Fingern über mein Gesicht, runzelt die Stirn, als er die Konturen meines Gesichts mit den Fingerspitzen nachzeichnet, als würde er mich das erste Mal sehen.
„Leon, ich …“
Sein Zögern macht mich nervös. Mit einem Mal habe ich Schiss, dass er abbrechen will. Was soll ich dann tun? Es steht ihm frei, unseren Vertrag zu kündigen, es gibt schließlich keine Kündigungsfrist oder etwas Ähnliches. Wenn er nicht mehr will, dann hat sich der Deal erledigt. Aber das möchte ich nicht, ich wäre bereit, neu zu verhandeln. Ich … Oh Himmel, was sind das für lächerliche Gedanken? Ich mache mich ja zum Idioten, wenn ich das anbieten würde.
Trotzdem ist das Gefühl, dass Mick sich vielleicht gleich verabschieden möchte, grauenvoll. Ich will das nicht spüren.
„Ich will mit dir schlafen“, sagt Mick schließlich mit fester Stimme. Nach diesem Geständnis vergräbt er sein Gesicht an meinem Hals. „Ich will dich ein Mal spüren, wenn du die Kontrolle verlierst“, flüstert er an meinem Hals. „Aber möglichst nicht, wenn du irgendein Schlagwerkzeug in den Händen hast“, fügt er hastig hinzu.

Ich bin für einen Augenblick zu überrascht, um zu reagieren. Er will unser Spiel gar nicht beenden, er will die Spielregeln bestimmen.
„Aber … ich … also … macht dich das geil, mich zu schlagen?“
„Es hat dich auch erregt“, erinnere ich ihn.
Er seufzt leise, gequält. „Ich will beim Sex nicht heulen … und auch nicht danach.“
Ich weiß, was er damit sagen will. Aber ich bin nicht bereit, die Kontrolle abzugeben.
Wortlos drehe ich mich um und gehe vor ihm her in mein Schlafzimmer. Er folgt mir.
„Du willst mit mir schlafen?“
Micks Blicke wandern durch mein Schlafzimmer, ich weiß, dass er jede Einzelheit genau registriert.
„Ja …“ Er sieht mich an, in seinen Augen spiegelt sich Erwartung, Verlangen und ganz große Unsicherheit. Ich mag es, dass man in ihm lesen kann, er verheimlicht nichts.
„Soll ich mich ausziehen?“
„Oh ja, ganz langsam. Damit ich dich richtig ansehen kann.“ Ich setze mich auf den Sessel, der in der Ecke meines Schlafzimmers steht, und lehne mich zurück.
„Machst du Musik?“, fragt er grinsend.
„Fordere mich nicht heraus, sonst erwarte ich noch eine Show.“
Mick zieht sich das Sweat-Shirt über den Kopf, dann das T-Shirt. Bei der Hose lässt er sich provokant viel Zeit. Aber auch die fällt schließlich zu Boden. Als er ganz nackt ist, winke ich ihn zu mir heran. Sein Schwanz ist schon in Hab-Acht-Stellung, aber noch nicht voll erigiert. Das werde ich schnell ändern. Ich rutsche an den Rand des Sessels und

umfasse seinen Schwanz, die Reaktion erfolgt prompt: Er reckt sich meiner Berührung entgegen.
Erst als Micks Schwanz sich komplett aufgerichtet hat, lecke ich über seine glänzende Spitze. Mick zuckt zurück und stöhnt leise. Ich inhaliere seinen ganz eigenen Geruch und sauge seine Eichel in meinen Mund. Mmh, sein Geschmack flasht mich. Trotzdem entlasse ich ihn recht bald wieder aus meinem Mund und stehe auf.
„Leg dich aufs Bett, auf den Rücken."
Er legt sich brav hin, was für ein grandioses Bild: Mick – wie gemalt – auf meinem Bett. Und sein Schwanz steht wie eine Eins.
Ich nehme eine schwarze Augenbinde und Lederhandfesseln aus meiner Schublade und schwinge mich über ihn. Er hält mir die Hände mit einem kleinen Stöhnen entgegen.
„Was ist?"
„Nichts, ich hab nur Muskelkater vom Zaun-ausbessern", brummt er mit einer Grimasse. „Hab den ganzen Nachmittag auf der Wiese gearbeitet."
Ich lege ihm die Fesseln an und kette ihn am Kopfende des Bettes an den Metallverstrebungen fest. Wieder gibt er ein leises Protestgeräusch von sich.
„Wenn du dich gut benimmst, massiere ich dir später die Arme, in Ordnung?"
„Ja … oh ja …" Mick lächelt schwach, dann fällt sein kritischer Blick jedoch auf die Augenbinde.
Er lässt sie sich trotzdem widerstandslos anlegen.
„Leon? Bitte nicht wieder den Arsch vollhauen", sagt er dann aber mit flehendem Unterton. „Der tut jetzt noch weh …"

„Wenn du lieb bist und dich gut benimmst, gibt es auch keine Strafe", erkläre ich ihm freundlich. Ich schiebe seine Beine nach oben, sodass er die Knie angewinkelt hat. Jetzt kann ich alles sehr gut sehen. Ich erinnere mich daran, wie fest verschlossen sein Hintereingang ist. Das braucht etwas mehr Vorbereitung, damit Mick das Vögeln auch von Anfang an genießen kann. Allerdings habe ich vor, ihn etwas länger zu bearbeiten. Die Vorfreude darauf lässt mich auch richtig hart werden.

Ich knie mich zwischen seine aufgestellten Schenkel und senke meinen Kopf. Dann lecke ich über seinen gesamten Damm bis zu seinen Eiern, stupse die empfindliche Haut an, schiebe seine festen Bälle nach oben. Ich teile mit der Zunge seine Hoden.
Dann bohre ich die Zungenspitze in seinen straff geschlossenen Eingang. Er bewegt sich unruhig hin und her und keucht leise. Oh ja, Mick, ich weiß, wie sehr du das magst.
Seine Beine kippen leicht nach außen.
Ich befasse mich so lange mit seinem Loch, bis ich spüre, dass es etwas nachgibt. Erst dann nehme ich einen Finger zur Hilfe. Mit etwas Speichel bereite ich ihn weiter vor, sodass ich in ihn eindringen kann. Natürlich nur mit dem Finger. Ich will ihn so weich haben, dass er absolut nicht mehr krampft, wenn ich meinen Schwanz in ihn schiebe. Und das werde ich heute tun – ganz nach Micks Wunsch.

Mick

Ich habe noch nie mit verbundenen Augen gevögelt. Das Gefühl ist irre. Ich kann Leons Berührungen viel intensiver spüren, weil ich nicht sehen kann, was er macht. Als er seine Zunge in mein Loch schiebt, glühe ich schon vor Verlangen. Am liebsten hätte ich ihn angefeuert, mich sofort zu ficken, aber ich halte den Mund. Werde schön brav abwarten, was Leon mit mir anstellt.

Ich höre das Klappen eines Flaschendeckels und fühle nur einen Moment später Leons Finger, wie er das kühle Gleitgel auf meiner Rosette verteilt. Konzentriert spüre ich dahin, möchte herausfinden, ob er irgendein Toy in mich einführt oder seine Finger.

Ich bin erleichtert, dass er nur seine Finger benutzt. Heute wäre mir jedes Spielzeug zu viel gewesen. Nicht, dass ich mich gewehrt hätte – ich will Leon gefallen. Ich will, dass er Spaß mit mir hat. Aber ich will das Zusammensein mit ihm auch genießen.

Oh Gott – und das, was er macht, ist purer Genuss. Er schiebt mir einen Finger so richtig tief hinten rein, während er von außen gegen meinen Damm drückt. Ich ziehe die Knie noch weiter an meinen Körper.

„Gut so?“, fragt Leon und seine Zunge fliegt über meine Schwanzspitze.

„Ja, mehr …“, keuche ich.

Leon kommt meinem Wunsch umgehend nach, er dehnt mein Loch weiter. Ich fühle die Spannung, aber der Schmerz bleibt aus. Er geht wirklich sehr langsam vor, sehr geschickt.

Dann streicht er über meinen inneren Lustpunkt und ich stehe innerhalb eines Wimpernschlags in Flammen. Ich will jetzt seinen Schwanz, ich will, dass er mich komplett ausfüllt. Ein Finger, zwei Finger … das ist mir viel zu wenig.
Doch Leon entzieht sich mir völlig.
„Scheiße, was soll das?", motze ich frustriert. In meinem Schwanz pocht es unangenehm, ich bin so geil, dass ich gar nicht weiß, wo ich mich lassen soll.
Ich höre Leons leises Lachen an meinem Ohr.
„Was möchtest du?"
„Ich will gefickt werden", antworte ich heiser.
„Das merke ich." Leon streicht mit dem Finger durch meine Spalte. „Dein Loch zuckt jedes Mal ganz erfreut, wenn ich darüber streiche."
Seine Worte entlocken mir ein weiteres Keuchen. Und dann leckt er über die empfindliche Stelle an meinem Hals – und zwar so lange, bis ich glaube, dass ich mich gleich in meine Einzelteile auflösen muss.
„Bitte … bitte … bitte …", flehe ich abgehackt.
Aber Leon quält mich weiter mit meiner Lust. Er saugt an meinem Ohr, tippt die Zunge hinein, lässt seine Finger federleicht über meinen Körper gleiten. Er umfasst meinen Schwanz.
„Oh … aaahh …" Ich bin so geil, dass es schon wehtut.
Wieder schiebt er einen Finger in mich. Er weiß, wie er mich in den Wahnsinn treiben kann. Er trifft immer den richtigen Punkt, ich fange an zu wimmern. Ziehe die Beine so weit an meinen Körper wie möglich, gebe ihm so viel Raum, wie es geht.
„Weißt du eigentlich, wie unfassbar schön du bist?", sagt Leon. Seine Stimme klingt rau.

Ich kann nicht mehr antworten. Was soll ich darauf auch sagen? Ich löse mich gleich auf vor Geilheit.
„Ich will endlich deinen Schwanz“, bettele ich.
„Spürst du noch die Schläge von gestern?“, flüstert er.
Die Worte dringen in mich ein und sind total elektrisierend. Ich keuche leise, fühle tatsächlich seine Schläge auf meinem Arsch brennen. Die Haut ist noch empfindlich, das Gefühl des Schmerzes ist Einbildung. Scheiße, er hat mich versemmelt wie einen ungehorsamen Jungen und gleichzeitig hat mich das scharf gemacht. Selbst die Erinnerung daran durchzuckt mich heiß, kribbelnd.
„Oh Scheiße … Leon … Ich dreh mich um, dann kannst du meinen Arsch haben und machen, was du willst …“, biete ich an, obwohl ich mich gleichzeitig dafür schäme.
„Was *ich* will?“, fragt er und ich spüre sein Lächeln an meinem Hals.
„Ja … ja, alles, was du willst“, japse ich, weil er sich genau an der empfindlichen Stelle an meinem Hals festsaugt, während er über meine feuchte Schwanzspitze reibt.
„Bleib so liegen und genieß es.“
Er zieht sich zurück, ist aber nur Augenblicke später wieder bei mir, ich spüre, dass er zwischen meinen Beinen kniet.
„Du hast einen schönen Schwanz“, sagt er.
Oh Mann, er soll mich nicht angucken, sondern endlich ficken!
„Und ein gieriges, enges Loch.“
Er reibt mit dem Finger darüber und ich zerfließe fast.
„Ich glaube, es ist feucht genug, weich genug … was meinst du?“
„Jaaa … oh Gott, jaaa …“

Und dann endlich spüre ich seine Schwanzspitze. Leon hat sich ganz offenbar eben ein Gummi drübergerollt. Ich spanne die Arme an, die Muskeln brennen unangenehm, aber das ignoriere ich jetzt. Ich bin so scharf, ich will ihn so sehr.
Er schiebt sich mit quälender Langsamkeit in mich hinein, dehnt mich weiter.
Ich halte kurz die Luft an.
Leons Hand streicht über mein Gesicht. „Mick, mach dich locker. Ich spüre, wie du dich anspannst."
„Ich will dich so sehr, bitte schieb ihn einfach rein!" Verdammt, ich glaube, er will mich foltern! Wieso lässt er sich so viel Zeit?
Zwei Zentimeter rein und zwei zurück ... ich bocke mit den Hüften nach oben und er dringt automatisch weiter ein. Mir entweicht ein hilfloses Stöhnen. Und endlich beugt Leon sich über mich, sein harter Schwanz gleitet in mich hinein und er leckt über meine superempfindlichen Nippel. Scheiße, ich kann gleich nicht mehr.
„Das war nicht sehr brav", flüstert er angespannt.
„Dann fick mich hart als Bestrafung", schlage ich mit zittriger Stimme vor. Mir ist schon fast alles egal.
„Wie hart willst du es denn? So hart, dass es wehtut?" Er zieht sich fast ganz aus mir zurück und rammt sich dann mit Nachdruck in mich hinein.
„Oh Gott ... aahh ..." Ich versuche, die Zähne aufeinanderzubeißen. Aber Leon hämmert sich mit so viel Nachdruck immer wieder in mein Innerstes, dass ich die Kontrolle verliere. Ich höre die Geräusche, die aus meinem Mund kommen. Ich stammele irgendwelche Worte – ändern kann ich es nicht. Das ist alles viel zu viel, viel zu

heftig für mich. Viel zu gut … Mit einem erstickten Aufschrei komme ich, keine Ahnung, wohin mein Sperma fliegt. Fühlte sich nach verdammt viel Druck an.
Leon fickt mich einfach weiter, allerdings nicht mehr so intensiv. Trotzdem kann ich die Reibung kaum noch aushalten. Wenn er so weitermacht, werde ich in seinem Bett sterben. Ich höre mein eigenes Heulen, versuche, die Beine zusammenzunehmen, mich ihm zu entziehen.
„Schsch…“, macht er an meinem Mund. „Das hältst du aus.“
„Nein …“
Er drückt meine Knie auseinander. „Komm schon, spann deinen hübschen Arsch an.“
Das Gefühl lässt mich fast noch einmal kommen. Und dann endlich höre ich Leons raues Stöhnen. Er presst sich ganz tief in mich hinein und verharrt so.

***

Als ich endlich wieder einen klaren Gedanken fassen kann, hat Leon sich bereits aus mir zurückgezogen.
„Alles in Ordnung?“ Er nimmt mir die Augenbinde ab und ich blinzele ihn erschöpft an.
„Ich bin tot.“
„Oh nein.“ Er lacht. „Du siehst ziemlich lebendig aus. Und ziemlich lecker.“ Er löst die Handfesseln vom Kopfende des Bettes. „Warte.“ Ganz langsam hilft er mir, die Arme nach unten zu nehmen. Jetzt brennen sie noch heftiger als vorher. Ich stöhnte leise.
„Mist … Ich bin nicht nur tot, sondern auch gelähmt!“

„Spinner", sagt Leon und streicht mir vorsichtig über die Oberarmmuskeln. Er öffnet die Fesseln und nimmt sie von meinen Handgelenken. „Bleib so liegen. Ich mach dich erst mal sauber."

Mit einem feuchten Handtuch wischt er die Spermaspuren von meinem Körper. Ich lasse es einfach geschehen. Auch, als er seine Handflächen von meinen Schultern bis hinunter zu den Handgelenken gleiten lässt. Das tut gut.

Seine langsamen, festen Berührungen entlocken mir behagliches Seufzen. Er macht das wirklich gut, ich spüre, wie sich meine überanstrengten Muskeln entspannen.

„Du machst wollüstigere Geräusche als eben", behauptet Leon grinsend.

„So'n Quatsch!" Ich war so laut, dass es schon fast peinlich ist. Der Sex mit Leon war bombastisch. Aber ich bin mir nicht sicher, ob ihm das immer reicht.

Er nimmt meinen rechten Arm zwischen beide Hände und walkt den Muskel, bis ich stöhne.

„Warum hast du mich nicht angerufen?"

„Hm?"

„Wegen der Zaunaktion."

Überrascht sehe ich ihn an. „Jetzt sag mir noch, du wärest zum Helfen gekommen!"

Leon seufzt leise, so, als würde ich mich absichtlich dumm stellen. „Der Zaun, den du repariert hast, der hat doch die besten Jahre schon hinter sich. Vorsichtig formuliert. Wenn du was gesagt hättest, hätten wir über eine Komplettsanierung sprechen können."

„Weißt du eigentlich, was ein neuer Zaun kostet?", frage ich ihn und japse leise, weil er eine schmerzhafte Stelle erwischt hat.

„Nein, aber ich hätte mir durchaus einen Kostenvoranschlag einer Zaunbaufirma einholen können. *Ich* bin des Telefonierens mächtig."
„Du hättest einen neuen Zaun bezahlt?" Ich kann das kaum glauben. So ein Zaun kostet locker ein paar Tausend Euro!
„Selbst wenn mir das eingefallen wäre … ich hätte dich nicht angerufen. Nicht nach dem letzten Abend."
Leon hält in der Bewegung inne. „Aber du bist heute auch hergekommen."
„Ja … aber ich musste erst mal gucken … also, wie das mit uns beiden …" Ich weiß nicht, wie ich es ausdrücken soll. „Na ja, ich musste erst mal die Stimmung checken."
Leon lächelt mich an, dieses Mal ist es ein breites Lächeln. Er beugt sich zu mir herunter und küsst meine Schläfe. „Die Stimmung ist gut, Mick. Ich denke, diese kleine Meinungsverschiedenheit zwischen uns ist jetzt geklärt."
„Kleine Meinungsverschiedenheit", wiederhole ich leise und erschaudere bei der Erinnerung an den letzten Abend. Er hat mir richtig wehgetan und trotzdem fühlt es sich bei ihm an wie Zuhause. Also so, wie ich mir ein Zuhause vorstelle. Am liebsten würde ich die Augen zu machen und hier in Leons Bett einschlafen. Ich bin total erschöpft und fühle mich so verdammt wohl bei ihm. Sicher. Ein seltsames Gefühl. Ich richte mich etwas auf, damit ich nicht einschlafe.
„Ich muss leider zeitig nach Hause", sage ich entschuldigend. „Hilde ist so merkwürdig zurzeit. Mo mag sie gar nicht mehr aus dem Haus lassen. Sie hat ihn schon angeknurrt und hat nicht auf ihn gehört, als er sie wieder reinrufen wollte."

„Ach ja, du hast so einen sympathischen Hund …“
„Du magst sie nicht, weiß ich wohl. Aber sie ist meine Familie … na ja, zumindest der Teil, den ich mag.“
„Ich traue deiner Hilde keinen Schritt über den Weg“, sagt Leon ernst.
Ich grinse ihn an. „Du bist halt so ein typischer schwuler Macho – hast Probleme mit dem weiblichen Geschlecht.“
Leon sieht mich verblüfft an. „Also sowas … Das hat echt noch nie jemand behauptet!“
Ich kann mir ein Lachen nicht verkneifen.
Er runzelt die Stirn. „Hm, wenn du sagst, dass der Hund der Teil deiner Familie ist, den du magst – was ist denn mit dem anderen Teil?“
Mann, das Thema … das kann einem echt die Stimmung verhageln. Kurz überlege ich, ob ich überhaupt etwas dazu sagen soll. Aber Leon hat ja schon mal erwähnt, dass er auf seine Fragen Antworten erwartet. „Mein Vater ist unbekannt verzogen … da war ich sechs Jahre alt. Ist irgendwo im Ausland. Meine Mutter – tja, mit der bin ich nicht so gut klargekommen. Sie hat ständig versucht, *ihr* Leben auf die Reihe zu kriegen. Neue Typen, na ja, so war’s halt … Ich hab wohl ziemlich gestört bei der Selbstfindung.“ Ich atme einmal tief durch. Eigentlich war das ja schon die Kurzfassung. Aber Leon möchte sich damit offensichtlich nicht zufriedengeben.
„Und?“
„Ständig Stress in der Schule, richtig derbe Stress zu Hause und dann hatte sie einen Typen, der meinte, er könnte mir an den Arsch packen. Es gab eine … ähm, kleine Handgreiflichkeit und ich hab meine Sachen gepackt. Hab die Schule geschmissen, da war ich siebzehn.“

Leon hebt eine Augenbraue.
„Ja, was – bist du jetzt überrascht?“, zicke ich etwas herum. Ich kenn diesen Blick – er hat wahrscheinlich gar nicht erwartet, dass ich zur Schule gegangen bin. „Ich hätte Abi machen können, war auf der Gesamtschule. Dachtest wohl, ich wäre ein kleiner Doofie, was?“
Leon zieht mich nah an sich heran und küsst meine Schläfe. „Nein, ich denke, dass du manchmal ein *großer Doofie* bist“, sagt er mit einem Lächeln in der Stimme.
Ich boxe ihn leicht.
„Hast du noch Kontakt zu deiner Mutter?“
„Sporadisch. Sie weiß, dass ich lebe. Mehr nicht. Will ich auch nicht, sie ist nämlich immer noch mit dem Arschgrapscher zusammen.“
„Weiß sie, was passiert ist?“
„Oh ja, klar, ich hab’s ihr gesagt. Aber sie hat dem Typen mehr geglaubt als mir. Ich war doch ohnehin nur die kleine notgeile Schwuppe …“ Ich zucke mit den Schultern. Gut, dass ich zu der Zeit schon fast erwachsen war. Nicht auszudenken, was alles hätte passieren können, wenn sie den Kerl früher kennengelernt hätte.

16. Kapitel
Leon

Ich sitze gerade mit meinem Agenten Kevin Haren zusammen, als mein Handy vibriert. Kevin zieht eine Augenbraue fragend nach oben.
„Entschuldige." Ich sehe auf das Display. Eine Handynummer, die ich nicht kenne.
„Ja, bitte?"
„Leon? Bist du das?" Die Stimme kenne ich, aber ich komme im ersten Moment nicht drauf, wer mich da angerufen hat. Das Rätsel löst sich rasch.
„Ich bin's, Moritz."
„Ah, okay. Was ist los?"
„Du solltest herkommen."
Im Hintergrund höre ich eine weitere Stimme. „Was … mit wem …?"
„Jetzt halt die Klappe", motzt Moritz ungehalten. „Bitte, Leon, komm einfach her. Mick ist gebissen worden, aber der Blödmann hat noch nicht mal 'ne Krankenversicherung. Ich glaube, er muss ins Krankenhaus."
„Mit wem zum Teufel …" Es ist tatsächlich Micks Stimme im Hintergrund.
„Ich bin gleich bei euch", sage ich knapp. „Und halt ihn unter Kontrolle."
„Ja, haha", sagt Moritz genervt.
„Gibt es ein Problem?", fragt Kiwi, als ich aufgelegt habe und Anstalten mache, meine Sachen zusammenzusammeln.
„Ja, könnte man so sagen. Ein Notfall. Tut mir leid, Kiwi." Ich nehme die Unterlagen und lasse sie in meiner Aktentasche verschwinden. „Ich lese die Sachen zu Hause in Ruhe

durch, okay? Ich versprech's." In der Tür bleibe ich noch mal stehen. „Sag mal, deine Frau, die ist doch Steuerberaterin, oder? Kennt sie sich mit Gründungen aus?"
„Gründungen? Was schwebt dir vor, ein Start-up?" Kiwi grinst.
„Nein, Stiftungen, Vereine und ähnliches."
„Ah so, ich kann sie gern mal fragen."
„Okay, danke. Tut mir wirklich leid."
Er winkt ab. „Hau schon ab zu deinem Lover."
Ich halte abrupt ab. „Wieso meinst du …?"
„Natalie hat mir deine neue Szene vorgelegt, weil sie einfach so begeistert war. Und da habe ich eins und eins zusammengezählt. Warum solltest du gerade jetzt die Inspiration zu so einer heißen Szene haben?"
„Das war doch ins Blaue hineingeraten", behaupte ich.
„Aber gut geraten", sagt Kiwi und lacht offen. „Jetzt sieh zu, dass du loskommst. Ich dachte, es sei ein Notfall!"

***

Als ich bei Mo und Mick ankomme, steht Mo vor der Haustür. Er raucht.
„Gut, dass du kommst", sagt er und schaut mich düster an. Erstaunlich, dass sein kleines Elfengesicht so trollig aussehen kann.
„Wusste gar nicht, dass du rauchst."
„Tue ich auch nicht. Nur, wenn ich mich TIERISCH aufrege." Er drückt die Zigarette in einem leeren Blumentopf aus.
„Habt ihr euch gestritten?"

„Gestritten?“, fragt er. „Wir haben uns fast geprügelt. Hilde hat Mick in die Hand gebissen – und das sieht gar nicht gut aus. Ich hoffe, du kriegst ihn dazu, dass er mit ins Krankenhaus fährt. Ich glaube, er hat nicht mal eine aktuelle Tetanusimpfung.“
Okay, Mo macht sich nur Sorgen. Ich bin mir ziemlich sicher, dass ich Mick überzeugen kann, mit mir mitzukommen.
„Wo ist denn der Hund?“, frage ich vorsichtig.
„Drin, bei Mick. Aber im Moment macht sie einen ganz normalen Eindruck. Mick meinte, er hätte ihr wohl nur versehentlich wehgetan.“ Mo seufzt laut.
Ich betrete hinter Mo das kleine Häuschen.
„Mick?“
Mick kommt tatsächlich aus dem Wohnzimmer. „Leon“, sagt er. „Hallo. Du hättest nicht kommen brauchen. Mo dreht hier total am Rad.“
Mein Blick bleibt an einem provisorischen Verband hängen, der um seine linke Hand gewickelt ist. An einer Stelle ist ein verdächtig dunkler Fleck.
„Ich glaube, Mo hat recht. Ich bringe dich ins Krankenhaus.“
„Ihr spinnt ja beide!“, pflaumt Mick mich sofort an.
„Mick.“ Ich gebe meiner Stimme einen deutlich hörbaren strengen Unterton. Mick reagiert darauf wie gewünscht. Er wird unsicher, senkt den Blick. Aber was er sagt, zeigt mir, wie wenig unterwürfig mein Süßer ist. „Glaub nicht, dass ich mitkomme.“ Sein Widerstand ist leise, aber deutlich.
„Und ob.“
Ich wende mich an Mo. „Lässt du uns kurz allein?“

Mo starrt mich mit großen Augen an, nickt aber sofort hastig. Tja, bei ihm hat mein Auftreten das gewünschte Ergebnis. Ich seufze innerlich.

„Mick, komm mal her."

Zögerlich kommt Mick näher. Ich öffne einladend die Arme und er schmiegt sich, trotz seines Ärgers, sofort an meine Brust.

„Mickey, ich möchte dich jetzt ins Krankenhaus bringen. Ich glaube nicht, dass Moritz mich wegen eines kleinen Kratzers angerufen hat." Ich zögere kurz, schiebe dann noch hinterher: „Ich erwarte, dass du mir gehorchst."

„Gibt es sonst den Arsch voll?", fragt er aufsässig, bleibt aber in meinen Armen.

„Vielleicht beim nächsten Fick", antworte ich genauso drastisch. „Könnte sein, dass ich mir was *Schönes* für dich ausdenke."

Er erschaudert leicht. „Oh Mann", stöhnt er. „So eine Scheiße. Ich bin doch nicht dein Eigentum!" Aber es hört sich schon recht nachgiebig an, nur etwas genervt. „Ich hab gar keine Krankenversicherung", gibt er schließlich zu.

„Mmh, weiß ich. Hat Moritz mir schon erzählt. Jetzt komm, zieh dir eine Jacke über und lass uns fahren."

„Die fragen einen immer sofort nach der verfickten Versichertenkarte", motzt er immer noch herum.

„Mick – ich bezahle die Behandlung."

Jetzt schweigt er und sieht mich vorsichtig an. Ich sehe noch etwas anderes in seinen Augen, das ich nicht einordnen kann.

„Okay, warte kurz. Ich fahr mit dir mit."

Moritz wirft mir einen ungläubigen Blick zu, als ich schließlich mit Mick im Schlepptau losfahre.

„Du kommst hier allein klar?"
Moritz nickt grimmig. „Natürlich. Nimm den Stinkstiefel bloß mit."
Aber ich sehe, dass er sich nur Sorgen macht.

***

Wir sind geschlagene drei Stunden in der Notaufnahme der Uniklinik. Mick ist total fertig mit den Nerven, kann es aber gut verbergen. Der Biss – und der sieht wirklich richtig übel aus – wird gereinigt, geröntgt, genäht und dann kriegt er einen fetten Verband – und eine Tetanusspritze. Mick gibt sich tough, aber ich sehe noch immer das Flackern in seinen Augen. Er beschwert sich nicht, wenn er auch darauf besteht, dass ich überall mit hineingehe. Ich will nicht wissen, was die Ärzte und das Pflegepersonal denken. Okay, eigentlich gibt es kaum Interpretationsspielraum, wenn man uns beide zusammen sieht.
Ehrlich gesagt hätte ich mir den Anblick seiner Hand gerne erspart. Ich kann nicht gut Blut sehen – und das ist in diesem Fall noch das geringere Problem. Seine Hilde hat nicht nur „etwas zugeschnappt".
Ich gebe meinen Namen an, meine Adresse für die Rechnung des Krankenhauses. Ich glaube, unter „Familienversicherung" fällt unsere Beziehungsform noch nicht.
Mick ist ganz still, als ich ihn schließlich nach Hause fahre. Er hält seine Hand nach oben. So wie sie aussah, glaub ich gern, dass er Schmerzen hat.
„Bleibst …", er räuspert sich, „bleibst du heute bei mir?"

Seine Frage trifft mich völlig unvorbereitet. Morgen ist Samstag. „Ja, okay, kein Problem“, sage ich, ohne länger darüber nachzudenken.

***

Moritz öffnet uns, bevor Mick seinen Schlüssel aus der Jackentasche fischen kann.
„Kommt rein.“ Er wirft einen kurzen Blick auf Micks Verband und runzelt die Stirn.
„Sie hätten ihn gern über Nacht dabehalten“, informiere ich ihn und hänge meine Jacke über das Treppengeländer. Aber da hat Mick nicht mitgespielt und ich hatte keine Lust, mich mit ihm zu streiten.
„Habt ihr Hunger? Ich kann euch ein paar Brote machen.“
Mick schüttelt den Kopf, aber ich schiebe ihn mit etwas Nachdruck ins Wohnzimmer. „Du isst auch was, danach kannst du dir eine Schmerztablette einwerfen und schlafen gehen.“
Mick ist zu schlapp, um noch Widerstand zu leisten.
Das Wohnzimmer der beiden ist genauso renovierungsbedürftig wie alles andere. Aber sie haben es gemütlich eingerichtet – und es ist sauber. Es gibt zwei Sofas und einen uralten, dunkelgrünen Ohrensessel mit Kord-Bezug. Der Fernseher ist ein älteres Röhrengerät, ich bin fasziniert, auf wieviel ‚Normalität‘ diese zwei jungen Burschen verzichten. Luxus kann man es wirklich nicht nennen.
Ich setze mich neben Mick auf eines der Sofas und warte, bis Mo Tee aufgebrüht und ein paar Brote geschmiert hat. Dann füttere ich Mick mit Brothappen. Mann, mit dem ist aber auch gar nichts mehr los. Ich vermute, das liegt an

dem leichten Beruhigungsmittel, das er im Krankenhaus gespritzt bekommen hat. Mick lehnt sich schwer gegen mich und auf einmal bemerke ich, dass er anders atmet. Ich höre, dass er schluckt, spüre, wie sein Körper verkrampft.
Scheiße, er heult.
„Hey, Süßer, was ist los?“, frage ich leise.
Aber Mick antwortet nicht, vergräbt stattdessen sein Gesicht an meiner Brust.
Mo steht leise auf und zieht sich zurück. Ich sehe es aus den Augenwinkeln.
Ich lege den Arm um Mick, spüre, wie seine Schultern zucken. „Mickey, hey …“, sage ich sehr sanft. Ich habe noch immer keine Ahnung, was genau in ihm vorgeht.
„Sag mir, was los ist.“
Es dauert eine ganze Weile, bis er antwortet. Ich lasse ihm die Zeit, lasse ihn einfach weinen, streiche durch seine weichen, jetzt verschwitzten Haare.
„Sie hat mich gebissen“, presst Mick schließlich leise hervor. „Ich wollte ihr nur helfen, weil sie …“, er schluckt laut, „sie war umgefallen und ich wollte ihr helfen. Aber sie … ich glaube, sie hat mich … gar nicht erkannt …“
Ich weiß nicht, was ich dazu sagen soll. „Vielleicht hatte sie Schmerzen?“
Mick nickt unglücklich. „Ja, wahrscheinlich.“ Er holt tief Luft und versucht, sich wieder zu beruhigen.
Ich grabe in meiner Hosentasche nach einem Taschentuch.
„Danke, aber ich hab dein Hemd schon vollgerotzt“, sagt Mick, nimmt das Taschentuch allerdings trotzdem. „Tut mir leid … das tut mir alles leid.“ Und schon wieder fängt er an zu schluchzen. Er versucht, es zu unterdrücken, aber es schüttelt ihn richtig.

„Ach Mickey …“ Ich ziehe ihn ganz eng an mich heran. Es tut richtig weh, ihn so zu sehen.

„Ich mach das wieder gut“, murmelt er an meiner Brust. „Wegen heute Abend … unser Deal …“

„Schsch“, unterbreche ich ihn. „Alles gut, okay? Was meinst du, soll ich dich ins Bett bringen?“

„Ja, aber Hilde ist noch bei mir im Zimmer. Ich … bringe sie ins Gästezimmer. Kein Problem.“ Er stemmt sich vom Sofa hoch, aber er ist total unsicher auf den Beinen. Ich hoffe nicht, dass ich Mick noch tragen muss. Wir sind etwa gleich groß und wahrscheinlich auch gleich schwer.

„Geht's?“

„Klar“, behauptet er und wischt sich mit dem Handrücken über das Gesicht. „Oh Scheiße.“ Er lächelt verunglückt. „Ich bin so eine Memme … sorry.“

„Jetzt hör auf, dich ständig zu entschuldigen, Süßer. Komm, ich bring dich ins Bett.“ Ich stehe ebenfalls auf, schlinge den Arm um seine Taille und stütze ihn.

„Mit Hilde … das mach ich lieber allein.“

Da bin ich ganz Micks Meinung.

Die Umsiedelung des Hundes scheint problemlos vonstatten zu gehen. Ich höre, wie Mick mit seinem Hund spricht. Als er wieder in sein Zimmer kommt, sieht er noch schlechter aus als vorher.

„Ich gehe eben ins Bad. Bin gleich zurück.“

Ich setze mich auf Micks Bett und höre ihn im angrenzenden Bad fluchen.

„Scheiße, verfluchte …“ Er öffnet die Tür und ruft nach mir. „Leon, kannst du bitte mal kommen?“

Ich gehe zu ihm. „Was gibt es?“

Er sieht etwas verlegen zur Seite. „Kannst du mir bitte die Hose aufmachen. Ich krieg's gerade nicht gebacken."
Mit einem Lächeln trete ich auf ihn zu und öffne die Knöpfe seiner Hose.
„Danke."
„Keine Ursache. Solange ich dir nicht den Arsch abwischen muss", erkläre ich liebenswürdig.
Ich sehe, dass Mick darauf etwas erwidern will, aber dann schluckt er den Kommentar hinunter. Ist sicher besser so.

***

Als Mick schließlich schläft, gehe ich nach unten. Es wundert mich nicht, dass Mo noch wach ist. Offenbar hat er auf mich gewartet.
„Bier?"
„Ja."
Er holt eine Bierflasche aus dem Kühlschrank, öffnet sie und reicht sie mir. Er selbst greift nach einem Glas.
„Du nicht?"
„Nein, ich trinke keinen Alkohol."
„Na dann, zum Wohl."
Moritz hebt andeutungsweise sein Glas, während ich den ersten Schluck aus der Flasche trinke.
„Danke, dass du gekommen bist. Ich hätte ihn nicht ins Krankenhaus gekriegt. Und ohne Versicherung …" Er verdreht die Augen.
„Warum hat er keine Krankenversicherung?"
Mo sieht mich mit gerunzelter Stirn an. „Wenn der Kerl etwas nicht will, dann macht er es auch nicht. Weiß nicht, ob dir das noch nicht aufgefallen ist …"

Nein, ehrlich gesagt, nicht. Ich behalte das lieber für mich.
„Ist vielleicht ganz gut, dass ich jetzt hier bin. Ich wollte mich mal mit dir unterhalten. Über Micks und meinen Deal bist du sicher informiert. Ich habe ihm zugesagt, dass ich euch finanziell unterstütze mit eurem Tierasyl-Projekt."
Mo wirft mir einen finsteren Blick zu. „Mir gefällt eure Abmachung nicht", sagt er offen. „ Ich weiß, was zwischen euch läuft. Und Mick tickt nicht so."
Lauernd sehe ich ihn an. „Wärest du lieber an seiner Stelle?"
Er schnauft überrascht, braucht offenbar einen Moment, um zu antworten. Vielleicht muss er erst mal darüber nachdenken.
„Soll das etwa ein Angebot sein? Sei mit so etwas lieber vorsichtig. Stell dir vor, ich will es annehmen …"
Wow, hätte nicht gedacht, dass der kleine Elf so tough ist. Oder so bedürftig, schiebt eine fiese Stimme in meinem Hinterkopf hinterher.
„Du hast mir eben noch gesagt, dass Mick nichts macht, was er nicht will", erinnere ich ihn. „Und genauso ist es. Wir haben einen Deal …"
Mo lacht etwas gehässig. „Du hast ihn gezüchtigt."
Ich lehne mich gegen den Küchentisch und trinke einen weiteren Schluck aus der Flasche. „Teil unseres Deals. Und wenn du es genau wissen möchtest, falls du nicht schon im Bilde bist: Mick war nicht fixiert, er ist mir körperlich nicht unterlegen. Er hätte jederzeit gehen können, auch noch *vor* der Bestrafung."
„Aber Mick steht auf Softsex, auf Streicheln, Rimming, Vanilla …"

„Mo, mach dir keine Sorgen. Ich weiß, worauf Mick steht. Schätze, man könnte ihn zum Abspritzen bringen, indem man an dieser einen Stelle an seinem Hals saugt und danach etwas über seinen Schwanz atmet."
Endlich habe ich Mo geknackt, er grinst ein wenig. Dann winkt er ab. „Ist okay, er ist schon groß. Und er hat ja schon öfter mit seinem Arsch Geld verdient. Also, was wolltest du mit mir besprechen?"
„Setzen wir uns", schlage ich vor. Ich ahne, dass Mo es nicht so meint, wenn er jetzt sein Gift verspritzt. Er macht sich Sorgen und mit einiger Sicherheit ist er auch eifersüchtig. Ich finde es auch in Ordnung, dass er ein Auge auf seinen Freund hat, egal aus welchen Beweggründen.
Mo setzt sich wirklich zu mir an den Tisch und ich höre zum ersten Mal, wie es um die finanzielle Situation dieses kleinen Tierschutzprojekts bestellt ist. Seinen Spitznamen trägt Moritz wirklich nicht umsonst, er ist gut informiert. Und ich verstehe, warum er so erschöpft ist. Wenn dieses Projekt hier nicht dem Untergang geweiht sein soll, dann brauchen die Jungs mehr als eine Finanzspritze. Hier muss ein vernünftiger Plan her, mit ein bisschen Geld für Futter kommen sie nicht weiter.
Als Mo später aufsteht, um ins Bett zu gehen, dreht er sich in der Tür noch einmal um. „Du hast übrigens recht – ich bin neidisch. Und ich wäre gern an Micks Stelle."

***

Mick schläft tief und fest, als ich mich später an ihn kuschele. Ich habe keine Lust, auf dem Sofa zu schlafen.

Leider hat er nur eine Bettdecke, daher rücke ich ganz dicht an seinen warmen Körper heran. Er wacht nicht mal auf.
Irgendwann mitten in der Nacht reißt mich ein furchtbares Heulen aus dem Schlaf. Ich sitze sofort senkrecht im Bett, bin zuerst orientierungslos. Bis ich mich erinnere, wo ich bin, vergehen einige Sekunden. Was zur Hölle ist das für ein Geräusch?
Mick regt sich neben mir. „Das is' Hilde … Schlaf einfach weiter, sie macht das seit ein paar Tagen … hört gleich wieder auf …", murmelt er schlaftrunken.
Schlaf weiter?! Wie soll ich bei diesem Geheul schlafen? Klingt nach Wolfsgeheul. Es zieht mir durch Mark und Bein, sicher so ein Ur-Instinkt, den die Evolution nicht ausgemerzt hat.
Als endlich wieder Ruhe ist, falle ich in einen unruhigen Schlaf. Ich träume wirr, Werwölfe spielen auf jeden Fall eine Rolle und ich muss schreckliche, aufgerissene Wunden versorgen. Es ist der blanke Horror.
Am Morgen fühle ich mich wie gerädert. Als Mick sich an mich drängt, bin ich sofort hellwach. Dabei ist es noch nicht einmal richtig hell. Ich spüre Micks Morgenlatte an meinem Hintern und das hebt meine Laune sofort. Ein seltsames Verlangen keimt in mir auf, ein verheißungsvolles Ziehen in meinem Inneren. Ob es schön wäre … Ach, fuck – am Ende hat Max doch recht gehabt.
Ich warte erst mal ab, wie sich die Sache weiter entwickelt. Doch als Mick leise fragend „Mo?", murmelt, hat das den berühmten Kalte-Dusche-Effekt. Offenbar wacht er aber gerade vollends auf, denn auf das schläfrige „Mo?" folgt ein hektisches „Leon!"

Er dreht sich hinter mir und stößt dann ein schmerzerfülltes Jaulen aus.
„Scheiße, fuck, verfickte …“ Er stöhnt und flucht, während er sich aus dem Bett rollt. Ganz offensichtlich hatte er seine verletzte Hand vergessen.

17. Kapitel
Mick

Ich flüchte ins Badezimmer. Meine Hand steht in Flammen. Der Schmerz pulsiert glühend rot durch meinen kompletten Arm. Ich Depp hab mich genau da drauf gerollt! Ich weiß gerade gar nicht, was schlimmer ist: der Schmerz, der mir die Tränen in die Augen treibt – oder die Peinlichkeit, dass ich Leon Mo genannt habe! Wie konnte das passieren? Das ist so ultrapeinlich … Gut, dass das nicht beim Sex passiert ist. Oh Mann, ich bin so eine Pflaume!

Ich bleibe viel länger im Bad, als ich müsste. Schließlich höre ich Leons Stimme. „Mick, soll ich dir helfen?"

„Nein, ist nicht nötig", rufe ich sofort. Ich höre selbst, wie unnatürlich meine Stimme klingt.

Ich habe nicht abgeschlossen und so betritt Leon einfach das Bad.

Er schmiegt sich von hinten an meinen Körper, seine Lippen berühren meinen nackten Rücken. „Mick, es ist okay."

Scheiße, er weiß auch noch, warum ich mich hier verstecke.

„Tut mir leid, das ist mir voll peinlich", sage ich leise und vermeide den Blick in den Spiegel. „Sowas passiert eigentlich nur in Filmen, oder?"

„Na ja." Leon sieht in die Spiegel und unsere Blicke begegnen sich. „Du hast ja nicht beim Sex seinen Namen gestöhnt."

„Hab ich auch eben gedacht", gebe ich zu und wage ein vorsichtiges Lächeln.

Ich kehre mit ihm zusammen in mein Zimmer zurück und stelle fest, dass ich die Hosenknöpfe meiner Jeans noch schlechter zu- als aufkriege. Leon beobachtet meine hilflosen Versuche eine Zeit lang, dann packt er mich am Hosenbund und zieht mich zu sich heran.
„Um Hilfe bitten ist nicht deine Stärke, was?“ Er schließt die Knöpfe und berührt dabei ganz leicht meinen in Boxershorts verpackten Schwanz. Ich könnte wetten, dass er das mit Absicht macht.
„Was ist der Plan heute Morgen?“
„Frühstücken – und dann muss ich die Tiere versorgen. Wie spät ist es?“
Leon wirft einen Blick auf seine Uhr. „Kurz vor sieben.“
„Mo schläft sicher noch. Warte, ich muss eben zuerst mit Hilde raus.“ Der Gedanke verursacht ein seltsames Gefühl in mir. Es ist nicht so, als würde ich ihr nicht mehr über den Weg trauen. Dafür bin ich schon zu häufig gebissen oder gekratzt worden, wenn auch nicht von Hilde. Aber ich weiß, dass irgendetwas nicht stimmt. Das macht mich fertig. Ich bin ja nicht total verblödet – mit Hilde ist was nicht in Ordnung. Sie ist mir auf einmal fremd. Das tut richtig, richtig weh. Wir kennen uns schließlich schon ziemlich lange und auf einmal fühlt es sich nicht mehr gut an?
Leon zieht sich ein Stück zurück. „Dann schau ich mal, ob ich in eurer Hightech-Küche einen Kaffee brauen kann.“
„Mmh, ja, okay.“ Mit etwas Mühe ziehe ich mir ein T-Shirt über den Kopf.

***

Es ist ziemlich kalt heute Morgen, daher habe ich den Spaziergang mit Hilde abgekürzt. Sie scheint ganz normal zu sein, wenn sie auch manchmal seltsam läuft. Fast, als würde sie Gleichgewichtsstörungen haben oder nicht gut gucken können.

Ich habe sie vorsichtshalber angeleint, die Gefahr, dass sie einfach kopflos abhaut, ist zu groß.

Als ich in die Küche komme, hat Leon tatsächlich Kaffee gemacht und den Tisch für uns gedeckt. Schade, seinen Gesichtsausdruck beim Öffnen der Schränke hätte ich gern gesehen. Wir haben nicht zwei Tassen oder Teller, die zusammengehören. Alles Einzelstücke.

Ich hole Marmelade und Käse aus dem Kühlschrank und stelle noch Honig und Sojamargarine dazu.

Leon gießt Kaffee in die Becher, ich habe einen mit Bob, dem Baumeister, er eine Tasse vom Weihnachtsmarkt mit Elchmotiv. Mich hat das bisher nie gestört, jetzt finde ich es auf einmal peinlich.

„Was ist das?“, fragt er und nimmt das Marmeladenglas in die Hand. Es ist nicht beschriftet.

„Brombeermarmelade“, sage ich irritiert. „Haben Mo und ich letzten Sommer gemacht.“

Er starrt mich sekundenlang an, dann beginnen seine Mundwinkel zu zucken und schließlich fängt er an zu lachen.

„Was?“

„Ihr beiden habt Marmelade gemacht?“ Er versucht sich zu beherrschen, prustet dann aber doch wieder los.

„Ja – hallo?! Ist das zu unmännlich oder was? Wir haben zig Brombeersträucher hinter dem Haus. Aber du brauchst

sie ja nicht essen“, sage ich beleidigt und will ihm das Glas abnehmen.
Er ist schneller. Grinsend zieht er die Marmelade weg und sagt: „Und ob ich das probiere. Wehe, das Zeug schmeckt nicht.“
„Das ist lecker!“, verteidige ich mich und unsere selbstgemachte Marmelade. Ist ja wohl eine Unverschämtheit, was anderes zu vermuten.
Leon schmiert sich eine Scheibe Brot mit Marmelade, hebt dann seine Elchtasse und sagt grinsend: „Prost.“
Und ich vermute, dass er noch nie in seinem ganzen Leben in so einem Ambiente gefrühstückt hat. Der Gedanke lässt mich ebenfalls grinsen und ich hebe meine Tasse.

Leon

Ich habe noch nie in meinem ganzen Leben aus einer Weihnachtstasse Kaffee getrunken – jedenfalls nicht im April. Und ich habe auch noch nie irgendwo gefrühstückt, wo es nicht mal zwei gleiche Teller gibt. Und trotz dieser ungewöhnlichen Umstände fühle ich mich wohl. Das liegt an Mick, natürlich. Als würde ich in seiner Nähe auf all das verzichten können, was mir normalerweise so wichtig ist. Eine erstaunliche Erkenntnis. Noch erstaunlicher, da Micks Laune heute Morgen – verständlicherweise – nicht die beste ist.

Ich begleite ihn nach draußen, da ich vermute, dass er auch beim Tiere füttern etwas Hilfe gebrauchen kann. Auch wenn es mich Überwindung kostet – ich werde noch einmal in den „Katzenstall“ gehen müssen. Innerlich halte ich schon mal den Atem an. Äußerlich muss ich leider noch weiteratmen.

Mick schiebt die Stalltür auf und ruft wieder mit dieser grauenhaften Stimme nach den kleinen Pelzviechern. Das hätte er sich sogar sparen können, denn sie kommen sofort aus allen Ecken angeschossen, als wir die Scheune betreten.

„Hey, ihr kleinen Miezen, habt ihr schon wieder so einen Hunger?“ Er beugt sich hinunter, streicht mit seiner unverletzten Hand über Rücken, Katzenköpfe und Katzenschwänze und strahlt – das erste Mal an diesem Morgen.

Ich verdrehe die Augen. Warum macht dich das bloß so glücklich, kleiner Mick?

Ich beobachte ihn neugierig, wie er sich die Katzenfutterdosen heranzieht. Natürlich fragt er auch dieses Mal nicht um Hilfe. Stattdessen klemmt er die Dose zwischen seine

Beine und zieht die Lasche auf. Das sieht lustig aus und jede dritte Dose landet auf dem Boden. Je nach Inhalt passiert entweder nichts oder braune Soße spritzt heraus und verbreitet einen widerwärtigen Geruch.
Nach kurzer Zeit ist Mick so sauer, dass er frustriert aufschreit. Einige Katzen zucken erschrocken zusammen.
„Was ist das für ein Spiel – drei aufreißen, eine fallenlassen?", frage ich amüsiert.
Mick fehlt heute Morgen offenbar jeglicher Humor.
Und da ich ihn nicht ärgern möchte, helfe ich ihm ungefragt beim Dosen-Aufreißen. Ich glaube, das ist eine der ekelhaftesten Aufgaben, die ich bisher in meinem Leben machen musste.
Als wir damit fertig sind, muss Mick noch die Kleinviecher versorgen. Hier sehe ich auch, wo Tail normalerweise untergebracht ist, wenn er nicht gerade in Micks Kapuze haust. Er bewohnt einen großen Stall mit vier anderen Ratten zusammen. Habe ich schon erwähnt, dass auch dieser Geruch ganz und gar inakzeptabel ist? Ich sehne mich für einen Moment nach meinem Haus und unterdrücke die aufkeimende Übelkeit. *Verdammt, Leon, reiß dich zusammen. Du machst das hier für Mick.* Ich stolpere fast, als diese Gedanken durch mein Hirn geschossen werden. Denn ich bin ganz sicher, dass ich nicht der Urheber dieser Gedanken bin.
Mick stolpert in diesem Moment auch – über einen transparenten Futtereimer. Er flucht leise.
Seine hektische Betriebsamkeit fällt mir ohnehin auf. Entweder er hat irgendwas eingeworfen, was ich bei den dauerklammen Zuständen, die hier herrschen, eher für

unwahrscheinlich halte. Oder er steht so unter Strom, wegen der Sache mit seinem Hund.
Er hört auf zu fluchen und flüstert den Kaninchen leise Dinge zu. Er. Spricht. Mit. Kaninchen. Ich fasse es nicht. Aber das scheint ihn zu beruhigen. Er lacht sogar leise, als er sie streichelt.
„Was musst du jetzt noch machen?", frage ich vorsichtig mit einem Blick Richtung Tür. Ein bisschen Frischluft wäre schön.
„Kann ja nicht viel ausrichten heute", murrt er. „Die Hunde lass ich gleich noch nach draußen. Wenn es trocken bleibt, können sie sich auch eine Zeit lange draußen austoben. Dann brauche ich nicht mit ihnen zu gehen. Und dann muss ich noch auf die Weide."
„Ich fahre auch gleich, Mick. Bin heute Mittag verabredet", sage ich und beobachte seine Reaktion genau. So gern ich Mick mag, ich muss etwas Abstand haben. Dieses Gefühl, ihn so sehr zu mögen, dass ich all meine Grundsätze und Einstellungen über den Haufen werfen würde, ist fast beängstigend. Ich muss darüber nachdenken. Gerade in diesen Situationen wie hier im Stall wird mir klar, dass Max recht hat: Ein zwanzigjähriger Tierschützer passt überhaupt nicht in mein Lebenskonzept. Aber da gibt es auch etwas in mir, das anderer Meinung ist. Das verunsichert mich.
„Dann komm ich heute Abend zu dir, okay?"
Ich schüttele den Kopf. „Nein, ruh dich aus. Mit der Hand brauchst du ja dreimal solange, bis du alles erledigt hast."
Er hält abrupt in der Bewegung inne. „Was soll das? Ich brauche die Hand nicht, um gefickt zu werden", sagt er aggressiv. „Meinst du, ich würde mich drücken?"

Oha, Mick ist auch in einer seltsamen Stimmung. „Nein, du drückst dich nicht, das weiß ich."
„Ich bin heute Abend um sieben bei dir."
„Mick, willst du dich mit mir streiten?", frage ich freundlich, aber bestimmt.
Er senkt den Kopf. „Nein, natürlich nicht", sagt er kleinlaut.

***

„Na, heißen Ritt gehabt letzte Nacht?", begrüßt mich Max, als ich mittags bei ihm aufschlage. Er wohnt in einem stylischen Architekten-Haus, direkt neben seiner Tierklinik.
„Hm ja – auf dem Sofa. Hab ein heulendes Nervenbündel getröstet", sage ich und gebe ihm meine Jacke.
„Lee, wie konnte das denn passieren? Hast du ihn zu hart rangenommen?" Er klingt fast vorwurfsvoll. Fast.
„Max, verdammt, kannst du nur an Sex denken?"
Max lacht. „Tja … keine Ahnung, mein Lieber. Komm rein und erzähl mir, was los ist."
„Gibt es bei dir auch was zu essen?"
„Sicher. Lass uns was bestellen. Ich habe zurzeit keinen Kochsklaven."
Ich stöhne leise. „Hättest du gerne, was?"
„Oh ja, stell dir vor – man könnte das Angenehme mit dem Nützlichen verbinden. Und alle hätten etwas davon." Max grinst. „Was möchtest du – am schnellsten liefert der Inder."
„Ja, ist okay, nehm ich." Ich werfe mich auf eines von Max' hochmodernen Ledersofas. Max weiß, was ich gern esse, ich brauche nicht erst in eine Karte zu schauen.

„Warte kurz, ich bestelle und dann erzählst du mir, was bei dir los ist."
Nur Minuten später sitzt er mir gegenüber und sieht mich neugierig an. „Heulendes Nervenbündel auf dem Sofa? Und du hast getröstet? Entschuldige, dafür fehlt mir das Vorstellungsvermögen. – Ah warte, du hast eure seltsame Vereinbarung aufgelöst?"
„Klar, und dann tröste ich ihn noch eine Runde? Sehr wahrscheinlich. – Nein, hör auf zu raten. Da kommst du ohnehin nicht drauf."
Und dann erzähle ich ihm die komplette Hundebiss-Geschichte und lasse kein Detail aus.
Er hört mir aufmerksam zu. Als ich mit der Story durch bin, fragt er ungläubig: „Du hast gestern Nacht drei Stunden in der Notaufnahme herumgehangen?"
Ich nicke. „Genau – und danach hab ich Mick mit Brot gefüttert und ihn getröstet."
Max springt auf, packt mich an den Schultern und schüttelt mich. „Weiche von ihm, du Dämon! Lass sofort Lee wieder raus! Gib ihn frei! Du …!"
Ich fange an zu lachen. „Lass mich los, Max! Bist du irre?"
Max lässt mich tatsächlich los und sagt: „Nein, aber du offenbar. Ich hab es dir ja schon prophezeit – verliebt sein ist wie eine psychische Erkrankung. Und bei dir zeigen sich auch wirklich alle Symptome."
„Ach, meinst du?" Seine Aussage lässt mich schlagartig aufhören zu lachen.
„Aber sowas von. Was allerdings deine Hundegeschichte betrifft …" Er setzt sich wieder und sieht mich sehr ernst an. „Dein Mick … Er soll mit dem Hund vorbeikommen."
„Wann? Am Montag?"

„Also, am besten heute noch. Heute Nachmittag habe ich noch einen Termin, aber danach könnte er kommen."
Das hört sich nicht gut an. „Was vermutest du?"
Max wehrt ab. „Ich muss mir den Hund ansehen, Lee. Aber wenn er sich so auffällig verhält, ahne ich nichts Gutes."

***

Direkt nach unserem gemeinsamen Mittagessen rufe ich bei Mick an.
„Hey Mick, wie geht es dir?"
„Soll ich doch heute Abend kommen?", fragt er hoffnungsvoll.
„Nein." Ich bleibe dabei. Er soll sich heute Abend aufs Sofa hauen oder meinetwegen früh ins Bett gehen. „Ich habe mit Max gesprochen …"
„Wer ist Määäx?", fragt Mick sofort angriffslustig und äfft mich dabei nach.
Ich habe allerdings nicht vor, mich provozieren zu lassen. „Max ist ein guter Freund – und er ist Tierarzt. Er meinte, du solltest heute noch in die Klinik kommen mit Hilde."
Mick schweigt. Gerade, als ich denke, die Verbindung ist unterbrochen, meint er: „Warum?"
„Dein Hund hat dich gebissen – und er verhält sich komisch. Das hast du doch selbst gesagt. Bitte lass dich von Mo zur Klinik Bahrendorf bringen. Weißt du, wo das ist?"
„Ja. – Dein Freund ist Määäx Bahrendorf?"

„Ja, genau." Ich seufze leise. „Mick – ich habe einen Termin für dich und Hilde um vier Uhr ausgemacht. Wir telefonieren morgen, okay?"
„Nein, das ist nicht okay", sagt Mick leise und ziemlich widerspenstig. „Aber danke für den Termin. Fragt sich nur, wer das bezahlen soll …"
Im Anschluss an dieses seltsame Gespräch mit Mick rufe ich bei meinem Agenten Kiwi an. Ich möchte mit seiner Frau Rike über das Gründen von Stiftungen und Vereinen sprechen. Das wird mich von all den Dingen ablenken, über die ich im Augenblick nicht nachdenken möchte.

18. Kapitel
Mick

Ich habe mit Mo vereinbart, dass er heute Nachmittag alle Tiere versorgt und mache mich kurz nach zwei mit Hilde auf den Weg zur Klinik von Määäx Bahrendorf. Warum es mich so ankotzt, dass Leon diesen Max als Freund bezeichnet, weiß ich nicht. Ist ja auch albern.
Autofahren ist eine Katastrophe mit der verbundenen Hand. Ich kann nicht richtig lenken, während ich schalte und außerdem zieht ein pochender Schmerz von meinen Fingern bis in meinen Ellenbogen. Wenn es nicht um Hilde ginge, wäre ich im Leben heute nicht gefahren. Aber ich bin weder naiv noch blöd, ich weiß genau, dass etwas mit Hilde nicht in Ordnung ist.
Ich finde die Klinik sofort und parke direkt vor dem imposanten Gebäude. Wow, hier steckt aber richtig Geld drin. Dieser Max scheint ja mindestens genauso viel Kohle zu haben wie Leon. Wie wahrscheinlich alle Freunde von Leon, denke ich bitter. Es ist ein bisschen so, als würden wir von zwei verschiedenen Planeten kommen: er vom Planet „Geld ohne Ende" und ich vom Planet „Armes Würstchen".
Bisher hatten Mo und ich noch keinen Kontakt zu dieser Tierklinik. Ich hätte nicht gewagt, hier nach Rabatten zu fragen. Hier kostet wahrscheinlich ne einfache Wurmkur vierzig Euro. Bei dem alten Tierarzt, bei dem wir bisher mit den Tieren waren, gab es immer Sonderpreise für uns. Dumm nur, dass Friedhelm in diesem Jahr die Praxis endgültig schließen will. Na ja, ist auch verständlich, immerhin ist er schon über siebzig.

Umständlich steige ich aus und noch umständlicher leine ich Hilde an. Sie will nicht aus dem Wagen springen und ich muss sie unter den Arm klemmen, um ihr aus dem Auto zu helfen. Mann, fast vierzig Kilo mit einem Arm zu tragen, ist auch nicht gerade einfach.
Als sie aber endlich auf ihren vier Pfoten steht, folgt sie mir brav in das Gebäude hinein. Sie hat mir immer vertraut und mich überall hin begleitet. Ich komme mir vor wie ein Verräter.
Hier riecht es durchdringend nach Desinfektionsmitteln und Tier. Offensichtlich ist keine normale Sprechstunde. Die Anmeldung ist gerade nicht besetzt. Ich sehe mich neugierig um. Alles ist in weiß und grau gehalten, an den Wänden hängen tatsächlich Kunstwerke. Sehen aber gar nicht so übel aus.
In diesem Moment macht Hilde hinter mir ein seltsames Geräusch. Ich fahre herum, sehe, wie sie ihre Augen verdreht und kollabiert. Sie fällt einfach um!
Ich gehe sofort neben ihr auf die Knie. Nein! Das kann doch nicht wahr sein! Das darf doch jetzt nicht passieren! Ich will nach ihrem Kopf greifen.
„Stopp! Nicht anfassen“, grollt plötzlich jemand neben mir. Ich habe gar nicht mitbekommen, dass ich nicht mehr allein bin.
Hilde atmet noch, aber ihr läuft schaumiger Speichel aus dem Maul. Ich sehe nach oben und starre den imposanten Typen an, der direkt neben mir steht.
„Du bist Mick, nicht wahr?“
Ich nicke. „Sie … ist gerade einfach … umgefallen“, stottere ich.
„Torge?“, ruft er. „Komm bitte mal rüber.“

Ein weiterer Typ erscheint, ich sehe seine derben schwarzen Arbeitsschuhe.
„Bleib bitte hier bei Mick und seinem Hund. Ich bin sofort wieder da."
Tatsächlich dauert es nicht lange, bis Max, denn der muss es ja wohl sein, neben mir kniet. Mir kommt es trotzdem wie eine Ewigkeit vor. Hilde atmet noch immer, aber viel zu schnell. Mein Herz rast allerdings auch.
Max zieht ein paar Spritzen auf. Er horcht sie ab, checkt ihre Zunge und ihre Augen. Sie ist nicht bei Bewusstsein, habe ich den Eindruck.
„Ich geb ihr ein Beruhigungsmittel, dann können wir sie röntgen."
„Wieso? Sie hat sich doch nichts gebrochen", sage ich verwirrt.
„Ich will nur ihren Kopf röntgen", erklärt Max. „Torge? Bringst du mir die Hündin eben in die Zwei?"
Als Torge Hilde auf seine Arme nimmt, habe ich Gelegenheit, ihn genauer zu betrachten. Er überragt mich um ein gutes Stück und sieht aus wie ein nordischer Gott. Blond und breitschultrig, mit einem gewinnenden Lächeln. Er nimmt Hilde mit Leichtigkeit auf seine Arme. Himmel, das sind mal Arme … Ich komme auf die Füße und stehe einen Moment herum, wie bestellt und nicht abgeholt. Ich stehe völlig neben mir, weiß gar nicht, was ich machen soll.
„Komm mit", sagt da Max zu mir. Und endlich kann ich auch ihn ansehen. Er ist ein Hüne, breite Brust, breite Schultern und irre attraktiv. Passt gar nicht zu dem Bild, was ich mir von ‚Määx Bahrendorf' gemacht habe. Er ist verdammt respekteinflößend. Ein Mann, mit dem man lieber keinen Streit anfängt, dabei sieht er nicht mal brutal

aus, sondern nur umwerfend gut. Keine Ahnung, warum er diese Ausstrahlung hat. Aber sie jagt mir einen Schauer über den Rücken. „Komm, ist besser, wenn du in ihrer Nähe bleibst. Sie spürt das."
Ich trotte hinter Max und Torge her in ein Behandlungszimmer. Torge legt Hilde auf einen hellgrauen Behandlungstisch und ich bin sofort bei ihr. Sie atmet jetzt ganz ruhig und hat auch keinen Schaum mehr an der Schnauze. Eigentlich sieht sie ganz friedlich aus.
„Bist du schwanger, oder kannst du eben miträntgen?", fragt Max jetzt. Aber das gilt nicht mir, sondern Torge.
„Kein Problem, mach ich, Chef."
„Wenn der Befund negativ ist, dann muss ich ihr Blut abnehmen", sagt Max in meine Richtung und hilft Torge beim Anlegen der Röntgenschürze.
Ich komme mir total nutzlos vor. Und was heißt überhaupt ‚negativer Befund'? Ich streichle Hilde über den großen schwarzen Kopf. Und obwohl ich es verhindern will, kommen Erinnerungen an früher hoch. Ich würde mir am liebsten selbst in den Arsch treten! Fehlte noch, dass ich hier anfange zu flennen!
„Mick? Setz dich dorthin, ja?"
Ich nicke langsam, setze mich wirklich auf einen der Stühle, die an der Wand stehen. Was soll ich auch sonst machen? Ich will meinen Kopf in den Händen vergraben, um alles andere auszublenden – aber der doofe Verband hindert mich daran. Ich würde mich ohnehin gern komplett vergraben, möchte am liebsten gar nichts mehr sehen und hören. Das ist kindisch, ich habe hier die Verantwortung, aber ich will sie verdammtnochmal nicht. Ich will mich nur verkriechen und eine Runde heulen.

Irgendwann kommt Max wieder zu mir.
„Mick, komm mal mit – ich möchte dir die Bilder zeigen."
Ich hebe den Kopf, weiß gerade gar nicht, was los ist. Ich fühle mich, als hätte ich geschlafen, aber das kann ich ausschließen. Trotzdem ist es, als würde ich aus einer Trance auftauchen. Klassische ich-kann-nichts-sehen-ich-bin-nicht-da-Trance.
Ich weiß auch gar nicht, wie lange ich hier gesessen habe, aber als ich aufstehe, tut mir alles weh. Sogar der Schmerz in meiner Hand tritt in den Hintergrund. Der Schmerz scheint irgendwo tief in mir zu sein und auszustrahlen.
„Als Lee mir das erzählt hat mit deinem Hund, hatte ich bereits einen Verdacht. Der hat sich leider bestätigt." Max klemmt ein Röntgenbild vor einen Kasten mit weißem Licht. „Mick, deine Hilde hat einen Riesentumor im Kopf. Hier." Max deutet auf das Röntgenbild.
Ich bin innerlich wie erstarrt. „Ich sehe es", presse ich mühsam hervor. Ich kann es sehen, aber ich will einfach nicht.
„Der drückt auf ihr Gehirn, daher erkennt sie dich nicht immer. Sie hat Schmerzen oder fällt einfach um – wie eben."
Ein Tumor. Ich hab es ja schon geahnt. Irgendwie. „Okay, das war's dann wohl", sage ich sehr leise.
„Ich will dir nichts vorschreiben, aber jetzt ist sie bereits betäubt. Sie sollte gar nicht wieder aufwachen."
Plötzlich ist mir total schlecht. „Sorry, ich muss mal … kann ich irgendwo kotzen gehen?", frage ich hektisch.
„Du musst nicht kotzen", sagt Max ziemlich streng. Ich zucke zusammen und sehe in Max' ernstes Gesicht. „Und wenn doch, kann Torge dir eben die Toiletten zeigen."

Ich nicke hektisch.
Im Laufschritt geht es zu den Besuchertoiletten und ich hänge mich vor eine Kloschüssel. Ich würge, mir tut alles weh. Aber viel mehr als etwas Speichel kommt nicht. Ich weiß, dass ich den Schmerz nicht auskotzen kann. Und auch nicht die hilflose Wut. Wir mussten schon öfter Tiere einschläfern lassen, aber hier geht es um Hilde! Um *meinen* Hund!
Torge legt den Arm um meinen Brustkorb und zieht mich auf die Beine. „Is' n Scheißgefühl, kenne ich."
Als ich wieder einigermaßen stehen kann, gehe ich zum Waschbecken, wasche mein Gesicht mit eiskaltem Wasser. Ich bin kein Kind mehr, ich bin zwanzig. Und ich werde mich jetzt verdammtnochmal zusammenreißen.
„Okay?"
Ich nicke. „Ja, danke." Ich atme einmal tief durch. „Arbeitest du …" Ich muss mich räuspern, weil meine Stimme total belegt ist. „Arbeitest du hier als Tierarzthelfer?"
Er schüttelt den Kopf und grinst verhalten. „Nein, ich bin Hufschmied. Max ist ja auf Pferde spezialisiert, er hat mich eingestellt, damit er einen eigenen Schmied in seiner Klinik hat."
„Aha – und warum bist du dann hier?" Ich kapiere gerade gar nichts mehr.
„Wir waren eben noch zusammen unterwegs zu einem Patienten. Max hat dir einen Sondertermin eingeräumt. Kleintiere machen normalerweise Hoggenheim, Riepen und Müller – aber die arbeiten nicht umsonst."
„Du schon?"

„Na ja … manchmal“, sagt Torge mit einem seltsamen Unterton. Aber im Augenblick bin ich zu erschöpft für das Deuten von seltsamen Untertönen.
Wir kehren in den Behandlungsraum zurück.
Hilde liegt mittlerweile wieder auf dem Behandlungstisch, Max muss sie aus dem Röntgenraum wieder hierhergetragen haben. Sie ist noch immer ganz entspannt.
Ich streiche über ihren großen schwarzen Kopf, lasse die Finger durch das weiche Fell gleiten, spüre die Wärme, die sie ausstrahlt. „Danke, dass du immer auf mich aufgepasst hast“, flüstere ich. „Jetzt muss ich auf dich aufpassen. Ich will nicht, dass du weiter leiden musst … Das hast du nicht verdient.“
Dass ich mich jetzt von ihr verabschieden muss, tut so weh. Ich kann kaum atmen. Sie liegt da so ruhig, atmet ganz entspannt. Ich kann das gar nicht glauben, dass ich diese Entscheidung jetzt treffen muss. Aber ich habe den Tumor auf dem Bild gesehen – er ist riesig. Ich brauche mir nichts vorzumachen.
„Mickey, sie hat ein langes Leben gehabt“, sagt Max neben mir. „Für einen so großen Hund ist das ein stolzes Alter.“
Ich beiße mir auf die Unterlippe und schlucke krampfhaft. Max hat sicher schon viele Tierbesitzer gesehen, die hier die Fassung verlieren. Aber das will ich nicht.
Ich streichele meiner Hilde noch einmal über den Rücken. Hoffe, dass sie das irgendwie noch spürt. Was würde ich dafür geben, ihr helfen zu können. Aber an dieser Stelle ist ihr Leben vorbei. Ich weiß das – an dem Schmerz ändert es leider nicht. Warum kann der Verstand den Schmerz nicht betäuben?
„Muss ich …“, ich muss mich räuspern, „rausgehen?“

„Nein, du kannst natürlich hierbleiben. Sie wird nichts mehr spüren, Mick. Sie ist jetzt im Tiefschlaf."
Max zieht das Mittel zum Einschläfern in eine große Spritze und setzt eine sehr lange Kanüle auf die Spritze.
„Ich spritze direkt ins Herz, es wird sofort aufhören zu schlagen", sagt er sachlich.
Mir wird schon wieder schlecht, obwohl ich auch das bereits gesehen habe. Ich könnte es jetzt noch verhindern, aber was würde das bringen? Ich habe in den letzten Tagen gesehen, wie schnell sie abgebaut hat. Ich weiß nicht, wie stark ihre Schmerzen mittlerweile sind. Wenn ich so einen Tennisball im Kopf hätte, würde ich sicher die Wände hochgehen. Ist das fair, sie wieder aufwachen zu lassen, nur weil ich mich nicht trennen will?
Max sieht mich an, er hat mich offenbar schon länger beobachtet. Als unsere Blicke sich treffen, nicke ich langsam.
Es ist so, wie Max gesagt hat: Als er das Mittel direkt in ihr Herz spritzt, dauert es nur noch ein paar tiefe Atemzüge. Dann ist alles vorbei. Sie hat nicht mal gekrampft oder sich irgendwie bewegt. Es ist einfach vorbei. Ich möchte zusammenbrechen und heulen, mich verkriechen, mir irgendwo eine Decke über den Kopf ziehen. Aber ich bin hier und zwinge mich, ruhig zu atmen.
Max wartet noch eine ganze Zeit lang, nimmt das Stethoskop, horcht noch einmal nach Herzgeräuschen.
Dann tritt er zurück.
„Na komm her, ist schon okay, dass du traurig bist." Max zieht mich an seine breite Brust. Ich komme mir vor wie ein kleiner Junge. Dass er mich jetzt tröstet, ist nicht gut für meine wackelige Selbstbeherrschung. Seine Umarmung ist

sehr tröstlich, beruhigend, und ich lehne mich gegen ihn. Auch wenn ich innerlich verkrampfe, weil ich spüre, wie Tränen in meine Augen steigen, die ich nicht länger zurückhalten kann. Ich will das gar nicht, Max ist ein Fremder für mich. – Aber ein Freund von Leon, beruhigt mich eine leise Stimme in meinem Hinterkopf. Es ist schon in Ordnung.

„Leon mochte Hilde nicht“, flüstere ich heiser. „Er ist sicher froh, dass sie jetzt …“

„Mickey, das ist Quatsch.“ Max schiebt mich ein Stück von sich weg und sieht mir ins Gesicht. „Leon ist ein ganz großartiger Mann. Und er ist sehr vernarrt in dich. Glaub nicht, dass er so etwas sonst mitmachen würde … Wenn du etwas Verstand hast, sieh zu, dass das zwischen euch was wird.“

Ich nicke und wische mir die Tränen mit dem Ärmel aus dem Gesicht. Ich hab mich schon wieder fast unter Kontrolle.

„Soll ich das Fenster aufmachen?“, fragt Torge da leise. Ich hatte ihn gar nicht mehr auf dem Schirm.

„Warum?“

„Damit ihre Seele raus kann.“

Ich zucke mit den Schultern. „Ich … glaub nicht an sowas. Bin nicht christlich.“

Er lächelt schmal. „Wir haben das immer so gemacht. Schaden kann es nicht, hm?“ Er öffnet das Fenster tatsächlich.

„Wie ist das – willst du sie hier lassen?“

Max’ Frage überfordert mich total. Ich weiß es nicht. In meinem Kopf herrscht undurchdringlicher Nebel. Wie soll ich Hilde bei uns einbuddeln? Ich kann doch gar nicht

graben zurzeit. Und will ich das? Will ich meinen Hund eingraben? Oh Gott, ich kann das jetzt nicht entscheiden.
Also sage ich: „Ja."
Mein Kopf ist gedankenleer.

***

Mein Gehirn fängt erst wieder an zu arbeiten, als wir draußen auf dem Parkplatz stehen.
„Mick, wo soll ich dich hinfahren?"
Ich sehe Torge erstaunt an. Warum will der mich fahren, ich bin doch mit dem Auto hier!
Er wirft mir einen eigenartigen Blick zu. „Hast du das eben nicht mitbekommen? Ich soll dich fahren, Max sagte, er lässt dich heute nicht mehr ans Steuer." Er deutet auf meine Hand. „Und damit schon gar nicht."
„Und was ist mit meinem Auto?"
„Kannst du morgen abholen. Das kann hier ruhig stehenbleiben."
Er deutet auf einen mattschwarzen Qashqai. „Los, steig ein. Ich fahre dich, wohin du möchtest."
Es gibt nur einen Ort, an dem ich jetzt sein möchte.

19. Kapitel
Leon

Ich bin nicht überrascht, als es an meiner Tür klingelt – Max hat mich vorgewarnt. Er war sich zwar nicht zu 100 % sicher, aber er ging davon aus, dass Mick sich zu mir bringen lässt. Und genauso ist es.
Mick steht vor meiner Tür, er sieht ziemlich angegriffen aus.
„Hi Mick." Ich trete zur Seite und schaue über seine Schulter. Max meinte, sein neuer Hufschmied Torge würde Mick fahren. Und ich bin einfach neugierig.
Torge sitzt am Steuer eines schwarzen Nissan Qashqai und wow, er sieht heiß aus. So wie ich das sehe, entspricht er ziemlich genau Max' Beuteschema. Ich werde Max hierzu noch genauer interviewen. Torge winkt mir kurz zu und gibt dann Gas, dass sie Kiesel hochspritzen.
Und ich konzentriere mich auf Mick. Aber – wo ist Mick? Ich sehe noch gerade, wie er wie ferngesteuert die Treppe nach oben nimmt. Irritiert folge ich ihm. Mal sehen, was er vorhat. Ich hatte eher erwartet, dass er sich tränenüberströmt in meine Arme wirft, nicht, dass er robotermäßig nach oben stakst.
Mick geht geradewegs in meinen Wellnessraum und beginnt sofort, sich auszuziehen. Ein wenig unbeholfen, wegen seines Verbandes. Aber natürlich fragt er mich nicht um Hilfe. Ich bleibe wie erstarrt im Türrahmen stehen, begreife gar nicht, was in ihm vorgeht. Max meinte, er sei ziemlich beherrscht gewesen, *zu* beherrscht. Und noch eine Aussage von Max kreist in meinem Kopf: *Lee, dein Mickey-*

Boy ist Zucker. Vergiss alles, was ich dir über Liebe erzählt habe. Ich habe davon einfach keine Ahnung.

Mick ist mittlerweile komplett nackt, er hat sich die Klamotten regelrecht vom Leib gerissen. Nun kniet er sich an den Platz vor der Wand, ganz nach meiner Anweisung.

Er senkt den Kopf, sieht zu Boden. Als ich näherkomme, sehe ich, dass er am ganzen Körper zittert. Vorsichtig trete ich an ihn heran, ich kann nicht einschätzen, in welcher Stimmung er gerade ist. Eines weiß ich mit Sicherheit: Er ist total durcheinander.

Ich mag ihn gar nicht anfassen, auf der anderen Seite ist in mir der fast unwiderstehliche Impuls ihn sofort in meine Arme zu ziehen.

Langsam ziehe ich mich zurück, betrachte ihn ruhig. Dann drehe ich mich um und lasse Wasser in meine Badewanne laufen. Die Eckwanne bietet genug Platz für uns beide – und genug Platz, um Mick zu entspannen.

Mick zuckt sogar zusammen, als ich das Wasser anstelle, aber ansonsten rührt er sich nicht. Max hatte nichts davon erwähnt, das Mick total neben der Spur ist. Ich setze mich auf den Wannenrand und warte still, bis ausreichend Wasser eingelaufen ist.

„Mick – komm in die Wanne."

Er steht tatsächlich auf und kommt auf mich zu. Den Blick hat er immer noch gesenkt.

Er steht ein wenig unschlüssig vor mir, räuspert sich dann.

„Kommst … kommst du mit rein?"

Ich stehe auf, mache eine einladende Bewegung Richtung Wasser und ziehe mich dann selbst aus. Mick lässt sich mit einem kleinen Stöhnen ins warme Wasser gleiten, seine

verbundene Hand hält er nach oben. Ich bin mir ziemlich sicher, dass ihm ein Bad guttun wird.
Nur Sekunden später lasse ich mich zu ihm ins Wasser sinken. Wir haben beide ausreichend Platz, trotzdem drängt Mick sich sofort an mich. Ich schlinge die Arme um seinen nackten, warmen Körper. Er zittert noch immer. Schmiegt sich ganz eng an mich, zwischen meine Beine.
„Ich musste … Hilde … ich musste sie einschläfern lassen", flüstert er heiser. Seine Stimme ist ganz zittrig, obwohl er ganz offensichtlich um Selbstbeherrschung ringt.
„Ich weiß", sage ich leise.
„Das ist ganz schön hart", ergänzt er. Es klingt seltsam, irgendwie nicht echt.
Ich streiche über seinen Kopf, spüre, wie er anfängt, sich an meinem Körper zu reiben. Und auf einmal erreicht mich das Gefühl, das Mick beherrscht: Er will die Kontrolle nicht verlieren. Er ist bis in die Haarspitzen angespannt, um bloß nicht die Kontrolle über seine Emotionen zu verlieren.
Ich schiebe Mick etwas von mir, um die Sprudeldüsen und den Farbwechsler einschalten zu können. Das langsam hochblubbernde Wasser wird umgehend in sanftes blaues Licht getaucht. Nur ganz langsam wird sich der Farbton ändern. Ich habe das programmiert, weil mich diese Farbsache sonst nerven würde. Ich will ja keine Unterwasserdisco. Und Ich sehe tatsächlich ein kleines Lächeln über Micks Gesicht huschen. Wusste, dass ihm das gefallen würde. Auch die Sprudeldüsen sind auf moderaten Betrieb eingestellt. Das Wasser blubbert um uns herum, und ich ziehe Mick an den Oberarmen in die richtige Position, platziere ihn so, dass seine Eier direkt über einer kleinen Düse

mit etwas mehr Druck liegen. Das Ergebnis sehe ich prompt in seinem Gesicht. Ein kleiner, überraschter Laut kommt über seine Lippen.

Sein Kopf kippt auf meine Schulter und er gibt sich dem Gefühl hin, das das sprudelnde Wasser an seinem Sack und seinem Damm verursacht. Sein heißer Atem auf meinem Schlüsselbein und seine winzigen Schaukelbewegungen bleiben nicht ohne Effekt auf mich. Ich spüre, wie mein Schwanz sich aufrichtet und genieße es, Mick einfach so nah an mir zu spüren.

Er hebt den Kopf ein wenig an, fängt an, an meinem Hals zu knabbern, lässt seine Zunge bis zu meinem Ohr gleiten. Sein keuchender Atem streift mich. So langsam kommt er in Fahrt – und ich auch.

Plötzlich rutscht er auf meinen Schoß, schlingt seine langen Beine um mich. Mein harter Schwanz liegt sofort an der richtigen Stelle. Zur Hölle, es kostet mich all meine Selbstbeherrschung, ihn von mir wegzuschieben. Mich nicht rücksichtslos in ihn hineinzuzwängen.

„Arsch nach oben“, flüstere ich drohend. „Ganz raus aus dem Wasser.“

Ein Beben geht durch Micks Körper, aber er hebt folgsam den Hintern nach oben.

„Wag es nicht, dich hinzusetzen, sonst gibt es nachher eine Tracht Prügel, die es in sich hat.“

Ich greife blind nach der kleinen Gleitgel-Flasche, die auch für Spiele im Wasser geeignet ist. Meine Hand zittert leicht, verrät meine eigene Anspannung. Ich war so kurz davor gewesen, einfach in ihn einzutauchen. Und ich weiß nicht, ob es gut ist, was wir hier machen. Es erscheint mir genauso falsch wie zwingend notwendig.

Ich befeuchte meinen Zeigefinger mit Gleitgel und streiche durch seine nasse Spalte, bohre die Fingerspitze in sein zuckendes Loch. Oh ja, er will es. Noch etwas mehr Gel wandert an diese Stelle, ich spüre, wie Mick sich gegen meinen Finger drückt, versucht, mich tiefer in sich hineinzukriegen. Er setzt sich schließlich doch. Unsere Blicke begegnen sich. Ein seltsames Funkeln tritt in Micks Augen. Er zittert noch immer vor Anspannung. Plötzlich geht ein Ruck durch seinen Körper, mein Finger rutscht aus seinem Hintern und er packt mich an den Schultern. Seine Beine schlingen sich wieder um meine Hüften. Er überwältigt mich regelrecht, senkt seinen kleinen Arsch mit Gewalt auf meinen Schwanz und nimmt mich in sich auf. Wir stöhnen gleichzeitig, sein Stöhnen ist eindeutig schmerzerfüllt. Aber er hält nicht inne, sondern gräbt seine Zähne in meinen Brustmuskel. Mir entfährt ein überraschtes Zischen. Scheiße, er hat mich richtig gebissen. Doch ich habe keine Gelegenheit, mich zu beschweren oder darüber auch nur nachzudenken. Das ist erst der Anfang der Raserei.
Ich versuche, ihn von mir herunterzuschieben, doch er hat mich verdammt fest in seinem Griff und er reitet mich wie ein Besessener. Das Wasser schwappt über den Wannenrand. Oh Gott, fuck, das ist verdammt gut … das ist … ich versuche, einen Rest von Verstand zusammenzukratzen. Aber sein Loch ist so eng und das Gefühl ist überwältigend. Mick beißt mich wieder, dieses Mal in die Schulter. Verdammt, das sind keine süßen Lovebites. Ich keuche, versuche, sein Gesicht zu packen. Und als ich es endlich zu fassen kriege, sehe ich, dass er heult. Tränen laufen ihm in Strömen über das Gesicht, während er mich in sich hineinhämmert, als gäbe es kein Morgen. Ich bin geschockt, weiß

nicht, was ich machen soll. Mick schlägt mit seiner Rechten meine Hände weg, greift stattdessen mit einem festen Griff in meine Haare und keucht in meinen Mund. „Fick mich, verdammt noch mal!“

Aber ehrlich, das Einzige, was ich tun kann, ist, hart zu bleiben. Er nimmt sich in diesem Moment, was er von mir will. Was er vielleicht braucht. Ich weiß es nicht.

Mick erobert meinen Mund, hält meine Unterlippe mit den Zähnen fest. Ich versuche, meinen Kopf nicht zu bewegen, während Micks Bewegungen auf mir noch heftiger werden. Aus Angst um meine Lippe versuche ich ihn jetzt wirklich von mir herunterzuschieben. Doch da packt er mich mit seiner unverletzten Hand am Hals. Unsere Blicke begegnen sich wieder. Ganz langsam drückt er meine Kehle zusammen, schnürt meine Luftzufuhr ab.

Wenn ich ihn jetzt von mir herunter haben wollte, müsste ich schon massive Gewalt anwenden. Das will ich nicht. Stattdessen gebe ich die Gegenwehr auf, öffne meinen Mund einladend, lasse seine Zunge wieder hinein. Ich stelle die Beine hinter seinem Hintern auf, damit mein Schwanz in einem anderen Winkel in seinen Körper eindringen kann.

Sein Griff lockert sich ein wenig, aber die Hand bleibt an meiner Kehle. Erneut zieht er das Tempo an, mein Schwanz ist mittlerweile so hart, dass es schmerzt. Ich fange an, den Druck an meinem Hals zu genießen, das Gefühl, dass er die Kontrolle über mich hat. Ich lasse es einfach zu.

Und dann kommt Mick mit einem rauen Aufschrei, ich spüre die Kontraktionen in seinem Inneren, sein Beben. Er

beißt mir in den Hals und bewegt seine Hüften ruckartig weiter, bis auch ich tief in ihm abspritze.
Mick keucht heftig und auch ich schnappe nach Luft. Es dauert eine ganze Zeit lang, bis wir uns voneinander lösen. Es ist, als würde Mick aus einer anderen Welt auftauchen. Er sieht mich fassungslos an. „Es tut mir leid. Oh Gott … es tut mir leid …“ Er schlingt seine Arme ungelenk um meine Schultern, vergräbt sein Gesicht an meinem Hals und schluchzt leise.
Ich brauche Zeit, um mich zu sammeln, spüre, wie ich langsam aus ihm herausgleite. Meine Gedanken regen sich wie wechselwarme Tiere bei Sonneneinfall und kurz darauf fahren sie bereits Achterbahn. Will ich wissen, was ihm so schrecklich leidtut?
Ich lege meine Arme um ihn, halte ihn ganz fest, während er heult. „Ist okay, Mick …“ Ich muss mich räuspern. Meine Stimme klingt arg kratzig. „Es ist alles okay.“
„Oh nein“, widerspricht er und zieht die Nase hoch. „Das ist überhaupt nicht okay.“
Shit, ich habe die schlimmsten Befürchtungen. Ich warte, bis Mick sich einigermaßen beruhigt hat, dann sage ich: „Ich bin negativ. Nur zu deiner Beruhigung.“
Er sieht mich an und ich erkenne an seinem Gesichtsausdruck, dass er sich noch nicht hat testen lassen. Hatte ich etwas anderes erwartet?
„Oh nein, das auch noch! Scheiße, Leon … ich lass mich sofort morgen testen. Ich versprech's! Aber ich hab auch noch nie ohne Gummi gefickt. Und ich hatte auch noch nie was … so Sackratten oder so …“
Sein plötzlicher Redeschwall lässt mich fast schon wieder lächeln. Okay, dann war die Tatsache, dass wir keine

Gummis benutzt haben, nicht der Grund für seine Entschuldigung. In diesem Moment fallen mir die Blutschlieren auf, die durch das Wasser ziehen. Da ich ausschließen kann, dass einer von uns beiden plötzlich seine Tage bekommen hat, muss ich davon ausgehen, dass Mick blutet. Scheiße. Muss ich gleich nachsehen.
Er macht Anstalten, aufzustehen, um die Wanne zu verlassen.
„Mick – halt dich mal eben am Wannenrand fest."
Er verharrt, zuckt aber kurz zusammen, als ich seine festen Arschbacken auseinanderziehe. Sein Loch ist deutlich aufgefickt, die zarte Haut an den Rändern rot und wund. Aber er hat nicht geblutet. Da fällt mein Blick auf den durchnässten Verband. Ein hellrotes Rinnsal läuft von seiner Hand über den weißen Rand der Wanne ins Wasser hinein.
Ich räuspere mich wieder, mein Hals ist rau wie nach einem heftigen Blowjob. „Wir müssen deine Hand gleich neu verbinden."
Er wirft einen Blick darauf, dann sieht er mich kurz an. „Nicht nur die", murmelt er und steigt aus der Wanne. Er wickelt sich in ein großes Badehandtuch und reicht mir ebenfalls eines. Als ich mich abtrockne, sehe ich plötzlich auch frische Blutspuren in meinem Handtuch. Irritiert gehe ich einige Schritte in Richtung Spiegel.
Ich muss wirklich zwei Mal hinschauen, weil ich nicht glauben kann, wie ich aussehe. *Das* war der Grund für Micks Entschuldigung.
Mick steht hinter mir und ich sehe sein total betretenes Gesicht im Spiegel. „Das tut mir total leid", flüstert er.
An meiner Kehle erkennt man deutliche Druckspuren und ich blute tatsächlich aus zwei Bissen. Darüber hinaus habe

ich noch einige dunkelblaue Flecken auf der Brust und im Schulterbereich, Abdrücke von Micks Zähnen. Ich brauche einen Moment, um den Anblick zu verdauen.

Dann wende ich mich mit einem Seufzen ab.

„Leon?"

Ich höre das Zittern in Micks Stimme. Er ist total durcheinander – ich nicht. Er hat mich gebissen und sich an meinem Körper bedient. Ich glaube, ich bin noch nie derart überwältigt worden. Nicht mal von Max! Aber ich bin nicht sauer auf ihn. Ich fühle etwas ganz anderes.

Wir stehen direkt voreinander und ich küsse Micks zitternde Unterlippe. „Es ist okay, Mick. Hast du verstanden?"

Dann mache ich mich auf die Suche nach Verbandsmaterial. Ich desinfiziere die Bisse mit einem Spray und klebe mir erst mal zwei große Pflaster auf meine Wunden, danach schiebe ich Mick Richtung Hocker. „Zeig mir deine Hand."

Er sieht mich immer noch an wie ein Kaninchen, das vor einer Schlange sitzt, hebt aber brav seine Hand und lässt mich den durchweichten Verband abwickeln. Es war sicher nicht so gut, dass er die frisch genähte Wunde untergetaucht hat.

Wider Erwarten sieht das Ganze nicht so ekelig aus, wie ich befürchtet hatte. Ich atme auf, reiße ein Päckchen mit sterilen Auflagen auf und platziere eine davon auf der Naht. Danach wickele ich einen Mullverband darum. Am Ende klebe ich alles mit einem Pflasterstreifen fest. Dafür, dass ich das noch nie gemacht habe, sieht es ganz annehmbar aus.

„Danke", sagt Mick kleinlaut.

Wann er sich wohl wieder im Griff hat?

„Ich hole dir was zum Anziehen. Dann essen wir noch eine Kleinigkeit.“
Mick kommt hinter mir her, als ich ins Schlafzimmer gehe. Er schmiegt sich an meinen nackten Rücken. „Es tut mir leid“, flüstert er.
Ich drehe mich ruckartig zu ihm um und sehe ihn sehr ernst an. „Mick, ich hab das kapiert, okay? Und jetzt musst du verstehen, dass es okay ist. Ich bin nicht sauer.“
Seine Augen werden ganz groß und mir tut mein harscher Tonfall schon wieder leid. Er weicht zurück und huscht unter meine Bettdecke. Ich seufze leise und hole mir eine Shorts aus dem Schrank. Dann setze ich mich zu ihm auf die Bettkante, streiche ihm die feuchten Haare aus dem Gesicht.
„Ich bin total am Ende“, murmelt er. „Kann ich einfach hierbleiben? In deinem Bett?“
Wie er so da liegt – das berührt mein Herz. Ich kann es regelrecht spüren, es ist wie ein Schmerz, aber auf der anderen Seite macht es mich auch verdammt glücklich. Mick in meinem Bett – an den Anblick könnte ich mich gewöhnen.
„Soll ich dir was zu essen ans Bett bringen?“, frage ich halb im Scherz.
Er schüttelt den Kopf, wirkt auf einmal todmüde und erschöpft. „Ich hab gar keinen Hunger, aber danke.“
Tatsächlich ist er keine fünf Minuten später eingeschlafen. Ich suche mir eine Trainingshose und gehe in die Küche, um mir etwas zu trinken zu holen. Erst jetzt spüre ich die blauen Flecke und Bisse richtig. Ich schaue noch einmal in den Spiegel und schüttele den Kopf. Ich sehe aus, als hätte mich ein Rottweiler angefallen. Okay, ein älteres Modell …

eines, das nicht vorhatte, mich umzubringen. Der absurde Gedanke lässt mich grinsen. Wahnsinn, wie der Bursche abgegangen ist …

***

Ich fahre meinen Laptop hoch, um noch etwas an meinem Text zu arbeiten. In diesem Moment bin ich froh, dass ich keinen Abgabetermin habe. Ich schreibe zwar ein paar Seiten, aber richtig konzentriert bin ich nicht. Meine Gedanken schweifen immer wieder ab – zu Mick, zu dem Gespräch, das ich heute Nachmittag mit Kiwis Frau geführt habe. Eigentlich hatte ich Mick davon berichten wollen, aber die Zeit läuft uns ja nicht davon.
Mal sehen, wie Mick morgen drauf ist. Ich kann ja verstehen, dass ihn die Sache mit seinem Hund mitnimmt. Er tut mir richtig leid, mein kleiner Mick.
Am Ende habe ich doch noch ein paar Stunden geschrieben. Zufrieden mache ich einen Abstecher ins Bad und gehe dann zurück ins Schlafzimmer. Mick schläft tief und fest. Er hat sich ganz in die Decke eingemummelt. Gott, er ist richtig süß. – Hab ich das gerade gedacht? Habe ich gedacht, dass der Mann, der mich vor nicht allzu langer Zeit am Hals festgehalten und mich wie irre geritten hat, *süß* ist? Ich seufze leise und berühre vorsichtig Micks weiche Lippen. Ich fürchte, Max hat recht: Ich bin verknallt und damit nicht mehr zurechnungsfähig.
Leise ziehe ich mich aus und kuschele mich von hinten an Micks warmen Körper. Dann mache ich das Licht aus.
Mick bewegt sich leicht in meinen Armen, ich atme seinen Geruch ein wie eine Droge.

Eine tiefe Zufriedenheit durchfließt mich und ich schlafe fast augenblicklich ein.

***

Am nächsten Morgen wache ich wie gewöhnlich früh auf. Mick schläft noch tief und fest. Ich beobachte ihn eine Zeit lang. Seinen ruhigen Atem, die langen dichten Wimpern, seine kleine Nase, die Sommersprossen darauf. Ich mag den kleinen silbernen Ring in seiner Augenbraue – er passt zu ihm. Er ist so ein verdammt hübscher Junge. Und plötzlich denke ich darüber nach, dass ich über zehn Jahre älter bin als er. Es ist nicht so, dass ich mich alt fühle, aber Micks und meine Lebenswelten sind auch aufgrund unseres Altersunterschieds völlig verschieden. *Ah, Leon …* Ich grinse, als ich mich selbst bei diesen Gedanken ertappe. *Du suchst nach Gründen, warum diese Affäre mit Mick zum Scheitern verurteilt ist.* Affäre. Beziehung. Was immer es ist. Geschäftsbeziehung?

Ich stehe leise auf. Mal sehen, wann Mick aus seinem komatösen Schlaf erwacht. Ich brauche jetzt meine Yoga-Übungen und einen Kaffee. Oder umgekehrt.

Gegen zehn schläft Mick immer noch. Ich habe sowohl mein Yoga-Training absolviert als auch meinen Kaffee getrunken.

Mittlerweile habe ich mich in mein Skript vertieft. Micks gewalttätiger Ausbruch am letzten Abend hat mir nicht nur ein paar blaue Flecke sondern auch einige gute Ideen beschert. Ich bin ganz versunken in meine Story, als es plötzlich Sturm klingelt. Ich fahre richtig zusammen – wer

zur Hölle randaliert an einem Sonntagvormittag an meiner Tür?
Ziemlich angepisst verlasse ich meinen Arbeitsplatz.
Vor meiner Tür steht – oh Wunder – Mo. Und er sieht mich düster an. Wenn er so guckt, hat er wirklich etwas Trollartiges.
„Guten Morgen."
„Wo ist Mick?", fragt er lauernd. Er mustert mich, sieht die Blessuren, da ich – außer meiner Trainingshose – noch nicht weiter angezogen bin.
Ich weiß, was er denkt: Das sieht nicht nach einvernehmlichem Sex aus.
„Wo verdammte Scheiße ist Mick?!", fragt er nun heftiger.
Ich trete zur Seite, damit er eintreten kann. „Er schläft noch."
„Ich will jetzt sofort mit ihm reden, Leon."
Ich verkneife mir ein müdes Grinsen, denn ich bin ganz sicher, dass Mo die falschen Schlüsse zieht.
„Komm, ich zeig dir, wo er ist."
Mo folgt mir mit angespannten Bewegungen. „Wenn du ihm ein Haar gekrümmt hast …", murmelt er hinter mir.
Ich zeige auf die geöffnete Schlafzimmertür und Mo drängt mich zur Seite. Unfassbar, wie er sich um Mick sorgt. Ich bleibe in der Tür stehen. Das entwickelt sich hier zu einem interessanten kleinen Theaterstück, das ich mir vielleicht lieber aus der Entfernung ansehe. Schnurstracks geht Mo auf mein Bett zu und zieht Mick die Decke weg.
„He, was soll das? Bist du doof?", murrt Mick völlig verschlafen. Dann erkennt er Mo offensichtlich. „Was machst du denn … Oh heilige Scheiße – wie spät ist es?"
„Fast elf", erwidert Mo trocken.

„Die Tiere! Du musstest alles allein …“
„Geschenkt“, unterbricht Mo ihn. „Mann, Alter, ich hab mir voll die Sorgen gemacht! Was ist los? Warum bist du nicht ans Telefon gegangen?“
Mick packt sich an den Kopf. „Shit, mein Handy … das liegt noch in meinem Auto.“
„Und was ist mit Hilde?“
Mick setzt sich auf, fährt sich mit einer Hand durch die strubbeligen Haare. „Musste ich einschläfern lassen“, sagt er. Seine Stimme klingt nicht mehr so zittrig wie gestern, aber ich höre, wie nahe ihm das Ganze geht.
„Oh Mick, das tut mir leid“, murmelt Mo betroffen und nimmt Mick in die Arme. Wie selbstverständlich das aussieht. Und wie fies der kleine eifersüchtige Schmerz ist, der mich durchzuckt, als Mick sich in die Umarmung hineinlehnt.
Ich sehe schon bald, wie sich die tröstende Umarmung verändert. Wie Mo seine Nase an Micks Hals reibt und Mick auch seine Arme um Mos schmalen Körper schlingt. Im ersten Moment möchte ich verhindern, was da passiert, aber dann siegt meine Neugier. Ich habe nicht vergessen, dass ich Mo den Fuckbuddy ausgespannt habe. Und ich bin wirklich gespannt, was sich hier entwickelt.
Mo seufzt sehnsüchtig und seine Lippen gleiten über Micks Hals. In diesem Moment sieht Mick über seine Schulter hinweg – direkt in mein Gesicht. Sein Blick sucht den meinen, er wartet auf mein Einverständnis. Ich bin überrascht und spüre gleichzeitig ein tiefes, sehr zufriedenes Gefühl in mir aufwallen.
Es ist nicht so, dass ich meine Lover nie geteilt hätte. Aber hier geht es um Mick und ich habe ja schon längst

begriffen, dass er nicht einfach nur „ein Lover“ ist. Auf der anderen Seite hat Mick erzählt, dass er Mo getoppt hätte. Und ich würde ihn schon gern mal dabei beobachten, wie er seinen Freund vögelt. Nein, habe ich das gerade wirklich gedacht? Die Vorstellung ist ziemlich heiß. Ich spüre, wie mein Schwanz sich regt.

Ich nicke Mick zu und seine Augen werden groß vor Überraschung. Ich sehe seine Zungenspitze, wie sie an Mos gepiercrtem Ohr entlangwandert. Noch immer sieht er mich abwartend an. Doch als ich nichts sage und auch keine Anstalten mache, die beiden zu trennen, schiebt er seine Hände unter Mos Shirt. Mos Kopf fliegt zu mir herum und er wirft mir einen hektischen Blick zu, sich offenbar allzu deutlich bewusst, was sie hier vor meinen Augen veranstalten. Denn mit Trösten hat das mittlerweile herzlich wenig zu tun.

Ich verlasse meinen Platz an der Tür und setze mich in einen der beiden Sessel, die direkt vor dem Fenster stehen. Von dort habe ich eine gute Sicht auf mein Bett und auf alles, was sich darin abspielt. Mick ist dabei, Mos Hose aufzuknöpfen und der tritt sich hastig die Schuhe von den Füßen. Wenn er so einen Notstand hat, wie es gerade aussieht, wird die Show nicht allzu lange dauern. Ich sehe, wie Mick ihm in die Nippel kneift und Mo stöhnt verhalten. Es dauert keine zwei Minuten, dann liegt Mo genauso nackt in meinem Bett wie Mick. Erfreulich, sie ziehen nicht die Decke über sich, sondern bieten mir tatsächlich einen kleinen Live-Porn. Ich frage mich, ob sie das ebenfalls anmacht, oder ob die Show am Ende pure Berechnung ist. Im Vergleich zu Mick ist Mo eine halbe Portion, aber sehr drahtig. Er hat einen tollen langen Schwanz, den er jetzt

zwischen sich und Micks Oberschenkel einquetscht, als Mick ihn über sich zieht.
Er reibt sich an Mick, schiebt dann sein Knie zwischen Micks Beine und presst es fest nach oben gegen Micks Damm. Ich höre Mick leise stöhnen, das Geräusch elektrisiert mich förmlich.
„Blas mir einen!“, befiehlt Mick leise und Mo rutscht sofort folgsam nach unten. Dabei lässt er seinen kleinen Arsch die ganze Zeit einladend in die Luft gereckt. Was man damit alles anfangen könnte …
„Wie ist das, Mo – willst du gern gefickt werden?“, frage ich leise, aber deutlich.
Mo hält sofort inne und starrt mich an.
„Soll Mick dich ordentlich durchnehmen?“
Ein leises Stöhnen kommt über seine Lippen und er nickt.
„Ich würde das wirklich gern sehen, wie er dich richtig tief und hart fickt.“
Mick windet sich unter Mo hervor und wirft mir einen halb erregten, halb amüsierten Blick zu. Oh, aber er ist genauso hart wie Mo. Ich winke ihn zu mir heran und er verlässt das Bett. Sein Schwanz ist zu verlockend, ich kann nicht widerstehen. Lächelnd beuge ich mich hinunter und umschließe seine Spitze mit den Lippen, bohre meine Zunge in die kleine feuchte Spalte, bis er stöhnt. Ich spüre, wie sein Schwanz zuckt. Mmmh, er schmeckt gut, ich würde ihn gern weiter verwöhnen, aber ich will die beiden nicht zu lange unterbrechen. Stumm deute ich auf den Kasten neben meinem Bett und Mick versteht.
Er holt eine Flasche Lube und ein Kondom hervor. Das Kondom nimmt Mo ihm aus den Händen. Er öffnet blitzschnell die Verpackung und legt es in seine Faust.

„Einmal tief rein“, sagt er grinsend und hält Mick die Faust vor den Schwanz.
Mit einem einzigen Stoß hat Mick sich das Gummi über den Schwanz gerollt. Er knurrt leise, erregt.
„Los, auf alle viere und den Kopf ganz runter“, sagt er in einem faszinierend dominanten Tonfall. Mo ist schneller in dieser Position, als ich gucken kann. Es spreizt seine Beine und lässt Mick das Gleitgel in seiner Spalte verteilen. Ganz offensichtlich geht es ihm nicht schnell genug, wahrscheinlich hatte ich recht: Er hat schon einen akuten Notstand. Sein Stöhnen hat jedenfalls einen leicht quengelnden Unterton.
Ich sehe, wie Mick zwei Finger in ihn hineinschiebt und ihn ganz langsam mit den Fingern fickt.
Doch lange hält Mo das nicht aus. „Jetzt hör auf mich zu fingern und fick mich endlich ordentlich!“, motzt er aufsässig.
Mick lacht leise. „Du kriegst den Hals … ähm, den Arsch doch eh nicht voll genug“, zieht er Mo auf. Doch er kniet sich jetzt endlich hinter seinen Freund und klopft ihm auf den angespannten Arsch.
„So, jetzt sag mir doch mal, was du willst.“
Ich bin überrascht, dass er Mo so mit seiner Geilheit quält. Die beiden sind wirklich ein gut eingespieltes Team. Das machen sie jedenfalls nicht zum ersten Mal. Und ihre kleinen Sauereien bleiben auch nicht ohne Wirkung auf mich. Ich bin mittlerweile so hart, dass ich ohne Weiteres mitmachen könnte. Ich lege eine Hand auf meine Hose, streiche langsam über meine Erektion.
„Ich will gefickt werden“, sagt Mo atemlos.
„Einfach nur gefickt?“

„Richtig durchgevögelt."
„Aha." Mick bewegt sich noch immer keinen Zentimeter. Er kniet direkt hinter Mo und seine Schwanzspitze berührt nur ansatzweise Mos Loch.
„Bitte … ich brauche das jetzt", beginnt Mo zu flehen. „Ich will deinen Schwanz ganz tief in mir. Besorg es mir."
„Bist du so eine kleine geile Sau?", fragt Mick. „Brauchst du es so dringend?"
„Jaaaa …"
Mick lässt ihn nicht länger betteln, sondern versenkt sich mit einer einzigen Bewegung tief in Mos zuckendem Körper. Er stößt nicht zu, er presst sich eher in Mos Eingang hinein, unaufhörlich, bis er richtig tief in ihm drin steckt. Mo wimmert unterdrückt, aber deutlich lustvoll. Er ist so hart, dass ihm der Schwanz unter dem Bauch klebt.
Wow, die beiden sind so heiß zusammen. Es kostet mich ziemlich viel Beherrschung, meine Erektion nicht herauszuholen. Nur ganz leicht streiche ich über meinen harten Schwanz, fühle ihn durch den weichen Stoff der Trainingshose.
Mick sieht zu mir herüber, er grinst mich an, als er sieht, wo meine Hand liegt. „Weißt du, was Mo total geil macht? So geil, dass sein Schwanz anfängt zu tropfen?"
Oh ja, das weiß ich, Mick. Neunundneunzig Prozent meiner bisherigen Bettgefährten waren so gestrickt wie Mo.
„Wenn du mir seine kleinen schmutzigen Fantasien verrätst", sage ich lächelnd.
Mo stöhnt gequält, als Mick sich zurückzieht und sich in der nächsten Bewegung ziemlich grob in ihn hineinrammt. Er beugt sich über seinen Freund, greift um ihn herum und

fasst nach seinem Sack. „Soll ich das, Mo? Soll ich Leon erzählen, was dich so richtig auf Touren bringt?“
„Oh Gott, nein …“ Das ‚ja‘ schwingt so deutlich mit, dass ich fast darüber lachen muss.
Mo ist sicher ein großartiger Sub, mit dem man grandios viel Spaß haben kann. Könnte mir vorstellen, dass er viel interessanter ist, als so ein glattgebügelter Typ wie Kim. Aber mein Herz hat sich schon längst entschieden.
Ich stehe auf, gehe zu den beiden hin und beuge mich zu Mick hinunter. „Fick ihn richtig ordentlich durch“, hauche ich in sein Ohr. „So, wie er es gern hat.“
„Warte!“ Er greift nach meinem Handgelenk. „Bleib, bitte.“
Unsere Augen scheinen sich ineinander zu verhaken. Ich kann meinen Blick nicht abwenden, er hat so ausdrucksstarke Augen, die sind der Wahnsinn.
„Okay, wenn du möchtest.“
Er lässt meinen Arm los und greift mit beiden Händen nach meinem Gesicht. Unsere Lippen treffen sich, unsere Zungen. Wir küssen uns ziemlich heftig, während er bis zu den Eiern in seinem Freund drinsteckt. Ein ziemlich geiler Gedanke.
Ich lasse einen Finger zwischen seine Arschbacken wandern und er zuckt sofort zusammen, als ich über sein Loch streiche. Der letzte Abend hat wohl Spuren hinterlassen.
Mit einer fahrigen Bewegung greift er nach dem Gleitgel, das noch auf dem Bett neben ihm liegt, und reicht es mir.
Dann stößt er sich mit Nachdruck in Mos Körper.
Ich weiß wohl, was Mick möchte. Aber will ich das auch?

Mick

Oh Mann, wie geil, ich stoße mich tief in Mos engen Arsch und Leon beobachtet mich dabei. Ich spüre seinen Blick auf mir, es ist, als ob er sich durch meine Haut brennt. Und ich will ihn ganz dringend spüren. Auch wenn mein Hintern noch wehtut von gestern.

Offensichtlich genießt auch Mo, dass wir einen Zuschauer haben. Aber ich hätte gern, dass der Zuschauer ein bisschen mitmischt.

In meinen Kopf verschiebt sich das Bild, plötzlich sehe ich statt Mo Leon vor mir knien. Ich stoße mich in Leons Körper, höre sein heiseres Stöhnen. Scheiße … ich komme gleich …

Da berührt Leon meine Schulter. Sofort bin ich wieder in der Realität. Ich ziehe mich aus Mo zurück, bis nur noch meine Eichel in ihm steckt, versuche, mich wieder etwas zu entspannen. Mann, wie es wohl wäre mit Leon … Ob er sich genauso hingeben könnte? Ob er es genießen würde, wenn ich mich ganz tief in ihm versenke? Durch mein Hirn geistern Bilder der letzten Nacht – Leons Blick, als ich ihn an der Kehle gepackt habe, hat sich in mein Gedächtnis eingebrannt. Ich kann es jederzeit wieder abrufen.

„Leon …“, flüstere ich atemlos.

Er bleibt ganz dicht bei mir, ich spüre seine Finger auf meinem Körper. Sie gleiten zwischen meine Arschbacken, verteilen kühles Gel auf meinem Loch. Ich stoße mich erneut in Mos Hintern, kann die Bewegung gar nicht verhindern. Dann beuge ich mich nach vorn, lecke über Mos Wirbelsäule. Er schmeckt salzig – und er riecht sehr vertraut. Ich kann ein leises Stöhnen nicht unterdrücken.

Gleichzeitig biege ich den Rücken ein wenig, um Leon zu zeigen, was ich möchte. Ich will ihn in mir – das wäre so geil. Wenn er mich ficken würde, während ich in Mo drinstecke. Allein der Gedanke macht mich total verrückt.
Einen Dreier hatte ich bisher noch nicht – mit den zwei Menschen, die mir am meisten bedeuten, ist die Vorstellung noch geiler.
Ich packe Mos Eier, ziehe sie nach unten und wichse ihn ziemlich grob, was er mit einem begeisterten Stöhnen quittiert. Ich will ihn nicht vernachlässigen, auch wenn mir die Konzentration gerade abhandenkommt, denn in diesem Moment spüre ich Leons feuchte Finger, wie sie in mich eindringen. Mich ganz langsam öffnen. Oh Gott, oh ja …
Während ich Mo ficke, fickt Leon mich mit seinen langen Fingern. Das heißt, eigentlich ficke ich mich selbst, er hält seine Hand nur in der passenden Position. Ich kann kaum noch klar denken. Und ich werde diese doppelte Stimulation nicht lange aushalten.
„Oh Gott, Leon …"
„Was möchtest du?", fragt Leon leise, direkt in mein Ohr hinein.
„Deinen Schwanz", keuche ich. Gleichzeitig packe ich Mo an einer Schulter und ziehe ihn nach oben, sodass ich eher von unten in ihn hineinstoßen kann. Ich kneife in seine Nippel, quäle seinen tropfenden Schwanz, bis Mo anfängt zu wimmern. Aber er hält ganz still, in genau der Position, in der ich ihn haben will. Ich kann verstehen, warum Leon das so geil findet, wenn ich mich seinen Anweisungen unterwerfe. Aber ich merke auch, dass ich nicht so anschmiegsam, so willig sein kann wie Mo.

Egal, jetzt kann ich nicht weiter darüber nachdenken. Jetzt will ich nur noch fühlen – aber ich brauche mehr. Ich …
Ich spüre Leon direkt hinter mir. Seine Zunge gleitet über mein Ohr, über meinen Nacken. Er zieht seine Finger aus mir, seine Hände umfassen meine Hüften. „Beug dich nach vorn. Dann bekommst du, was du willst."
Ich presse Mo wieder auf alle viere, lege meine Hand zwischen seine Schulterblätter, zwinge ihn mit dem Kopf nach unten. Leons Schwanzspitze liegt an meinem Loch. Wo zum Teufel hat er das Gummi her? Es fühlt sich jedenfalls so an, als hätte er eins draufgezogen.
„Los, schieb dich ganz tief in sein Loch. Wenn du komplett in Mos Arsch drinsteckst, kriegst du meinen Schwanz. Willst du das?"
„Jaaa, oh Gott, ja …" Ich kann kaum atmen. Mit Nachdruck presse ich mich bis zum Anschlag in Mo hinein. Der stößt ein sehnsüchtiges Stöhnen aus. Ich weiß, es reicht ihm eigentlich nicht. Er will es viel härter, viel schmerzhafter, aber jetzt muss er sich damit zufriedengeben. Ich sag mal so – besser mein Schwanz als kein Schwanz …
Dann beginnt Leon damit, mein Loch zu erobern. Ich gebe es auf, irgendetwas zu denken. Ich fühle nur noch, fühle, wie er mich dehnt, wie er mich füllt. Wie er über meine Prostata schrammt. Auf einmal spüre ich, wie er mit dem Daumen gegen meinen Damm drückt. Das Gefühl ist total irre. Ich stoße mich in Mo hinein, ficke ihn so hart, dass er fast eine Bauchlandung macht und Leon bleibt die ganze Zeit hinter mir, in mir. Er geht jede Bewegung mit. Ich höre die Geräusche, die mir über die Lippen kommen, ich kann sie nicht verhindern.

Ich hab keinen blassen Schimmer, wie weit Mo ist, ob er ebenfalls abspritzt, als ich mich mit einem Aufschrei in ihm entlade. Ich explodiere, dieser Orgasmus zerlegt mich in meine Einzelteile. Ich zucke, schnaufe, versuche, meine Atmung wieder unter Kontrolle zu bekommen. Und als Leon sich in meinem Arsch bewegt, habe ich eindeutige Fluchttendenzen.

Aber Leon kennt kein Erbarmen, er stößt sich einfach weiter in mich. Ich versuche mannhaft, das Wimmern zu unterdrücken, aber die Reibung ist einfach so intensiv, dass ich es kaum ertrage.

„Ich liebe es, wie empfindlich du bist", wispert Leon in mein Ohr.

Mit einem Ruck zieht er sich aus meinem Arsch und beendet die Folter. Ich seufze erleichtert, beobachte, wie er zu Mos Kopf geht und ihm in die Haare greift. Nur an den Haaren zieht er Mo nach oben, sodass er wieder auf alle viere kommt. Scheiße, das tut mir schon beim Zusehen weh. Aber Mo zischt nur leise.

Direkt vor Mos Gesicht beginnt er, sich einen runterzuholen. Ganz langsam lässt er seinen perfekten, harten Schwanz durch seine Faust gleiten. Ich bin so fasziniert, dass ich einfach hart bleibe. Immer wieder schiebe ich meinen Schwanz in Mos nasses Loch, genieße es, dass er sich anspannt, meine Latte mit seinen inneren Muskeln massiert. Wenn er so weitermacht, werde ich ihn ohne Pause weitervögeln können. Allerdings scheint Leon gerade einen anderen Plan zu verfolgen. Ich sehe, wie er sich aufrichtet, Mo starrt ihn an, dreht sein Gesicht so, dass ich nicht darüber nachdenken muss, was er will. Er öffnet sogar seinen Mund, streckt seine Zunge heraus. Und genau in dem Moment spritzt Leon ab. Saut Mos Gesicht komplett ein, verteilt seinen ganzen Saft mit dem Schwanz auf Mos Zunge, auf seinen Wangen, seinem Kinn. Fuck, das ist so geil …

Mo stöhnt so voller Verlangen, dass ich eine Gänsehaut zwischen den Schultern bekomme. Ich packe mir seinen Schwanz, der mittlerweile total nass ist von seinem eigenen Vorsaft. Und dann wichse ich ihn genauso hart, wie er es haben will. Er bleibt in exakt der gleichen unterwürfigen Position und lässt sich von mir bearbeiten, bis er mit einem Geräusch, das fast nach einem Schluchzen klingt, kommt. Seine ganze Sahne landet auf Leons Bettwäsche. Aber das ist eigentlich auch schon egal. Völlig fertig ziehe ich mich aus ihm zurück und lasse mich neben ihn fallen.

20. Kapitel
Leon

Ich lasse die beiden Jungs in meinem Bett und verziehe mich ins Badezimmer. Nach diesem kleinen und ziemlich unerwarteten Intermezzo ist eine Dusche angesagt.
Mo ist der Erste, der nach einiger Zeit die Küche betritt, in der ich gerade etwas zum Frühstücken vorbereite.
Als ich ihn ansehe, erkenne ich das Unbehagen in seinem Gesicht. „Tut mir leid, dass ich so … aber als ich Mick umarmt habe, da …“
Ich winke ab und mache einen Schritt auf ihn zu. Streiche die Haare aus seinem Elfengesicht. „Alles in Ordnung.“ Ich grinse ihn an. „Du hast übrigens noch Sperma in den Haaren.“
Er grinst verlegen. „Wusste nicht, ob ich duschen darf.“
„Sieh zu, dass du in die Dusche kommst. Und falls du Mick da antriffst, Finger weg von ihm – wenn ich nicht dabei bin.“
Er zieht die Schultern hoch und lacht verunsichert. „Alles klar.“
In der Tür dreht er sich noch einmal um. „Danke, Leon.“

Eine halbe Stunde später sitzen wir zusammen in meiner Küche und frühstücken. Es geht Mick offenbar deutlich besser als die letzten Tage.
„Warum hast du mir heute Morgen überhaupt die Decke weggezogen?“, will Mick wissen. „Das war ja wohl total daneben.“
Mo stellt langsam seine Kaffeetasse ab. „Ich wollte nachschauen, ob du irgendwie fixiert bist“, gibt er schließlich zu.

Na, danke auch. Der hat ja eine gute Meinung von mir.
Mo schaut kurz zu mir herüber. „Als ich Leon gesehen habe … und diese … ähm, Kampfspuren an ihm, dachte ich, ihr hättet eine ernsthafte Auseinandersetzung gehabt."
Mick wird rot, aber so richtig leuchtendrot. „Oh, das … also … Mann … Das war …", stottert er herum.
Jetzt bin ich aber neugierig auf seine Erklärung. Er wirft mir einen hektischen Blick zu. „Das war eher ein … Versehen."
Ich kann mir ein leises Lachen nicht verkneifen.
Mos Blick wandert zwischen uns beiden hin und her, dann schüttelt er den Kopf. „Geht mich ja auch nichts an. Darf ich mir noch einen Kaffee ziehen?"
„Sicher. – Ist übrigens ganz passend, dass du heute vorbeigekommen bist. Abgesehen davon, dass es dich wirklich ehrt. Mick, du kannst echt froh sein, so einen Freund zu haben."
Mo bleibt am Kaffeeautomaten stehen. „Ja, find ich auch", meint er in Micks Richtung.
„Ich hab mich mal ein bisschen mit der Finanzierung eures Tierschutzprojekts befasst. Dazu habe ich sogar mit einer Steuerberaterin gesprochen."
Jetzt habe ich die Aufmerksamkeit von beiden Jungs. „Es gibt mehrere Punkte, die wir vorab klären müssten. Für mich wäre es am besten, wenn ich eine Stiftung gründen würde. Euer Projekt ist auf jeden Fall gemeinnützig, verdienen kann man damit ohnehin nichts."
Mo gibt einen zustimmenden Laut von sich und kommt mit seiner Kaffeetasse wieder an den Tisch.
„Was ist dann mit meinem Haus?"

„Eine Möglichkeit wäre, dass ich dir das Grundstück samt Haus und Stall abkaufe und alles zu Stiftungseigentum wird."
Mick sieht mich unsicher an. „Aber da wohne ich doch …"
„Ja, es gibt noch ziemlich viele Dinge, die besprochen werden müssten. Grundsätzlich ist jedoch die Frage, ob das für euch infrage käme. Und wie ist überhaupt eure Idee – wollt ihr ein Tierheim betreiben? Oder eher einen Gnadenhof? Wie stellt ihr euch das vor, habt ihr Pläne zu expandieren?"
Mick und Mo sehen mich ziemlich verblüfft an.
„Ich würde das Haus verkaufen", sagt Mo entschieden. „Aber wir müssten einen Vertrag aufsetzen. Die Tiere müssten auf jeden Fall weiter versorgt werden. Alles muss ganz genau geregelt sein. Nicht, dass du mir das Grundstück abkaufst und dann wird da'n Luxushotel draufgesetzt."
Mick starrt seinen Freund an. „Ich … also …"
Ich berühre Mick am Oberarm. „Entspann dich, Mick."
Sein Kopf fliegt zu mir herum. „Ich … weiß nicht … wenn du jetzt so viel Geld investieren willst – wie soll ich das … zurückzahlen?"
Oh, schwieriges Thema. Und vor allem keins, was ich gerade jetzt besprechen will. „Wie hast du noch ganz am Anfang gesagt – ein Gnadenhof ist kein Investment Case, aber man kann mit so einer Stiftung durchaus Steuern sparen. Und ich möchte euch beiden wirklich helfen."
„Leon – ich kann das nicht zurückzahlen!", sagt Mick nun eindringlicher. „Und ich kann das auch nicht abarbeiten! Schätze, wir reden hier von … keine Ahnung … 100.000 Euro?"

Mo schnaubt leise. „Damit kommst du wohl nicht hin, Alter."
„Mick." Ich stehe auf, gehe zu ihm und lege die Hände auf seine Schultern. „Ich erwarte nicht, dass du jetzt lebenslang mein Sklave bist. Ich möchte euch helfen, aus eurer Idee etwas zu entwickeln, was Hand und Fuß hat."
„Hört sich verdammt vernünftig an", pflichtet Mo mir bei.
„Ich wollte auch Max fragen. Bin mir ziemlich sicher, dass auch er Interesse an so einer Stiftung hätte."
„Max?!" Mick wird blass. „Oh nein, Scheiße …"
„Was ist los?"
„Ich glaube, ich habe einen Riesenfehler gemacht!" Er dreht den Kopf, sieht mich total erschrocken an.
„Was ist los, Mick?", frage ich noch einmal. Er sieht aus, als würde er gleich anfangen zu weinen.
„Ich hab Hilde bei Max gelassen." Micks Stimme zittert ein wenig. „Das war ein Fehler. Ich … ach Scheiße … ich wusste gestern gar nichts mehr. Aber ich kann sie doch nicht einfach da lassen. Dann wird sie nachher – zu Seife verarbeitet oder so."
„Okay." Ich nehme Mick vorsichtig in den Arm, warte ab, ob er das jetzt überhaupt möchte. Aber er schmiegt sich sofort vertrauensvoll an mich. „Ich rufe Max an. Wir holen Hilde gleich ab." Ich hoffe, der Hund liegt noch irgendwo in der Kühltruhe.
„Zieh dich an, wir können sicher sofort fahren. Willst du mitkommen, Mo?"
„Klar."
Sehr ungern lasse ich Mick los. „Soll ich dir helfen beim Anziehen?"

Micks Gesicht glättet sich wieder. „Lieber beim Ausziehen."
Ich lasse meinen Blick an ihm nach unten gleiten. Er trägt nur eine Trainingshose. „Na, viel wäre das ja nicht." Aber ich freue mich über seine Unersättlichkeit.
Mo mischt sich ein. „*Ich* helfe ihm beim Anziehen. Sonst kommen wir sicher nie los. Du kannst ja in der Zwischenzeit Max anrufen."

Max erwartet uns vor dem Haupteingang seiner Klinik. Und ich sehe schon von Weitem, wie neugierig er ist. Ich kann es ihm nicht verübeln – die ganze Aktion ist an Merkwürdigkeit kaum zu überbieten. An einem Sonntagmittag zu dritt hier aufzulaufen, um einen toten und gefrorenen Hund in *meinen* Wagen zu laden – das toppt alles, was meine eigene Vorstellungskraft hergibt. Und ich bin immerhin Schriftsteller. Max begrüßt mich wie üblich mit einem Kuss und wirft mir einen fragenden Blick zu.
„Max – das ist Moritz. Mick kennst du ja schon."
Max mustert Mo mit zusammengekniffenen Augen. „Hi Moritz. Bist du ein Freund von Mick?"
„Ja." Mo sieht Max mindestens genauso kritisch an, stelle ich fest. Und irgendwie kämpferisch, was lustig aussieht, da Mo wirklich winzig wirkt vor Max' riesigem Körper. Aber ich bin nicht hergekommen, um mir Menschen anzusehen, nicht mal, wenn es meine Freunde sind. Oder Kerle, denen man vor nicht allzu langer Zeit das eigene Sperma ins Gesicht geschossen hat. Was Mo definitiv noch nicht zu einem meiner Freunde macht.

„Ihr habt Glück, dass heute Sonntag ist. Eure Hilde liegt noch in der Kühltruhe.“ Max wirft Mick einen Seitenblick zu. „Wollt ihr sie beerdigen?“
Mick nickt angespannt.
„Dann grabt bitte ein tiefes Loch, okay?“ Max zieht mich an die Seite. „Ihr könnt schon mal vorgehen, Richtung Behandlungsraum 2 – wir kommen sofort nach.“
Mick und Mo gehen tatsächlich vor, damit hatte ich nicht gerechnet. Aber mit Max’ prüfendem Blick schon. „Was ist passiert verdammt? Bist du nicht mehr ganz dicht?“
„Jetzt komm schon, was regst du dich auf? Ist doch sicher nicht das erste Mal, dass du tote Hunde rausgibst, weil die Besitzer sie lieber beerdigen wollen.“
„Das meine ich nicht!“ Er greift an meinen Hals, sein Daumen liegt gefährlich auf meinem Kehlkopf, direkt auf Micks Fingerabdrücken. Und auch die Bisswunde am Hals ist wohl nicht zu übersehen.
„Meinst du, es müsste was passiert sein?“, frage ich vielleicht etwas ätzend, dann fahre ich viel sanfter fort. „Es ist okay, es ist nichts vorgefallen.“ Ich weiß, warum Max so reagiert. Seitdem er mich verletzt hat, ist das ein absolut wunder Punkt bei ihm.
Max unterbricht mich. „Er hat dich gewürgt – wusste nicht, dass das zu deinen favorisierten Praktiken gehört.“
Ich bringe ein etwas schiefes Grinsen zustande. „Es gibt Dinge, die sind komplizierter als sexuelle Praktiken.“
„Oh ja, den Eindruck habe ich auch.“ Er legt den Arm um meine Schultern. „Du passt auf dich auf, ja?“
Ich nicke leicht, bin irgendwie gerührt, dass er das sagt.
„Komm, wir müssen den Hund aus der Kühlung holen. Damit er eine standesgemäße Beerdigung bekommt.“

Als wir Hilde aus der Truhe geholt und in eine Decke gewickelt haben, fragt Max: „Wer von euch hebt eigentlich die Grube aus?“ Sein Blick ruht dabei auf Micks bandagierter Hand.
Ich verdrehe die Augen. „Das ist nicht das einzige Problem. Ich vermute, dass Mick auch in der nächsten Woche Hilfe gebrauchen könnte. Oder hast du zufällig Urlaub?“, frage ich Mo.
„Nein, leider nicht.“
„Du kennst nicht zufällig jemanden, der auf dem Hof helfen könnte?“
„He, warum werde ich nicht gefragt?“, mischt Mick sich ein.
Aber auch Max übergeht seinen Einwand. „Ich könnte Torge fragen. Der hat in der nächsten Woche Urlaub, aber er kommt selbst von einem Hof und er schuldet mir noch einen klitzekleinen Gefallen.“
„Torge?“
„Der hat mich gestern zu dir gebracht“, erklärt Mick und gibt seinen Protest auf. „Ich will aber nicht, dass er seinen Urlaub irgendwie …“
„Ssshsh“, macht Max in seine Richtung. „Ich frag ihn nur, ich will ihn nicht zwingen. Oder ihn gar würgen.“
Mick wird sofort rot. „Ach Scheiße“, brummt er verlegen.
„Max!“ Ich werfe ihm einen empörten Blick zu.
„Was denn?“, fragt Max harmlos und zieht die Augenbrauen nach oben.
Er trägt den gefrorenen, eingewickelten Hund anstandslos bis zu meinem Wagen und legt Hilde in den Kofferraum.

Dann nimmt er mich in den Arm, so richtig ernsthaft. „Wir beide müssen uns noch unterhalten“, sagt er leise in mein Ohr.

„Ja, klar. Ich ruf dich an. Ich hab ohnehin noch Ideen, die ich mit dir besprechen wollte.“

Max lässt mich los und lacht rau. „Auf die Ideen bin ich gespannt. – Wieso packt ihr den Hund eigentlich nicht in Micks Wagen?“

„Oh nein, nein … wir machen das jetzt genau so.“ Ich habe mir das vorher überlegt und bin zu dem Entschluss gekommen, dass Mick diese Art der Wertschätzung jetzt braucht. Ich persönlich hätte nichts dagegen gehabt, wenn Mo die Leiche in Micks Wagen transportiert hätte.

Max schüttelt den Kopf.

„Mo? Fährst du Micks Wagen nach Hause?“

21. Kapitel
Mick

Ich bin total froh, dass Leon bei mir ist.
Es ist ein merkwürdiges Gefühl, die tote Hilde zu sehen. Sie ist schon ganz steif gefroren und nicht viel erinnert an den tollen Hund, der sie mal war. Vielleicht hatte Torge doch recht mit seiner Seelentheorie.
Aber trotzdem wäre es eine Katastrophe gewesen, wenn wir sie nicht wieder hätten abholen können.
„Wo willst du sie beerdigen?“, fragt Mo in diesem Augenblick. Er hat zwei Spaten aus der Scheune geholt.
„Weiß nicht – wo kann man denn gut buddeln?“
„Am besten dahinten bei der Weide. Nicht gerade dort, wo die Bäume sind.“
Es dauert über eine Stunde, bis Mo und Leon gemeinsam ein annehmbares Loch ausgehoben haben. Die beiden schwitzen wie die Schweine und trotz des kühlen Windes tragen sie nur noch Jeans und T-Shirt. Leon ist total sexy in seinem durchgeschwitzten Shirt. Aber ich komm mir doof vor, weil ich den beiden überhaupt nicht helfen kann. Bin total behindert mit dieser blöden Hand.
„Los, such schon mal ein paar Blumen“, ruft Mo mir zu und scheucht mich mit einer Handbewegung weg.
Und dann beerdigen wir Hilde richtig, so, wie es sich gehört.
Ich bin total gerührt, dass Leon das alles mitmacht. Und ich muss mich ganz doll zusammennehmen, damit ich nicht die Fassung verliere. Leon schlingt einen Arm um meine Schultern und ich kann mich einfach bei ihm anlehnen.

„Mickey“, flüstert er in meine Haare. Ganz leise, aber ich kann es hören. Es fühlt sich so gut an, dass er bei mir ist.
Leon duscht noch bei uns, aber ich spüre, dass er irgendwie auf dem Sprung ist.
„Hast du vielleicht ein frisches T-Shirt für mich?“, fragt er, als er aus dem Bad kommt und sich die Haare trockenrubbelt. Er sieht anbetungswürdig aus, ich lasse meinen Blick über seinen drahtigen Körper, seine gut definierten Bauchmuskeln und die kurz geschorene Brustbehaarung gleiten. Er sieht mich abwartend an und ich drehe mich hastig um. Ein T-Shirt … Ich krame in meinem Schrank herum und stelle fest, dass fast alle meine Shirts in der Wäsche sind.
Etwas verlegen halte ich ihm die letzten beiden zur Auswahl hin. Ein weißes Werbe-T-Shirt mit Kätzchen und dem Aufdruck eines Pharmakonzerns und eines mit zwei fickenden Hunden, auf dem „doggy style“ steht.
Er schnalzt kurz und greift sich dann mit stoischem Gesichtsausdruck das Katzen-T-Shirt.
Leon möchte an diesem Abend nicht zum Abendessen bleiben und ich hoffe inständig, dass es nicht am Katzen-Shirt liegt.
„Solange … solange das noch nicht geklärt ist mit der Stiftung, bleibt unsere Vereinbarung bestehen, oder?“, frage ich unsicher, als er sich verabschieden will.
Er lächelt mich mit seinem typischen schmalen Lächeln an und ich atme einmal tief durch. Es wäre so viel einfacher, wenn wir einfach … ja, was? Ein Paar wären?
„Möchtest du das?“
„Ja.“ Wenn das die einzige Möglichkeit ist, ihm so nahe zu sein.

„Gut, dann sehen wir uns morgen Abend." Er beugt sich zu mir und küsst mich und ich könnte in seinen Armen einfach so dahinschmelzen. In diesem Augenblick wünsche ich mir, dass es immer so sein soll.
Ich sehe ihm nach, wie er in seinem Luxusschlitten unsere holprige Einfahrt entlangfährt und seufze.
„Mick? Der findet dich nicht nur geil. Der ist total vernarrt in dich."
Mo ist leise neben mich getreten.
„Meinst du?"
Er lacht heiser. „Wenn so'n Typ in so teuren Klamotten mit einem rostigen Spaten ein Loch buddelt – an einem Sonntagnachmittag … und am Ende mit einem Werbeshirt für Wurmmittel nach Hause fährt … Mann, das könnte man wohl fast als Liebe bezeichnen."
Ich starre Mo ungläubig an. Habe ich mich vielleicht verhört?
„Und weißt du was? Halt dich ran, Mick. Dein Lover ist richtig heiß."
Jetzt schleicht sich ein Grinsen auf mein Gesicht, das „L-Wort" verdränge ich vorerst in den hintersten Winkel meines Gehirns. „Das ist mir nicht entgangen, Mo Schätzchen."
Mo lacht ein wenig unsicher, offensichtlich erinnert er sich an die kleine Episode heute Morgen.
Ich werde wieder ernst. „Sag mal … meinst du, Leon und Max Bahrendorf, die haben was miteinander?"
„Max Bahrendorf", wiederholt Mo und verzieht das Gesicht.
„Was ist?", frage ich erstaunt.
„Keine Ahnung, der Typ macht mir ne Gänsehaut."

„Er sieht total geil aus“, sage ich.
„Oh ja“, stimmt Mo mir zu. „Brandheiß. Brandgefährlich. Keine Ahnung, ob Leon und dieser Max was miteinander haben. Sie haben sich ja ganz schön vertraut begrüßt. Aber ehrlich, wenn ich mit nem Typen wie Leon oder Max zusammen wäre, dann bräuchte ich keinen anderen. Insofern würde ich eher vermuten, dass sie nicht miteinander vögeln.“
Da muss ich ihm recht geben.
„Wie ist das eigentlich – ist Leon ausschließlich Top?“
Ich zucke mit den Schultern. Wüsste ich auch mal gern …
„Denn dass Bahrendorf nicht hinhält, dafür würde ich meine Hand ins Feuer legen.“

21. Kapitel
Leon

Ich denke gar nicht weiter darüber nach, sondern fahre ohne Umweg zu Max zurück. Meine Arme und meine Schultern schmerzen. Da kündigt sich ein Mega-Muskelkater an. Ich glaube, ich habe noch nie so ein tiefes Loch gegraben. Ich hatte keine Ahnung, dass das so anstrengend ist. Aber für Mick habe ich das gern gemacht – eigenartigerweise. Nein, das ist Quatsch! Es ist überhaupt nicht eigenartig. Ich mag Mick sehr gern, viel zu gern. Es schmerzt in gleichem Maße, wie es mich glücklich macht.
Ein weiterer Grund, um zu Max zu fahren. Ich muss reden. Und ich möchte ihn bei der Gelegenheit auch gleich fragen, was er von der Idee mit der Stiftung hält.
Ich parke meinen Wagen vor Max' Haus und quäle mich vom Sitz. Mist, diese Rückenschmerzen sagen nur eines: Ich bin zu alt, um Gräber auszuheben.
Erfreulicherweise ist Max zu Hause und er ist allein.
„Hey Lee, du schon wieder? Komm rein." Max küsst mich und tritt beiseite. „Was ist los? Du siehst fertig aus."
„Ich *bin* fertig", gebe ich zu. „Das Praktikum als Totengräber habe ich geschmissen."
Max lacht und dann sieht er mich genauer an. Mein neues Outfit scheint ihn ebenfalls mächtig zu amüsieren. „Seit wann machst du Werbung für Katzenwurmmittel? Aber im Augenblick wundert mich bei dir gar nichts mehr. – Los, setz dich ins Wohnzimmer, ich hol uns was zu trinken."
Wenig später kommt er zurück, drückt mir ein Glas in die Hand.
„Whiskey?", frage ich.

Er nickt und stellt eine Flasche Wasser auf den Tisch. Er ist da eisern – wenn ich in der Nähe bin, trinkt Max grundsätzlich keinen Alkohol. Und er macht auch um sonstige Rauschmittel einen großen Bogen. Das hält mich nicht davon ab, an meinem Whiskey zu nippen. Mit einem Seufzen lehne ich mich zurück. „Boah, was gäbe ich jetzt für eine Massage."

„Damit kann ich dienen", bietet Max an. „Aber bevor wir zum erotischen Teil übergehen", zieht er mich weiter auf, „hätte ich gern eine kleine Zusammenfassung der letzten Ereignisse."

Ich versuche, ein Kissen nach ihm zu werfen, aber meine Arme schmerzen zu sehr, daher lass ich das Kissen einfach vor mir auf den Boden fallen. Max betrachtet es mit hochgezogenen Brauen.

„Was möchtest du hören? Wir haben Hilde heute Nachmittag beerdigt – und wir mussten ein verdammt tiefes Grab schaufeln. Zum Glück hat Mo mir geholfen."

„Der kleine Giftzwerg?"

„Warum denkst du, dass er ein Giftzwerg ist?", frage ich erstaunt.

„Ist er nicht?"

„Okay, als er heute Morgen bei mir Sturm geklingelt hat, war er schon recht … ähm, aufgebracht. Aber nur, weil er dachte, Mick und ich hätten uns …" Ich winke ab, trinke einen Schluck. „Nein, ich glaube, er dachte, ich hätte Mick Gewalt angetan, ihn vergewaltigt … oder so etwas."

„Wieso hat er das geglaubt?" Max gießt sich ein Glas Wasser ein.

„Er hat die Verletzungen gesehen."

„Verletzungen", wiederholt Max. „Plural?"

Täusche ich mich, oder klingt er amüsiert?
„Nichts von Belang."
„Wusste nicht, dass du darauf stehst. Du überraschst mich sehr in den letzten Tagen."
Ich winde mich ein bisschen unter seinem Blick. Es ist nicht so, dass wir Geheimnisse voreinander hätten. Aber das Gespräch über Mick erscheint mir mit einem Mal zu persönlich.
„Es ist halt so passiert. Mick war ziemlich durcheinander gestern. Hast du doch selbst gesehen. Die Sache mit dem Hund ist ihm verdammt nahe gegangen."
„Ja, den Eindruck hatte ich auch." Er lässt den Blick forschend über mich gleiten. „Was ist das für eine Idee, über die du sprechen wolltest?"
Ich trinke den letzten Schluck und halte Max auffordernd das leere Glas entgegen. Er grinst nur und füllt es erneut.
Und dann erzähle ich ihm von meiner Stiftungsidee.
Max hört neugierig und sogar einigermaßen ernsthaft zu, zumindest deute ich das so anhand seiner Zwischenfragen.
„Wie viel Land haben die Jungs? Kannst du das schätzen?"
„Ich weiß nicht genau, es dürften schon ein paar Hektar sein. Die Wiese, die im Augenblick eingezäunt ist, ist vermutlich schon einen Hektar groß. Aber, so wie ich das verstanden habe, gehört noch ein Teil des Umlands zu dem Grundstück."
„Wie wollt ihr das handhaben – willst du den Wert schätzen lassen? Du darfst den kleinen Giftzwerg auch nicht über den Tisch ziehen."
Ich kann ein Grinsen nicht unterdrücken. Wüsste gern, warum er Mo als „Giftzwerg" bezeichnet. „Mo hätte sicher nichts dagegen, sich von mir auf den Tisch *legen* zu

lassen … Zumindest war er erstaunlich zahm nach unserem kleinen Frühstücksdreier."

Max schnaubt erstaunt und deutet auf die Flasche. Ich hab gar nicht bemerkt, dass mein Glas schon wieder leer ist, und nicke. Soll ruhig nachgießen. Mit dem Auto fahre ich heute ohnehin nicht mehr. Vielleicht bleib ich einfach bei Max.

„Du hast den Freund deines Betthasen gevögelt?", fragt er und in seiner Stimme schwingen Zweifel mit.

„Oh nein, ich hab nur Mick gevögelt, während er in Mos Arsch steckte", erkläre ich.

„Sind die beiden ein Paar?"

Ich zucke mit den Schultern. „Mick behauptet, dass sie nur befreundet seien, weil sie im Bett nicht zueinander passen."

„Und – stimmt das?"

Ich trinke einen weiteren Schluck und denke einen Moment darüber nach. „Wahrscheinlich. Aber vielleicht will ich auch nur, dass es so ist."

„Weil du mit Mick zusammen sein willst?"

Ich sehe ihn lange an und überlege, ob Max recht hat. Und was wäre, wenn Mick und Mo tatsächlich mehr sind als nur Fuckbuddys?

„Du solltest diesen Mo ebenfalls fragen, wenn du dir sicher sein willst. Wenn du das mit der Stiftung durchziehen willst, solltet ihr eine vernünftige Geschäftsbeziehung haben. Es geht um eine ganze Menge Geld. Aber weißt du was – wenn alles in trockenen Tüchern ist, bin ich dabei. Es gibt immer mal wieder Pferdebesitzer, die nicht wissen, wo sie ihre ausgedienten Turnierpferde hinstellen sollen. Versuch mal herauszufinden, ob die Jungs ausreichend

Platz haben." Jetzt sieht er mich wieder lauernd an. „Aber dafür tust du mir auch einen kleinen Gefallen."
Wenn Max von „Gefallen" spricht, werde ich immer hellhörig. Denn was er als „Gefallen" bezeichnet, ist meist keine Kleinigkeit. Fragend ziehe ich die Augenbrauen nach oben. „Jetzt sag schon."
„Du kommst zu Francescos Party! Kannst deinen Mick doch mitbringen."
„Max – was um alles in der Welt soll ich da?"
„Spaß haben, genießen. Wie sonst auch."
„Und als was soll ich Mick mitbringen? Als Sklaven? Das wird doch erwartet, oder nicht?"
Max legt den Kopf schief und mustert mich. „Klar. Hübsche Jungs sollten an der Leine mitkommen. Aber das ist kein Muss."
Ich lache humorlos. Tja, wenn ich noch mit Kimi zusammen wäre, der hätte sicher Spaß an so einer Veranstaltung gehabt. Wahrscheinlich hätte er mich sogar angefleht, dass wir dort hingehen sollen. Ich habe keine Ahnung, warum Max so unbedingt möchte, dass ich dort aufschlage.
„Wen nimmst du mit?"
„Chrissy wahrscheinlich. Er ist zurzeit mein Favorit."
„Schade", sage ich trocken. „Sonst hättest du mich als Slaveboy an die Leine nehmen können."
Ich sehe die Veränderung in Max' Gesicht. Wunderbar, ich hab ein tolles Bild in sein Hirn gepflanzt. Er kommt zur mir auf die Couch, lässt sich ganz langsam neben mir nieder. „Spiel nicht mit dem Feuer, Lee", sagt er leise, aber deutlich drohend. Und obwohl er mein Freund ist, bin ich mir seiner Größe und seiner Kraft durchaus bewusst.

„Was denn?“, frage ich harmlos und kämpfe den Instinkt, mich zurückzuziehen, nieder. „Damit wäre mein Gefallen dann doch wohl abgegolten.“
„Du hast offenbar schon zu viel getrunken“, stellt er fest.
„Ja, schätze, du hast recht.“ Ich halte ihm das leere Glas erneut entgegen. „Wie sieht das aus – kann ich heute bei dir schlafen?“
In diesem Moment vibriert Max’ Telefon, das auf dem Tisch vor ihm liegt. „Das wird Torge sein. Er wollte zurückrufen.“
Max nimmt das Gespräch entgegen und ich gieße mir selbst noch einen Schluck seines sauteuren Whiskeys ein.
„Hallo Torge.“ – „Ja.“ – „Gut, schön, dass es klappt.“ – „Die Adresse kann ich dir sofort durchgeben, warte, Leon sitzt neben mir.“
Ich erkläre Max kurz, wo Mick und Mo wohnen, denn mit der Adresse allein kommt Torge wohl nicht dort an. Der ehemalige Hof liegt eher im Niemandsland, zumindest wenn man den Navigationsgeräten glaubt.
„Was meinst du, wann Torge morgen früh dort sein sollte?“, fragt Max mich.
„Ich denke, gegen acht reicht aus. Und er soll Mick noch eine Nachricht schreiben.“
Im Anschluss an das Telefonat speichere ich Torges Handynummer in mein Gerät ein und schicke ihm eine Nachricht mit Micks Telefonnummer. Ich bin ganz froh, dass Torge Mick helfen wird – ansonsten hätte ich mich glatt in der Pflicht gesehen, das selbst zu tun. Die Vorstellung ist alles andere als reizvoll. Da ziehe ich die vielen geschäftlichen Termine, die in der nächsten Woche anliegen, eindeutig vor.

„Kannst du deinen Schmied denn die ganze Woche über entbehren?“, frage ich mit einem Hauch von schlechtem Gewissen.
Max grinst. „Er hat doch Urlaub.“

***

Irgendwann landen wir tatsächlich zusammen in Max’ überdimensionalem Bett.
Ich stöhne unterdrückt, als ich mich auf die Seite drehe, um nach der Bettdecke zu angeln.
„Alles okay?“
„Nein, eher nicht. Mein Rücken ist verspannt und ich kriege Muskelkater im Oberarm. Scheiße … ich bin so eine Arbeit einfach nicht gewohnt.“
„Du bist ein verweichlichter Anzugträger“, sagt Max dann auch umgehend und unverblümt.
„Na, herzlichen Dank.“
„Soll ich dich massieren?“, fragt er langsam.
Ich weiß, was diese Frage eigentlich bedeutet: Darf ich dich anfassen? Und tatsächlich ist zwischen uns immer so eine seltsame Spannung. Sobald wir weniger anhaben als Hose und T-Shirt können wir nicht mehr unbefangen miteinander umgehen. Ein Grund, warum ich ungern mit Max zu irgendwelchen Sexpartys oder in bestimmte Clubs gehe. Ich mag ihn gern, ich find ihn sehr attraktiv. Aber es gab eben auch schon Gewalt zwischen uns.
Darüber möchte ich jetzt allerdings nicht nachdenken. Max kann sehr gut massieren und ich fühle mich wohlig angetrunken. „Ja, gern.“

Ich rolle mich auf den Bauch und bette die Stirn auf meine Handflächen.

„Du willst nicht wirklich, dass ich mich auf deinen Arsch setze, oder? Das ist pure Folter", brummt Max.

„Sieh es als eine Art mentales Training", murmele ich undeutlich.

„Bin ich ein Yedi, oder was?" Aber er schwingt sich anstandslos auf meinen Hintern und kurz darauf spüre ich seine warmen, großen Hände auf meinem Rücken.

Das „ahhh" fließt einfach aus meinem Mund heraus, so schön ist das, was er tut. Ich bekomme eine Gänsehaut auf den Oberschenkeln, als er seine Finger in meine Schultermuskulatur gräbt.

„Machst du das absichtlich?", grollt er leise.

Ich spüre, dass sein Schwanz auf meinem Hintern zuckt und lächele in mich hinein. Manchmal bin ich auch ein Miststück und liebe es, ihn zu ärgern.

„Weißt du eigentlich, wie lange ich nicht mehr gefickt wurde?", frage ich und merke, wie schwer meine Zunge mittlerweile ist.

Max räuspert sich. „Ich habe eine ungefähre Ahnung."

Und er hat recht – er war der Letzte, der in meinem Arsch gesteckt hat. Die Erinnerung lässt mich leise stöhnen. Ah nein, das klingt so verdammt bedürftig. Und das bin ich gar nicht. Hab nur zu viel getrunken.

„Ich hab da in der letzten Zeit öfter drüber nachgedacht …"

„Das wundert mich jetzt nicht. Aber ich ficke dich nicht, Lee. Wenn du getoppt werden willst, sollte es Mick sein, der seinen Schwanz in dich schiebt. Dachte auch, dass er das schon getan hat." Er lässt sich neben mich gleiten, sodass wir uns ansehen können. „Du bist doch total verknallt in ihn. Das wäre nicht gut, wenn irgendwas zwischen uns laufen würde." Er grinst schwach. „Egal, wie besoffen du bist. Und egal, wie sehr ich das manchmal möchte."

Ich blinzele ihn überrascht an. „Der Gedanke ist … nicht uninteressant."

Jetzt lacht Max und schlägt mir die flache Hand auf den Hintern. „Lee, du bist ein Spieler durch und durch … Aber dieses Mal kannst du die Spielregeln nicht bestimmen, fürchte ich."

„Bis auf weiteres schon", behaupte ich und drehe mich auf die Seite.

„Hier schon", er tippt mit dem Finger gegen meine Stirn, „aber hier" – er legt seine warme Hand auf meine Brust – „hier nicht."

22. Kapitel
Mick

Am nächsten Morgen fährt Torge wie angekündigt um acht Uhr auf unseren Hof. Ich freue mich, dass er mir helfen will, aber ich hab auch ein megaschlechtes Gewissen, weil er dafür seinen Urlaub opfert.
„Moin Mick", grüßt er, als er aussteigt.
„Hi."
Torge sieht sich interessiert um. Und ich sehe mir Torge genauer an – er trägt eine alte, ausgewaschene Jeans, die an seinen muskulösen Oberschenkeln spannt, schwarze Arbeitsschuhe und ein enges braunes T-Shirt mit einem offenen Holzfällerhemd darüber. Echt hot.
„Danke, dass du mir hilfst." Ich halte die bandagierte Hand hoch. „Ich bin noch immer ziemlich ungeschickt."
„Kommst du sonst klar? Essen, waschen, anziehen?", fragt er sachlich und kommt näher.
„Äh … ja", stottere ich.
„Gut, dann – wo fangen wir an?"
Mit Torges Hilfe sind wir schon nach etwas über einer Stunde fertig. Er hat ein Händchen für Tiere, auch für die ganz kleinen. Seine behutsame Art macht ihn mir gleich noch mal so sympathisch. Wenn einer gut mit Tieren kann, bin ich sofort hin und weg. Das ist wie ein Reflex.
„Ich bin total geflasht, wie du mit den Tieren umgehst", sage ich dann auch, bevor ich es zurückhalten kann.
Torge grinst überrascht. „Ich bin auf einem Hof aufgewachsen. Wir haben immer Tiere gehabt. Und ich bin Hufschmied. Wäre übel, wenn ich mit Tieren nicht umgehen könnte."

Ohne mit der Wimper zu zucken, hilft er mir sogar noch beim Ställe- und Katzenkloreinigen. Wenn ich da an Leons Reaktion denke … Ich kann mir ein Lachen kaum noch verkneifen. Zwischen ihm und Torge liegen Welten.
Als Letztes sieht er sich die Hufe von Kraut und Willi an.
„Wenn deine Hand wieder okay ist, zeig ich dir, wie man die Hufe ausschneidet. Hast du Bock, das zu lernen?"
Überrascht sehe ich Torge an. „Echt jetzt? Ja klar!"
Er nickt. „Sicher, das kannst du doch selbst machen."
Ich grinse ihn etwas verlegen an und mein Blick bleibt deutlich zu lange auf ihm hängen.
„Jetzt guck nicht so schmachtend. Ich bin vergeben", brummt er grinsend.
‚Ich auch', will ich sagen, doch dann schweige ich lieber. Es stimmt ja auch nicht. Was Leon und ich haben, kann man wohl nicht als Beziehung bezeichnen. Oder vielleicht als Geschäftsbeziehung.
„Danke, dass du mir hilfst. Weiß gar nicht, wie ich das wiedergutmachen soll … Vielleicht können wir … ja mal was trinken gehen oder so?"
Er schließt das Weidetor hinter sich. „Flirtest du immer so?"
Ich starre ihn verdutzt an. „Ich flirte?"
Torge nickt mit einem breiten Grinsen. „Und wie. Und du solltest das nicht tun, ich bin einfach zu empfänglich für so etwas."
Ich trete ein Stück zurück, war mir gar nicht bewusst, dass ich ihn so angebaggert habe. „Hast du noch Zeit für einen Kaffee?"
„Ich habe Urlaub, Mick. Klar hab ich Zeit."
„Umso schlimmer", murmele ich.

Als wir unser Haus betreten, fällt mein Blick auf mein Handy. Eine Nachricht?
Eine WhatsApp von Mo: „Denk an den Termin im Krankenhaus!"
„Oh shit!"
„Was ist?", fragt Torge, der hinter mir die Küche betreten hat und sich auch hier interessiert umsieht.
„Muss gleich noch ins Krankenhaus, Kontrolle und Verbandswechsel." Ich seufze laut. Habe überhaupt keine Lust darauf. Ohne Mos Erinnerung hätte ich den Termin sicher vergessen.
„Ich fahre dich", bietet Torge sofort an.
„Nee, das ist echt nicht nötig." Abwehrend hebe ich die Hände, obwohl mir die Idee durchaus gefällt. Ich mag Torge und dann wäre der Termin nicht ganz so langweilig.
„Keine Widerrede. Ich hab hier einen Job zu erledigen", beharrt Torge mit ernstem Gesichtsausdruck, aber in seinen Augen funkelt ein Lachen.

***

„Wir müssen noch eine halbe Stunde warten", teile ich Torge mit, als ich aus dem Behandlungsraum herauskomme. Die Verletzung verheilt gut, keine Komplikationen wegen der unfreiwilligen Badeaktion. Allerdings habe ich noch immer einen Verband, meine Hoffnung auf ein großes Klebepflaster war nur von kurzer Dauer.
„Warum?", fragt Torge und streckt seine langen Beine aus. Er sitzt jetzt schon seit geraumer Zeit auf den unbequemen Plastikstühlen im Wartezimmer. Von schlechter Laune

keine Spur. Dabei ist er eindeutig zu groß für die kleinen Stühlchen.
„Ich hab einen Schnelltest machen lassen – HIV. Bieten die hier an.“
Torge zögert kurz, dann fragt er: „Meinst du, dass du dich infiziert hast?“
Ich schüttele den Kopf. „Nein, ich bin ziemlich sicher, dass nicht. Aber … Leon und ich hatten ungeschützten Sex. Er ist negativ, aber ich hab mich noch nie testen lassen …“ Bei der Erinnerung an diesen Abend werde ich unweigerlich rot, ich fühle, wie das Blut bis in meine Ohrspitzen pulsiert. „Ich hab’s ihm versprochen.“
Torge steht auf. „Da hinten war’n Kaffeeautomat. Ich hol uns was, okay?“ Er drückt kurz meinen Oberarm. „Mach dir keinen Stress. Wenn du dir sicher bist, ist der Test bestimmt negativ.“
„Ja, ich gehe davon aus.“ Trotzdem macht mich die Warterei nervös. „Warte, war unten nicht ein Café?“
Torge nickt.
„Dann lass uns dahin gehen, ja?“
Torge hat nichts dagegen und wir schlendern zusammen Richtung Krankenhauscafé. Ich habe nicht allzu viele Freunde, aber es fühlt sich so an, als würde Torge irgendwann dazugehören können. Ich mag ihn einfach, er hat so eine ruhige Art. Unwillkürlich frage ich mich, was sein Freund für ein Typ ist. Er hatte doch gesagt, er sei vergeben. Oder habe ich das falsch verstanden? Am Ende ist er mit Max Bahrendorf zusammen … Der Gedanke lässt mich nicht mehr los.

„Was für einen Gefallen schuldest du Max eigentlich, dass du dafür deinen Urlaub opfern musst?“, frage ich vorsichtig.
„Oh, das ist eine längere Geschichte“, antwortet er ausweichend.
Wir holen uns zwei Cappuccino aus dem großen Kaffeeautomaten und bezahlen an der Kasse. „Wo willst du sitzen – da hinten?“ Er deutet mit dem Kinn auf einen Platz direkt am Fenster.
„Ja, das ist super.“
Auf einem Tablett balanciert er beide Tassen durch die voll besetzte Cafeteria. Er hat offensichtlich das Kellnergen, was mir vollkommen fehlt.
Als wir uns gegenübersitzen, hake ich erneut nach. „Seid ihr … zusammen?“
„Wer? Max und ich?“ Torge lacht leise und schüttelt den Kopf. „Nein, sicher nicht. Wir spielen im selben Team, wenn man so will.“
Ich sehe ihn irritiert an. Was meint er damit? „Und das heißt?“
Nun ist es Torge, der verdutzt guckt. „Hm, also, wenn du das nicht weißt, hab ich nichts gesagt.“
„Huh, ein Geheimnis?“
„Na ja, vielleicht. Ich war davon ausgegangen, dass du im Bilde bist. Wie hast du Leon überhaupt kennengelernt? Ihr …“
„Wir passen nicht zusammen, ich weiß“, sage ich mit einem unüberhörbaren Seufzen. Das auszusprechen tut übrigens weh, es zieht ganz tief in mir drin. Ich will das gar nicht spüren.
„Das habe ich nicht behauptet!“

Ich winke ab. „Das ist eine geschäftliche Beziehung, sozusagen."
Jetzt habe ich Torge wohl für einen Moment sprachlos gemacht. Aber nur für einen Moment. „Nie. Im. Leben."
„Doch, ernsthaft."
Torge trinkt einen Schluck, wischt sich mit dem Handrücken den Milchschaum von den Lippen. Dann kneift er die Augen ein wenig zusammen und starrt mich an. „Vielleicht war es das am Anfang, das kann ich nicht beurteilen. Aber jetzt betreibt er doch ziemlich viel Aufwand dafür, dass es dir gutgeht. Oder irre ich mich da?"
Ich zucke mit den Schultern. Wäre schön, wenn es so wäre. Hätte was von Pretty Woman. Der Vergleich lässt mich blöde grinsen. In meinen Mund kann man die Banane allerdings nicht quer reinschieben, aber …
„Will ich wissen, was sich da gerade in deinem Kopf abspielt?", fragt Torge amüsiert.
Ich verschlucke mich fast an meinem Cappuccino, denn etwa zeitgleich zu meinen versauten Fantasien fällt mir ein, dass ich heute Abend ein „Date" mit Leon habe. Oder etwas, was ich als „Date" bezeichne. Und der Gedanke macht mich schon ziemlich scharf. Sexy fand ich ihn ja schon von Anfang an, aber jetzt sind noch mehr Gefühle dazugekommen, andere, viel intensivere.
„Du hast aber einen Freund, oder?", frage ich Torge, um mich von meinen eigenen Gedanken abzulenken.
„Mmh, ja."
„Seid ihr schon lange zusammen?"
„Nein, ein dreiviertel Jahr, ungefähr."
Täusche ich mich, oder muss ich ihm jedes Wort aus der Nase ziehen? Spricht wohl nicht gern über seine privaten

Angelegenheiten. Aber da ist er bei mir an der falschen Adresse. Wenn jemand sich so ziert, werde ich erst recht neugierig. „Dann ist dein Freund sicher nicht begeistert, dass du in deinem Urlaub arbeiten gehst ..."
Torge schüttelt grinsend den Kopf. „Jascha geht noch zur Schule, der hat ohnehin Programm vormittags. Und da wir zusammen wohnen, sehen wir uns recht häufig."
Ich bin total erstaunt. „Ihr wohnt zusammen? Ich dachte, ich kennt euch erst seit neun Monaten!"
Torge nickt, sagt aber nichts weiter dazu. „Die halbe Stunde ist um, willst du oben mal nachfragen, was mit deinen Ergebnissen ist?"
Auf dem Rückweg gehe ich durch den kleinen Kiosk, in dem man auch Zeitschriften und Bücher kaufen kann. Da fällt mein Blick auf ein Buch und mir bleibt für einen Moment das Herz stehen. *Tödliche Versuchung* von L.A. Crow – einer von Leons Romanen. Meine Finger zittern ein bisschen, als ich nach dem Buch greife.
Torge wirft einen Blick auf das Cover. „Das ist ne Hetero-SM-Story. Soft-SM. Sind ja im Moment voll im Trend, glaube, das soll sogar verfilmt werden."
Ich nicke und räuspere mich. „Ich hab schon davon gehört." Wie ferngesteuert nehme ich das Buch mit zur Kasse. Ich habe in dieser Woche ohnehin viel Zeit, warum sollte ich nicht mal was von Leon lesen? Interessiert mich brennend, was so in seinem Kopf vor sich geht.
Nach seiner Reaktion von neulich, an dem Abend, als ich seinen Vertrag gelesen hatte, hatte ich das Buch-Thema ganz verdrängt. Aber jetzt kann mich nichts davon abhalten, den Titel zu kaufen.

Torge schüttelt belustigt den Kopf. „Hätte nicht gedacht, dass du auf sowas stehst."
„Man kann doch mal seinen Horizont erweitern", murmele ich. „Außerdem ist das ein Thriller, oder?"
Torge zuckt mit den Schultern. „Weiß nicht. Kannst es mir ja berichten, wenn du durch bist. – Hat dir das eigentlich zeitlich gepasst heute? Dann komm ich morgen wieder um acht."
„Ja natürlich." Ich hoffe, dass Mo heute Abend früh genug zurück ist, sodass wir zumindest einen Teil der Arbeit zusammen erledigen können. Aber ich will Torge nicht bitten, heute Abend wieder zu uns zu kommen. Den Gedanken hat er dann allerdings selbst.
„Wie sieht es aus mit heute Abend?"
„Ich … also … ja …" Ich zucke mit den Schultern und seufze schließlich. „Wie lange musst du denn fahren bis zu uns?"
„Halbe Stunde. Aber ehrlich? Wenn ich allein wohnen würde, würde ich mich die Woche über einfach bei euch einquartieren. Platz genug habt ihr ja. Mir gefällt es bei euch, schöne Gegend. Ich mag gar nicht gern in der Stadt wohnen."
Überrascht sehe ich ihn an und schenke ihm ein Lächeln. „Ich hab nichts dagegen."
Torge lacht. „Na, wieder im Flirtmodus?"
„Tut mir echt leid, Mann", sage ich etwas verlegen. „Mir fällt das gar nicht auf."
„Ich würde sofort zusagen, aber es geht nicht wegen Jascha. Er braucht immer noch etwas Hilfe bei manchen Dingen und ich muss ihn auch morgens rausschmeißen,

damit er passend zur Schule kommt. Wenn er sein Abi jetzt nicht packt, wird das nichts mehr."

Die Beziehung zwischen Torge und seinem Freund gibt mir Rätsel auf. Ich würde ihn ja echt gern mal kennenlernen.

23. Kapitel
Leon

Pünktlich um sieben steht Mick vor meiner Tür. Er strahlt mich richtig an, als ich ihm öffne.
„Hi Leon." Dieses Mal legt er eine Hand auf meine Schulter und küsst mich zur Begrüßung. Unsere Lippen treffen ganz kurz, ganz sacht aufeinander.
„Hallo Mick", sage ich, als wir uns wieder voneinander trennen. „Komm rein." Ich setze eine neutrale Miene auf. „Geht es dir gut?"
Er sieht mich länger an und zwischen seinen Augenbrauen entsteht eine kleine Falte. „Ja, alles super." Die Falte verschwindet wieder. „Ich hab mich heute testen lassen im Krankenhaus. Bin negativ. Die hatten einen Schnelltest da, ich dachte, der tut's ja auch."
„Gut." Ich nicke, zeige meine Erleichterung aber nicht. Letztendlich passt es mir sehr gut, dass er von selbst auf das Thema zu sprechen kommt. „Ich möchte mit dir über diesen Abend sprechen."
Micks Blick geht nervös an mir vorbei. „Ja?"
„Ich schätze es nicht sehr, wenn jemand die Kontrolle über mich hat. Ich hätte dir sehr wehtun müssen, um dich davon abzuhalten."
Er räuspert sich. „Und was heißt das? Dass du mir dafür jetzt wehtust?"
„Was meinst du denn? Sollte ich das?"
Er schüttelt den Kopf. „Nein."
Ich habe zwar vor mich zu rächen, aber auf eine deutlich subtilere Art. Was nicht bedeutet, dass ich ihn nicht leiden lasse. „Hast du schon gegessen?"

Erneutes Kopfschütteln. Mick starrt auf seine Füße.
„Gut, ich hatte nämlich vor, heute mit dir essen zu gehen.“
Sein Blick fliegt nach oben, jetzt starrt er mich total verwirrt an.
„Komm mit.“ Ich gehe voraus in meinen Wellness-Raum und er folgt mir, deutlich zurückhaltend. „Zieh die Hose herunter und beug dich hier drüber.“ Ich deute auf die Massageliege. „Warte, ich helf dir mit den Knöpfen.“
Als ich direkt vor ihm stehe, spüre ich seinen heißen Atem auf meinem Gesicht. „Bitte tu mir nicht weh“, sagt er leise.
Ich sehe auf, begegne seinem Blick, versinke kurz in seinen wunderschönen Augen. „Hast du etwa Angst vor mir?“
Er schüttelt den Kopf, aber in seinen Augen steht etwas anderes.
Ich trete zurück. „Leg deinen Oberkörper hier drauf und entspann dich.“
Von Entspannung keine Spur, das sehe ich nicht nur an seinen Arschbacken, die er fest zusammenkneift. Ich hole den Plug, den ich mir für meinen kleinen Racheakt ausgesucht habe, aus dem Schrank und die Flasche mit Gleitgel.
Als ich mit einem feuchten Finger durch seine Spalte streiche, verkrampft er sich gleich noch etwas mehr. Ich dringe mit dem Mittelfinger in ihn ein. Er ist so verdammt eng und fest. Wie oft wurde er schon gefickt? Ich finde es ganz erstaunlich, dass er noch immer so eng ist. Einige meiner Bettgefährten hatten ein Arschloch, in das man jederzeit problemlos eindringen konnte. Bei Mick braucht es wirklich etwas Vorbereitung, wenn man ihm nicht richtig wehtun möchte. Ich fange an, ihn zu weiten, schiebe den Finger weiter hinein, nehme nach einer Zeit einen zweiten Finger hinzu. Die Spannung in seinen Arschbacken löst

sich sichtbar und er stöhnt ganz leise. Ich glaube, das reicht als Vorbereitung für meine Zwecke.
Ich verteile etwas Gleitgel auf der Spitze des Plugs und schiebe ihn langsam in Micks Loch. Das wird vielleicht nicht ganz angenehm werden, denn ich habe einen Prostata-Pleaser ausgewählt, der wegen seiner zwei deutlichen Verdickungen sicher nicht so leicht in ihn hineinflutscht. Und richtig, Mick hält sofort dagegen, als er die plötzliche Dehnung spürt.
„Mick“, sage ich streng. „Hör auf damit.“
„Das geht so nicht“, ächzt er.
„Und ob das geht, stell dich nicht an.“ Ich schiebe den Plug langsam weiter, spreize mit einer Hand seine Backen etwas auseinander. Sein leises Protestwimmern ignoriere ich, denn immerhin ist der untere Teil des Plugs noch ein bisschen größer. Es macht mich total scharf anzusehen, wie die transparenten Verdickungen des Plugs in seinem kleinen Arsch verschwinden. Ohne Hast drücke ich das ganze Spielzeug in ihn hinein, höre, wie er ächzt. Sein Keuchen verrät mir, dass der Schmerz sich längst in Lust gewandelt hat. Die Basis des Plugs passt perfekt zwischen seine Arschbacken und wird ihn bei jeder Bewegung daran erinnern, dass er das Teil in sich stecken hat. Sehr gut.
„So, komm hoch.“
Mick richtet sich auf, sinkt aber im gleichen Moment wieder nach vorn. „Oh nein … das geht nicht …“
„Aber sicher. Du gewöhnst dich daran“, erkläre ich leichthin und ziehe ihm die Shorts und die Jeans wieder nach oben. Beim Zuknöpfen stoße ich mehrfach wie unabsichtlich gegen seinen harten Schwanz. Er stöhnt jedes Mal auf.

„Jetzt können wir zum Essen fahren. Ich dachte, wir gehen ganz klassisch zum Italiener?"
Mick sieht mich mit einem verzweifelten Blick an. „Das ist nicht dein Ernst!", sagt er leise. Seine Körperhaltung wirkt noch immer ziemlich verkrampft und seine Pupillen sind vor Geilheit geweitet.
„Komm schon, du gewöhnst dich schnell daran. Und wenn wir dann wieder hier sind, kann ich dich sofort ficken. Dann bist du verdammt gut auf mich vorbereitet."
Ich sehe, wie Mick die Zähne zusammenbeißt.
„Ich bin fertig, wir können fahren", teile ich ihm mit und freue mich über all die Emotionen, die sein Gesicht preisgibt.
Wir gehen nach unten und ich greife mir meine Jacke, mein Portemonnaie und die Autoschlüssel. Mein Handy schiebe ich in die Innentasche meiner Jacke.
Mick läuft wie auf rohen Eiern und obwohl er sein T-Shirt über dem Hosenbund trägt, sehe ich, dass er noch immer hart ist. Als er sich vorsichtig auf den Beifahrersitz gleiten lässt, entfährt ihm ein Stöhnen. „Scheiße Mann, ich werde schon vorher abspritzen", brummt er frustriert.
„Wenn du so sensibel bist, werde ich dir beim nächsten Mal einen Cockring umlegen. Oder deinen hübschen Schwanz mit einem Band abschnüren. Das sollte helfen."
Er starrt mich von der Seite an. „Beim nächsten Mal?", fragt er entsetzt.
Ich verkneife mir ein Grinsen.
Auf dem Weg zu meinem Lieblingsitaliener sehe ich aus dem Augenwinkel, wie Mick sich immer wieder auf den Sitz presst. Er hat den Mund fest geschlossen, aber ich höre sein Stöhnen trotzdem. Er kann es gar nicht unterdrücken.

Unfassbar, der stimuliert sich selbst mit dem Teil in seinem Arsch. Das macht mich total an. Was ist er nur für ein kleines geiles Stück. Ich könnte hier … Moment.
Ich biege rechts auf einen Parkplatz ab und suche mir einen der hinteren Plätze.
„Was machst du, sind wir schon da?“, fragt Mick etwas atemlos.
„Nein, noch nicht. Aber ich werde dir das Essengehen etwas erleichtern.“
Verwirrt sieht er zu mir herüber.
Ich knöpfe mit einer Hand seine Hose auf, sein Schwanz drängt sich meiner Hand bereits entgegen. „Ah, so geil bist du?“, frage ich leise.
Mick gibt ein verzweifelt klingendes Geräusch von sich. „Das Ding ist Folter.“
Ich lache. „Dann stehst du ganz offensichtlich darauf, gefoltert zu werden.“ Ich beuge mich über seinen Schoß und inhaliere seinen Duft. Er riecht so verdammt gut und der Geruch seiner Geilheit macht mich fast verrückt.
Mit der Zungenspitze pikse ich das kleine Loch in seiner Eichel auf, lecke die Tropfen ab, die immer wieder herausquellen. Sein Stöhnen wird lauter, klingt etwas zittrig.
Als er seine Hüften nach vorne schiebt, um mir mehr Platz zu gewähren, entfährt ihm ein kleiner, überraschter Schrei. „Oh Gott, fuck …“ Er ruckt wieder nach hinten und dann erneut nach vorne. Auf der Fahrt scheint er sich wirklich schon ziemlich aufgeheizt zu haben.
Ich lege die Lippen um seinen Schwanz und lasse sie langsam nach oben und nach unten gleiten. Es wundert mich nicht, dass er bereits nach ein paar Sekunden anfängt von unten in meinen Mund zu stoßen. Größere Bewe-

gungen verhindert der Anschnallgurt, den er interessanterweise nicht geöffnet hat. So ist er deutlich fixiert, während er versucht, meinen Mund zu ficken und sich die größtmögliche Befriedigung zu verschaffen. Ich lasse es einfach zu, genieße sein nur mühsam zurückgehaltenes Stöhnen und seine kurzen Stöße in meinen Mund. Mit der Zunge spiele ich zwischendurch an der Unterseite seines Schwanzes, doch die meiste Zeit lasse ich den Mund einfach nur offen. Bis ein deutliches Schaudern durch seinen Körper läuft.

„Gnnnh, oh Gott, ahhh …“ Mick kommt mit einer Heftigkeit, die ihn wohl selbst überrascht, und schießt mir seinen ganzen Saft in die Kehle. Ich schließe die Lippen wieder, spüre das Pulsieren seines Schwanzes und das Zittern seiner Oberschenkel. Schmecke ihn und sauge auch noch den letzten Rest aus ihm heraus, was er mit einem hilflosen Stöhnen quittiert.

Erst dann entlasse ich seinen Penis aus meinem Mund. Er schiebt seinen Hintern wieder auf den Sitz und reißt sofort die Augen auf. „Nein … nein … das Ding muss jetzt raus aus mir!“

Ich grinse ihn an. Stimmt, Mick ist nach dem Höhepunkt immer hypersensibel. „Oh nein, das bleibt drin. Entspann dich, wir gehen jetzt essen.“ Ich schließe seine Hose wieder und hauche einen Kuss auf sein Kinn. „Der schlimmste Druck ist ja jetzt weg.“

„Ich … oh Scheiße … oh Mann“, stammelt er. „Ich werde sofort wieder hart.“ Jetzt klingt sein Stöhnen wirklich gequält, als er sich erneut auf den Sitz presst und leicht nach vorn und zurück schaukelt.

„Das ist großartig“, sage ich mit einem süffisanten Lächeln und verlasse den Parkplatz wieder.

MICK

Das Essen ist eine Tortur. Ich kann mich überhaupt nicht auf meine Pizza konzentrieren und das, obwohl sie wirklich super schmeckt. Ich bin schon seit Ewigkeiten nicht mehr essen gegangen, außer vielleicht mal in eine Imbissbude. Aber der Italiener, den Leon ausgesucht hat, wäre ohnehin nicht meine Preisklasse gewesen. Sogar eine schlichte Margherita kostet hier über fünfzehn Euro. Die Oregano-Blättchen sind sicher mit Blattgold überzogen.

Ich kann kaum still sitzen. Das Teil in meinem Hintern bringt mich um den Verstand und Leons wissendes Lächeln macht es auch nicht besser. Ich bemühe mich wirklich, nicht ständig den Arsch zu bewegen, aber das Gefühl ist einfach der Wahnsinn. Selbst nach Leons überraschendem Blowjob im Auto bin ich hart geblieben. Mein ganzes Denken kreist nur um Sex. Ich bin so geil, dass ich selbst die anderen Gäste im Restaurant weitestgehend ausblende. Mehr als ein Mal ermahnt Leon mich mit freundlichem Nachdruck.

Himmel, ich würde jetzt ohne zu überlegen unter den Tisch rutschen, um ihn zu blasen. Oh nein, aufhören! Wieder so ein unanständiger Gedanke. Mein Schwanz ist so hart, dass er sicher bald meine Jeans sprengt. Aufstehen käme jetzt überhaupt nicht infrage.

Verzweifelt angele ich den Eiswürfel aus meiner zweiten Cola.

„Was hast du vor?", fragt Leon mich leise, aber durchaus interessiert.

Ich werfe kurz einen Blick nach links und nach rechts – und als ich sehe, dass mich keiner beobachtet, lasse ich den Eiswürfel vorn in meine Shorts gleiten.
Scheiße, ist das kalt! Nur mit allergrößter Mühe kann ich mich auf meinem Platz halten. Ich beiße die Zähne zusammen, als ich spüre, wie das Eis an meiner Latte entlang nach unten rutscht und vor meinen Eiern liegenbleibt. Oh verdammte Scheiße, das ist jetzt mal richtig kalt. Und hat kurzfristig den gewünschten Effekt.
Leon guckt mich verblüfft an, dann lacht er rau. Ich liebe es, wie er lacht. Das klingt verflucht erotisch.
Und ich liebe seine Augen, wie sie leuchten, wenn er mich ansieht. In diesem Augenblick komme ich mir vor wie das Zentrum von Leons Welt. Und das ist eine unfassbar schöne Vorstellung.
Wir essen zu Ende und ich habe mich fast an das Teil in meinem Hintern gewöhnt. Fast. Leider hat das Schmelzen des Eiswürfels einen nicht übersehbaren Fleck vorn auf meiner Jeans hinterlassen. Vorn. Als hätte ich mir in die Hose geschifft. Ich seufze leise. Okay, ich habe schon schlimmere Blamagen erlebt und im Grunde bin ich auch nicht besonders empfindlich, was die Meinung anderer Leute über mich angeht.
Als ich aufstehe, sieht Leon an mir hinunter. Mit einem Grinsen stößt er – wie unabsichtlich – das Wasserglas um. Das Glas fällt polternd auf den Tisch und das Wasser spritzt quer über den Tisch.
„Oh, entschuldige! Das tut mir leid“, sagt er laut und kommt um den Tisch herum, um mir eine Serviette zu reichen.

Ich grinse ihn an, sehe, dass einige Leute zu uns herüberschauen. Mit etwas mehr Show als nötig tupfe ich an meiner Hose herum und sage leise: „Danke."

Leon

Mick ist schon wieder so aufgeheizt, dass er kaum gerade laufen kann, als er aus meinem Wagen steigt. Es macht mich total an, wenn er sich auf so ein Spiel einlassen kann. Wenn er mitspielt und nicht gegen seine Lust arbeitet.

„Es ist schon spät, möchtest du nach Hause fahren?"

Er dreht sich mit einem Ruck zu mir um, ungläubiges Erstaunen auf dem Gesicht. „Ich hoffe, das meinst du nicht ernst!"

Ich schließe zu ihm auf, fasse ihn mit beiden Händen an den Hüften und ziehe ihn ganz dicht an mich heran. „Du hast recht: Ich bin noch nicht fertig mit dir", flüstere ich in sein Ohr.

Ich spüre, wie er in meiner Umarmung erschaudert. „Was willst du?"

Mick zögert. Daher hake ich nach. „Wie willst du es heute?"

„Ich … egal. Ich will dich nur in mir spüren."

„Ja, ist es wirklich egal?", frage ich ihn amüsiert.

„Ja." Er dreht sich in meiner Umarmung und schlingt seine Arme um mich. Sein Schwanz drückt sich hart an meinen und ich lecke an seinem Hals entlang. Ich könnte ihn echt auffressen, so gut schmeckt er.

„Wenn es egal ist … dann zieh die Hose runter."

Er weicht zurück und sieht mich an. „Hier? Direkt vor dem Eingang?"

„Warum nicht?"

Er sieht sich jetzt um. Aber wer sollte um diese Uhrzeit schon hier vorbeikommen? Trotzdem macht ihn das fast öffentliche Setting offenbar nervös.

„Soll ich dir helfen?“, frage ich und beginne, die Knöpfe seiner Hose zu öffnen. Da er nicht protestiert, öffne ich sie komplett und schiebe sie ihm über die Hüften nach unten. Sein Schwanz springt mir sehr verlockend entgegen. Aber um den kümmere ich mich später.
„Stütz dich da am Geländer ab und schieb den Plug raus.“
So breitbeinig, wie es die Jeans zulässt, stellt er sich hin. Er grunzt leise, als er die Muskeln anspannt und versucht, den Plug nach außen zu drücken. Oh ja, ich weiß, wie anstrengend das ist. Sein enges Loch hat sich komplett um den Eindringling geschlossen.
„Beug dich nach vorn, damit ich besser zusehen kann.“
„Ich … fuck“, flucht er leise und presst den Plug mit einem Stöhnen aus seinem Körper. Bevor er fällt, fange ich ihn auf und schiebe ihn wieder hinein.
„Oh Gott, aaahh, Scheiße …“
„Gut so?“
„Nein, verdammt!“, entfährt es ihm, aber er biegt den Rücken durch und streckt mir seinen Hintern einladend entgegen.
„Und noch mal das Spiel“, sage ich und streiche über seine angespannten Pobacken.
Dieses Mal kriegt er den Plug ziemlich schnell raus. Aber genauso schnell habe ich ihn wieder tief in ihn hineingedrückt. Mick stöhnt ungehalten.
„Komm schon, einmal noch … für mich.“
Er presst den Plug langsam hinaus, direkt in meine Hand hinein. Aber dieses Mal schiebe ich ihn nicht zurück an seinen Platz. Ich lasse meinen Zeigefinger leicht durch seine Ritze gleiten, genieße sein Zusammenzucken. „Weißt

du, manchmal ist es richtig gut, dass Mo so viel über dich weiß …"
„Warum?"
Doch ich bleibe ihm die Antwort schuldig, gehe stattdessen hinter ihm in die Knie und lasse meine Zunge über sein weiches, geöffnetes Loch gleiten. Federleicht, eine Spielerei – aber Mick springt fast nach vorn über das Geländer. Ich halte ihn an den Hüften an seinem Platz.
Wieder lasse ich meine Zungenspitze über die zarte Haut gleiten.
Mick stöhnt fast ein wenig gequält, meine ich. Er ist so weich und geöffnet, dass ich meine Zunge ganz einfach in ihn hineinschieben kann. Ich ziehe sie wieder heraus, lasse seine Hüften los und spreize seine Arschbacken mit den Händen. Dann lecke ich einmal von unten nach oben durch seine Spalte.
Sein Stöhnen klingt so geil, dass ich mich gleich noch etwas mehr bemühe.
Als ich meine Zunge wieder in seinem Loch verschwinden lasse, keucht er: „Hör auf, hör auf, Leon. Ich … komm sofort ... Oh verdammt …"
Ich habe nicht vor aufzuhören. Dafür liebe ich die Geräusche viel zu sehr, die er ausstößt. Dieses hilflose Wimmern läuft mir als Gänsehaut über den Rücken. Ich spüre, wie seine muskulösen Arschbacken anfangen zu zittern.
„Oh Mann … ooohh … Hör auf! Ich will, dass du mich fickst!"
Ich beiße ihm in die eine Hinterbacke. „Habe ich gesagt, dass ich dich nicht mehr ficke, wenn du abgespritzt hast?"
„Scheiße … du bringst mich um …"

Ich lache leise und fahre fort, ihn mit meiner Zunge in den Wahnsinn zu treiben. Mick greift nach seinem Schwanz. Soll er, ich habe nichts dagegen einzuwenden. Er sollte mittlerweile wissen, dass die Show danach nicht automatisch zu Ende ist.

„Oh Gott, oh Leon …"

Meine Zunge steckt jetzt ganz tief in ihm, meine Lippen liegen auf dem weichen Rand seines Arschlochs.

Mit einem erstickten Aufschrei kommt er und schießt seine Sahne über das Treppengeländer.

Ich lecke noch einmal durch seine Spalte und er kneift die Arschbacken fest zusammen, während er auf dem Geländer kollabiert.

„He, warte …" Ich helfe ihm, die Hose zumindest wieder über seinen hübschen Arsch zu ziehen, bevor er sich auf die Stufen fallen lässt.

„Verdammt, Leon …", keucht er total fertig.

„Was?", frage ich mit hochgezogenen Brauen. „War das nicht gut?"

Er sieht mich gespielt verärgert an. „Du willst mich fertigmachen, oder?"

„Ja, auf jeden Fall. Du siehst dann noch viel süßer aus, wenn du total durchgefickt bist." Ich halte ihm die Hand hin, um ihn auf die Füße zu ziehen.

„Du findest, dass ich süß aussehe?" Mick strahlt mich schon wieder an, wenn auch etwas erschöpft.

„Unbedingt. Vor allem diese Sommersprossen find ich ganz entzückend. Schade, dass du sie nicht auch am Arsch hast."

„Okay, du willst mich verarschen!", grummelt Mick und lässt meine Hand wieder los.

„Nein Mick, ich meine es verdammt ernst mit dir."
Mick stockt in der Bewegung und wirft mir einen seltsamen Blick zu. Auch wenn mir der Kommentar unbedarft rausgerutscht ist – ich weiß, dass ich es genauso meine, wie ich gesagt habe.

***

„Du hast eben was von Mo gesagt … bevor du mich mit deiner Zunge gefickt hast", sagt Mick, als wir kurz darauf in meinem Bett liegen. „Was meintest du damit?"
Ich grinse ihn an. „Dein Freund hat mir gesteckt, dass du darauf stehst."
Mick schnaubt empört. „Wie kommt er dazu, sowas rauszuhauen?"
„Er wollte mir sagen, dass wir unseren Vertrag rückgängig machen sollen, weil du nicht auf die Dinge stehst, die ich gut finde."
Mick bleibt der Mund offen stehen. „Und bei der Gelegenheit hat er dir dann auch gleich unter die Nase gerieben, was ich mag?!"
Ich lege meinen Finger auf seine Lippen. „Psscht, reg dich nicht künstlich auf. Mo hatte nur Schiss, dass ich dich jeden Tag fesseln und verhauen will."
Mick öffnet den Mund, saugt meinen Finger zwischen seine Lippen und windet seine Zunge darum. Erst als er meinen Finger wieder aus seinem Mund entlässt, fragt er: „Und – willst du?"
„Dich schlagen? Oder dass du mir einen bläst?", frage ich ihn mit einem süffisanten Grinsen.

„So wie du grinst, willst du beides“, vermutet Mick und rutscht näher an mich heran. Er beginnt an meinem Kinn zu knabbern. Fährt mit den Fingern an meiner Kinnlinie nach oben, bis zu meiner Augenbraue.
Auf der Narbe verharrt er. „Was ist hier passiert? Die Narbe sieht noch nicht besonders alt aus.“
„Ist vom letzten Jahr.“
„Und – wie …?“
„Das war eine Verkettung unglücklicher Umstände“, weiche ich aus. Ich lasse mich auf den Rücken fallen und genieße Micks warme Hände, die über meinen Körper wandern.
„Aha, und was heißt das genau?“
Ich seufze leise. So leicht werde ich Mick offenbar nicht los, wenn er erst mal neugierig geworden ist. „So etwas kann passieren, wenn etwas *Special K* auf einen renitenten Bottom trifft.“
Mick sieht mich mit hochgezogenen Brauen an, ganz offenbar denkt er darüber nach. „Was ist *Special K*?“
„Ein Betäubungsmittel … eigentlich.“
„Also Dope“, meint Mick. „Und einer deiner Subs hat dir auf Droge eine verplättet?“
Ich lache. „Nein, in diesem Fall war ich der renitente Bottom.“
Mick bleibt der Mund offen stehen vor Staunen. Er sieht mich aus weit aufgerissenen Augen an. Als er sich wieder unter Kontrolle hat, fragt er mit rauer Stimme: „Und wer … hat dich geschlagen?“
Ich möchte nicht antworten. Im Grunde geht es ihn nichts an. Aber ich sehe schon, dass Mick weiter fragen wird, wenn ich ihn nicht mit Nachdruck davon abhalte. Ich

stütze mich auf die Ellbogen und sage. „Du kennst ihn – es war Max."
„Ihr ...", er räuspert sich, „Ihr wart zusammen?"
Ich sehe, wie es in seinem Hirn arbeitet. Damit hat er nicht gerechnet. Für einen Moment weiß ich nicht, ob meine Entscheidung richtig war. Ich hätte es ihm nicht erzählen sollen.
„Wie ist das genau passiert ist?", fragt er leise und streicht noch einmal vorsichtig über die Narbe.
Ich seufze laut. „Die Geschichte ist schnell erzählt. Max und ich waren auf einer BDSM-Party, danach sind wir zu ihm. Er war total angeheizt, hat sich noch etwas *Special K* gegönnt. Als Tierarzt kommt er ja leicht an das Zeug."
„Wart ihr ein Paar?", fragt Mick sehr vorsichtig.
„Wir waren auf dem besten Weg dahin, würde ich sagen." Ich lächele ihn an. „Es war ohnehin eine Schnapsidee, aber das wusste ich zu dem Zeitpunkt noch nicht."
„Und dann ..."
„Wir waren uns nicht ganz einig über ... die Praktiken. Max war mega aufgegeilt, es kam zu einer ... ähm, Auseinandersetzung und er hat mir eine geklebt, dass ich gegen die Wand geflogen bin."
„Scheiße", flüstert Mick tonlos.
„Hör zu, es ist okay. Ich bin nicht traumatisiert. Max ist mein bester Freund, nach wie vor. Er war schlagartig nüchtern nach der Aktion. Wir sind zusammen in seine Klinik, er hat den Cut geklammert. Und seitdem ist er zahm wie ein zahnloser Tiger." Das ist natürlich gelogen, aber ich möchte Mick nicht noch weiter beunruhigen.
„Und eure Beziehung?"
„Wir hatten nie wirklich eine."

„Aber ihr habt … also er hat dich gevögelt."
„Mmh."
„Also ja."
Ich drehe mich wieder auf die Seite, um ihn ansehen zu können. „Ist das wichtig für dich?"
Sein Blick wandert an mir vorbei. Er wirkt ein bisschen verlegen. „Hat mich nur interessiert."
Ich grinse. Er will wissen, ob ich auch passiv bin. Aber so richtig fragen, mag er anscheinend nicht.
Er räuspert sich erneut. „Und jetzt? Ich meine, vögelt ihr immer noch miteinander?"
Ich sehe Mick so lange an, bis er total verunsichert ist. Süß, wie er den Blick abwendet.
„Würde dich das stören?"
„Ich … nein … also … was soll ich dazu sagen? Ist deine Entscheidung", stottert er und wird sogar ein bisschen rot.
„Du findest also, dass ich nichts mit anderen Männern haben sollte?", frage ich lauernd.
Er schaut wieder hoch, zwingt sich ganz offensichtlich, meinem Blick standzuhalten. „Ja."
„Bist du ein eifersüchtiger Typ?"
Er schüttelt den Kopf. „Nein, gar nicht. War ich noch nie", sagt Mick leise.
Ich lasse das so stehen.
Micks Neugier ist offenbar erst mal befriedigt. Er lässt seine Hand über meinen Körper gleiten, spielt mit meinen Eiern, bis ich ganz hart bin. Ich bin ein wenig verwundert, dass er immer noch Lust hat.
„Schläfst du mit mir?", fragt er ganz leise und irgendwie schüchtern.

Ich rolle mich auf ihn, platziere mich zwischen seinen geöffneten Schenkeln. Mein Schwanz berührt seinen und er stöhnt leise, sehnsüchtig. Dann küsse ich sein Gesicht, tippe mit der Zungenspitze gegen seine Unterlippe, bis er den Mund öffnet und mich hineinlässt. Es ist, als hätten ausschließlich unsere Zungen, unsere Münder heftigen Sex miteinander. Ich falle über ihn her, beiße ihn, halte seine Zunge und seine Lippen mit meinen Zähnen fest und streiche danach ganz zart über die Stellen, die ich malträtiert habe. Mein Schwanz zuckt, aber ich dringe noch nicht in Mick ein. Auch nicht, als er hilflos in meinen Mund stöhnt und sich mir entgegendrängt.

Ich ziehe mich zurück, halte ihm zwei Finger vor seine vom Küssen geschwollenen Lippen. „Mach sie schön nass."

Mick saugt meine Finger bis in seinen Hals hinein und als ich sie herausziehe, sind sie tropfnass von seinem Speichel. „Reicht das?", fragt er grinsend, aber seine Augen sind geweitet vor Lust.

Rasch verteile ich seinen Speichel auf seinem noch immer leicht geöffneten Hintereingang. „Ich hoffe es", murmele ich amüsiert. Und schiebe meinen Schwanz sofort in seinen Körper. Es ist der Wahnsinn, wie er mich heiß und eng umschließt.

Mick knurrt leise und beißt mir in die Schulter.

„Alles okay?", frage ich, als ich mich ganz in ihm versenkt habe.

Er schlingt seine langen, kräftigen Beine um meine Hüften. „Ja. Leg los."

24. Kapitel
Mick

„Gibst du mir mal den Akkuschrauber rüber?"
„Bitte?" Ich starre gerade auf Torges Hintern. Er hockt auf dem Boden, seine Hose ist ein Stück nach unten gerutscht und zeigt einen schmalen Streifen seiner karierten Boxershorts. Darüber ist ein glattes Stück Haut zu sehen. Da der liebe Torge einen ziemlich muskulösen Hintern hat, ist der Anblick … wow … hot.
Und irgendwie würde er gut hierher passen. Er mag Tiere, er hat handwerklich richtig was drauf und … vielleicht würde er gut zu mir passen, besser als Leon. Er sieht auf jeden Fall verdammt gut aus. Ein Typ, der Muskeln vom Arbeiten hat.
Torge wirft mir einen deutlich belustigten Blick zu. „Soll ich vielleicht was ausziehen? Dann kannst du mich besser angaffen", sagt er freundlich.
Ich grinse etwas verlegen. „Was?"
„Man könnte meinen, du hättest sexuellen Notstand. Den Akkuschrauber brauch ich – der liegt hinter dir."
„Oh Mann, tut mir leid. Nein, ich hab keinen Notstand. Fakt ist, dass …" Ich zögere, weiß nicht, ob ich Torge wirklich erzählen sollte, was in meinem Kopf so vor sich geht. Ist ja eher peinlich.
Ich reiche ihm den Akkuschrauber und er schraubt die Holzlatte an den Zaunpfahl. „Fakt ist, je mehr Sex du hast, umso geiler wirst du", sagt er trocken und betrachtet sein Werk.
„Ja, genau." Ich seufze laut. „Ich werde noch total verrückt."

Torge lacht. „Du bist verrückt, Mick. Verrückt nach deinem Lover. Und jetzt hör auf, mir auf den Arsch zu glotzen.“ Er steht auf und kommt auf mich zu. „Sonst beug ich dich ne Runde über den Zaun.“

Huh, Torge sieht mich mit einem richtigen Aufreißerblick an und ich weiche vorsichtshalber einen Schritt zurück.

„Du hübscher Junge du …“ Er tippt mir mit dem Finger vor die Brust. „Ich hab einen Freund. Sagte ich – glaub ich – schon, oder?“

„Sorry, ich benehme mich total daneben“, murmele ich zerknirscht.

Torge grinst mich an und sammelt sein Werkzeug zusammen. „Das ist schon okay, ich mag dich auch. Und wenn ich nicht mit Jascha zusammen wäre, würde ich sofort mit dir ins Bett kriechen, Mickey.“ Er greift nach meinem Kinn und hält mich fest. „Du bist echt sexy.“

„D…danke“, stottere ich überrascht.

„Und jetzt krieg ich hoffentlich noch’n Kaffee.“

Gemeinsam gehen wir zurück ins Haus.

„Wie sieht es eigentlich aus mit dem Hof hier?“

Ich schütte Kaffeepulver in den Filter. „Soll ausgebaut werden. Aber die Pläne stehen noch nicht. Leon plant ja, Mo den kompletten Hof abzukaufen.“

„Ich hätte Interesse, zu euch zu ziehen. Also hierher auf den Hof. Wenn ihr ausbaut …“

Jetzt hat er mich verblüfft. „Ernsthaft?“

„Ich möchte raus aus der Stadtwohnung. Die gefällt mir echt gar nicht. Ich meine, ich bin ja froh, dass ich überhaupt so kurzfristig was bekommen habe. Ohne Max’ Hilfe wäre das völlig aussichtslos gewesen.“

Ich bin geplättet. Aber die Aussicht, dass Torge herziehen will, ist … puh. Gefährlich.
„Was meint denn dein Freund dazu?"
Torge grinst und nimmt mir die Biene Maja Tasse ab. „Jascha wird total am Rad drehen. Aber auf der anderen Seite braucht er einen Raum zum Proben. In unserer Miniwohnung in der City ist das Käse."
„Dein Freund ist Musiker?"
„Mmh, Gitarrist. Also, wenn ihr hier irgendwann eine Wohnung oder zumindest einen Probenraum habt, wird Jascha mit herziehen. Okay, vielleicht muss ich noch das ein oder andere Zugeständnis machen." Er schüttelt den Kopf und schnaubt leise.
Was auch immer er für Zugeständnisse meint, sie scheinen nicht allzu gravierend zu sein.
„Meinst du, der Zaun ist jetzt sicher genug für die Schafe?"
Torge zuckt mit den Schultern. „Die Zäune sind allgemein nicht mehr sicher. Erst mal wird es reichen, aber über kurz oder lang kann man da nichts mehr ausbessern. Zum Glück sind Schafe nicht ganz so neugierig wie Ziegen. Und falls sie tatsächlich weglaufen sollten – ihr wohnt ja recht einsam hier."
In diesem Moment brummt Torges Handy. „Sorry, das ist mein Herzblatt", sagt er nach einem Blick aufs Display.
„Hi." – „Warum?" Torge runzelt die Stirn. „Hey, hör auf mich zu beschimpfen. So viel Englisch kann ich mittlerweile." Eine Weile ist es still, dann beginnt er zu grinsen. „Kleiner, bleib geschmeidig, sonst wird die ganze Sache mal etwas härter zwischen uns." – „Nee, ist klar. Ich weiß schon, dass du darauf stehst."

Ich will gar nicht mithören, aber es ist wirklich interessant, was Torge da so sagt.
„Wieso?“ – „Okay, okay. Ich bin gespannt.“ – „Dann schwing deinen kleinen Arsch schon mal vom Sofa.“ Torge lacht rau. „Bis später.“ Er beendet das Gespräch.
„Ich muss dir leider für heute Abend absagen, Mickey“, sagt er bedauernd, „Jaschas Mitfahrgelegenheit hat ihn hängen lassen und er kriegt die Gitarre und den Verstärker nicht in der Straßenbahn mit.“
„Gewitter im Paradies?“, frage ich.
Er grinst mich an. „Paradies hatten wir noch nie, würde ich mal behaupten. Mit Jascha kann man sich dafür ganz hervorragend streiten.“
„Na, ich vermute, dass ihr nicht nur streitet“, sage ich mit einem anzüglichen Grinsen.
„Recht hast du. Wir haben auch richtig guten Sex.“ Er legt den Kopf schief und sieht mich nachdenklich an. „Tut mir total leid, dass ich euch heute Abend nicht helfen kann. Aber Jascha ist ohnehin schon leicht angepisst, weil ich so viel unterwegs bin. Meinst du, ihr schafft das auch ohne mich?“
„Wird schwierig werden. Wann musst du los?“
Er sieht auf seine Uhr. „Ich kann dir noch beim Füttern helfen. Das sollte ich schaffen.“
Ich gieße ihm einen Kaffee ein. „Wie kommt es eigentlich, dass ihr schon zusammen wohnt? Hattest du nicht gesagt, dass ihr euch noch nicht lange kennt?“
„Stimmt. Ich hab Jascha letzten Sommer kennengelernt.“
„Und – Liebe auf den ersten Blick?“
Torge sieht mich überrascht an, dann lacht er. „Nein. Das heißt, ehrlich, ich weiß es nicht. Es war eher eine ziemlich

holprige Geschichte. Aber bei uns auf'm Dorf, da ist ein Typ wie Jascha nicht gut aufgehoben. Daher haben wir den Umzug etwas vorgezogen. Ich hatte mich vorher schon mal nach einer Stelle in der Stadt umgesehen. Und hier habe ich Freunde, die mich unterstützt haben."

Ein Typ wie Jascha. Ich werde immer neugieriger auf Torges Freund. „Ich wollte ja nicht lauschen, aber – wieso beschimpft er dich auf Englisch?"

Torge trinkt einen Schluck Kaffee. „Mann, du bist echt neugierig, Mickey. – Jascha ist Halb-Engländer. Er hat länger in England bei seinem Vater gelebt."

Ich spüre, dass Torges Auskunftsbereitschaft für den Augenblick erschöpft ist. Vielleicht, ja vielleicht ziehen die zwei tatsächlich irgendwann hierher. Im Moment kann ich mir das allerdings nicht vorstellen.

Ich rühre etwas gedankenverloren in meinem Kaffee herum.

„Wie ist das eigentlich mit dir und deinem Kumpel, der hier wohnt. Habt ihr was am Laufen?"

„Mo und ich? Nein, nicht so wirklich. Wir … na ja, wir ficken manchmal, aber wir sind kein Paar."

„Weiß Leon das?"

„Ja."

Jetzt ist Torge überrascht. „Hätte nicht gedacht, dass ein Mann wie Leon das toleriert."

„Oh, ich … wir haben … also ich habe sozusagen zugestimmt, dass wir …" Ich schweige verlegen.

„Was?"

„Nein, ich glaube, er toleriert das nicht. Es sei denn, er ist mit dabei."

Torge grinst wissend. „Ah, okay, jetzt bin ich im Bilde."

Ich spüre, wie mir das Blut ins Gesicht schießt. „Oh nein, das hört sich ja jetzt nach Gangbang an! Das wollte ich damit nicht sagen!“
Torge greift nach meinem Unterarm und hält ihn fest. „Das hatte ich auch nicht angenommen“, sagt er und lacht leise. „Wenn ich mit dir zusammen wäre, würde ich bestimmt nicht zusehen wollen, wie dich ’n anderer Kerl durchnimmt. Und ich schätze mal, dein Leon sieht das ähnlich.“
Ich spüre Torges große, warme Hand auf meiner Haut und frage mich, ob Leon das tatsächlich so sieht.

24. Kapitel
Leon

Ich kann nicht glauben, dass ich schon wieder auf dem Weg zu Mick bin. Der Weg wird langsam zur Gewohnheit. Aber ich konnte nicht Nein sagen, als Mick mich angerufen hat. Ich vermute, dass ich niemals Nein sagen kann – egal, was er von mir möchte. Ein beängstigender Gedanke.
Aber dieses Mal zweifle ich wirklich an meinem Verstand. Schafe verladen. Ich kann mir nicht vorstellen, dass ich eine große Hilfe bin. Und ich bin sehr sicher, dass die Schafe das ähnlich sehen werden.
„Leon, danke, dass du kommen konntest“, begrüßt Mick mich, als ich bei strömendem Regen aussteige. Der Hof ist eine einzige Matschgrube.
„Warum müsst ihr die Schafe ausgerechnet heute abholen?“
„Mo hat sich den Anhänger ausgeliehen und die Bianca vom Tierschutz konnte auch nur heute. Die Schafe müssen aber vom Hof runter.“ Mick seufzt und sieht mich ein wenig verzweifelt an. „Und ich kann immer noch nichts.“
Ich grinse ihn an und flüchte unter das winzige Vordach vor der Haustür. „Oh, du kannst eine ganze Menge …“
„Ha ha“, sagt Mick, aber er grinst ebenfalls ziemlich anzüglich. „Torge konnte leider nicht mitkommen, ich hatte erst ihn angefunkt. Ehrlich.“
Dann sieht er an mir herunter. „Du hättest vielleicht Gummistiefel anziehen sollen.“
„Gummistiefel?“, wiederhole ich. So etwas besitze ich gar nicht.

In diesem Moment öffnet sich die Haustür und Mo tritt heraus. „Ah, hi, wenn wir komplett sind, sollten wir losfahren."
Ich hab nichts dagegen, wenn ich auch schon jetzt vermute, dass ich am Ende des Abends klitschnass sein werde.
Mo klemmt sich hinters Steuer von Micks Nissan, ich setze mich auf den Beifahrersitz und Mick nach hinten. „Navi?"
„Du musst das Kabel in den Zigarettenanzünder stecken, das hängt da lose", wird Mo von Mick informiert.
Ich sehe zu, wie Mo die Adresse eingibt. Mann, dieser Wagen ist echt etwas rontig – und er riecht streng!
„Wir fahren etwa fünfzig Minuten, aber ich habe keine Ahnung, wo das ist", meint Mo und fährt vorsichtig an.

***

Nach tatsächlich ziemlich genau fünfzig Minuten fährt Mo auf eine lange, geteerte Hofeinfahrt. Das Navi zeigt die Zielflagge. Die Hofeinfahrt ist mit alten Obstbäumen gesäumt, so verlassen sieht es hier gar nicht aus.
Der Hof, den wir vor uns sehen, ist ein alter, sanierter Fachwerkhof von beachtlicher Größe. Und hier wohnen definitiv Leute, denn in der Remise stehen mehrere Autos.
„Das Navi behauptet, dass wir hier richtig sind." Mo runzelt die Stirn. Ganz sicher ist er offenbar auch nicht.
Er hält auf dem rot gepflasterten Hof an. „Ich steig mal aus und klingel."
In diesem Moment kommt ein Mann in Gummistiefeln aus dem Haus. Als er näherkommt, erkenne ich, dass er schon ziemlich alt ist, das Wetter und wahrscheinlich die lebenslange Arbeit auf dem Land haben ihre Spuren hinterlassen.

Er schiebt seinen Hut etwas zurück und sieht uns kritisch an.
„Jau, wer seid ihr denn?“, fragt er, als ich das Fenster herunterlasse.
„Wir suchen den Hof Klingbeil“, ruft Mo.
„Der is hier nich. Da seid ihr falsch abgebogen.“
Ich seufze leise.
„Was wollt ihr’n überhaupt da? Steht doch leer.“
„Ja, wir wollten nur die Schafe abholen.“ Mo beugt sich zu mir herüber. Eigentlich liegt er schon halb auf meinem Schoß.
„Und wat is mit die Hühner?“, will der alte Bauer wissen.
Oh mein Gott. Hühner.
„Können Sie uns erklären, wie wir zum Hof Klingbeil kommen?“, frage ich den Alten hoffnungsvoll.
„Jau. Ihr müsst zurück auf die Hauptstraße, dat sind etwa so drei Kilometer. Und dann nich auf meinen Hof abbiegen, sondern geradeaus weiterfahren. Bis zu dem Haus von Kasuppkes. Da hatte die Erna Kasuppke früher mal eine Bäckerei, das muss so …“ Er überlegt eine Zeit lang und zieht dabei eine Grimasse. „1978 gewesen sein oder vielleicht war das auch 1979. Da hat sie die Bäckerei übernommen, die Erna. Hat denn ja den Hollen Friech geheiratet.“
„Ollen Friech?“, wiederhole ich hilflos.
„Nee, Hollen hieß der.“
Ich höre Micks leises Kichern von der Rückbank.
„Und dann bei Kasuppkes?“, frage ich etwas ungeduldig.
„Jau, also, wenn ihr bei Kasuppkes seid, dann seid ihr schon zu weit gefahren.“

Jetzt höre ich Mick schon etwas lauter lachen, aber offenbar versucht er, es zu unterdrücken.
„Ihr müsst vorher nämlich nach links auf den Schotterweg. Klingbeils Erwin der war ’n Geizhals. Hat seine Zufahrt nich gemacht. Na ja und jetz is es ja auch zu spät. Nu is er ja tot. Wenn er die Erna gekriecht hätte, ja dann … aber die hat ja den Hollen Friech geheiratet. Und dann hat der auch nur die Wichter hinterhergestarrt. Und se hat sich wieder scheiden lassen, die Erna. Tolle Frau …“
Ich mache „Oh“ und „aha“ und ich glaube, Mick erstickt gleich auf dem Rücksitz.
„Also links auf den Schotterweg?“, frage ich vorsichtig nach.
Mo hängt mittlerweile auf meinem Oberschenkel. Gleich wird es unanständig. Ich sehe, dass er auch grinst.
„Richtig“, sagt der Mann gedehnt. „Aber die Schafe … die sind sicher auch nichts wert.“
„Müssen sie auch nicht“, beruhige ich den Bauern. „Wir wollen sie ja nur abholen, damit sie nicht … ähm … damit sie gut versorgt werden.“
Der Mann kommt näher ans Auto und guckt ziemlich neugierig hinein. „Ah ja … seid ihr Moslems?“
Mick fiept leise.
„Nein, also ich jetzt nicht. Du?“, frage ich Mo.
„Nein, ich auch nicht.“
„Ich auch nicht!“, wirft Mick von hinten ein und dann giggelt er wieder los. Er kann sich kaum noch zusammenreißen.
Der Bauer misstraut uns ganz eindeutig. So werden wir nie zu diesen Schafen kommen.

„Wir sind mit einer Frau vom Tierschutz verabredet“, sage ich jetzt. „Würden Sie uns bitte verraten, ob wir dann …“

„Ja, da geht’s zum Klingbeil. Hab ich doch schon gesagt …“ Jetzt guckt mich der Alte verwundert an, so als hätte ich nicht mehr alle Pferde im Rennen. Ich seufze lautlos.

„Dann besten Dank und wir finden den Weg bestimmt.“

Ich fahre direkt vor seiner Nase die Fensterscheibe hoch.

Mo stützt sich noch immer auf meinem Oberschenkel ab und Mick lacht jetzt ungehemmt los.

„Großartig“, sagt er, als er sich endlich beruhigt hat. „Du hast das ganz großartig gemacht … Du kannst echt mit alten Leuten …“ Und schon hat ihn das Lachen wieder im Griff. Ich habe wirklich die Befürchtung, dass er sich gleich in die Hose macht.

„Hast du das gehört?“, wende ich mich an Mo. „Hühner?“

Er zuckt mit den Schultern, während er langsam den Wagen wendet.

***

Als wir endlich auf dem klingbeilschen Hof ankommen, hat es aufgehört zu regnen. Es ist schon etwas dämmrig, aber man kann noch ausreichend viel erkennen, um zu sehen, dass das Hofgebäude eine Ruine ist. Dagegen ist der Hof von Mo 5 Sterne plus.

Auf dem – selbstverständlich – ungepflasterten Hof steht ein weiteres Auto, ein roter Kleinwagen.

„Das ist sicher Bianca.“

Wir steigen aus und stehen sofort im Matsch. Hervorragend. Meine Laune klettert von Minute zu Minute auf der „Juhu"-Skala nach oben.
Dass wir neben den Schafen womöglich auch noch Hühner verladen müssen, verdränge ich mehr oder weniger erfolgreich.
Aus dem Kleinwagen steigt eine junge Frau, die uns mit forschen Schritten entgegenkommt. Sie trägt Gummistiefel und eine Wachsjacke und ist damit eindeutig besser ausgerüstet als ich.
„Eine ganze Bande hübscher schwuler Jungs", stellt sie nach einem prüfenden Blick fest.
Ich will widersprechen. Hey, ich bin 33 Jahre alt und damit dem Jungenalter schon seit geraumer Zeit entwachsen. Außerdem frage ich mich, warum sie mich so zielsicher als schwul erkannt hat.
„Moin, ich bin Bianca." Sie gibt mir die Hand.
„Leon", stelle ich mich vor. Mo und Mick kennt sie offenbar. Gut, das erklärt dann wohl ihre Einschätzung von vorhin.
„Die Schafe stehen hinten im Stall. Sie sind in einem ziemlich schlechten Zustand und wohl schon länger nicht mehr draußen gewesen. Am besten fahrt ihr den Hänger rückwärts bis vor die Tür. Vielleicht kriegen wir sie dann verladen, ohne dass sie seitlich ausbrechen."
Wir gehen mit ihr zusammen in den Stall und ich halte den Atem an. Hier stinkt es abscheulich. Widerwärtig. Alt und muffig plus Tierfäkalien. Vielleicht ist aber auch der alte Klingbeil hier drin gestorben und vermodert irgendwo in der Ecke.

„Geht's?“ Mick klopft mir aufmunternd auf den Rücken. Mir war nicht bewusst, dass man mir meine Gedanken ansehen konnte.
„Ja ja, alles super“, lüge ich – offensichtlich ziemlich schlecht, denn Mick grinst breit.
„Okay, ich fahre den Anhänger dann von der anderen Seite an den Stall“, sagt Mo. „Ihr könnt euch überlegen, wie wir die Seiten zustellen.“
Wir gehen bis zu einem Bretterverschlag und ich werfe einen Blick hinein – der Schafstall. Aber … „Das sind keine Schafe“, sage ich.
„Doch klar.“ Mick sieht mich irritiert an.
Diese Dinger sind grau-braune zottelige Wesen mit Geweih.
„Das ist eine Art Heidschnucke“, meint Bianca nun. „Sie sind so verwahrlost, dass wir uns nicht ganz sicher sind, was die Rasse betrifft.“
Unruhe breitet sich unter den Tieren aus. Und ich frage mich nun ernsthaft, wie wir acht aufgeregte Wildschafe in den Anhänger befördern sollen.
„Aber die sind bewaffnet“, wende ich ein und deute auf die gedrehten Hörner.
Mick fängt wieder an zu lachen. „Bitte Leon. Ich wäre eben schon fast gestorben …“
„Gut, dass die Nachbarn gemeldet haben, dass hier noch Tiere sind“, sagt Bianca und öffnet das Scheunentor.
„Ah, die guten Nachbarn, das waren sicher die Kasuppkes“, stelle ich fest, als würde ich ohnehin alle Leute kennen, die hier wohnen. „Die Erna … das ist eine tolle Frau.“

Mick kann sich kaum noch halten und wirft mir einen flehenden Blick zu.
Währenddessen rangiert Mo den Anhänger passend vor die Scheunentür, er ist ein ziemlich guter Autofahrer, stelle ich fest. Das ändert allerdings nichts an der Tatsache, dass es zwei relativ große Lücken gibt zwischen Wand und Rampe.
Bianca sieht sich suchend um. „Wir können hier die Trennwand zwischenstellen. Auf der anderen Seite müsste sich jemand von euch hinstellen."
„Das kann ich machen", sagt Mick sofort.
„Nee, das muss jemand sein, der zupacken kann. Du hilfst Bianca, sie auf den Hänger zu treiben", bestimmt Mo.
„Ja, hast recht."
Gut, dass mich niemand fragt, welchen Job ich übernehmen möchte. Mo, Mick und Bianca sehen mich an. „Am besten, du stellt dich dorthin."
„Was mache ich, wenn so ein Tier an mir vorbei will?"
„Es aufhalten", sagt Bianca trocken.

25. Kapitel
Mick

Oh Mann, Leon sieht aus, als hätte er in eine Zitrone gebissen. Wahrscheinlich verflucht er sich schon, weil er zugesagt hat. Und mich gleich mit. Ich weiß noch nicht, wie ich das wieder gutmachen soll. Mit zusammengepressten Lippen stellt er sich in die Lücke zwischen Hängerrampe und Wand. Mo stellt sich auf die andere Seite an die Rampe, damit er sie schnell schließen kann, sollten wir die Schafe tatsächlich zügig aufgeladen kriegen. Ehrlich – im Moment zweifle ich daran.

Ich klettere mit Bianca über die Bretterwand und stehe sofort in einer zentimeterdicken Schicht Schafscheiße. Die Armen waren seit Ewigkeiten nicht mehr draußen, wie's scheint. Unsere Anwesenheit in ihrem Stall macht die Tiere aber ganz offensichtlich nervös, einige blöken bereits unruhig.

„Vorsicht, das könnte ein Böckchen sein", sagt Bianca.

Tatsächlich ist das „Böckchen" schon recht groß, nahezu ausgewachsen, würde ich behaupten. Wir gehen langsam auf die kleine Herde zu, versuchen sie Richtung Anhänger zu treiben.

Es kommt Bewegung in die Tiere – aber viel mehr als wir geplant hatten. Sie laufen kopflos hin und her, einige stolpern sogar die Hängerrampe nach oben, um Sekunden später wieder nach unten zu explodieren. Und obwohl wir ruhig bleiben, entsteht ein heilloses Durcheinander. Ich bin bereits nach ein paar Minuten schweißgebadet. Mehrfach werden wir von panischen Schafen angerempelt. Ich grinse,

als mir Leons Worte wieder in den Kopf kommen: Sie sind bewaffnet.
„Vielleicht müssen wir sie doch packen und hochziehen“, schlägt Bianca vor.
„Versucht mal, sie mit der Trennwand Richtung Rampe zu treiben“, ruft Mo.
So machen wir es dann auch.
Statt der Trennwand hält Mo nun auf der rechten Seite die Lücke geschlossen und Bianca und ich schieben die Schafe mit der Wand vor uns her Richtung Anhänger.
Das verringert die Panik der armen Tiere nicht wirklich. Sie springen sogar zum Teil übereinander, um der vermeintlichen Gefahr zu entkommen.
Und dann passiert es: Ausgerechnet das „Böckchen“ bricht nach links aus!
Es schießt auf Leon zu und mir entfährt noch ein „Vorsicht, Leon!“, da kommt es zum Aufprall. Leon dreht sich zwar ein wenig zur Seite, trotzdem rammt ihn der kleine Schafbock. Geistesgegenwärtig greift Leon nach ihm. Und dann wird er irgendwie aus dem Stalleingang herausgerissen. Es sieht so aus, als würde er hinter dem Schaf herfliegen. Ich bin total erschrocken, aber gleichzeitig sprudelt auch ein irres Lachen aus mir heraus, weil das so komisch aussieht.
Ich lasse Bianca mitsamt unserer Schiebewand im Stall und hechte hinter Leon und dem Schafbock her.
„Hey!“, ruft Mo.
Aber das ist mir gerade völlig egal. Ich muss sehen, wo Leon und das Schaf abgeblieben sind. Hoffentlich ist ihm nichts passiert – also weder Leon noch dem dummen Schaf.

Sie beide liegen im Schlamm, ein paar Meter vor dem Stall. Leon hat das Schaf offenbar überwältigt.
Ich bin geschockt und überrascht.
„Leon – alles klar mit dir?"
„Ja, alles super", schreit er. Und ich bin ziemlich sicher, würde er nicht beide Hände brauchen, um das Tier festzuhalten, er würde mit Schlamm nach mir werfen.
Das Lachen, das mich eben schon im Griff hatte, brodelt wieder an die Oberfläche. Ich will das gar nicht, ich will nicht über ihn lachen. Aber ich kann nicht anders. Es ist zu grotesk! Ich kann mich einfach nicht mehr halten.
„Bist du … verletzt?", presse ich zwischen zwei Lachanfällen hervor.
„Nein!", faucht er wütend.
Ich angle mit einer Hand das Handy aus meiner Hosentasche. Das Lachen schüttelt mich derart, dass ich aufpassen muss, dass mir das Gerät nicht aus der Hand rutscht. Aber ich muss das einfach fotografieren. Das glaubt mir ja später kein Schwein … nicht mal ich selbst würde das glauben, wenn ich es nicht sehen würde.
„Alles klar bei euch?", fragt Mo, der mittlerweile hinter mir steht.
Ich kann nicht antworten, weil ich noch immer so lachen muss. Mit einer Hand wische ich mir die Tränen vom Gesicht.
Mo läuft zu Leon und hilft ihm auf die Beine, während Leon das Schaf umklammert. Gemeinsam schaffen sie es auf den Anhänger. Leon humpelt ein wenig, aber es sieht so aus, als wären weder er noch das Schaf schwerer verletzt. Nachdem wir den Übeltäter auf den Anhänger

geladen haben, packen wir uns auch die anderen Schafe am Fell und ziehen sie die Rampe hoch.
Am Ende, als Mo endlich die Klappe schließt, sind wir alle nass geschwitzt.
Leon schweigt verbissen. Leider sieht er auch übellaunig und schlammig noch großartig aus. Ich hätte nichts dagegen, mich mit ihm nackt eine Runde durch den Matsch zu wälzen.
„Das hätte ich dir nicht zugetraut“, sagt Bianca und klopft Leon anerkennend auf die Schulter.
„Was soll denn das heißen?“, fragt Leon etwas bissig.
„Na, ich dachte, du bist eher so ein Schickimicki-Typ, du weißt schon … Aber dass du den Bock niedergerungen hast – Respekt.“
Leon versucht, sich den Dreck aus dem Gesicht zu wischen, aber das Ergebnis sieht schlimmer aus als vorher.
„Vielleicht hat er Erfahrungen im Böcke niederringen“, meint Mo mit einem unschuldigen Blick und ich fange schon wieder an zu kichern.
Die Schafe im Anhänger bollern gegen die Seitenwand.
„Das sind die Schafe des Teufels“, erklärt Leon mit Grabesstimme.
Ich pruste laut los und halte mir den Bauch vor Lachen.
„Bitte Leon … ich kann nicht mehr“, flehe ich wiehernd.
Er wirft mir aus zusammengekniffenen Augen einen Blick zu, der mich Böses ahnen lässt.
„Nehmt ihr die Hühner auch mit?“, fragt Bianca in diesem Augenblick.
Ich glaube, das ist der Moment, in dem Leon für diesen Abend kapituliert.

26. Kapitel
Leon

Nach der Schafaktion bin ich nur noch nach Hause gefahren, unter die Dusche gestolpert und ins Bett gefallen. Auf meinem Oberschenkel prangt ein wunderschöner Bluterguss, und auch einige andere Stellen meines Körpers sind blau-grün gemustert wegen meines kleinen Ringkampfes mit dem blöden Schaf. Hätte nie gedacht, dass die Viecher so stark sind. Aber ich bin auch ein kleines bisschen stolz auf mich, dass ich das Biest nicht habe entwischen lassen. Eine Schaf-Fang-Aktion in freier Wildbahn hätte sicher noch länger gedauert.

Mick hatte so ein schlechtes Gewissen, dass er trotz meiner schlammigen Gesamtverfassung herrlich anschmiegsam war auf dem Rückweg. Ich musste mich fast etwas gegen ihn zur Wehr setzen, damit es nicht zu sexuellen Handlungen auf der Rückbank kam. Ich persönlich hätte ja nichts dagegen gehabt, aber die Vorstellung, mit einer Erektion irre Schafe auszuladen, hatte wenig Verlockendes.

Das Ausladen verlief dann überraschenderweise nahezu problemlos. Wir hatten die gehörnten Biester wahrscheinlich mental in die Knie gezwungen.

Das Ausladen der Hühner aus den Katzentransport-Kisten haben dann Mick und Mo übernommen. Ich war schon am Limit, weil die Biester hinten im Wagen ihre unheimlichen Geräusche gemacht haben.

Jetzt bin ich auf dem Weg in die City, um mich mit Max zum Mittagessen zu treffen. Trotz oder gerade aufgrund der vielen Dinge, die zurzeit passieren, halte ich an unseren mehr oder weniger regelmäßigen Treffen fest. Und ich bin

sehr froh, dass Torge Mick unterstützt bei der Versorgung der Tiere. Jetzt muss Mick sich ja auch noch zusätzlich um die Schafe und die Hühner kümmern. Nur bei dem Gedanken daran stellen sich die kleinen Härchen in meinem Nacken auf.
Ich treffe Max bereits auf dem Parkplatz und er mustert mich mit gerunzelter Stirn.
„Humpelst du? Hattest du einen Unfall?"
Ich winke ab. „Nicht der Rede wert. Kleine Auseinandersetzung …"
Max unterbricht mich mit einer raschen Handbewegung. „Oh nein, sag nichts. Ich will es nicht wissen."
„Aber dieses Mal war es nicht Mick – sondern die Schafe!", verteidige ich mich.
Max bleibt stehen und sieht mich fassungslos an. „Abgründe tun sich auf. Bist du jetzt unter die Schafficker gegangen?"
„Max – du Sau!" Ich boxe ihm gegen den Oberarm. „Ich mausere mich zum aktiven Tierschützer und du unterstellst mir solche Schweinereien! Ich hatte nicht vor, die Schafe zu ficken, ich habe lediglich geholfen, sie zu *retten*."
„Aber sie wollten nicht gerettet werden – oder wie soll ich deinen wenig geschmeidigen Gang interpretieren?"
„Interpretier, was du willst. Ich habe jetzt Hunger."
„Was willst du – Lammbraten?"
Keine halbe Stunde später haben wir bereits unser Essen und Max erholt sich gerade von seinem Lachanfall, der ihn während meiner kleinen Zusammenfassung des letzten Abends erfasst hatte.
„Und, wie macht Torge sich so als Hofhelfer?", will Max wissen.

„Ich habe keine Klagen gehört“, sage ich. „Hast du eigentlich was mit ihm? Er ist doch genau dein Typ.“ Bei dem Gedanken daran, dass dieser smarte und ziemlich attraktive Kerl die Tage bei Mick verbringt, beschleicht mich auf einmal ein sehr seltsames Gefühl.

Max legt den Kopf schief. „Stimmt, er wäre genau mein Typ. Aber zwischen uns läuft nichts. Aus mehreren Gründen. Erstens bin ich sein Chef – und das geht irgendwie gar nicht. Zweitens: Er hat einen Freund, den er übrigens total unter Verschluss hält. Macht mich schon neugierig, was mit dem ist. Und drittens: Er ist kein Sub, nicht mal ein Bottom, würde ich vermuten.“

„Also hat er mit der Szene nichts zu tun.“

„Das kann ich nicht sagen. Witzigerweise habe ich ihn mal in einem BDSM-Club getroffen.“ Max lehnt sich zurück. „Er hat da doch irgendwelche Connections. Ist mit einem Typen befreundet, den ich auch schon länger kenne. Der lebt mit seinem Partner in TPE. Die zwei sind aber auch schon länger zusammen.“

Ich nicke. Paare, die im *Total Power Exchange* leben, kenne ich nur wenige. Für mich käme das nicht infrage. Mich nerven schon die Subs, die nach kurzer Zeit nichts mehr allein entscheiden wollen.

„Dann ist Torge ein Dom?“

Er zuckt mit den Schultern. „Möglich.“ Max grinst. „Torge ist ein typischer Ostfriese, gesprächig ist er nicht.“

Ich greife nach meinem Glas, trinke einen Schluck.

„Denkst du an die Party bei Francesco am Samstag?“, erinnert mich Max.

„Ich habe Mick noch nicht einmal gefragt“, gebe ich zu und unterdrücke ein Aufseufzen. „Aber nach der Schafsache habe ich sicher gute Chancen, dass er als Wiedergutmachung mitkommt."

„Ich dachte, ihr hättet einen Vertrag", sagt Max mit einem Stirnrunzeln. „Oder kriegt er gar keine Kohle mehr von dir?"

„Natürlich kriegt er Geld. Aber ... das Geld ist weniger für ihn als vielmehr für den Hof. Er hat mich noch nie nach Geld gefragt."

„War der Deal nicht ..."

„Ich weiß, wie der Deal war", unterbreche ich ihn.

„Wie sieht denn deine Planung für die Zukunft aus?"

Ich zucke ein wenig unbehaglich mit den Schultern. Denn ich habe keinen richtigen Plan und das beunruhigt mich. Aber ich habe keine Möglichkeit zu planen, dafür gibt es zu viele Unbekannte in dieser Rechnung. Die größte davon ist leider Mick – ich weiß nicht, was in ihm vorgeht. Natürlich weiß ich, dass er gern mit mir zusammen ist, dass er den Sex genießt. Aber darüber hinaus ...?

„Ich möchte das mit der Stiftung in Angriff nehmen. Meine Steuerberaterin hat bereits die wichtigsten Unterlagen herausgesucht. Es wäre sinnvoll, weitere kleine Wohneinheiten auf dem Hof einzurichten für zukünftige Mitarbeiter. Denn so einen Betrieb kann einer allein ohnehin nicht stemmen. Das heißt, wenn Mo mir den Hof verkauft, müsste er zunächst einmal saniert werden. Parallel dazu kann man die Unterbringungsmöglichkeiten der Tiere ausbauen."

„Ich bin dabei, wenn ihr Pferdeställe mit einplant", sagt Max sofort. „Am besten wären Offenställe und Paddocks. Kann ich mir die Anlage mal angucken?"

„Klar. Mick und Mo haben mit Sicherheit nichts dagegen. Vor allem nicht, wenn du ein zukünftiger Geldgeber bist."
„Gut, dann sehe ich mir den Hof einmal in Ruhe an." Max bestellt sich noch einen Espresso, dann kneift er die Augen ein wenig zusammen. „Und wie ist deine Planung, was Mick angeht?"
„Keine Planung", gebe ich zu und um das Thema rasch abzuwenden, frage ich rasch: „Dresscode?"
„Bitte?"
„Bei Francescos Party."
Max wirft mir einen seltsamen Blick zu. „Wie immer."
„Also nicht Jeans und Hoodie", murmele ich mit einem tiefen Seufzen.
Max lacht. „Komm schon, Lee, das sollte doch wohl kein Problem sein. Nachdem du dein Leben riskiert hast beim Kampf mit der Bestie! Schafbestie …" Er lacht leise, es ist fast ein Kichern. „Du Beastmaster."
„Schön, dass es dich erfreut."
„Und dass Mick ein Foto davon gemacht hat – unbezahlbar!"
Max muss nicht laut aussprechen, dass er versuchen wird, dieses Foto zu sehen. Ich komme allerdings ins Grübeln. „Jetzt kennt Mick nicht nur mein Autorenpseudonym, sondern er hat auch noch ein kompromittierendes Foto von mir. Ich schätze, ich werde ihn umbringen müssen."
„Du hast ihm dein Pseudonym verraten?", fragt Max überrascht nach.
„Oh nein, verraten wäre das falsche Wort. Er ist über einen Vertrag gestolpert."

„Nun, bei dieser Ausgangslage gibt es wirklich nur zwei Möglichkeiten – du wirst ihn umbringen müssen oder ihn heiraten“, feixt Max.

Ich sehe Max ernst an und er hört auf zu lachen. In seinem Gesicht zeichnet sich erstauntes Verstehen ab.

27. Kapitel
Mick

Ich schaue zum wiederholten Male auf mein Handy, weil ich noch einmal Leons Nachricht lesen muss.
Bin heute indisponiert, wir sehen uns morgen um sieben. L.
Indisponiert … was soll denn sowas? Musste erst mal Mo fragen, was das überhaupt bedeutet. Und dann ging das Grübeln los. Warum will Leon mich heute nicht sehen? Hat er einen Termin? Will er sich mit einem anderen Typen treffen? Oder ist er am Ende gar sauer auf mich wegen der Schafsache? Je länger ich darüber nachdenke, umso klarer wird mir, dass er auf jeden Fall sauer auf mich ist. Was sonst könnte diese kurze Absage bedeuten? Ich überlege, ob ich nicht trotzdem einfach zu ihm fahre. Ich muss mit ihm sprechen. Aber ich traue mich nicht. Sollte ich bei ihm anrufen? Oder wäre das schon zu aufdringlich?
Mo kommt in die Küche und sieht mich am Tisch sitzen, wie ich auf mein Handy starre. Er checkt sofort, was los ist.
„Mick, jetzt mach dich doch nicht verrückt! Genieß einen ruhigen Abend. Wenn er wirklich was hätte, würde er doch nicht schreiben ‚wir sehen uns morgen'."
„Klar, morgen sagt er mir, dass er nachgedacht hat und dass er mich nicht mehr treffen will …", murmele ich bedrückt.
„Hör mal, Mick – ich glaub, dein Leon ist ein Mensch, der sich alles, was er macht, ziemlich genau überlegt. Der denkt wahrscheinlich zehn Mal mehr nach als andere Leute. Und er hat diesen Vorschlag mit dem Hof gemacht, mit der Stiftung. Er hat langfristige Pläne. Glaubst du, er würde so

einen Aufwand betreiben, wenn er dich vom Hals haben will?“
„Er braucht mich doch gar nicht für die Stiftung …“, sage ich leise und merke, wie sich etwas um meinen Hals zusammenzieht.
Mo zieht sich einen Stuhl heran und setzt sich neben mich. „Diese Stiftung, Mickey-Schatz, die braucht er mit Sicherheit nicht für seinen Seelenfrieden. Das macht er doch für *dich*! Ich schätze eher, der hat Termine gehabt und will seine Ruhe haben.“
„Meinst du?“, frage ich zweifelnd.
Mo fängt an zu grinsen. Er dreht sich zu mir und legt seine Stirn gegen meine. „Du bist schon wie so ein liebeskranker Trottel.“
„Na, danke!“
„Aber ehrlich – kaum siehst du ihn mal einen Tag nicht, bist du schon fertig mit den Nerven.“
Aber das Problem liegt doch auf der Hand: Ich habe keine Ahnung, was das mit Leon und mir ist. Ich habe keine Sicherheit – nur einen Vertrag. Und Gedanken, die wie Pingpongbälle in meinem Kopf herumspringen. Sind wir zusammen? Sind wir ein Paar? Spielt er nur mit mir? Wie schnell bin ich weg vom Fenster? Was empfindet er für mich?
Die kleine Hope springt neben mir auf den Tisch und ich setze sie gedankenverloren wieder auf den Fußboden. Sie maunzt leise, es klingt ein wenig vorwurfsvoll.
„Ja, ich füttere euch gleich“, murmele ich und ernte dieses Mal zweistimmige Zustimmung. Ah, Mo hat beide Katzen aus seinem Zimmer gelassen.

In diesem Moment wird mir klar, wie tief die Gefühle für Leon mittlerweile sind. Mit Torge kann ich flirten und herumalbern. Ich würde vielleicht auch gern mit ihm ins Bett gehen, das kann ich mir selbst eingestehen. Mo ist mein bester Freund und ich lieb ihn auf eine ganz besondere Art und Weise. Aber Leon … das ist viel mehr. Und viel schmerzhafter, wie ich gerade feststelle. Trotzdem will ich genau das. Und ich weiß nicht, was ich tun soll, wenn er nicht das Gleiche für mich fühlt. Ich weiß schon, dass Leon und ich – rein rational betrachtet – nicht zusammenpassen. Wir leben in unterschiedlichen Welten, der Altersunterschied zwischen uns ist beträchtlich, wir haben nicht die gleichen Interessen, aber das alles erscheint mir völlig unerheblich. Ich will ihn. Und ich werde mich dafür noch ein bisschen mehr ins Zeug legen, wenn es sein muss. Gut, ich bin weit davon entfernt, perfekt zu sein. Aber es kann doch nicht so schwer sein, seinen Wünschen etwas mehr entgegenzukommen. Dafür müsste ich nur herausfinden, was genau er sich wünscht.

Ich stehe auf und Mo reicht mir die geöffnete Dose Katzenfutter. Dabei fällt sein Blick auf das Buch von Leon, das ich auf die Arbeitsplatte gelegt habe. Er nimmt es in die Hand.

„Huch, was liest du denn da?“ Neugierig blättert er darin herum, ehe ich es ihm wegnehmen kann.

„SM-Ratgeber für Einsteiger?“ Er grinst süffisant. „Da bist du aber die falsche Zielgruppe, oder?“

„Das ist ein Thriller“, korrigiere ich ihn, kann aber selbst nicht ernst dabei bleiben.

„Mmh, schon klar.“ Er blättert noch etwas weiter in dem Buch. „Oh, bist du schon hier, bei dieser … oh, wow …“

Er liest ein paar Sätze. „Bei dieser heftigen Spankingszene? Autsch!“ Er grinst noch breiter.
Jetzt entreiße ich ihm das Buch doch. „Klar *autsch*, das sagt der Richtige.“
Ich lege das Buch zur Seite und hole einen Katzennapf aus dem Schrank, um Hope und Maybe zu füttern. Und da kommt mir ein Gedanke. Möglicherweise bekomme ich bestimmte Informationen über Leon, wenn ich aufmerksam in seinem Buch lese – Zeit habe ich ja jetzt mehr, als ich wollte.

28. Kapitel
Leon

Ich habe den ganzen Tag bei einem Meeting meines Verlags verbracht, einschließlich Mittagessen und einschläfernder Powerpoint-Präsentation. Ja, ich weiß, so etwas ist wichtig und ich kann mich nicht aus allen geschäftlichen Dingen heraushalten. Aber es war schrecklich langweilig. Ich habe ja nicht umsonst die Verlagsleitung abgegeben. Ich möchte schreiben und kreativ sein, die zum Glück verdammt guten Zahlen interessieren mich weniger.

Wir haben den Einstieg ins digitale Zeitalter nicht verschlafen und sind daher auch im E-Book-Segment gut aufgestellt. Da das Programm sehr breit gefächert ist, konnte der Verlag in den letzten Jahren den Umsatz noch einmal steigern und weitere Mitarbeiter einstellen. Es ist nicht so, als hätte ich keinen Sinn für Zahlen – immerhin habe ich BWL studiert. Aber ich habe einfach keine Lust, mich damit zu befassen. Im Augenblick noch weniger als sonst. Meine Gedanken kreisen um Mick und sein Tierschutzprojekt. Nein, eigentlich in erster Linie um Mick.

Daher ist der Tag quälend langsam vergangen. Und gegen Abend bin ich so erschöpft, dass ich auf der Heimfahrt überlege, ob ich Mick absage. Gestern Abend, das Alleinsein, hat mir gut getan. Ich konnte mich auf meinen Roman konzentrieren, bin wieder richtig eingestiegen in die Story. Konnte meine Gedanken sortieren. Oh Mann, ich bin schon ein Beziehungskrüppel. Fange ich jetzt bereits nach zwei Wochen an, mich emotional zu verabschieden? Diese Frage kann – *muss* – ich mit einem Nein beantworten. So oft, wie ich heute im Laufe des Tages an Mick gedacht

habe. Und zwar nicht daran, wie ich ihn am besten abservieren könnte. Und erstaunlicherweise auch nicht, was für sexuelle Spielereien ich noch mit ihm anstellen könnte.
Es ist schon kurz nach sechs und Mick wäre sicher total enttäuscht, wenn ich ihm schon wieder absage. Und dann noch so kurzfristig. Er könnte auf die Idee kommen, dass ich keine Lust auf ihn habe. Und das entspricht nun wirklich nicht den Tatsachen. Ich bin nur einfach kaputt, die letzten Tage sind nicht spurlos an mir vorübergegangen. Die diversen Blutergüsse von meinem Heidschnuckenringkampf schmerzen – und ich wurde mehrfach heute gefragt, ob ich einen Autounfall gehabt habe. Die Antwort, dass es sich um einen *Schafunfall* gehandelt hat, habe ich mir einfach mal verkniffen. Max' Reaktion hat mir gezeigt, dass diese Antwort zu viel Interpretationsspielraum bietet.
Mann, ich fühl mich auch etwas unfit, muss ich zugeben. Es ist definitiv etwas anderes, Schafe auf einen Anhänger zu befördern und Hundeleichen unter die Erde zu kriegen als etwas Work-out im Fitness-Studio. Selbst meine Stunde Yoga an diesem Morgen hat meinen körperlichen Zustand kaum verbessert. Gut, ich hatte auch nicht wirklich damit gerechnet. Meine Jogging-Runde habe ich ohnehin verschoben.
Als ich auf den Parkplatz vor meinem Haus fahre, sehe ich Micks Nissan. Ich schaue auf meine Uhr – es ist nicht mal halb sieben. Etwas irritiert steige ich aus und gehe langsam Richtung Haustür.
Er muss schon hineingegangen sein. Neugierig schließe ich auf, Micks Turnschuhe stehen vor der Garderobe.

Ich ziehe mein Jackett aus, hänge es auf einen Bügel. Mein Instinkt sagt mir, dass ich nicht im Wohnzimmer nach ihm suchen muss. Ich weiß, wo er ist. Die Frage ist – warum?
Die Tür zu meinem Wellnessraum steht offen und Mick kniet genau an der Stelle, an der ich ihn erwartet habe. Er ist vollkommen nackt und sieht zur Wand. Ich lasse dieses Bild auf mich wirken. Es ist – trotz allem – ein unerwarteter Anblick. Gleichzeitig spüre ich dieses Gefühl der Macht, das mich warm durchströmt, weil er sich auf diese spezielle Art unterordnet.
„Hallo Mick“, begrüße ich ihn, als ich näher an ihn herantrete.
Er hat mich offensichtlich schon vorher gehört, denn er erschreckt nicht, als er meine Stimme hört.
„Hallo Leon“, sagt er leise.
Ich stelle mich neben ihn, sehe, dass er kein bisschen erregt ist. Über was auch immer er in der letzten Zeit nachgedacht hat, mit Sex hatte es ganz offenbar nicht zu tun.
Ich lasse meine Finger durch seine Haare gleiten, fasse etwas fester zu und beuge seinen Kopf nach vorn, sodass er nach unten schauen muss. Er hat eine schöne Nackenpartie, glatte, muskulöse Schultern.
„Du bist sauer auf mich, das tut mir leid. Das wollte ich nicht …“, beginnt er.
„Sauer?“, wiederhole ich überrascht.
„Enttäuscht?“, fragt er zaghaft. „Ich wollte dich nicht nerven oder dich mit Sachen belästigen, die …“
„Ssscht“, unterbreche ich seinen Wortschwall. „Steh auf.“
Er kommt mit einem Ächzen auf die Beine, was mich vermuten lässt, dass er länger als eine halbe Stunde hier auf

dem Boden gekniet hat. Für mich, um mich zu besänftigen. Aber warum?
Ich ziehe ihn an mich, spüre, dass er ganz leicht zittert. Ich lasse die Hände über seinen Rücken gleiten, über seine festen, runden Arschbacken.
„Ich wollt' nur sagen … also, ich steh zu deiner Verfügung", sagt er. Seine Stimme klingt rau an meinem Ohr.
In diesem Moment geht mir ein Licht auf. „Du dachtest, ich bin sauer, weil ich dir gestern abgesagt habe?"
Ich spüre, wie Mick nickt, aber er sieht mich nicht an. Stattdessen vergräbt er den Kopf an meinem Hals und presst seinen Körper gegen meinen. Himmel, das hatte ich nicht bedacht. Ich danke allen Eingebungen, dass ich die Verabredung mit Mick heute nicht auch abgesagt habe. Mit ein wenig sanfter Gewalt löse ich seine Umklammerung und schiebe ihn ein Stück von mir.
Er sieht so unglücklich aus, völlig verunsichert. Das wollte ich nicht.
„Mickey." Ich lasse meine Finger sachte über seine Wangen gleiten, fahre die Konturen seines hübschen Gesichts nach. „Es ist alles in Ordnung. Ich war nur kaputt und hatte heute den ganzen Tag geschäftlich zu tun."
„Dann bist du nicht sauer auf mich?", fragt er vorsichtig nach.
„Nein, nun ja, vielleicht ein bisschen", räume ich ein. Immerhin hat er dieses Foto von mir geschossen. „Aber ich wüsste schon eine Wiedergutmachung."
„Ich mach alles, was du willst", sagt Mick sofort eifrig. „Also fast …", schiebt er hastig hinterher.
„Am Samstag bin ich zu einer Party eingeladen, ich möchte gern, dass du mich begleitest."

„Party? Wie in Geburtstags*party*?“
„Eher so wie in Sex*party*“, gebe ich zu. „Special interest Party, zur Einweihung seines neuen Hauses. Francesco, der Gastgeber, ist Architekt.“
„Klingt interessant, aber …“
Ich unterbreche ihn lachend. „Aber eher so wie Dinge, die dich nicht interessieren, oder?“
Er grinst etwas verlegen. „Ich begleite dich natürlich. Aber ich schätze, da brauche ich noch eine Einweisung.“
Ich lasse meine Fingerspitzen über seine Tattoos wandern. „Das sollte kein Problem sein.“
„Ich muss … aber nicht … also ich muss nicht nackt mitkommen, oder?“, fragt er und sieht mich mit gerunzelter Stirn an.
„Nackt nicht unbedingt, aber es gibt schon Vorschriften, was die Kleidung angeht. Ich habe mir das nicht ausgedacht.“ Ich grinse ihn an. „Auf solchen Veranstaltungen geht es ganz viel um Sehen und Gesehen werden, darum sich zu präsentieren …“
„Aha. Also treffen sich dort reiche Typen, um ihren Dobby vorzuführen“, fasst Mick zusammen.
„Dobby?“
„Na, ihren Haussklaven.“
Ich lasse meine Hände über seinen wunderschönen Körper wandern. „Bist du mein Haussklave?“
„Ich fürchte, ich bin völlig ungeeignet für Hausarbeiten oder andere Dienste“, meint Mick mit einem vorsichtigen Grinsen.
„Andere Dienste? Das werden wir noch überprüfen müssen.“ Ich küsse Micks Kinn, lasse meine Zungenspitze an seinem Hals nach unten gleiten, bis zu der einen emp-

findlichen Stelle. Dort sauge ich mich fest. Die Reaktion erfolgt prompt: Mick schmiegt sich mit einem leisen Stöhnen an mich und wird sofort hart. Ich spüre seinen Schwanz an meinem Oberschenkel. Wunderbar, das funktioniert wie auf Knopfdruck.

„Darf ich dich rasieren?“, frage ich, als ich von ihm ablasse.

Mick fasst an sein Kinn. „Ich bin doch ... oh, äh – *das* meinst du ...“ Ein bisschen verlegen sieht er zu Boden, als er mein Ansinnen erfasst. „Okay, aber du musst vorsichtig sein, ja?“

Ich kann mir ein Lachen nicht verkneifen. „Ich mach das nicht zum ersten Mal. Ich pass auf. – Leg dich auf die Liege und entspann dich.“

„Entspannen ... haha ...“, macht Mick, aber er legt sich brav hin.

„Danach können wir zusammen duschen“, schlage ich vor.

„Hört sich gut an“, murmelt Mick. „Aber es wird mich auch nicht entspannen ...“

Ich hole den Rasierschaum und den Rasierer und mache mich ans Werk. Mick stellt seine Beine auf und öffnet die Schenkel, sodass ich besseren Zugang zu strategisch wichtigen Stellen habe. Aber mir entgeht das leichte Zittern seiner Muskeln nicht.

Als ich den kühlen Rasierschaum auf seinen Eiern verteile, stöhnt er ganz leise, mit zusammengepressten Lippen. Sein Schwanz zuckt erwartungsvoll.

Ganz vorsichtig entferne ich die kurzen, gerade erst nachgewachsenen Härchen von seinem Schwanz und seinem Sack, rasiere auch die Haut neben seinem Geschlecht wieder glatt und widme mich dann dem Bereich rund um sein Loch. Die ganze Zeit über zittern Micks Beine und sein Schwanz ist steinhart – von Entspannung keine Spur.

„Magst du es lieber glatt?“, fragt er mit zusammengebissenen Zähnen.

„Wenn ich ehrlich bin, ich hab da keine Präferenzen. Aber bei dir sieht’s geil aus so.“ Mit einem feuchten Handtuch entferne ich die Schaumreste und betrachte mein Werk. „Schätze aber, dass ich dich auch geil fänd, wenn du gerade aus dem Urwald kämst.“

Ich reiche ihm die Hand und ziehe ihn in eine sitzende Position.

„Meinst du jetzt mich – oder nur …“ Er zeigt nach unten.

„Diese Region.“

Ich lege die Arme um ihn, ziehe ihn in einen Kuss, der sehr rasch heftiger wird, als ich geplant hatte. Mick reibt seine Latte an meiner Anzughose und ich fürchte, die ist fällig für die Reinigung.

Er schlingt seine langen Beine um meine Hüften und hält mich so fest.

„Wie sieht es aus – wollen wir duschen?“, frage ich ein wenig atemlos, als wir uns voneinander lösen.

„Ja.“ Mick schenkt mir einen ziemlich verklärten Blick.

„Ist das in Ordnung mit deiner Hand?“ Ich deute auf den mittlerweile deutlich schmaleren Verband.

„Kein Problem. Das darf nass werden. Und du kannst mir später ja einen neuen Verband machen.“ Ich sehe in seinen Augen, dass ihm der Verband gerade scheißegal ist.

Ich knöpfe mein Hemd auf und schlüpfe aus meiner Kleidung. Die Aussicht auf eine Dusche mit Mick ist großartig. Ich könnte mir im Augenblick nichts Besseres vorstellen.

Vor allem, da es mich nicht kalt gelassen hat, ihn zu rasieren.
Mick starrt mich an, als ich schließlich völlig nackt vor ihm stehe. „Oh Mann, ist das etwa alles von Emil?"
„Keine Ahnung, wer Emil ist", sage ich, obwohl ich tatsächlich schon ahne, wen er meint.
„Na, der Schafbock! Das ist heftig, ich wusste wirklich nicht, dass er dich so derbe erwischt hat."
Gott, wie kann jemand mit einem schlechten Gewissen nur so begehrenswert aussehen? Ich sollte immer ausreichend Gründe habe, um Mick ein schlechtes Gewissen zu machen.
„Ich hätte mich gleich um dich kümmern müssen …"
Ich lache leise. „Mick, bitte, hör auf mit dem Quatsch und geh in die Dusche."
Er huscht an mir vorbei und stellt das Wasser an.
Ich hole noch Duschgel, Shampoo und etwas Vaseline aus dem Schrank, deponiere zwei große Handtücher vor der Dusche und geselle mich dann zu ihm. Das Wasser ist angenehm heiß, und ich schlinge die Arme von hinten um Mick, genieße ihn und das Wasser, das mir auf den Rücken prasselt. So könnte ich immer duschen.
Mein Schwanz liegt zwischen Micks Arschbacken und ich stoße spielerisch nach vorn, lasse ihn durch Micks Spalte gleiten. Mick stöhnt sehnsüchtig. Doch ich habe nicht vor, ihn jetzt zu vögeln. Stattdessen greife ich nach dem Duschgel und schäume ihn ein, lasse seinen harten glatten Schwanz durch meine Faust gleiten, verteile den Schaum auf seiner Brust. Sein Körper ist fantastisch, ich liebe es, ihn zu berühren.

Er dreht sich in meiner Umarmung und küsst mich. Erst zögerlich, dann intensiver und bald saugt er meine Zunge in seinen Mund, hält sie mit den Zähnen fest, knabbert an meiner Lippe. Mick zu küssen zündet immer ein Feuerwerk in meinem Gehirn. Etwas fahrig greife ich nach der Vaseline und tauche meine Finger in das Gefäß. Dann lasse ich meine Finger durch seine Ritze wandern, schmiere sein kleines Loch ein, lasse die Fingerspitze in ihm verschwinden. Das mache ich einige Male, bis Micks Schwanz beginnt an meinem Bauch zu zucken.

Er umklammert meine Schultern, hält sich an mir fest und legt seine Stirn auf meine Schulter. Ich lasse beide Hände abwechselnd durch seine Spalte gleiten, verteile dort noch etwas Vaseline. Ziehe seine Backen ein wenig auseinander, tauche mit einem Finger tiefer in ihn ein. Er seufzt leise und lehnt sich gegen mich.

„Schön?"

„Ja", flüstert er. „Mach weiter."

Immer wieder dringe ich in ihn ein und Mick presst sich so eng an mich, als wollte er mit mir verschmelzen. Er geht sogar auf die Zehenspitzen, damit ich tiefer in ihn hineinkomme. Seine Arme hat er um meinen Oberkörper geschlungen, sein Schwanz reibt sich an meinem. Ich schiebe den Mittelfinger in seinen Hintereingang, streiche über seine Prostata und genieße sein wohliges Brummen, das auf meiner Haut vibriert.

„Oh Gott, bitte mach weiter …"

Er hebt den Kopf etwas, leckt über mein Schlüsselbein, meinen Hals, erobert meinen Mund. Ich schlucke sein Stöhnen, während ich ihn mit den Fingern ficke. Ein Schaudern läuft durch seinen Körper, als ich einen zweiten

Finger dazunehme. Mit der linken Hand umfasse ich seine Arschbacke und öffne ihn noch ein bisschen mehr.
Mein eigener Schwanz klemmt zwischen seinen Oberschenkeln, der Winkel und die Reibung sind fast zu viel. Ich stoße immer wieder gegen seine Eier.
„Möchtest du so kommen?“, frage ich ihn leise.
„Ja.“ Er ächzt enttäuscht, als ich die Finger aus ihm herausziehe.
Doch ich drehe ihn mit einem Ruck um, sodass er mit dem Gesicht zur Glaswand steht, und bin sofort wieder in ihm. Er stellt die Beine weiter auseinander und streckt mir den Hintern auffordernd entgegen. Mit der linken Hand umschließe ich seinen glatten, stahlharten Schwanz und mit den Fingern der rechten stecke ich ganz tief in seinem engen Loch. Die Vaseline hat ihn gut geschmiert und ich kann ihn mühelos fingern, dehnen und ficken. Mick hat den Kopf gegen die Glaswand gelegt und stößt seinen Schwanz in meine Faust. Das kurze, raue Stöhnen, das ihm bei jedem Stoß entfährt, macht mich total geil. Es kostet mich wirklich Überwindung, meine Finger nicht durch meinen Schwanz zu ersetzen.
„Ich … ich kann nicht mehr lange …“, keucht Mick. „Willst du mich nicht …?“
„Komm einfach“, unterbreche ich ihn. „Ich will sehen, wie du kommst.“
„Oh, nnngggh ….“ Mick wirft den Kopf in den Nacken.
Ich spüre, wie sein Loch sich um meine Finger zusammenzieht und er spritzt seine Sahne in kräftigen Schüben gegen die Duschwand. Ich lasse seinen Schwanz noch mehrmals durch meine Faust gleiten, presse jedes letzte bisschen aus ihm heraus. Und auch meine Finger stecken solange in

seinem Arsch, bis Mick anfängt zu wimmern. Erst dann lasse ich von ihm ab.
Er klammert sich kurz an mich, küsst meinen Hals, mein Gesicht, haucht einen Kuss auf meinen Mund, bevor er sich vor mich hockt. Er lehnt sich mit dem Rücken gegen die Fliesen und zieht mich an den Hüften zu sich heran.
Mick öffnet seinen Mund, seine Zungenspitze tippt gegen meine Eichel. Und dann schluckt er mich, ohne Wenn und Aber. Er lässt mich ganz in seinen Hals hineingleiten. Seine Hände auf meinem Arsch machen klar, was er will – er gibt die Richtung vor. Animiert mich dazu, in seinen Mund zu stoßen.
Das Wasser läuft noch immer heiß über meinen Rücken, während ich Micks Mund ficke. Und die Geräusche, die er ausstößt, lassen keinen Zweifel daran, dass er genießt, was er tut. Ich gebe meine Zurückhaltung auf und ramme mich in seinen Hals, bis ich tief in seiner Kehle komme.

29. Kapitel
Mick

Eigentlich müsste ich nach Hause fahren, aber es ist viel zu schön, noch mit Leon im Bett zu liegen und zu kuscheln. Ich lasse meine Finger durch seine braunen Haare gleiten. Über seinen kurzen, weichen Bart. Ich mag seinen Fünf-Tage-Bart-Look.

Leon liegt entspannt auf dem Rücken, mein Kopf ist auf seinen Oberarm gebettet.

„Sag mal, wie ist das nun mit Karen und Ryan – kriegen die beiden sich noch?"

Mit einem Ruck setzt Leon sich auf und sieht mich überrascht an. „Du hast eines meiner Bücher gelesen."

Ich versuche, seinen Gesichtsausdruck zu deuten. Freut er sich, dass ich das Buch gelesen habe – oder nicht?

„Ja, das erste. Wie viele muss ich noch lesen, bis die beiden zusammen sind?"

Leon lacht leise. Er klingt ein wenig verwundert. „Du glaubst doch nicht ernsthaft, dass ich dir das verrate, oder?"

Ich setze mich auch auf. „Doch, ich will das wissen. Oder werden die beiden gar kein Paar? Ich verstehe die Beziehung der zwei nicht." Ich verschränke die Arme vor der Brust. „Sind sie ineinander verknallt, oder hassen sie sich?"

„Du meinst, weil sie sich Schmerzen zufügen?"

Ich zucke ein wenig unbehaglich mit den Schultern. „Nicht nur. Sie behindern sich ja auch in ihren Ermittlungen. Sie könnten doch zusammenarbeiten! Ich verstehe nicht, warum sie sich so verhalten. Karen zum Beispiel ist wahnsinnig berechnend und Ryan tut so, als wäre sie ihm scheißegal."

Leon lächelt schmal und haucht mir einen Kuss auf die Wange. „Manche Dinge im Leben sind nicht einfach. Und mal ehrlich – ich habe doch keine zuckrige Romanze geschrieben."

„Nee, zuckrig auf keinen Fall", stimme ich ihm zu. Ich kuschele mich wieder in seinen Arm. Eine Zeit lang schweigen wir, aber mir brennt etwas auf der Zunge. „Karen und Ryan … die machen echt heftige Dinge miteinander … Sind das – ähm, Fantasien von dir? Ich meine, willst du solche Sachen machen? Mit mir?"

Leon zieht mich dichter zu sich heran. „Hast du jetzt Schiss gekriegt?"

Ich höre wohl, dass er mich aufziehen will. Trotzdem sage ich: „Ich glaube nicht, dass ich … darauf stehe."

Leon grinst und knabbert an meinem Hals. „Keine Angst, ich bin Autor. Ich bin gut im Geschichten erfinden. Und nein, ich möchte diese Dinge nicht mit dir machen. Mein Gehirn kann sie zwar produzieren, aber das heißt zum Glück nicht, dass ich alles in der Realität umsetzen muss. Ich schreibe ja auch über fiese Morde, Folter und Erpressung."

„*Das* fand ich spannend. Die Geschichte zwischen Karen und Ryan hat mir – ehrlich gesagt – ganz schön häufig eine Gänsehaut gemacht. Obwohl ich Ryan echt interessant finde. Er ist heiß, hat Ähnlichkeit mit dir …"

„Mir mir?", fragt Leon verblüfft nach.

Ich nicke. „Kannst du nicht mal was über ein schwules Paar schreiben? Das wär geil."

„Ich denke darüber nach", murmelt Leon und setzt sich aufrecht hin. „Sag mal, wenn wir schon bei intimen Themen sind …"

Intime Themen … ich kann ein kleines Glucksen nicht zurückhalten.
„Wie bist du eigentlich dazu gekommen, deinen Hintern zu verkaufen?"
Oha, vielleicht sind das doch *intime Themen* …
„Ich … na ja, so ganz viel kann ich einfach nicht, um Geld zu verdienen", gebe ich ehrlich zu. „Nicht so viel Geld in so kurzer Zeit. Als Mo mir Kohle für den Führerschein geliehen hat, hab ich es mit Kellnern versucht. Aber scheiße, ich war zu schlecht. Hanno, der Wirt, meinte, ich sollte den Gästen lieber einen blasen … Dann würden nicht so viele Gläser zu Bruch gehen. Und na ja, dann kam eins zum anderen."
„Ist dir das schwergefallen?"
„Ich mag Sex", sage ich mit einem kleinen Seufzen. „Und ich bin ja nicht anschaffen gegangen … Nur ab und zu mal einen kleinen Job. Aber doch … manchmal war es schon hart."
Leon lacht. „Klar, hart war *es* mit Sicherheit."
„Du weißt schon, was ich meine." Ich schmiege mein Gesicht an seinen Hals und atme seinen Geruch ein.
„Mickey … ich will nicht, dass …"
Ich lege meinen Finger auf seine Lippen und unterbreche ihn damit. „Leon – alles deins … okay?"
Er sieht mich überrascht an, dann fangen seine Augen an zu strahlen. Sanft küsst er meinen Zeigefinger, der noch immer auf seinen Lippen liegt.

30. Kapitel
Leon

Es fällt mir schwer, mich am nächsten Morgen auf irgendetwas zu konzentrieren. Ich bleibe sogar länger im Bett liegen, einfach nur um Micks Geruch zu genießen. *Alles deins.* Micks Worte rauschen wie eine Droge durch meine Adern. Und ich bin mir ziemlich sicher, dass ich weiß, wie seine Worte gemeint waren.

Es fällt mir zunehmend schwerer, ihn abends rauszuwerfen. Und ich glaube, Mick würde auch gern bei mir bleiben. Aber das geht nur, wenn er sich für den nächsten Morgen eine Vertretung organisiert.

Als ich eine halbe Stunde später mit einem Kaffee im Wohnzimmer stehe und in den Garten hinausgucke, klingelt mein Telefon.

Es ist Kevin, mein Agent.

„Guten Morgen, Leon."

„Morgen."

„Ich wollte dir kurz mitteilen, dass ich das Drehbuch auf dem Tisch liegen habe. White will ein paar ziemlich gravierende Änderungen in der Story einbauen."

„Damit habe ich gerechnet." Ich beobachte zwei Elstern, die sich auf meinem Rasen um einen Zweig streiten. „Schick es mir einfach rüber oder bring es vorbei. Ich sehe es mir an."

„Und dann gibt es noch eine Sache." Kevin zögert kurz. „Die Amerikaner drängen darauf, dass dein Pseudonym geöffnet wird. Sie wollen Interviews mit dem Autor. Das ist deine große Chance."

„Hm."

„Du könntest jetzt mit dem Versteckspiel aufhören. Eine super Gelegenheit."
Ich denke über die Folgen nach, die diese plötzliche Berühmtheit hätte. Spontaner Widerwille regt sich in mir. Nein, das will ich nicht. Nicht jetzt. Nicht, wenn Mick in diese Sache mit hineingezogen wird. Jetzt, wo aus uns beiden gerade ein Paar werden könnte. Mick muss erst einmal sein eigenes Leben auf die Reihe bekommen, da hat er keinen Bedarf, plötzlich mit im Rampenlicht zu stehen. Und genau das würde passieren. Diese Dynamik wäre völlig unkontrollierbar. Und die Alternative, Mick aufzugeben, verursacht mir Übelkeit. Das kommt überhaupt nicht infrage.
Wenn ich mich jetzt der Öffentlichkeit stelle, müsste ich Interviews geben, reisen, hätte schlagartig kaum noch Zeit. Ich brauche das nicht für mich. Ich brauche etwas ganz anderes.
„Nein", sage ich zu Kiwi und mein Entschluss steht fest.
„Nein?", wiederholt mein Agent ungläubig. „Bist du von allen guten Geistern verlassen? Du hast schon mitbekommen, dass dein erstes Buch gerade verfilmt wird, oder?"
„Ja, das habe ich. Und ich werde meine Aufgaben auch erledigen. Das Drehbuch gegenlesen und alles, was vertraglich vereinbart wurde. Aber ich werde meine Identität nicht preisgeben."
Nicht jetzt und vielleicht nie.
„Aber das liegt doch nicht an deiner aktuellen Affäre, oder? Du hast zurzeit wirklich merkwürdige Anwandlungen. Diese Sache mit der Stiftung und deine Tierschutzambi-

tionen, von denen mir Brit erzählt hat … Was hat das alles zu bedeuten?"

Aktuelle Affäre? Diese Bezeichnung macht mich tatsächlich etwas wütend. Aber was weiß Kiwi schon von meinen Gefühlen. Ich entscheide mich, kein Statement dazu abzugeben. Ich bin ihm keine Rechenschaft schuldig, auch wenn ich weiß, dass das Thema sehr bald wieder auf dem Tisch sein wird.

„Ich erwarte, dass du meine Entscheidung akzeptierst", sage ich mit Nachdruck.

„Du weißt doch, dass ich loyal zu dir stehe", knurrt Kiwi. „Auch wenn ich das absolut nicht verstehen kann. Du verschenkst einen Haufen Geld." Und er lässt offen, ob er das Ablehnen der Interviews oder die Idee mit der Stiftung meint.

„Solange du dein Geld bekommst, ist doch alles geregelt, oder?", frage ich kühl. Freundschaft hin oder her – wenn es um meine Interessen geht, kann ich auch auf arroganter Geschäftsmann umschalten. Kiwi bemerkt es sofort.

„Jetzt sei nicht gleich eingeschnappt", lenkt er ein. „Deine Beziehungen und Liebschaften gehen mich nichts an. Aber ich würde den Mann schon gern mal kennenlernen, der dich zu solchen Entscheidungen treibt."

Hätte er jetzt „Fehlentscheidung" gesagt, hätte ich das Gespräch sofort beendet. „Wirst du sicher noch."

Nach dem Telefonat mit Kiwi ziehe ich mir meine Sportklamotten an. Trotz meiner diversen Blessuren muss ich mich etwas bewegen. Mein Kopf ist voll und ich bin so angespannt, dass ich platzen könnte. Ich hoffe, dass alle Entscheidungen, die ich zurzeit treffe, richtig sind. Ich habe noch nie so viel an mir gezweifelt wie in den letzten Tagen.

Es ist, als würde sich mein komplettes Leben verändern, während ich am Rand stehe und verblüfft zugucke.
Verliere ich die Kontrolle? Seit meine Eltern verunglückt sind, hat es oberste Priorität für mich, die Fäden in der Hand zu behalten. Damals war ich noch nicht einmal mit dem Studium fertig und die ganze Situation hat mich überfordert. Ich musste auf einmal die Verantwortung für ein großes Unternehmen übernehmen, Entscheidungen treffen, mich positionieren, obwohl ich noch gar nicht bereit war. Es war, als hätte man mich in einen Fluss gestoßen und es hat mich damals immens viel Kraft gekostet, wieder an Land zu kriechen. Klar, geschwommen bin ich die ganze Zeit. Es bestand nicht die Gefahr, dass ich untergehe – aber dieses Gefühl möchte ich nicht wieder erleben.
Beziehungen, richtige Beziehungen, in denen ernsthafte Gefühle im Spiel sind, bergen grundsätzlich die Gefahr, dass sie unkontrollierbar sind. Aber macht mir das Angst? Macht mir die Vorstellung Angst, mit Mick zusammen zu sein?
Nein.
Alles deins.
Das Angebot ist zu verlockend. Und es fühlt sich richtig an. Mehr als richtig.
Als ich meine Laufschuhe aus dem Schrank hole, höre ich ein Geräusch im Erdgeschoss. Ich halte überrascht inne. Ist dort jemand? Aus irgendeinem absurden Grund schießt mir sofort Mick durch den Kopf. Aber warum sollte er morgens zu mir kommen?
Ich gehe leise nach unten und spähe um die Ecke. Da sehe ich Kuba und Rubin von meinem Reinigungstrupp. Ich

atme tief durch. Oh Mann, wie konnte ich die vergessen? Schließlich kommen sie zwei Mal in der Woche, um zu putzen und all die Dinge zu erledigen, zu denen ich keine Lust habe.

Als Kuba mich sieht, grinst er breit. Er ist ein smarter, kleiner Pole mit blonden kurzen Haaren. „Hola Chef – können wir loslegen?“

„Morgen, ihr zwei. Ja klar, ich wollte gerade eine Runde laufen.“

„Alle Zimmer?“, fragt er und wackelt bedeutungsvoll mit den Augenbrauen. Er ist ein charmanter Typ mit ansteckend guter Laune.

„Ja, heute habe ich keine Leiche versteckt.“

„Wir machen auch Tatortreinigung“, meint Rubin, sein Kollege, todernst.

Die beiden sind echt ein witziges Gespann. Tatsächlich bietet die Firma, die sie betreiben, neben üblichen Putzjobs auch Spezialreinigungen an, daher arbeiten sie unter anderem auch in Max’ Tierklinik.

„Was ist mit Alba? Ist sie krank?“ Ich ziehe mir die Laufschuhe an.

„Nein, wir mussten einen Dienst tauschen. Der Herr hier“, Rubin deutet auf Kuba, „ist heute zu empfindlich.“

„Ich habe *den* Job auch nicht angenommen“, sagt Kuba ein wenig pikiert.

„Aber du kennst doch unseren neuen Slogan: *Wir beseitigen jeden Scheiß*!“, brummt Rubin belustigt.

„Darüber sollten wir unbedingt noch mal sprechen“, sagt Kuba und streift sich Gummihandschuhe über.

Ich grinse, während die beiden aus Spaß ein wenig miteinander zanken. „Bis später.“

31. Kapitel
Mick

Mo sieht mich an, als wären mir gerade spontan Hörner gewachsen.
„Ich glaube das nicht", sagt er schließlich. „Warum machst du das?"
„Es ist eine Party und er möchte, dass ich ihn begleite."
„Habe ich verstanden", meint Mo. „Aber ich halte es für eine bekloppte Idee, dass du mitgehst. Was erwartet er von dir?"
Ich zucke etwas ratlos mit den Schultern. „Auf jeden Fall ein angemessenes Outfit."
Mo schnaubt leise. „Hör mal, weißt du eigentlich, was da abgeht?"
„Nee, aber du, oder was?" Ich sehe ihn abwartend an und er kreuzt die Arme über seiner schmalen Brust.
„Ja, zufällig habe ich zumindest ansatzweise eine Vorstellung davon. Ich war natürlich noch nicht auf so einer Bonzen-Veranstaltung. Aber grundsätzlich kann ich dir sagen, was erwartet wird, wenn du mit deinem Master dorthin gehst."
„Mein *Master*? Leon ist doch nicht mein Master!"
„Genau, Mickey-Schatz, du hast es erfasst. Aber ihr werdet da als D/s-Paar auftreten."
Ich seufze. „Okay, dann sag mir, was ich zu tun und zu lassen habe. Und was um alles in der Welt soll ich anziehen?"
„Du willst das echt durchziehen? Respekt, Alter." Mo nickt mir zu. „Komm, ich zeig dir was."

Ich folge ihm in sein Zimmer und werfe mich auf sein Bett, vergrabe meine Nase in seiner Bettwäsche. Riecht gut, nach Mo.

„He, wischst du etwa deine Nase an meiner Decke ab?"

„Quatsch – ich schnüffel nur daran."

„Du hast echt nicht mehr alle Tassen im Schrank."

Mo kramt in der Schublade seiner Kommode herum und befördert ein Nietenhalsband mit einigen Ringen und zwei weitere Teile zutage, die ich nicht genau erkennen kann.

„Hast du eine vernünftige Hose?"

„Was soll das denn schon wieder heißen?" Ich fange das Halsband, das Mo mir zuwirft. „Dein Ernst?"

„Aber 100%ig. Und dazu kannst du das hier tragen …", er hält eine Art schwarzes Netzshirt hoch, „… oder dieses Teil."

Er kommt mit etwas zu mir herüber, das aussieht wie kurze Ledergürtel, die mit Silberringen aneinander befestigt sind. „Ein Harness."

„Du hast ja tolle Sachen", sage ich und nehme ihm das Ding ab. „Und wo soll da der Kopf durch?"

„Das ist für den Arsch!"

„Was?!"

Mo lacht. „Quatsch, natürlich musst du hier den Kopf durchstecken. Mann, stell dich doch nicht blöder an, als du bist. Los, zieh dein Shirt aus, ich helf dir beim Anlegen. Dann kannst du gucken, ob du das am Samstag tragen willst."

Ich rutsche an den Rand der Matratze und ziehe mein T-Shirt über den Kopf. Der Harness ist zum Glück verstellbar, denn Mo ist wirklich deutlich schmaler als ich.

„Sag mal, ist das etwa aus Leder?"

Mo schüttelt entrüstet den Kopf, als er die Schnallen verstellt und an meinem Körper schließt. „Das ist alles Kunstleder."
Er greift an mir vorbei und nimmt das Halsband. Als er es mir umlegt, streifen seine Finger über den sensiblen Punkt an meinem Hals. Mein nur mühsam unterdrücktes Stöhnen nimmt er mit einem Grinsen zur Kenntnis. Er schnallt das Halsband so eng, dass es unter meinem Kehlkopf drückt.
„Das ist zu eng", sage ich und röchele gespielt.
„Du sollst es ja auch spüren. Los, guck in den Spiegel, ob es dir gefällt."
Ich stehe auf und trete vor den schmalen Spiegel in Micks Zimmer. Das Halsband liegt so eng um meinen Hals, dass ich es beim Schlucken merke. „Ich sehe aus wie ein Gladiator."
„Dazu bräuchtest du jetzt noch eine enge Hose, die auch zeigt, was du zu bieten hast."
„So so." Unsere Blicke treffen sich im Spiegel. „Und Sandalen – oder was?"
„Wenn ich Leon wäre, würde ich dir einen schönen großen Plug in den Arsch schieben, damit du den ganzen Abend nicht vergisst, wem du gehörst. Oder ich würde dich vorher richtig durchlassen. So, dass du froh wärst, dich neben mich knien zu dürfen, weil du dann nicht sitzen musst."
Seine Worte jagen von meinem Hirn direkt in meinen Schwanz. Ich schlucke, spüre wieder das Halsband. Die Erinnerung an unser ganz spezielles Pizzaessen ist noch sehr präsent. Ich hoffe inständig, dass Leon so etwas nicht geplant hat.
„Da ist wohl … wie heißt das? Der Wunsch Vater des Gedankens, was?"

Ertappt senkt Mo den Blick. „Ich fänd's geil, wenn er das mit mir macht."
Ich packe ihn mir, ziehe ihn an mich heran. Wir sehen uns lange an, ich fühle seinen heißen Körper an mir, seine Erektion drückt sich an meinen Oberschenkel. Doch ich küsse ihn nicht. Mir wird gerade bewusst, was es für Konsequenzen hat, dass ich mich für Leon entschieden habe. Obwohl, er würde es ja nicht erfahren. Trotzdem – es fühlt sich nicht richtig an. Also Mo in meinem Arm fühlt sich schon richtig an und noch vor ein paar Wochen hätte ich genau gewusst, was jetzt zu tun wäre.
Mo weicht zurück, er sieht mich bestürzt an. „Oh nein, das wollte ich nicht. Wirklich."
Ich fasse mit beiden Händen in seine weichen roten Haare und küsse seine Stirn. „Alles in Ordnung, Mo. Es ist meine Schuld … Ich hab neulich schon von Torge gehört, dass ich da komische Signale aussende." Ich seufze. „Aber ich habe Leon versprochen, dass …"
„Das ist okay", unterbricht Mo mich sofort. „Mein Notstand sollte nicht dein Problem sein. Ich finde es normal, dass Leon dich für sich allein haben will. Die Idee von dieser Party hat mich nur total heiß gemacht."
„Ich frag Leon, ob du mitkommen kannst", sage ich spontan. Aber Mick schüttelt den Kopf.
„Ich bleibe schön mit dem Arsch zu Hause. Jemand muss die Tiere versorgen und du kannst nach der Party mit zu Leon fahren." Er grinst etwas gequält. „Du kannst ja mal schauen, ob du einen geilen Millionär für mich findest."
Ich lache leise. „Ah, okay, muss also gleich ein Millionär sein? Sonst keine Vorlieben?"

Mo zuckt mit den Schultern, dreht sich um und lässt sich auf sein Bett fallen. Von dort betrachtet er mich intensiv. „Er sollte gut aussehen, einen großen Schwanz haben … hm, nicht älter als vierzig. Du weißt doch, auf was für Typen ich stehe."
„Oh ja, du willst einen richtigen Dom, der dir sagt, wo es langgeht." Ich gehe nicht ins Detail, weil ich Mo nicht weiter aufgeilen will. Aber ich habe schon eine ziemlich genaue Vorstellung von seinem Traummann.
Mo rollt sich auf den Bauch und reibt seinen Schwanz über die Matratze. Die Bewegung ist unmissverständlich. Oh Mann, er hat es wirklich nötig.
„Warte hier – beweg dich nicht!"
Erstaunt sieht er mich an und ich flitze nach unten, um mein Handy zu suchen. Hoffentlich ist Leon erreichbar. Ich schreibe ihm eine Nachricht: „Frage: Kann ich Mo beim Wichsen zugucken?"
Keine zehn Sekunden später klingelt mein Telefon. Es ist Leon. Statt einer Begrüßung fragt er: „Kann ich etwas mehr Erklärung bekommen?"
„Hi Leon", sage ich etwas verlegen. Ich hätte die Sache gern schriftlich geregelt.
„Wir haben … also ich hab die Sachen anprobiert, die ich zu deiner Party anziehen könnte und jetzt ist Mo total geil. Ich … echt, ich fass ihn nicht an", beteure ich. „Aber ich wollte dich fragen, ob ich ihm zusehen darf, wie er es sich selbst macht."
Leon lacht leise, verblüfft. „Du fragst mich um Erlaubnis?"
Okay, eigentlich ist das auch schräg. Ich frag ihn, ob ich ihn betrügen darf. Bescheuerte Idee. „Sorry, Leon, vergiss das Ganze einfach."

„Mickey – ich hab nichts dagegen, dass du ihm zusiehst. Aber ich will nicht, dass ihr miteinander fickt. Okay?“
Jetzt bin ich erstaunt. „Meinst du das ernst?“
„Ja. Und Mick – ich vertrau dir da“, sagt er eindringlich. „Was hast du denn anprobiert?“
„Ich … also …“ Will er jetzt Telefonsex oder was?
„Ach nein, Mo wartet, oder? Dann hau schon ab.“
In seiner Stimme schwingt etwas mit, das ich nicht benennen kann. Ein warmes, wohliges Gefühl durchfließt mich von den Ohren bis zu den Füßen.
„Danke, Leon.“

32. Kapitel
Mick

„Hey Mick, ich glaub, dein Lover kommt“, ruft Torge.
Ich schließe die Meerschweinchen-Ställe und gehe nach draußen auf den Hof. Tatsächlich – Leon kommt gerade mit seinem Luxusschlitten auf den Hof gefahren.
Ich gehe auf seinen Wagen zu, als er neben meinem Auto parkt. Mein Herz klopft ein wenig schneller. Leon steigt aus und lächelt mich an. „Hi Mick.“
Wie ein Magnet zieht er mich an. Ich gehe auf ihn zu, schlinge die Arme um ihn und küsse ihn. Nicht nur ein Begrüßungskuss, sondern richtig heftig und leidenschaftlich. Überrascht und mit einem leisen Lachen schiebt er mich schließlich ein Stück von sich. „Mick, willst du deinem Besuch eine Show bieten?“
Tatsächlich steht Torge vor der Scheune und sieht interessiert zu uns herüber. „Das ist kein Besuch, das ist Torge.“
„Ich weiß.“
„Warum bist du hier?“, frage ich neugierig.
„Ich würde gern mit dir in die Stadt fahren.“
Ich grinse. „Willst du etwa mit mir *shoppen* gehen?“
„Ja, das hatte ich vor. Warst du denn anständig gestern?“
Ich sehe ihn mit großen Augen an. „Ich fürchte, ich bin nie anständig“, gebe ich zu. „Wenn du allerdings meinst, ob ich mit Mo im Bett war – nein, ich war ganz brav. Hab nur zugesehen.“
„Gut für dich. Sonst hätte ich noch einen Abstecher in den Erotikshop gemacht und mir etwas Schmerzhaftes für dich ausgesucht.“ Leon lächelt noch immer, aber er schafft es, dass in seinen Worten eine deutliche Drohung mitschwingt.

„Du hast gesagt, du hättest bereits etwas anprobiert für die Party.“
„Ja, ein Oberteil habe ich schon.“
„Okay, dann brauchen wir uns nur um eine passende Hose kümmern. Und Schuhe?“
Ich nicke vorsichtig. „Möchtest du sofort los? Ich würde gern vorher duschen.“
„Klar, dusch erst. Ich kann mich ja in der Zwischenzeit mit Torge unterhalten.“
„Du kannst auch die Schafe angucken. Und Emil hallo sagen.“
„Ja sicher, da bin ich scharf drauf.“
Ich beeile mich, unter die Dusche zu kommen. Shoppen mit Leon – das klingt nach goldener Kreditkarte oder so. Und nach Zeit mit ihm, ganz ohne irgendwelche Erwartungen.
Ich dusche in Blitzgeschwindigkeit, suche rasch nach sauberen Klamotten und flitze dann mit noch nassen Haaren wieder nach unten. Aber Leon ist weg. Das gibt es doch nicht!
Ich sehe Torge, wie er einige Dinge in die Scheune räumt.
„Ich hau auch gleich ab“, ruft er zu mir herüber.
„Torge – sag mal, wo ist Leon?“, frage ich irritiert.
Torge deutet Richtung Autos, und tatsächlich – Leons Wagen steht noch immer dort. „Der sitzt in seinem Wagen. Ich glaube, er ist geflohen.“
„Geflohen?“, wiederhole ich ungläubig. „Hast du … ihm gedroht?“
Torge grinst so breit, dass ich seine weißen Zähne strahlen sehe. „Oh nein, never. Ich hab mich echt nett mit ihm

unterhalten. Aber er hat Fersengeld gegeben, als er gesehen hat, dass die Hühner frei herumlaufen."

„Oh nein – ich hatte ihn nicht vorgewarnt." Es fällt mir schwer, das Lachen zu unterdrücken. Ich will nicht über Leon lachen, ehrlich nicht. Schon gar nicht vor Torge. Aber ich kann nicht anders …

Betont lässig schlendere ich zu seinem Auto und versuche, das Lachen unter Kontrolle zu kriegen. Als ich die Tür öffne, habe ich es fast geschafft. „Torge meinte, du bist schon mal vorgegangen …" Und da packt es mich wieder, ein wirklich albernes Kichern. Ich kann es nicht zurückhalten.

„Ja ja, steig schon ein. Ich kann mir vorstellen, was Torge dir erzählt hat."

Ich lasse mich auf den Sitz gleiten und küsse Leon auf die bärtige Wange. „Weißt du eigentlich, dass ich in meinem ganzen Leben noch nicht so viel gelacht habe wie mit dir?"

„Du meinst wohl *über mich*", sagt Leon, aber er lächelt mich an und ich kann das Lächeln auch in seinen Augen sehen.

33. Kapitel
Leon

Es ist süß, wie Mick an meiner Seite herumzappelt. Er scheint wirklich ein bisschen nervös zu sein, als wir in die Stadt fahren. „Alles gut?"
„Ja, ja, ich freu mich, dass du vorbeigekommen bist." Er strahlt mich von der Seite an. „Du … du siehst toll aus. Hab ich dir das eigentlich schon mal gesagt?"
Grinsend schüttele ich den Kopf. „Willst du dich einschleimen, weil du dich über meine Hühnerphobie lustig gemacht hast?"
„Nein, ich will mich nicht einschleimen", ruft er sofort entrüstet. Und dann murmelt er: „Hühnerphobie …" und fängt wieder an zu kichern. Angestrengt starrt er aus dem Seitenfenster, als wenn ich seine Belustigung dann nicht mitbekommen würde.
„Mick!", sage ich streng. „Ich glaub, ich muss gleich andere Seiten aufziehen."
„Oh nein, bitte, ich reiß mich zusammen", sagt er hastig.
Aber ich sehe aus den Augenwinkeln, wie es in seinem hübschen Gesicht zuckt.
Ich habe bereits einen bestimmten Laden im Kopf, in dem wir für Mick zumindest eine passende Hose für den Anlass finden werden.
Mick starrt auf das Schild über der Tür. „Den Laden kenne ich gar nicht."
Das wundert mich nicht. Ich öffne die Tür und lasse ihn eintreten. Mick bleibt direkt hinter der Tür wie angewurzelt stehen und scannt erst einmal das Angebot. Dann geht er entschlossen weiter hinein.

Eine junge Frau in einem dunkelgrünen Korsett und mit schwarzen Haaren bis zum Hintern kommt auf uns zu. „Kann ich euch helfen?"
„Bestimmt. Ich suche für meinen Freund eine Hose. Und zwar möglichst eine Jeans, die seinen hübschen Hintern mehr betont als die, die er zurzeit trägt."
Sie lässt ihren Profiblick über Micks Hintern gleiten. Dann lächelt sie. „Ouvert?"
Ich schüttele den Kopf. „Nein, und es sollte auch alles einigermaßen verpackt sein."
Mick starrt mich von der Seite an. Seine Ohren sind so rot, dass sie glühen.
„Ich suche euch welche raus. Wie sieht es mit den Materialien aus? Ich habe sexy Lackhosen." Sie geht vor uns her und greift mit einer Hand nach einer schwarzen Hose. „Oder hier so ein Wetlook-Material."
Ich lasse die Hand über den glatten Stoff gleiten. Fühlt sich gut an, aber ich fürchte, damit wird Mick zu viele unerwünschte Blicke auf sich ziehen.
„Ich glaube, mit Jeans sind wir am besten bedient."
Kaum ist die junge Frau ein paar Schritte entfernt, lehnt Mick sich gegen mich. Fast, als würde er Schutz suchen. Das passt nicht wirklich zu ihm, eigentlich ist er ein selbstbewusster Kerl. „Das ist ein Fetischladen", sagt er.
Ich lache leise. „Ja, korrekt. Deine Beobachtungsgabe ist verblüffend."
Er schweigt und starrt mich an. In diesem Moment kommt Dana, wie ich auf ihrem Namensschild lesen kann, zurück.
„Ich habe hier vier Hosen zur Auswahl. Dort hinten könnt ihr sie anprobieren."

„*Ihr* vor allem“, brummt Mick, aber das kann nur ich hören, denn seine Stimme wird von der Musik im Hintergrund geschluckt.
Ich gehe mit den Hosen über dem Arm voran und Mick folgt mir. Ich sehe, dass er seinen Blick über die Klamotten gleiten lässt. Das ein oder andere Oberteil im Vorbeigehen anfasst. Vielleicht sollten wir unseren Einkaufsplan ein wenig erweitern.
„Magst du Latex tragen?“
„Habe ich noch nie“, gibt er zu und dann fügt er mit einem halben Grinsen hinzu: „Also nur am Schwanz.“
Ich lasse ihn an mir vorbei in die Umkleidekabine schlüpfen, lege die Hosen auf einem Hocker ab und bleibe im halb geöffneten schwarzen Vorhang stehen.
Er nimmt das mit einem Stirnrunzeln zur Kenntnis, sagt aber nichts. Als er seine Hose öffnet, sieht er mir direkt in die Augen. Das Hosenöffnen klappt mittlerweile schon wieder ganz gut mit seiner Hand. Schade eigentlich, ich habe nichts dagegen, ihm ein wenig behilflich zu sein.
Das muss ich dann auch, als er die erste Hose anprobiert, eine hellblaue Skinny-Jeans. Gut, dass er heute keine Boxershorts trägt, diese Hose hätte er mit Sicherheit nicht darüber bekommen. Sie ist wirklich eng und sitzt extrem tief. Ich helfe ihm, die Knöpfe zu schließen.
Mick sieht sehr kritisch in den Spiegel. „Ich glaube, die Hose ist zu eng. Guck mal, mein Arsch quillt oben heraus.“
Ich sehe, wie die Hose seine festen Arschbacken umschließt und ein wenig nach oben presst. Tatsächlich kann man den Ansatz seines Hinterns fast sehen, zumindest die Rundungen ein wenig erahnen – und seine Hüft-

knochen, denn die Hose sitzt sogar noch darunter. Das ist absolut perfekt.

„Verlierst du die Hose, wenn du dich bewegst?"

„Verlieren? Im Leben nicht. Ich bin nicht mal sicher, ob ich je wieder rauskomme!"

„Dann nehmen wir sie", erkläre ich mit einem Lächeln.

„Ja, weil ich sie nicht mehr ausziehen kann", witzelt Mick und sieht auf das Preisschild. Er wird ein wenig blass.

„Nein, weil du absolut heiß aussiehst."

„Leon, das Teil ist echt ne Pornohose, fehlt nur noch der weiße Streifen von der Calvin Klein, der oben rausguckt."

„Calvin Klein?" Ich runzele gespielt die Stirn. „Du wirst doch keine Unterhose darunter tragen."

„Oh."

Ich lege meine Hände auf seine muskulösen Arschbacken, die in dieser Hose wirklich gut zur Geltung kommen.

Er sieht mich von unten herauf an und sein Blick wird lasziv. „Du willst mich doch wohl nicht in der Umkleide knallen, oder?", fragt er leise und mit einem sehr speziellen Unterton.

Wow, er würde das glatt machen, wird mir gerade klar. „Wollen schon, aber ich kann mich noch gerade beherrschen."

„Okay, dann kauf die Hose", beschließt er. „Vielleicht kann ich sie auch noch öfter tragen. Für dich."

„Das hoffe ich. Probierst du die anderen noch an?"

Mick nickt. „Kann ich machen. Falls ich aus dieser Hose herauskomme …"

„Du könntest dich auf den Hocker setzen und ich ziehe an den Hosenbeinen", schlage ich grinsend vor.

„Haha, sehr witzig! Geh doch mal ein Oberteil suchen, das dir gefällt“, schlägt er vor, während er sich aus der Jeans kämpft.

Wir entscheiden uns schließlich für die erste Hose, die er anprobiert hat, und für ein schwarzes, ärmelloses Oberteil, das auf der Rückseite nur aus einem Netz besteht. Ich weiß nicht, ob er das am Samstag tragen möchte, aber es gefällt ihm einfach.

Als wir an der Kasse stehen, beugt er sich zu mir und flüstert mir ins Ohr: „Hast du eigentlich gesehen, was diese Hose kostet?“

„Ja, habe ich, Mick“, antworte ich ihm mit einem Grinsen.

„Und du willst wirklich diese … diese Unterhosen auch noch kaufen?“

Unterhosen. Ich muss mich wirklich zusammennehmen, um nicht laut aufzulachen. Die beiden Jockstraps, die ich für ihn ausgesucht habe, kann man kaum als „Hose“ bezeichnen. Vor allem nicht den aus Latex.

„Wir kaufen jetzt noch ein passendes Paar Schuhe und dann gehen wir etwas essen, okay?“

Mick hängt sich an meinen Arm und strahlt mich an.

„Was möchtest du essen?“

„Am liebsten hätte ich einen Burger. Ich hab schon so lange keinen mehr gegessen. Mo meckert dann immer … er ist echt extrem. Und eigentlich hab ich auch nie Geld, um so’n Zeug zu kaufen.“

„Einen Burger, ja?“, frage ich zweifelnd. Doch ich weiß schon jetzt, dass ich Micks Augenaufschlag nicht widerstehen kann.

„Bitte, bitte – gehen wir zu McDonald’s? Dann trag ich auch die Pornohose am Samstag ohne Unterhose – oder

mit, wie du willst – und ohne zu mucken.“ Er klimpert tatsächlich mit den Wimpern und ich lache, als ich meine Karte über den Ladentisch schiebe.
„Wenn ich gewusst hätte, dass ich dich mit so etwas Gewöhnlichem glücklich machen kann, hätte ich das schon eher getan.“
„Du macht mich immer glücklich, Leon“, sagt er leise. „Aber mit dir shoppen zu gehen, ist auch ein Erlebnis.“ Er grinst so offen, dass ich einfach mitgrinsen muss.

34. Kapitel
Leon

Am Samstagabend hole ich Mick ab. Ich bin zwiegespalten – auf der einen Seite habe ich durchaus Lust, Mick als meinen Sub zu präsentieren. Auf der anderen Seite würde ich lieber Zeit mit ihm allein verbringen. Aber ich habe Max zugesagt, dass wir kommen. Das Essen wird gut sein, die Musik ebenfalls. Und vielleicht bekommt man auch etwas Anregendes geboten – höchstwahrscheinlich sogar.

Mo öffnet mir die Tür. „Oh, wow, du siehst heiß aus", entfährt es ihm. Er starrt mich unverhohlen an.

„Danke. Ist Mick fertig?"

„Ja. Die Hose, die ihr gekauft habt, müsste verboten werden." Er grinst.

„Gefällt sie dir?"

„Sie muss *dir* gefallen, oder?"

Ich mustere Mo aufmerksam. „Sag mal, Mo, bist du eigentlich sauer auf mich?"

Mo sieht sofort zu Boden. „Nein, ich bin nicht sauer", sagt er leise. „Ich gönne Mick, dass er mit dir zusammen ist. Du bist perfekt. Und mit Mick und mir … das wäre nie etwas geworden. Nicht das, was ich mir wünsche."

„Was wünschst du dir denn, Mo? Was brauchst du?", frage ich sanft, aber mit Nachdruck.

Er zögert, sieht über seine Schulter ins Haus. Doch Mick ist noch nicht da. „Totale Unterwerfung", sagt er schließlich. „Ich dachte, das hätte Mick dir mittlerweile erzählt."

„Was möchtest du denn – eine 24/7 Master-Slave-Beziehung? Hast du so schon einmal gelebt?"

Er schüttelt den Kopf. „Nein, aber … vielleicht wäre das genau richtig für mich."
Wenn er sich so eine Beziehung wünscht, dann ist Mick mit Sicherheit nicht der richtige Partner. Der taucht jetzt auf der Treppe auf.
„Hey, du bist schon da."
Ich starre ihn an. Er sieht zum Anbeißen aus. Als er näherkommt, kann ich sehen, wie die enge Jeans seinen knackigen Arsch umspannt. Dazu trägt er ein ärmelloses Netzshirt von Mo – zumindest vermute ich, dass es Mo gehört, denn Mick sprengt das Shirt fast. Aber was mich am meisten fasziniert, neben der Tatsache, dass Mick mit ziemlicher Sicherheit keine Unterhose trägt, ist das schwarze Nietenband um seinen Hals. Davon hatte er vorher nichts erzählt. Ich bin überrascht, dass er tatsächlich ein Halsband trägt. Es gibt kaum etwas mit mehr Symbolwert. Nun, für diesen Abend könnte es genau richtig sein.
„Ich wünsch euch viel Spaß", sagt Mo und zieht sich zurück. „Du brauchst dir keine Gedanken zu machen, ich kümmere mich morgen um die Tiere. Okay?"
„Ja, danke." Mick umarmt seinen Freund und drückt ihm einen Kuss auf die Stirn.
„Mach bloß keinen Unfug."
„Ich – nie!"
Ich nehme Mick kurz in den Arm und genieße das Gefühl. „Da kann ich mich nur anschließen, Mick. Mach keinen Unsinn heute Abend."
„Jetzt hör mal – ich bin brav wie ein Lämmchen", behauptet Mick grinsend.

Ich verschlucke mich fast vor Schreck. Die Verladeaktion mit den wildgewordenen Schafen ist mir noch allzu lebhaft in Erinnerung.
Als Mick neben mir im Wagen sitzt und sich anschnallt, fragt er: „Wer ist dieser Francesco eigentlich genau? Ein Freund von dir?"
„Freund wäre zu viel", wiegele ich ab. „Ein Bekannter mit ähnlichen Interessen. Er ist Architekt und mit dieser Party weiht er gleichzeitig sein neuestes Projekt ein."
„Ähnliche Interessen … schätze, du meinst das auf Sex bezogen", brummt Mick. „Habt ihr da so einen Club, oder was?"
Mick trifft den Nagel auf den Kopf, aber das werde ich ihm nicht auf die Nase binden.
Als wir auf dem Platz vor Francescos Haus parken, zieht Mick die Augenbrauen nach oben. „Alles klar." Er schüttelt den Kopf und mustert die Reihe der abgestellten Wagen. „Hier würde Mo bestimmt seinen Millionär finden."
„Bitte?"
„Ach nichts." Er winkt ab.
Mick will aussteigen, doch ich halte ihn zurück. „Mick, warte kurz. Ich erwarte von dir, dass du dich an die Spielregeln hältst."
Er sieht mich überrascht an. „Hab ich dir doch gesagt! Hab extra noch mit Mo geredet, damit ich nichts Falsches mache." Er fasst an das schwarze Halsband. „Mo hat mir das hier gegeben. Er meinte, es könnte besser für mich sein, wenn ich es trage."
Ich nicke. „Ja, da hat er recht."
Es ist wirklich verrückt, dass ich so ein Gespräch führe. Ich habe noch niemals mit einem meiner Subs über das Ver-

halten auf einer Party oder in einem Club gesprochen! Da gab es eine entsprechende Einstimmung bei mir zu Hause und dann lief die Sache.
Es ist nicht so, dass ich befürchte, Mick könnte mich blamieren. Vielleicht wäre es sogar ganz unterhaltsam, wenn die Dinge anders liefen als üblich. Aber ich möchte nicht, dass er *sich* blamiert – das will er mit Sicherheit auch nicht. Und ich möchte nicht, dass er in eine Situation gerät, die möglicherweise gefährlich für ihn ist.
„Du bleibst in meiner Nähe, hörst du? Oder bei Max."
„Ja ja … hab ich kapiert. Und ich knie mich immer neben dich, wenn du dich irgendwo hinsetzt."
Ich fasse nach seinem Gesicht und küsse ihn zärtlich. „Oh ja, das erwarte ich. Und schön brav und gehorsam sein, okay?"
„Määäh", macht Mick und grinst breit.
Ich gebe ihm einen Klaps auf den Hinterkopf. Das kann ja heiter werden …
Die Tür zu Francescos neuem Anwesen steht offen und wir werden von einem jungen und wenig bekleideten Mann begrüßt. Es ist Timo, einer von Francescos Gespielen. Er lächelt etwas angestrengt und ich vermute, dass er nicht glücklich ist über seine Aufgabe als Empfangsdame. Oder er hat einen anderen Grund für seinen angespannten Gesichtsausdruck.
„Guten Abend, Leon." Er sieht mir nicht in die Augen und nickt Mick zur Begrüßung zu.
„Hallo Timo."
Ein überraschtes Lächeln huscht über sein Gesicht. Er hat wohl nicht damit gerechnet, dass ich seinen Namen kenne.

Wir betreten das Haus und stehen in einem riesigen Eingangsbereich. Einige Gäste halten sich hier auf, die meisten kenne ich – zumindest vom Sehen. Zwei Kellner in ultraknappen Lederpants tragen Tabletts mit Champagner durch die Menge. Mick sieht sich um.
„Hattest du nicht gesagt, dass der Typ Architekt ist? Mann, der ganze Kasten ist …“ Mick schüttelt den Kopf.
„… modern? Stylish?“, biete ich an.
„… hässlich!“
Ich verkneife mir ein Lachen, denn in diesem Moment kommt Francesco auf uns zu.
„Ah, Leon. Schön, dass du kommen konntest. Ich hatte ehrlich gesagt nicht damit gerechnet.“
Trotz der freundlichen Begrüßung macht er den Eindruck, als hätte ich ihm in die Eier getreten. „Deine Begleitung ist ja charmant.“ Francesco mustert Mick unverhohlen und sehr gierig. „Neue Errungenschaft?“
Mick senkt den Blick natürlich nicht, sondern starrt Francesco angriffslustig an. Ich verdrehe innerlich die Augen.
Francescos Blick heftet sich wieder auf mich und sein Lächeln wird abschätzig. „Da steckt aber noch eine Menge Erziehungsarbeit drin. Nun, ich wünsche dir einen schönen Abend. Vielleicht kannst du dir ja noch den ein oder anderen Tipp holen.“
Jetzt bin ich überrascht. Höre ich da Gift zwischen den Zeilen? Ich lasse mir nichts anmerken.
Als Francesco sich umdreht, um die nächsten Gäste zu begrüßen, lasse ich Mick meinen Ellenbogen spüren.
„Autsch“, beschwert der sich.

Aber ich gehe nicht darauf ein, sondern stoppe einen an uns vorbeihuschenden sexy Tabletttträger, um zwei Gläser mit Champagner zu organisieren. „Bitteschön."
„Der Typ ist ein Kotzbrocken", rechtfertigt Mick sich und trinkt einen Schluck. Er hat meinen Hieb sehr wohl verstanden. „He, da hinten ist Max."
Richtig, dort hinten steht Max und er sieht zu uns herüber. Natürlich trägt er eins seiner heißen ‚Master Max' Outfits. Er wirkt wie eine Naturgewalt in schwarzem Leder. Neben ihm steht Chrissy, sein Favorit. Er hat in etwa Torges Statur, aber er ist perfekt in seiner demütigen Haltung. Kein Zweifel, wer sein Herr ist. Und ich wette, dass er auf jedes kleinste Zeichen von Max reagiert.
„Ist das Max' Freund?", fragt Mick stirnrunzelnd.
„So ähnlich", sage ich ausweichend. „Komm, lass uns rübergehen."
Mick klebt wie ein Schatten an mir. Ich habe ihn selten so unsicher erlebt, allerdings macht ihn seine Unsicherheit ganz offensichtlich angriffslustig. Eine gefährliche Mischung.
Ich begrüße Max wie gewohnt mit einer Umarmung, auch wenn sie sich in diesem Kontext ganz anders anfühlt. Der Geruch von Leder hüllt mich ein.
„Gut siehst du aus", sagt Max und betrachtet erst mich, dann Mick ausführlich. „Das ist aber mal eine Veränderung." Er pfeift anerkennend. Sein Blick gleitet über Micks Tätowierungen und ein breites Grinsen entsteht auf seinem Gesicht. Seine Lippen formen tonlos „animal lover" dann bleibt sein Blick auf Micks Hintern hängen und verweilt dort eine ganze Zeit lang.

Als ich finde, dass er meinen Mann lange genug angestarrt hat, sage ich: „Ich habe Hunger, lass uns mal schauen, was Francesco alles aufgefahren hat.“

Mick

Ich betrete nicht nur den nächsten Raum, sondern eine andere Welt. Also einen fremden Planeten, wie es scheint. Ich bleibe nahe bei Leon, würde am liebsten auf Körperkontakt gehen. Aber das ist hier irgendwie nicht erwünscht.
„Hast du Hunger?"
„Hm, ja, geht so." Ich bin so nervös, dass ich nicht wirklich Hunger hab. Die Sachen, die dort aufgebaut sind, sehen allerdings wirklich lecker aus. Auch wenn es mich irritiert, dass links und rechts quasi nackte Kerle mit aufgebaut sind. Es gibt überhaupt recht viel Fleisch zu sehen – und nicht beim Buffet. Ich bin mit meinem Outfit dagegen noch züchtig bekleidet. Zum Glück. Ich spüre so schon die Blicke auf mir. Und das fühlt sich anders an als in irgendeinem Club.
Leon hatte recht – hier geht es um sehen und gesehen werden. Oder besser ums Angestarrt werden.
Leon reißt mich aus meinen Betrachtungen. „Nimm dir einen Teller. Oder willst du das Essen auf der Hand transportieren?"
„Ähm, nein." Ich hole mir einen Teller, da fällt mein Blick auf ein bekanntes Gesicht. Rasch schließe ich zu Leon auf. „Hey, wusstest du, dass Torge auch da ist?"
„Nein."
Ich hebe kurz die Hand und winke ihm zu. Torge sieht mich und winkt zurück. Er wirkt verblüfft. „Der Typ da neben ihm – ist das sein Freund?"
Leon zuckt mit den Schultern. „Keine Ahnung – ich kenn ihn nicht." Er folgt meinem Blick und lächelt ein wenig. „Ein echter Hingucker, was?"

Ich sehe mich noch einmal zu Torge um – Leon hat recht. Jetzt kommen die beiden auf uns zu, mein Blick klebt an Torges außergewöhnlichem Freund. Den hatte ich mir ja völlig anders vorgestellt. Er ist kleiner als Torge und ultraschlank. Seine Haare sind blauschwarz und er trägt einen Undercut. Seine Augen sind schwarz umrandet, was seinen Katzenblick extrem betont. Er trägt schwarze Bondagehosen, die Hosenbeine sind miteinander verkettet. Aber ich glaube nicht, dass das der Grund ist, warum er merkwürdig geht. Wenn er ein Pferd wäre, würde ich sagen: Er lahmt etwas.

Mann, der Typ ist echt eine Erscheinung. Ich bin total fasziniert.

„Hallo Mick, hallo Leon. Ich hatte gar nicht damit gerechnet, euch hier zu treffen."

„Das geht mir genauso", sage ich. „Aber es freut mich, dass ihr hier seid."

„Das ist Jascha, mein Freund", stellt Torge seine Begleitung vor.

„Jay", korrigiert ihn der Junge. „Kein Mensch nennt mich Jascha."

Torge grinst und über Jays Gesicht huscht ein schmales Lächeln.

„Freut mich", sagt Leon. „Kennt ihr Francesco?"

„Oh nein, Max hat uns hier eingeschleust", sagt Torge mit einem schiefen Lächeln. „Ich hab nur Jascha zuliebe zugestimmt. Und weil es was Gutes zu essen geben soll."

Leon lacht. „Pragmatische Einstellung." Er wendet sich an Jay. „Dann bist du also derjenige mit den speziellen Neigungen?"

Ein Hauch von Rot zieht in Jays blasse Wangen. Aber er hält Leons Blick stand. „Ich weiß nicht genau, bin noch in der Testphase."
„Glaubt ihm kein Wort", mischt sich Torge ein. „Seit er wieder auf den Beinen ist, quält er mich damit. Wie eine rollige Katze."
„Hör auf", zischt Jay ihm zu und wird noch einen Tick röter.
„Warum? Darf das etwa keiner hören, wie scharf dich das macht?"
Diese Worte aus Torges Mund zu hören, lässt sogar meine Ohren heiß werden. Ich zwinge mich, ihn nicht mit offenem Mund anzustarren.
Torge schnappt sich zwei Teller. „Du isst jetzt übrigens auch was", bestimmt er mit freundlichem Nachdruck und beginnt, für sich und Jay Essen auf die Teller zu laden.
Leon sucht uns Plätze auf einem der großen Sofas. Das heißt, Torge und Leon nehmen dort Platz. Jay steht unschlüssig daneben, bis Torge neben sich klopft. Er möchte offenbar nicht, dass sein Freund auf dem Boden kniet. Aber Leon und ich hatten diesen Teil ja schon vorab besprochen und so versuche ich mich möglichst elegant neben die Couch zu knien. Den Teller stelle ich auf meine Oberschenkel. Eigentlich ist die Haltung ganz okay, zumindest zum Essen nicht unbequem. Ich glaube, auf den riesigen Sofas zu sitzen, ist unpraktischer. Die Chance, sich das Essen auf die Klamotten zu kippen, ist auf jeden Fall deutlich größer.
Ich lasse meine Blicke durch den Raum schweifen, versuche alles zu erfassen. Die meisten Gäste wirken auf den ersten Blick völlig normal. Natürlich gibt es eine Menge

Latex, Leder und Lack. Viele der Sklaven haben besondere Klamotten an. Bei einigen Paarungen kann man das Machtgefälle allerdings nicht auf den ersten Blick erkennen. Ich glaube, es sind auch viele Leute solo hier. Auf jeden Fall scheint Francesco eine ganze Armee von gestählten Typen zu haben, die hier mehr oder weniger nackt den Service übernehmen. Wie auch immer der dann später am Abend aussehen wird.

Leon jedenfalls scheint völlig unbeeindruckt von all dem. Er unterhält sich entspannt mit Torge über die möglichen Ausbaupläne, schiebt mir ab und zu einen Happen Essen von seinem Teller in den Mund und wenn sich unsere Blicke treffen, ist es für einen kurzen Moment so, als wären wir allein, als wäre ich das Zentrum seiner Welt.

Und plötzlich habe ich eine sehr genaue Vorstellung, wie Leon als Dom sein kann. Mir wird klar, dass ich ihn noch nie vorher so erlebt habe. Allerdings habe ich auch Torge noch nie in dieser Rolle gesehen.

Zwei Meter von uns entfernt öffnet gerade ein Sub seinem Master die Hose und fängt an ihn zu blasen. Ich finde das gar nicht erregend, trotzdem spüre ich die Reaktion umgehend zwischen meinen Beinen. Das ist wie ein Reflex. Man kann überhaupt nichts dagegen tun. Rasch schaue ich weg, in dieser hautengen Hose sieht man sofort jede Regung meines Schwanzes.

Ein weiteres Paar geht an uns vorbei, der Master ein großer, eher dünner Typ. Er hat einen kleineren, ein wenig pummeligen Sklaven an der Leine. Ich beobachte sie, wie sie sich setzen. Der Master balanciert einen Teller mit Essen in einer Hand, während sein Sklave einen Knebelball im Mund stecken hat, der hinter dem Kopf mit einem Band

festgeschnallt ist. Ich will Leon darauf aufmerksam machen, doch er ist meinem Blick gefolgt und schüttelt streng den Kopf. Vorsichtig stoße ich Jay an und flüstere: „Na, das nenne ich mal eine effektive Diät."
Jay presst die Lippen aufeinander, fängt aber trotzdem an zu giggeln. Sofort landet Torges große Hand in seinem Nacken und wenn ich Jays Gesichtsausdruck richtig deute, fasst er nicht gerade zärtlich zu. Er dreht Jays Kopf zu sich und zwingt ihm einen groben Kuss auf.
„Ihr hört jetzt auf mit der Herumalberei", sagt Leon leise und nachdrücklich. „Sonst bist du der Erste, der da hinten landet."
Ich drehe mich, um zu sehen, was „da hinten" ist. Mitten im hinteren Teil des Raumes steht ein Holzgestell mit einer lederbezogenen Fläche. Hm, sieht aus wie ein Teil aus dem Sportunterricht, so'n Ding, wo man einen Bocksprung drüber macht oder eine Flugrolle. Aber dann ahne ich plötzlich, wozu das hier steht. Und obwohl mir ein Spruch auf der Zunge liegt, über pummelige Sklaven und sportliche Aktivitäten, verkneife ich mir den umgehend. Ich glaube zwar nicht, dass Leon mich öffentlich bestrafen würde – aber sicher ist sicher. Besser, ich halte in der nächsten Zeit den Mund, damit die Dinge hier nicht aus dem Ruder laufen.

***

Max kommt zu uns herüber und eine Zeit lang unterhält er sich mit Leon und Torge. Es ist schon eigenartig, dass Jay und ich nur so Deko zu sein scheinen. Aber damit werde ich mich heute abfinden müssen. Ich habe Leon zugesagt, ihn zu begleiten und ich werde mich bemühen, seinen Vorstellungen gerecht zu werden. Mit Max' Freund Chris komme ich übrigens gar nicht in Kontakt. Der hat offenbar nichts für mich übrig. Vielleicht hält er sich auch für was Besseres oder so. Chrissy, der *Supersub*. Keine Ahnung.

Da meine Meinung in den Gesprächen nicht gefragt ist, was ich sehr seltsam finde, halte ich mich an den Champagner, der immer wieder an mir vorbeigetragen wird. Das Zeug schmeckt von Glas zu Glas besser. Und meine Stimmung wird auch von Glas zu Glas besser.

Jay ist offensichtlich total geflasht davon, Torges devotes Anhängsel zu sein. Trotzdem tauschen wir ab und an Blicke aus und albern etwas herum. In einem Rahmen, der gesellschaftlich vertretbar ist. In *dieser* Gesellschaft. Ich mag Jay. Trotz seines extravaganten Aussehens scheint er einfach ein netter Typ zu sein, mit dem man Spaß haben kann.

Leons Hand landet auf meiner Schulter. „Mick, magst du mir noch ein alkoholfreies Bier besorgen?" Seine Frage klingt nicht im Mindestens wie eine Bitte, sondern wie ein Befehl.

Ich würde dir alles besorgen, denke ich und nicke grinsend. Leon sieht total scharf aus in seiner schwarzen Wetlook-Hose und dem eng anliegenden schwarzen Hemd. Wie gern würde ich meine Hände über seinen festen Arsch gleiten lassen. Das Material der Hose fühlt sich toll an, ultraglatt. Ich muss das Bedürfnis unterdrücken, ständig mit den Fingerspitzen darüber zu fahren. Später.

Erst einmal schiebe ich meinen Hintern Richtung Bar, um Leon das gewünschte Bier zu beschaffen.

Kurz bevor ich an der Theke ankomme, stellt sich Francesco mir in den Weg. Er starrt mich durchdringend an,

aber ich weigere mich, den Blick zu senken. Was hab ich mit dem Typen zu schaffen? Wenn ich dieses Spiel mitmache, dann ausschließlich mit und für Leon.
„Dir fehlt eine gehörige Tracht Prügel, damit du dich unterordnest", zischt er mir zu.
Wenn mich das erregen soll, hat er den falschen Knopf gedrückt. Ich zucke mit den Schultern.
„Komm mit mir, ich zeig dir meinen ganz besonderen Lieblingsraum." Er schaltet auf Einschleim-Modus – kann mich auch nicht überzeugen. „Wenn ich mit dir fertig bin, wirst du nur noch mich als Master wollen. Und ich werde alles in deinem geilen Loch versenken können …"
„Nein, das geht wirklich nicht. Ich habe schreckliche Blähungen heute", behaupte ich jetzt wirklich ärgerlich. Was quatscht der mich zu? Ich will nur ein Bier holen!
„Das ist kein Problem für mich", sagt er in neutralem Tonfall, aber es klingt irgendetwas mit, was mir nicht schmeckt.
Trotz meiner deutlichen Absage folgt Francesco mir, als ich mit dem Bierglas in der Hand wieder zu Leon gehe. Ich habe schon die Befürchtung, dass er sich über mein Verhalten beschweren will, doch als er bei Max, Leon und Torge ankommt, sagt er: „Ich würde euch gern durch das Haus führen. Ich habe einige besondere Räume eingerichtet."
Er wirkt eigentlich ganz freundlich. Aber ich mag den Typen nicht und habe den Eindruck, dass er nicht echt ist.
„Das klingt doch mal interessant", sagt Max.
Offenbar ist jetzt eine Hausführung angesagt.
„Was wollte Francesco von dir?", fragt Leon wie nebenbei, als ich ihm das Glas reiche.

Aha, Leon hatte mich also im Blick. „Er hat mir ein schweinisches Angebot gemacht."
„Und du hast abgelehnt?" Leon sieht mich lauernd an.
„Hab gesagt, dass es mir nicht passt, weil ich Blähungen habe."
Ich sehe das Zucken in Leons Mundwinkeln. Er unterdrückt das Lachen, ist aber eindeutig amüsiert. „Ich glaube, du hast unserem Gastgeber einen gefährlichen Korb erteilt."
„Warum gefährlich?"
„Glaub mir, Blähungen … sowas hält ihn nicht ab."
Jetzt muss ich doch lachen, weil das Ganze so absurd ist. „Das hat er auch gesagt …"
Leon beugt sich zu mir herüber, seine Lippen streifen mein Ohr, als er sagt: „Bleib bei mir oder in der Nähe von Max oder Torge. Ist besser. Es gibt hier einige Leute, die nicht wissen, was Nein heißt."
Wir starten im Erdgeschoss, und ja, ich gebe zu, spätestens, als ich den großen Pool sehe, bin ich beeindruckt. Hier würde ich gern mit Leon wohnen – oder zumindest Urlaub machen. Allerdings nur, wenn Francesco nicht in der Nähe ist. Sex im Wasser, das war schon in Leons Whirlpool geil. Wie viel geiler wäre es in einem Pool! Außerdem mag ich schwimmen.
Jay flüstert Torge etwas zu – und so, wie Torge grinst, würde ich behaupten, sie hatten auch schon ein Poolerlebnis! Oh Mann, ich will auch mit Leon im Pool ficken! Ich spüre seine Hand auf meiner Arschbacke. Warum zum Teufel hängen wir eigentlich noch auf dieser Veranstaltung herum? Verzweifelt bemühe ich mich, meine Gedanken in eine andere Richtung zu lenken. Wenn wir schon hier sein

müssen, könnten wir vielleicht später noch einen Abstecher hierher machen. Ich sehe Leon hoffnungsvoll an, aber der schüttelt den Kopf. Es erstaunt mich immer wieder, wenn unsere Verständigung ohne Worte funktioniert.
Wir werden durch eine Reihe von Schlafzimmern geführt, in denen ziemlich viel Action ist. Ich bin nach kurzer Zeit total sex-übersättigt. Das ist ja, als wenn ich an einem Pornoset unterwegs wäre. Das ist einfach nicht meine Welt – dabei mag ich Sex! Aber nicht so viel und so extrem, stelle ich fest. Okay, die Erkenntnis haut mich auch nicht vom Hocker.
„Jetzt zeig ich euch noch meine *besonderen* Räume", sagt Francesco und geht voran, die Treppe nach unten.
Ah, okay, es geht also in den Keller. Wahrscheinlich hat er dort seine Weinvorräte. Wenn nicht Leons Hand immer wieder auf meinem Hintern landen würde, hätte ich versucht, mir den Rest der Führung zu sparen. Lieber wäre ich noch eine Runde am Buffet vorbeigelaufen. Wann bekommt man schon mal so viel leckeres Essen geboten, ohne dass man etwas dafür tun muss?! Okay, ich tue was dafür – ich lasse mich von fremden Männern anglotzen und muss mir den Quatsch von Francesco anhören. Dafür steht mir das Essen definitiv zu.
Von der hellen Treppe geht es jetzt in einen wirklich schummrigen Keller. Francesco geht vor uns her, Max und sein Sub dahinter, dann zwei Männer, die ich nicht kenne. Die Wände sind dunkel gefliest, der Boden besteht aus grauen Steinen. Ich sehe mindestens drei Türen, von denen Francesco jetzt die erste öffnet. Ich betrete den Raum nach Leon, die Beleuchtung hier ist ebenfalls grenzwertig. Und als ich die Ausstattung des Raumes endlich erkenne, bleibe

ich so abrupt stehen, dass Jay in mich hineinläuft. Das ist eine Folterkammer!
„Hey, alles klar?", fragt Jay sofort und reibt sich die Schulter.
Ich schüttele den Kopf und lasse meinen Blick über die Dinge wandern, die ich hier sehe. Eine Gänsehaut kriecht über meine Arme. Ich höre, wie die anderen Männer sich unterhalten, irgendjemand lacht sogar. Leon dreht sich zu mir um.
„Was ist? Hast du Angst?" Er wirkt überrascht
„Was soll das mit Sex, mit Lust zu tun haben?", frage ich ihn leise.
„Möchtest du das gern wissen?", fragt er ebenso leise zurück. In seiner Stimme schwingt etwas mit, dem ich mich nur schwer entziehen kann.
Ich kann nicht antworten. Es ist seltsam, als wenn sich unsere Welt schlagartig um uns beide zusammenzieht. Ich bin vollkommen auf Leon konzentriert.
Leon drängt mich Gesicht voran gegen ein Holzkreuz, das wie ein großes X aussieht. Ein Andreaskreuz, ich hab so etwas noch nie in echt gesehen. An diesem Kreuz sind verschiedene Schlingen und Fesselmöglichkeiten angebracht.
„Leg die Hände in die Handfesseln."
Oh nein, ich will das nicht. Ich bin mir der Blicke der anderen Männer nur zu bewusst. Eigentlich sollte ich jetzt gehen. Warum sollte ich bei so einem Schwachsinn mitmachen? Aber es geht ganz automatisch, meine Hände wandern in die Fesseln und Leon schließt sie mit einem Klicken. Kühl schmiegt sich das Metall um meine Handgelenke. Ich muss verrückt sein.
„Nimm die Beine weiter auseinander."

Ich stehe nur da und fange an zu zittern.
Auf einmal ist Leons Stimme direkt an meinem Ohr. „Bleib ganz ruhig." Ich spüre den Druck seines Körpers in meinem Rücken. „Ich will dich nur ansehen. Es passiert nichts."
Er öffnet die Knöpfe meiner Hose und schiebt sie nach unten, bis mein Arsch freiliegt. Durch meine leicht gespreizten Beine sitzt sie fest, presst meine Arschbacken sogar noch nach oben. Dann tritt er zurück, ich spüre seinen Körper nicht mehr an meinem. Es ist, als würden die Blicke der Anwesenden Löcher in meine Haut brennen. Ich schließe meine Augen.
Mein Arsch fängt an zu prickeln, als würde er die Schläge bereits erwarten. Als würde ich mich darauf freuen. Dabei will ich das überhaupt nicht. Es ist absurd, aber es passiert automatisch. Das Prickeln breitet sich weiter aus, kriecht an meiner Wirbelsäule entlang nach oben.
Mein Schwanz wird hart und ich bin sicher, dass ich gleich vor Scham tot umfalle. Ich stelle mir vor, wie Leon mich ansieht. Würde er mich jetzt gern schlagen? Oder ficken? Oder andere Dinge mit mir anstellen? Und mit erschreckender Klarheit erkenne ich, dass ich dazu bereit wäre. Nicht *weil* da Männer sind, die zusehen. Sondern trotzdem. Ich bin ihm ausgeliefert – und das erregt mich total.
„Hier, schieb ihm die Kugel rein", sagt da eine Stimme, die ich nicht kenne.
„Später vielleicht", meint Leon. Er klingt lässig, entspannt. Und dann ist er wieder bei mir, öffnet die Fesseln und zieht meine Hose nach oben.
„Was meinst du", flüstert er dunkel, „gefiele dir das? Nur wir beide?"

Ich spüre seine Hand, die über meinen Schwanz streicht, während er meine Hose schließt. Ich kann nur nicken, jede andere Antwort wäre eine Lüge gewesen.
Den Rest der Führung nehme ich nur noch am Rande auf, zu sehr bin ich mit meinen eigenen Gedanken und Gefühlen beschäftigt. Ich hätte nie geglaubt, dass ich so viele Eindrücke einfach ausblenden kann.

***

Es dauert eine ganze Zeit und ein Bier lang, bis ich wieder in der Spur bin. Leon lässt mich in Ruhe, aber er bleibt konsequent in meiner Nähe. Ich höre, wie Torge und Jay leise neben uns diskutieren und spitze die Ohren.
„Nein, verdammt“, sagt Torge. „Das kannst du dir abschminken.“
„Aber er hat es mir angeboten!“ Jay klingt beschwörend und gleichzeitig verärgert.
„Jascha, geh mir nicht auf die Nerven. Ich mach ja ne Menge mit, aber ich fahre nicht noch mal mit dir hierher um zu ficken.“
Oha, das war eindeutig.
„Wer hat denn von ficken gesprochen“, zischt Jay.
Torge kreuzt die muskulösen Arme vor der Brust und runzelt die Stirn. „Aha, es geht dir also nur um das Spielzeug? Was ist denn so toll, dass du es unbedingt im Arsch haben musst?“
„Fucking bastard“, murmelt Jay.
Ich weiß nicht, ob Torge das hören kann. Er sagt jedenfalls nichts, sondern starrt Jay einfach an. Eigentlich starrt er ihn

nieder. Was auch funktioniert, denn nach kurzer Zeit senkt Jay den Blick.
„Ich muss eine rauchen, kann ich nach draußen?“, fragt er angespannt.
Torge zuckt mit den Schultern. „Deine Kippen sind im Auto.“ Er zieht einen Autoschlüssel aus der Hosentasche und reicht ihn seinem Freund.
„Soll ich mitkommen?“, biete ich an. Ein bisschen Frischluft wäre sicher nicht das Schlechteste.
Jay nickt zurückhaltend, gibt sich dann aber einen Ruck. „Ja, gern.“
Ich wende mich an Leon. „Kann ich mit Jay nach draußen gehen? Er will eine rauchen.“
„Ja.“ Sein Blick spricht Bände.
„Ich bin brav, ehrlich“, beteuere ich und bemühe mich um einen treudoofen Blick, den Leon mit einem Augenrollen zur Kenntnis nimmt.
Ich folge Jay, der vor mir her Richtung Ausgang schleicht. Er hat wirklich einen seltsamen Gang, aber ich weiß nicht, ob ich ihn darauf ansprechen darf. Daher lass ich es.
Wir schlendern zusammen über den hell erleuchteten Parkplatz zu Torges Auto und so langsam scheint sich Jay wieder zu entspannen. Mir fällt ein, was Torge vor Kurzem gesagt hat: mit seinem Lover könnte er gut streiten. Das glaub ich ihm jetzt.
Er holt seine Kippen aus dem Wagen, lehnt sich gegen die Tür und hält mir die Schachtel entgegen.
„Auch eine?“
„Nein, danke.“ Ich sehe ihm zu, wie er sich eine anzündet. Der kühle Abendwind kriecht mir in die Kleidung. „Torge hat erzählt, dass du Gitarre spielst.“

„Hmm."
„In einer Band?"
„Ja, seit Neustem wieder. Bin gespannt, ob das klappt mit den Jungs. Wäre super. Aber erst mal wäre ich schon froh, wenn ich irgendwo vernünftig proben könnte, ohne dass die Nachbarn Handstand machen."
„Bei uns würde sich keiner aufregen."
Jay nickt und grinst ein wenig. „Hab's schon gehört. Das wäre ein Riesenvorteil. Aber ihr wohnt hinterm Mond, oder?"
„Ist aber total idyllisch hinterm Mond", behaupte ich grinsend. „Und es würde auch niemanden stören, wenn's sonst mal etwas lauter wird …"
Jay sieht mich verblüfft an, dann lacht er leise. „Hast du schon ausprobiert, oder?"
Ich zucke vielsagend mit den Schultern.
„Das war übrigens geil eben, eure kleine Show", meint er und erwischt mich damit ziemlich unvorbereitet. Mein Gesicht wird unangenehm heiß. Jay sieht das im Schein der Laterne hoffentlich nicht. „Du kannst froh sein, dass Leon dir die Kugel nicht reingeschoben hat. Die war höllisch groß. Also, wenn du nicht super im Training bist …"
„Oh, nein, das ist wirklich nicht mein Ding." Ich erschaudere leicht. Wer den Vorschlag wohl gemacht hat? Mittlerweile spüre ich einen unangenehmen Druck auf der Blase. Ich habe echt schon eine Menge Alkohol intus, wird mir klar, als ich über die vielen Sektgläser nachdenke. „Sag mal, hast du eigentlich gesehen, wo das Klo ist?"
„Piss doch einfach an den Busch", schlägt Jay vor.
„Ach nee, Leon hat extra gesagt, dass ich mich benehmen soll."

„Aha, und da gehört freipinkeln nicht dazu?"
„Wahrscheinlich nicht", sage ich lachend.
„Ich geh mit, zusammen werden wir's schon finden. Ist besser, wenn du nicht allein unterwegs bist, schätze ich. Trotz …" Er greift mit der Hand an seinen Hals und ich begreife sofort, dass er das Halsband meint.
Mo hat mir ja erklärt, was das für einige Leute in der BDSM-Szene bedeutet. Aber es hat Francesco trotzdem nicht davon abgehalten, mich anzuquatschen. Und erst jetzt wird mir klar, dass ich die Sache mit dem Halsband mit Leon hätte besprechen müssen.
„Gilt doch für dich wohl genauso", meine ich und klopfe ihm freundschaftlich auf die schmale Schulter.
Wir machen uns auf die Suche nach der Toilette, doch glücklicherweise läuft uns sofort Timo, die „Empfangsdame", über den Weg.
„Hey, du weißt doch sicher, wo das Klo ist …"
Timo sieht uns freundlich an, wartet, bis wir nähergekommen sind. „Ja, sicher. Kommt, ich zeig euch, wo es langgeht. Wollte ohnehin gerade dorthin."
Das Klo ist natürlich nicht nur ein Klo, sondern eher so eine Bad-Landschaft. Bei so viel Raum finde die Toilette erstmal gar nicht. Grinsend weist Timo mir den Weg – hinter einer Milchglaswand hängt die mattweiße Kloschüssel. Keine extra Tür oder so … hm. Egal, ich muss den Alk, den ich in mich hineingekippt habe, wieder loswerden.
Timo und Jay unterhalten sich in der Zwischenzeit, albern ein bisschen herum, wie ich mitbekomme. Boah, shit – wie viele Liter Champagner hab ich getrunken? Als ich fertig bin und hinter der Glaswand hervortrete, traue ich meinen

Augen nicht: Die zwei hängen über dem breiten, gläsernen Waschtisch und ziehen sich irgendein weißes Pulver durch die Nase. Koks vermute ich mal ganz stark.
Jay wischt sich mit dem Handrücken über die Nase, zieht eine Grimasse und grinst dann. „Oh wow, good stuff."
Ich kann es nicht glauben.
Timo winkt mich näher. „Komm, ich spendiere was."
„Ähm, warum?", frage ich vorsichtig. Mit Drogen habe ich quasi keine Erfahrung.
Timo lacht. „Das war ein Witz. Das Zeug kriegen wir gratis und Francesco hat immer top Qualität."
„Kannst du ruhig nehmen", meint Jay. „Der Stoff ist echt gut."
„Weißt du, was das Beste daran ist?", fragt Timo und kommt näher.
Ich schüttele den Kopf.
„Man spürt Schmerzen ganz anders, nicht so intensiv. Und es macht dich richtig geil."
Ich würde ja behaupten, diese Kombination ist eher schlecht bei ausgefallenen Sexspielen, aber ich halte meine Klappe. Leider bin ich furchtbar neugierig, was das Kokain betrifft. Ich habe zwar mal gekifft, aber ansonsten noch nie irgendwas an Drogen ausprobiert. Da sowohl Timo als auch Jay noch nicht tot umgefallen sind, scheint das Zeug ja nicht lebensgefährlich zu sein. Und ja, ich geb's zu – es liegt auch am Alkohol, dass ich jetzt sage: „Ich hab das noch nie gemacht. Zeigst du mir, wie das geht?"
Jay grinst, teilt eine kleine Menge weißes Pulver auf dem Waschtisch ab und formt es zu einer Linie. „Ich glaube, das reicht für dein erstes Mal", sagt er und zwinkert mir zu.

„Hier – ganz stilecht …“ Timo reicht mir einen aufgerollten Hunderter.
Ich muss total irre sein. Verdammte Scheißneugier … Leon wird mich umbringen … Aber vielleicht nicht, wenn wir später noch abgefahrenen Sex haben …

35. Kapitel
Leon

Ich halte nach Mick Ausschau, kann ihn aber nicht entdecken. Müsste er nicht längst zurück sein? Wie lange kann es dauern, bis Jay seine Zigarette geraucht hat? In diesem Moment schiebt sich ein anderes Gesicht in mein Blickfeld. Eines, das mir verdammt bekannt ist. Kim.

„Leon."

Ich sehe ihn verblüfft an. Mein unhöfliches ‚Was machst du denn hier?' verkürze ich geistesgegenwärtig zu einem: „Du hier?"

Kim nickt. Er versucht ruhig und souverän zu wirken, aber er ist alles andere als entspannt. In seinem traumhaft schönen Gesicht sehe ich mehr als Nervosität.

„Leon, kannst du mir helfen? Bitte …"

„Was ist los?"

Ich bemerke die interessierten Blicke, die auf einmal auf uns ruhen. Okay, das hier betrifft anscheinend nicht nur Kim und mich. Es gibt einige andere Leute, die Interesse an meiner Reaktion haben.

Kim senkt den Blick. „Ich wurde ausgewählt … für eine von Francescos Aktionen", sagt er leise, hastig.

„Ah, okay. Und was habe ich damit zu tun?", frage ich eher gelangweilt.

„Alle Subs, die allein kommen, müssen sich zur Verfügung stellen. Ich wurde ausgelost …", erklärt er.

Ich sehe, wie Kims Nasenflügel sich blähen. „Wenn ich keinen Dom finde, der mir seinen Schutz bietet, dann werde ich dort landen." Er deutet mit dem Kinn auf den

öffentlich aufgestellten Strafbock. „Bitte, Leon, das schaffe ich nicht. Ich bin doch nicht hier wegen Francesco!“
Ich denke kurz nach, betrachte Kim dabei, versuche herauszufinden, ob er nur Angst vor der öffentlichen Demütigung hat, oder ob er dieser Situation tatsächlich nicht gewachsen ist. Aber so wie ich ihn kenne, hat er tatsächlich nicht ausreichend Nehmerqualitäten für eine öffentliche Bestrafung.
„Dann geh doch einfach. Keiner zwingt dich hierzubleiben.“ Zumindest hoffe ich das.
„Wenn ich jetzt gehe, bin ich für diesen Kreis hier erledigt. Das weißt du so gut wie ich. Und ich wollte eigentlich …“ Er stockt.
Ah, offensichtlich hat er sich einen neuen Dom ausgeguckt, der heute Abend anwesend ist. „Wer interessiert dich denn so brennend von den Anwesenden?“, frage ich ins Blaue hinein.
„Andreas“, antwortet er etwas widerwillig. „Andreas Henry.“
„Dann frag doch ihn!“
Er schüttelt den Kopf. „Nein, wir kennen uns noch nicht … also, nicht gut genug. Was mache ich, wenn er ablehnt?“
„Na ja, wenn das anschließende Spanking zu heftig wird, könnte er dich danach behandeln, du weißt doch, dass er Arzt ist“, sage ich grinsend.
Aber Kim hat keinen Sinn für meinen groben Scherz, das zeigt mir, wie aufgeregt er ist. „Die Züchtigung ist eine Sache – aber ich wäre … Freiwild für diesen Abend. Wenn ich das gewusst hätte … ich glaube nicht, dass ich hergekommen wäre …“ Er atmet ein Mal tief durch und richtet

sich ein bisschen auf. „Sobald ich auf dem Teil da lande, kann jeder mit mir machen, was er will. Francesco hat mir die Regeln eben mitgeteilt."

Ja, das ist nach Francescos Geschmack. Ich halte von solchen Aktionen überhaupt nichts. Und ich habe mich eben ziemlich über Francesco geärgert, immerhin hat er Mick angegraben, obwohl er weiß, dass wir zusammen hier sind. Davon abgesehen trägt Mick sogar ein Halsband, was zwar nicht meins ist, aber das weiß Francesco ja nicht!

Ich nicke langsam, spüre, in welcher Not Kim wirklich ist. Dafür habe ich ihn in den Wochen, in denen wir zusammen waren, gut genug kennengelernt. Eigentlich habe ich keine Lust, mich einzumischen – oder bei diesem seltsamen Spiel eine Rolle einzunehmen. Aber ich kenne natürlich Francesco und seine Inszenierungen. Kim würde sich seinen Ruf ruinieren, egal, ob er dort auf dem Strafbock als Memme zusammenbricht oder sich vorher als Feigling aus dem Staub macht. Er ist kein Sklave von so einem Format. – Aber genau das möchte Francesco sicher herausfinden. Nur wer bei so einer Aktion ausreichend *standing* beweist, hat in seinem kleinen Club eine Chance.

„Leon, bitte, du weißt, ich hätte dich nicht gefragt, wenn ich einen anderen Ausweg wüsste."

Mit einem kleinen Seufzer sehe ich Kim an. „Okay, und was soll ich jetzt machen?"

„Wenn du mir ein Halsband umlegst, bin ich *safe* für diesen Abend."

Auch das noch! Ich sehe ihn mit gerunzelter Stirn an. Ich persönlich halte zwar nicht viel von diesem Halsbandkult, weiß aber sehr genau, was das für einige Leute für eine Bedeutung hat. Das schmeckt mir nicht.

„Was für ein Halsband?"
„Ich habe eins dabei", meint Kim verlegen. „Eigentlich nur zum Spielen … Habe es immer dabei, wenn ich … unterwegs bin."
Oh Mann, ich hoffe wirklich, dass keiner der umstehenden Männer dieses wirre Gespräch hören kann. „Okay", sage ich schließlich. „Aber dann hab ich echt was gut bei dir."
„Das hast du ohnehin", murmelt Kim so leise, dass ich ihn kaum verstehe.

Mick

Jay läuft auf dem Weg zurück in das große Wohnzimmer Torge in die Arme. Offenbar hat der bereits nach uns gesucht. Und er sieht nicht gerade glücklich aus. Mist, ich glaube, ich sollte zusehen, dass ich Leon finde. Und zwar schnellstmöglich. Kann gar nicht abschätzen, wie lange wir weg waren.

Trotz meines schlechten Gewissens bin ich verblüffend gut gelaunt. Das Zeug ist der Hammer! Ich fühle mich wirklich gut und stolpere nur ein ganz kleines bisschen über meine eigenen Füße, als ich das Wohnzimmer wieder betrete. Doch als ich erkenne, was dort passiert, ist es, als wäre ich mit dem Schädel gegen eine Glasscheibe gelaufen. *Bamm!* Und genauso effektiv werde ich gestoppt. Ich kann nicht glauben, was ich da sehe. Ich … wirklich … ich starre auf die Szene, die sich im hinteren Teil des Raumes abspielt. Dieser unfassbar gut aussehende Asiate schiebt direkt vor Leon seine Hosen herunter und präsentiert allen Anwesenden seinen blanken Hintern. Er trägt ein glitzerndes Halsband mit einigen Ringen daran – um seinen Oberschenkel! Und genau das reicht er nur Sekunden später Leon.

Dann lässt er sich so anmutig vor Leon auf die Knie nieder, dass ich kotzen könnte. Und er zieht nicht mal seine verdammte Hose wieder hoch!

Leon legt ihm das Halsband um den Hals. Ich könnte schwören, dass er dabei lächelt. Mir wird gerade ein bisschen schlecht.

Viele Männer applaudieren, einige johlen sogar. Irgendjemand feuert die beiden an. Ich bin wie erstarrt.

„Lee ist so ein perfekter Master", sagt plötzlich eine dunkle Stimme hinter mir.
Oh nein, der Kotzbrocken Francesco. Der hat mir gerade noch gefehlt.
„Die beiden sind doch ein perfektes Paar, oder? Es wird eine anregende Show werden, wenn er seinen kleinen Sklaven noch über den Bock legt."
Eine Hand landet auf meiner Schulter. „Oder vielleicht dich … was dir fehlt, ist eine Disziplinierung – vielleicht wirst du dann eines Tages auch so gut wie der hübsche Kim."
Ich drehe mich aus seinem Griff heraus und starre ihn an. Verflucht, ich kann gar nicht mehr klar denken. Ich habe den Impuls, ihm eine zu scheuern, weiche aber gleichzeitig zurück. Ich muss hier raus, verdammt. Kann das gar nicht glauben, was ich gerade gesehen habe. Was soll das alles?
Einen einzigen Blick werfe ich zurück und sehe, wie dieser Kim sich an Leons Schritt schmiegt. Oh nein danke, das muss ich mir wirklich nicht geben. Wenn Leon sich jetzt noch öffentlich einen blasen lässt …
Ich drehe mich mit einem Ruck um. Ich muss hier raus, dringend. Sonst kotze ich noch.
Francesco lacht, als ich mich an ihm vorbeidrängele. Ich bin kurz davor, dieser Hackfresse eins reinzuhauen. Darf man eigentlich den Gastgeber verprügeln? Ist ja immerhin ne SM-Party oder so …
Ich denke gar nicht weiter nach. Das Denken fällt mir ohnehin gerade schwer. Warum hab ich nur mit Jay auf dem Klo gekokst? Ein bisschen klarer Verstand wäre jetzt nicht schlecht. Verfickte Neugier … Ich hab keinen Bock mehr auf diesen Mist. Der Stimmungsumschwung ist so

heftig, dass er mich fast aus den Schuhen hebelt. Bei meinem hastigen Rückzug stolpere ich an der Bar vorbei. Wenn schon, denn schon … meine Gedanken zerfasern. Der Rückweg zu Fuß wird verdammt lang, da kann ich etwas Unterstützung brauchen.

„Gib mir mal die Flasche da", sage ich zu dem Typen hinter der Bar und versuche, meine Zunge beim Sprechen möglichst nicht zu verknoten. Er trägt zu seinem hautengen silbernen Glanzshirt eine knappe, hellblaue Hose, eigentlich mehr ein Höschen, das vorn mit einer schwarzen Kordel geschnürt ist. Sieht bekloppt aus.

„Bitte?" Er starrt mich erstaunt an.

„Die Flasche Wodka."

„Die ganze?"

„Jo, komm schon."

Er zuckt mit den Schultern und reicht mir tatsächlich die Flasche. Sie ist noch etwa dreiviertel voll.

„Danke. Wenn wir uns das nächste Mal treffen, fick ich dich als kleines Dankeschön."

Scheiße, ich stehe total neben mir.

Der Typ grinst. „Ich merk's mir."

Kurz vor der Haustür renne ich fast in Jay und Torge hinein. Oh nein, ich will nicht – ich *kann* nicht mit den beiden sprechen. Ich kriege meine Gedanken nicht voreinander, es hapert ja schon bei den Füßen!

„Na, ist irgendwas?", fragt Torge sofort alarmiert.

„Ich muss los", murmele ich. „Nach Hause. Wir sehen uns." Ich umarme ihn und Jay hastig.

Leon

„Oh, habe ich dir etwa den Abend verdorben? Oder halt warte – war es andersherum? Ach ich glaube, so war das – *du* hast *mir* zwei Mal heute Abend die Tour vermasselt." Francesco spricht mich an, als ich mich endlich aus der Szene zurückziehen kann. So viel Aufmerksamkeit hatte ich nicht gewollt. Von Mick keine Spur, so langsam werde ich unruhig.

Ich sehe Francesco an, in seinen Augen funkelt der Zorn und eine unangenehme Art von Gier. „Ich habe keinen Nerv auf deine seltsamen Anspielungen", antworte ich gereizt.

„Ach nein? Suchst du etwa dein kleines Hündchen? Wirklich hübsch … gleich mit den passenden Tattoos. Hast du sie ihm tätowieren lassen? Es ist doch immer wieder erstaunlich, wo du diese zuckersüßen Jungs herbekommst. Und wie schnell du sie um den Finger wickeln kannst."

„Weißt du, wo Mick ist?"

„Oh nein, das weiß ich nicht. Du hättest vielleicht besser auf ihn aufpassen sollen. Eine Leine sollte da helfen – ein Halsband hast du ihm ja bereits verpasst. Solltest du beim nächsten Mal dran denken. Schönen Abend noch, Leon." Damit dreht er sich um und lässt mich einfach stehen.

„Da hast du Francesco aber derbe ans Bein gepinkelt, was?" Max spricht mich von hinten an und offensichtlich freut er sich diebisch. „Und das, wo er ohnehin schon so sauer war."

„Ja, warum eigentlich?", hake ich sofort nach, während ich mich zu Max umdrehe.

„Na, wir haben gewettet – und ich habe ihn um 1000 Euro erleichtert."
Ich kapiere gerade gar nichts. „Was genau meinst du damit?"
Max hat den Anstand, ein wenig pikiert auszusehen. Allerdings nur ein wenig. „Nun, die Wette …" Er räuspert sich und mir schwant, dass diese Wette etwas mit mir zu tun hat. Oder etwa mit Kim?
„Max?!"
„Als er mich zu seiner Party eingeladen hat, fing er plötzlich an, über dich herzuziehen. Ich war sehr überrascht und verärgert, das kam für mich aus heiterem Himmel. Hast du schon mal Stress mit Francesco gehabt?"
Ich schüttele den Kopf. Bisher noch nicht – aber mit diesem Abend wird sich das ändern. Da kann er Gift drauf nehmen.
„Er meinte, dass wir beide wohl seit letztem Jahr nicht mehr die beste Beziehung zueinander hätten. Und verdammt, mit seinen dämlichen Anspielungen lag er sehr nah an der Wahrheit. Ich habe keine Ahnung, ob er etwas weiß oder ob das tatsächlich nur Vermutungen waren, weil du dich aus dem Zirkel komplett zurückgezogen hast, seit …" Er lässt den Satz offen, aber ich weiß, was er meint.
„Er kann eins und eins zusammenzählen, Max", sage ich genervt. „Wir haben die Party damals zusammen verlassen, für den ein oder anderen muss es so ausgesehen haben, als wären wir ein Paar. Und das nächste Mal, als Francesco mich gesehen hat, hatte ich eine geklammerte Augenbraue und unsere *Beziehung* war beendet." Und ich habe mich von den einschlägigen Partys weitgehend ferngehalten, aber das brauche ich Max nicht zu sagen. Das weiß er selbst.

Max beißt die Zähne aufeinander, ich sehe die Muskeln, die an seinem Kiefer arbeiten.
„Aber was hat das mit dieser Wette zu tun?"
„Francesco meinte, ich würde dich ohnehin nicht überzeugen können, heute hier mit Kim zu erscheinen. Er wusste nicht, dass ihr nicht mehr zusammen seid. Ach komm schon, Lee, er hat mich provoziert. Ich hätte mich sonst nicht auf so einen Scheiß eingelassen. Und am Ende habe ich ja auch gewonnen." Jetzt grinst er wieder.
Ich habe das Gefühl, mich hinsetzen zu müssen. „Ihr habt also um 1000 Euro gewettet, ob ich heute Abend hier erscheine?"
„Ja, ob du heute hier *mit Begleitung* erscheinst", korrigiert er mich.
„Hat er das extra betont?"
„Ja, warum?"
„Und dann hat er erfahren, dass ich nicht mehr mit Kim zusammen bin", murmele ich langsam.
„Das weiß ich nicht. Möglich." Max zuckt mit den Schultern. „Dafür hast du ja jetzt eine andere Begleitung mitgebracht." Für ihn ist die Geschichte erledigt – er hat die Wette gewonnen. Und da Francesco ein Sportsmann ist, wird er auch sein Geld bekommen. Ob Francesco allerdings fair spielt, steht auf einem anderen Blatt.
Für mich ist die Sache längst nicht erledigt. So langsam fällt es mir wie Schuppen von den Augen – Francesco ist scharf auf Kim! Und weil er wollte, dass ich Kim mit zur Party bringe, hat er Max mit seinem dummen Gerede aufgestachelt. Dass er sich einen Scheißdreck darum schert, ob ein Sub einen anderen Master hat, das habe ich heute selbst erfahren müssen.

Als er gecheckt hat, dass Kim allein da ist, ist das Los mit Sicherheit nicht aus Zufall auf meinen Ex-Sub gefallen. Und nun habe ich ihm Kim sozusagen „entzogen“, dank seiner eigenen Spielregeln.
Verärgert presse ich die Lippen aufeinander. Ich habe gar keinen Nerv, mich mit diesem Irrsinn zu beschäftigen. Viel wichtiger ist – wo ist Mick abgeblieben? Denn ich habe die allerübelsten Befürchtungen. Ich bin Francesco offensichtlich mehr als ein Mal heute Abend in die Quere gekommen. Erst hat er wegen mir Geld verloren, dann hat Mick ihn provoziert und am Ende habe ich auch noch Kimi aus seinem Zielkreuz geschoben. Verdammte Scheiße.
Er wird sich Mick gekrallt haben. Ich bin mir ganz sicher. Einfach um mir eins auszuwischen. Die Erkenntnis sickert wie Eiswasser in mich hinein.
„Hast du Mick in der letzten Zeit gesehen?“, wende ich mich erneut an Max.
Max sieht mich erstaunt an. „Nein. Jetzt sag nicht, dass du ihn aus den Augen verloren hast.“ Max’ alarmierter Tonfall rüttelt mich vollends wach.
„Ich muss ihn unbedingt finden.“
Im Laufschritt hetze ich durch die Villa, suche alle Räume ab, platze in die eine oder andere Session. Die Tür zur „Folterkammer“ ist geschlossen, aber das hält mich nicht ab. Ich reiße die Tür auf und sehe einen Mann in Sklavenhaltung, er trägt eine schwarze Maske, die sein Gesicht verdeckt. Von der Statur her könnte es Mick sein. Völlig panisch springe ich auf ihn zu und reiße ihm die Maske vom Gesicht! – Es ist nicht Mick. Der Bursche sieht mich fassungslos an.

„Hast du sie nicht mehr alle, von Dohlenstein?", pampt mich der Mann an, der mit einem Flogger dahinter steht. Scheiße. Thorsten. Den kenne ich. Er sieht aus, als würde er mir gleich eine verpassen. Hektisch trete ich den Rückzug an. Ich höre ihn noch fluchen, als ich das Zimmer schon wieder verlasse. Was für ein peinlicher Auftritt.
Das gibt es einfach nicht – Mick muss doch irgendwo sein! Der kann sich doch nicht in Luft aufgelöst haben.
Ich versuche, mich etwas zu beruhigen. Gleichzeitig halte ich Ausschau nach Torge und Jay. Torges kleiner Lover war schließlich als Letzter mit Mick unterwegs.
Und endlich, endlich sehe ich Torge mit Jay in der Nähe des Ausgangs stehen. Ich muss mich wirklich zusammenreißen, damit ich nicht zu ihnen hinrenne. Mein Herz klopft unangenehm fest gegen meinen Brustkorb. Ich erkenne, dass Jay ziemlich anlehnungsbedürftig an Torges Arm hängt und seltsam grinst. Torge wirft mir einen deutlich verblüfften Blick zu.
„Habt ihr Mick zufällig gesehen?", rufe ich ihnen entgegen.
„Ja, klar." Torge sieht auf seine Armbanduhr. „Ist noch nicht so lange her. Da hat er gesagt, er würde nach Hause gehen. Und wir beide gehen jetzt auch. – Aber warum bist du noch hier?"
Jay kichert aufgedreht, was mich völlig irritiert.
Scheiße.
Mick ist abgehauen. Das kann doch wohl nicht wahr sein!
„Bist du sicher?"
„Ja, und ich bin ziemlich sicher, dass Jascha was intus hat." Er wirft seinem Freund einen eindeutigen Seitenblick zu. „Wäre also besser, wenn du Mick schnell findest. Mist, wenn ich das geahnt hätte … Ich war davon überzeugt,

dass ihr zusammen nach Hause fahrt. Ich hätte ihn sonst gar nicht ziehen lassen."

„Ist nicht deine Schuld", sage ich hastig. Ich weiß nicht, ob ich erleichtert sein soll. Francesco hat sich Mick nicht gekrallt – aber dafür hat sich der Bursche aus dem Staub gemacht. Und möglicherweise ist er sogar auf einem Drogentrip. Geht es eigentlich noch schlimmer?

36. Kapitel
Mick

Ich haste nach draußen und dann geht es im Laufschritt über den Parkplatz. Auf keinen Fall will ich riskieren, dass Torge oder Jay mich aufhalten. Ich bin völlig durcheinander, klammere mich an die gekühlte Wodkaflasche, als könnte sie mir Halt geben. Am liebsten würde ich sie an den Mund setzen und leeren. Dann wäre mir wenigstens alles egal.

Jetzt fühlt es sich an, als würde es mich zerreißen. Ich mach mich da zum Sepp, lasse mich von notgeilen Typen anglotzen und am Ende reicht es Leon nicht mal? Am Ende lässt er sich von seinem Ex einen blasen? Als wenn der das besser könnte als ich … Und Scheiße, ich weiß nicht mal, ob der Typ sein Ex ist!

Ich möchte am liebsten heulen und meinen Kopf gegen einen Laternenpfahl donnern. Warum tut das so scheiße weh? Ich kapiere das gar nicht.

Ich laufe weiter, die Straße hinunter. Habe nur eine grobe Ahnung, in welche Richtung ich gehen muss. Erst als ich das Haus von Francesco nicht mehr sehen kann, halte ich an und fange an zu trinken. Das ist bescheuert und gefährlich, diese Gedanken entstehen tatsächlich in meinem Gehirn – aber sie haben keine Konsequenzen. Ich muss einfach so viel trinken, bis es egal wird. Bis alles egal wird.

Ich komme an eine Kreuzung, versuche herauszufinden, wo ich langgehen muss und entscheide mich dann, nach rechts abzubiegen. Am besten wäre es, wenn ich es bis zu uns nach Hause schaffen würde. Aber das ist utopisch, es sei denn, mich würde jemand mitnehmen. Und verdammt, in diesem Outfit sollte ich es besser nicht drauf anlegen. Der Wind ist unangenehm kühl, aber der Wodka wärmt mich bereits von innen. Überhaupt fühle ich mich rastlos und getrieben, als hätte mir jemand eine Batterie in den Arsch geschoben. Bin auf Autopilot, meine Beine bewegen sich ohne mein Zutun. Meine Gedanken rasen leider auch ohne Steuerung.

Ich weiß gar nicht, wie lange ich schon laufe. Meine Füße tun auf jeden Fall weh. Muss also schon länger sein. Wenn ich den Weg nach Hause finden würde, wäre ich sicher erst im Morgengrauen da. Tolle Aussichten.

Mittlerweile ärgere ich mich über mich selbst. Warum bin ich abgehauen, statt ganz cool zu bleiben? *Das* hätte Leon sicher beeindruckt.

Aber ich haue natürlich ab wie eine eifersüchtige Diva. Aber verdammt, es tut so weh. Ich hab den Eindruck, als würde ich keine Luft mehr kriegen. Dieser andere Typ sah so verfickt gut aus. Dagegen bin ich nur Mittelmaß, bestenfalls. Und wieso kriegt er ein Glitzerhalsband, während ich mir von Mo eins *leihen* muss? – Ja, spinne ich denn komplett? Ich will ÜBERHAUPT KEIN SCHEISSHUNDEHALSBAND! Bin doch kein Hund. Ich bin ja völlig irre.

Und wieso macht Leon das? Erst herumlabern, von wegen Exklusivität und dann bei der ersten Gelegenheit seinen Schwanz in einen anderen Mund schieben? Ich begreife das einfach nicht. Ich könnte heulen … ach, nein, das tue ich schon, wie ich überrascht feststelle. Ich kann es nicht unterdrücken, dabei versuche ich es. Aber ich kann keinen klaren Gedanken mehr fassen, jeder Gedanke scheint zu schnell für mich zu sein. Zu viele Gedanken zu schnell hintereinander. Ich weiß nur, dass ich ein kompletter Volltrottel bin. Ich bin abgehauen, ich muss jetzt sehen, wie ich nach Hause komme. Und was das für Leon und mich bedeutet, das mag ich mir nicht mal vorstellen. Falls er überhaupt schon mitbekommen hat, dass ich weg bin. Ich wünsche mir, dass es so ist. Und gleichzeitig habe ich verdammt Schiss vor seiner Reaktion.

Ich habe es verbockt – aber sowas von.

Verzweifelt bleibe ich stehen, trinke noch einen Schluck Wodka. Das Zeug schmeckt erbärmlich, wahrscheinlich muss ich davon nur kotzen. Auf jeden Fall wird es deutlich schwieriger, mittig auf dem Gehweg zu bleiben. Wenn ich mich aber nur aufs Gehen konzentrieren muss, hört der Gedankendurchfall vielleicht auf.

Ein Auto fährt plötzlich langsam hinter mir her. Oh nein, nicht auch noch so eine Scheiße! Bleibt mir denn gar nichts erspart? Okay, ich sehe aus wie ein besoffener Stricher. Ein heulender, besoffener Stricher. Leichte Beute. Ich hoffe nur, dass es nicht irgendein Irrer ist, der mich gleich in seinen Wagen zieht und durchknallt. Na immerhin, so besoffen, dass mir alles egal ist, bin ich noch nicht.

Das Auto kommt näher, fährt jetzt direkt neben mir, ich sehe gar nicht hin. Ist vielleicht die beste Methode. Ich höre das leise Summen, als eine Scheibe heruntergelassen wird.

„Mick, steig ein."

Oh Gott, es ist Leon.

Ich bleibe sofort stehen, kann mich nicht mehr rühren. Was bin ich für ein erbärmlicher Wichser. Und ich kann mir ziemlich genau vorstellen, was Leon über mich denkt. Ich wische mit dem Handrücken durch mein Gesicht, es wird nicht viel ändern.

Er lehnt sich auf den Beifahrersitz rüber und stößt die Tür auf. „Komm schon, steig ein. Du bist lange genug gelaufen."

An seiner Stimme kann ich nicht hören, ob er sauer ist.

Ich ziehe die Schultern hoch und krieche auf den Sitz, mache mich ganz klein. Ich spüre Leons Blick auf mir. Wortlos reicht er mir eine Packung Taschentücher.

Ich putze mir die Nase und erst, als er wieder anfährt, wage ich einen Blick in sein Gesicht. Er wirkt angespannt und kühl. Irgendwie fremd – und das ist das Schlimmste überhaupt.

Es gab zwei sehr einfache Regeln: Bleib bei mir und mach keinen Unsinn. Ich bin offensichtlich nicht mal in der Lage, zwei so simple Dinge zu befolgen. Und mir wird klar, dass ich Leon zwei Mal habe stehen lassen. Erst als ich mit Jay verschwunden bin und dann, als ich die Party fluchtartig verlassen habe. Es ist allein meine Schuld, dass das alles passiert ist. Er hat was getan, was sich ganz ganz ätzend anfühlt – aber ich bin schuld daran.

Das Schweigen zwischen uns dehnt sich aus, füllt den gesamten Raum. Ich werde daran ersticken. Das Gefühl ist überwältigend. Aber ich habe keine Ahnung, was ich sagen soll. Ich wüsste gar nicht, wie ich anfangen soll.

Ein lautes Piepen lässt mich zusammenfahren – Leons Handy. Er wirft einen raschen Blick auf das Display an seinem Radio. Dann drückt er eine Taste an seinem Lenkrad.

„Max."

„Lee – wo bist du? Torge meinte, du wärest gefahren, um Mick zu suchen. Alles klar?"

„Nein“, sagt Leon. „Ich bin sauer auf dich. Aber Mick habe ich gefunden. Wir fahren jetzt nach Hause.“
„Okay, gut, dass du ihn gefunden hast. Wir sprechen dann morgen, ja?“
„Sollten wir. Gute Nacht, Max.“ Er drückt das Gespräch weg. Und wieder senkt sich Schweigen über uns.

***

Als wir bei ihm ankommen, bin ich so angespannt, dass ich kaum ruhig stehen bleiben kann. Es ist, als stände ich unter Strom, gleichzeitig weigert sich mein Gehirn, so schnell zu arbeiten, wie es müsste. Ein unangenehmes Gefühl, denn mir ist klar, dass ich mich bei Leon entschuldigen sollte. Nur wie? Das Schweigen steht wie eine Mauer zwischen uns, die mit jeder Minute höher wird.
Ich bin froh, dass er mich aufgelesen hat – sollte ich ihm das vielleicht sagen? Oder sollte ich ihn nach seinem Ex fragen? Sollte ich fragen, warum er ihm ein Halsband umgelegt hat? Oder warum er und Max sich gestritten haben?
Leon verzieht sich in sein Badezimmer, lässt aber die Tür offen. Ich sehe vom Schlafzimmer aus, wie er sich auszieht, seine Kleidung nachlässig auf einen Hocker legt und schließlich nur noch in Shorts vor dem Waschbecken steht. Ich gehe ihm nach. Wenn er mich nicht in seiner Nähe haben will, soll er gefälligst den Mund aufmachen. Aber mich macht diese Distanz verrückt, ich will das nicht länger aushalten. Ich will, dass er was sagt. Ich will wissen, was er denkt. Sein kühles Schweigen ist schlimmer als jeder Wut-

ausbruch. Ich muss irgendetwas tun, will ihn zu einer Reaktion zwingen.

Ich stelle mich hinter ihn, unsere Blicke begegnen sich im Spiegel. Ganz langsam lasse ich mich an seinem Körper nach unten gleiten, fühle seine glatte, heiße Haut. Ich schiebe seine Shorts über seine Hüften, bin überrascht, dass er es zulässt. Ich rechne damit, dass er mir eine klebt. Aber das tut er nicht.

Also lasse ich meine Zunge über seine Wirbelsäule gleiten. Schmecke ihn, seine leicht salzige Haut. Ich sauge seinen Geruch ein, am liebsten würde ich in ihn hineinkriechen. Ich sehe die Gänsehaut, die auf seinem Rücken entsteht. Ohne mein Zutun beugt er sich nach vorn, stützt sich auf dem Rand des Waschbeckens ab. Ich kann kaum glauben, dass er das macht. Sofort tauche ich mit der Zungenspitze in seine Spalte, umfasse seine festen Arschbacken, ziehe sie auseinander. Ich bin völlig geflasht, dass ich das machen darf. Vielleicht kann ich mich so bei ihm entschuldigen, wenn es mit Worten einfach nicht funktioniert.

Ich lecke über seinen Hintereingang, zwinge meine Zungenspitze in sein Loch. Sein leises Stöhnen feuert mich an. Immer wieder flattert meine Zunge federleicht über seinen Eingang, dann dringe ich erneut in ihn ein. Ich spüre, wie der Muskel sich entspannt. Oh verdammt, Leon wäre bereit für mehr. Ich zittere fast vor Verlangen. Ganz vorsichtig drücke ich meine Fingerkuppe in sein Loch und sehe fasziniert, wie mein Finger in ihm verschwindet. Gott, ich werde kommen, wenn ich ihn fingern darf. Ich schlucke angestrengt, mein Mund ist auf einmal total trocken. Ich ziehe den Finger zurück und schiebe ihn wieder hinein, ein Stück tiefer.

In diesem Augenblick weicht Leon nach vorn aus und dreht sich um. Er schiebt mich an den Schultern zurück. Was soll das? Irritiert sehe ich nach oben, begegne seinem ablehnenden Blick. Direkt vor mir – sein harter Schwanz, der keinen Zweifel daran lässt, wie sehr ihm meine Aktion gefallen hat.
„Mick, du bist betrunken.“ Seine Stimme ist rau.
Angst ballt sich in mir zusammen und ich fühle so etwas wie Scham. Verwirrt halte ich ihn weiterhin an den Hüften fest.
„Lass mich los.“
Seine Worte lösen irgendetwas in mir aus, ich spüre, wie etwas in mir zerbröselt und ahne, dass es der letzte Rest meiner Selbstbeherrschung ist. Falsche Stimmlage. Diesen Befehlston kann er sich für seinen Japan Slaveboy aufsparen. Ich bin nicht sein Sklave. Ich lasse ihn los, als hätte ich mich an seiner Haut verbrannt. Noch auf den Knien weiche ich zurück. Sehe, wie er sich von mir entfernt, sich umdreht. Ich spüre sogar tief in mir, wie er sich entfernt, als er Richtung Bett geht. Leon. *Mein* Leon. Ärger, Angst und Geilheit vermengen sich zu einer explosiven Mischung. Ich starre auf seinen nackten Hintern. So perfekt. Sekundenlang bin ich wie erstarrt, kann mich nicht bewegen.
Sein Körper will mich, aber er will mich nicht.
Stimmt, er hatte ja bereits seinen Spaß. Wieder wallt Ärger in mir auf, Wut. Ich bin durcheinander, will das alles nicht glauben. Er dreht sich zu mir um, mustert mich aufmerksam.
Ich setze mich in Bewegung, ohne darüber nachgedacht, ohne es *entschieden* zu haben.

Ich kapiere, dass Leon mir nicht allein gehört. Auch wenn ich mich schon lange für ihn entschieden habe. Vielleicht muss es so sein. Aber in dieser Nacht wird er mir gehören. Nur dieses eine Mal.

Leon

Mick kommt langsam auf mich zu und ich kämpfe mit den widerstreitenden Gefühlen in mir. Ich bin sauer auf ihn und gleichzeitig so froh, dass ihm nichts passiert ist. Ich habe mir solche verdammten Sorgen gemacht. Die Erleichterung, als ich ihn an der Straße entlanglaufen sah, hat mir fast den Boden unter den Füßen weggezogen. Und gleichzeitig bin ich wütend, denn ich habe keine Lust auf jemanden aufpassen zu müssen. Ich will das alles nicht – diese verdammte Verantwortung für einen anderen Menschen. Und gleichzeitig weiß ich, dass es genau richtig ist. Fast hätte ich ihn eben einfach weitermachen lassen. Schwamm drüber, weiter geht's. Aber ich spüre, wie es in ihm brodelt. Er ist wie ein Vulkan kurz vor dem Ausbruch. Ich weiß zwar nicht, welche Drogen in seinem Blut pulsieren, aber es ist definitiv besser, wenn wir jetzt schlafen gehen und morgen reden. Ich fürchte, das wird ein verdammt unangenehmes Gespräch.
Mick steht jetzt direkt vor mir, sein Blick ist fast fiebrig. Und plötzlich schnellen seine Arme hoch. Mit einem Stoß befördert er mich rücklings aufs Bett. Ich ringe kurz nach Luft, doch er lässt mir nicht mal Zeit, mich aufzurichten. Sofort liegt er auf mir, hält mich fest. Wir kämpfen kurz miteinander, aber das ist alles so absurd. Ich will ihn nicht verletzen, das ist das Letzte, was ich will. Ich spüre seine Lippen, seine Zähne, seine Hände auf mir, wie sie mich festhalten. Ich fühle, dass er hart ist, bereit. Verdammt, diese Situation erinnert mich in fataler Weise an die Katastrophe mit Max. Die Alarmglocken in meinem Schädel bringen mich fast um den Verstand und gleichzeitig gebe

ich den Widerstand auf. Verdammt, es ist schwer, mich nicht zur Wehr zu setzen. Meinen Körper habe ich viel eher unter Kontrolle als meinen Kopf. Es dauert, bis ich auch hier die Abwehr niedergerungen habe.

Es ist Mick. Es ist nicht okay – und trotzdem lasse ich es zu.

Mit erstaunlicher Kraft dreht er mich auf den Bauch. Heiße Hände wandern über meinen Rücken, meinen Hintern, ziehen an meinen Haaren. Ich spüre sein Gewicht auf mir, seine Zähne werden Spuren auf meiner Haut hinterlassen, seine Zunge zieht eine brennende Spur bis hinunter zwischen meine Arschbacken. Das ist nicht gut, was wir hier machen.

Ich kämpfe auch diesen Gedanken nieder, versuche, meinen Geist zu leeren. Nur noch zu fühlen. Ich kann das – wozu mache ich seit Jahren Yoga?

Bald spüre ich Micks Finger an meinem Hintereingang.

„Willst du gefickt werden, Leon?“, fragt Mick heiser.

Er dringt mit einem glitschigen Finger in mich ein. Er muss das Gleitgel von meinem Nachtschrank geangelt haben. Ich höre mein eigenes, sehnsüchtiges Stöhnen. Doch das angenehme Gefühl dauert nur wenige Sekunden. Dann öffnet er rasch seine Hose, platziert sich zwischen meinen Beinen und presst seinen großen Schwanz gnadenlos in mich hinein. Das holt mich komplett in die Wirklichkeit zurück. Der Schmerz ist überraschend hell und schießt durch meinen gesamten Körper.

„Mick, hör auf … Nicht so …!“ Was für ein erbärmlicher Versuch, etwas zu verhindern, was ich eigentlich will.

Mick reagiert nicht, sondern fängt umgehend an, mich zu vögeln. Ich beiße ins Kissen, während kleine Sterne vor meinen Augen tanzen. Ich ächze und wimmere unter seinem gewalttätigen Ansturm, aber es ist viel zu heftig, als dass ich irgendetwas daran genießen könnte. Ich kann es nur aushalten, es über mich ergehen lassen. Und es klärt meine Gedanken auf eine seltsame Art und Weise.

Das Gefühl ist jenseits von Gut und Böse. Wahrscheinlich habe ich es verdient, weil ich Mick mitgeschleppt habe. Weil ich dachte, ich könnte ihn kontrollieren. Aber ich habe keine Kontrolle über ihn, und so ergebe ich mich dem Gefühl, lasse es einfach zu, dass mir die Zügel komplett entgleiten.

Ich spüre seine Wut und seine Kraft. Und als ich längst aufgegeben habe, als es nur noch Mick und mich gibt, spüre ich, wie er seinen Samen in meinen Arsch schießt. Es ist wie die Besiegelung einer Entscheidung, die ich schon vor Stunden getroffen habe.

Und im Grunde bin ich froh, als er von mir herunterkippt und umgehend einschläft. Ein Gespräch mit einem betrunkenen und zugedröhnten Mick wäre alles andere als wünschenswert.

37. Kapitel
Mick

Als ich aufwache, fühlt sich mein Kopf an, als hätte irgendein Perverser ihn mit Watte vollgestopft. Meine Zunge ist pelzig und zu dick für meinen Mund. Über den Geschmack möchte ich gar nicht nachdenken. Kaum richte ich mich etwas auf die Ellenbogen auf, schießt gleißender Schmerz durch meine Schläfen und mir wird schlecht.
Ich rolle mich aus dem Bett und haste Richtung Bad. Im letzten Moment schaffe ich es bis zur Kloschlüssel und während ich kotze, kommt langsam die Erinnerung an den letzten Abend zurück. Der Alkohol war nicht so gnädig, sie auszulöschen. Wie gern hätte ich sie auch ausgekotzt und weggespült. Ich stemme mich langsam hoch. Meine Hand schmerzt unangenehm, der Schmerz pulsiert mit dem in meinem Kopf um die Wette.
Ich stelle fest, dass ich noch angezogen bin, lediglich meine Hose ist geöffnet. Weit genug, dass mein Schwanz halb heraushängt.
Oh Gott. Scheiße. Das ist doch nicht wirklich passiert, oder? Ich muss mich am Waschbecken festhalten. Ich schlucke krampfhaft und stelle das Wasser an. Lasse es über meinen Kopf laufen, wasche mein Gesicht. Die Bilder in meinem Kopf bleiben. Leon unter mir, er fühlt sich so gut an. Sein Stöhnen, sein Schmerz … sein Aufgeben. Was habe ich getan? Ich angele mir ein Handtuch, trockne mein Gesicht ab. Da fällt mein Blick auf einen Handtuchzipfel, der aus dem Behältnis für schmutzige Wäsche herausguckt. Wie ferngesteuert greife ich danach, ziehe das noch feuchte Handtuch aus der Metalltonne. Ich habe mich nicht

getäuscht – da ist Blut auf dem Handtuch. Das Blut ist getrocknet, das Handtuch noch etwas feucht. Leon muss gestern Nacht noch geduscht haben. Mir wird so übel, dass ich gleich noch mal kotzen könnte. Aber ich reiße mich zusammen. Zitternd lasse ich mich auf den Klodeckel sinken.
Ich muss mit Leon sprechen.

***

Ich suche das komplette Haus ab, aber Leon ist nicht da. Ich weiß nicht, was ich machen soll. Am liebsten würde ich abhauen. Mit zitternden Händen wähle ich Mos Telefonnummer. Bitte, Mo, geh ran …!
„Guten Morgen, Mick“, meldet er sich gutgelaunt.
„Mo …“ Ich muss mich räuspern. „Es ist was passiert … Ich glaube, ich habe Leon … vergewaltigt.“
„Bitte?“
„Ich …“ Ich stocke. „Ich weiß nicht, was ich machen soll …“
„Beruhig dich erst mal ein bisschen“, sagt Mo. „Was ist passiert? Wo ist Leon?“
„Ich weiß nicht, wo er ist. Er ist weg, aber … gestern Nacht …“ Ich muss mich zusammenreißen, kann es kaum aussprechen, was passiert ist. „Ich hab ihn gefickt, obwohl er … er hat gesagt, ich soll aufhören … Er hat geblutet …“ Meine Stimme zittert.
„Mick, verdammt, bist du übergeschnappt? Wo bist du denn jetzt?“
„Bei Leon … Scheiße Mo, was soll ich denn jetzt machen?“

Mein Blick fällt auf ein angesengtes Stück Papier, das in einer Schale auf dem Bistrotisch liegt. Warum verbrennt Leon Papier in seiner Küche? Ich greife danach. Ein paar Worte kann ich noch entziffern.
„Mick? Mick – jetzt sag was!“
Es ist unser Vertrag. Mir wird schwindelig. Leon hat unseren Vertrag verbrannt.
„Mick, soll ich vorbeikommen?“, fragt Mo drängend.
„Nein“, sage ich ganz leise. Ich kann kaum noch sprechen. „Ich … es ist schon okay, ich schaff das allein.“
In diesem Moment höre ich ein Geräusch an der Haustür. „Ich glaub, Leon kommt wieder. Ich meld mich bei dir. Bitte komm nicht her, ich muss das allein klären.“
„Okay. Ich hab dich lieb, Mick. Mach’s nicht noch schlimmer.“
Ich lege das Handy auf den Tisch und halte den Atem an. Ehrlich, ich habe keine Ahnung, was ich sagen soll. Ich zittere am ganzen Körper und wahrscheinlich fange ich gleich an zu heulen.
Mit weichen Knien gehe ich Richtung Eingang und sehe Leon, der dort seine Laufschuhe auszieht. Als er mich hört, blickt er auf. Sein Blick ist unergründlich.
„Morgen, Mick.“
„Leon … ich … ich wollte dir nicht wehtun“, sprudelt es aus mir heraus, „es tut mir total leid! Das hätte nicht passieren dürfen … ich …“
Leon überbrückt den Abstand zwischen uns und nimmt mich in den Arm. „Sssch, Mick beruhig dich.“
Er riecht salzig nach frischem Schweiß, seine Laufklamotten sind nass.
„Lass mich eben duschen und dann reden wir, okay?“

Ich nicke und zittere in seiner Umarmung.

Leon

Ich ziehe mich in die Dusche zurück, aber ich mache mir nichts vor. Es ist eine Flucht. Ich bin mit Micks Emotionen gerade überfordert. Weiß nicht, wie ich darauf reagieren soll. Er steht total neben sich.

Eigentlich hatte ich gehofft, dass er sich an die letzte Nacht nicht mehr erinnert. Das hätte mir jetzt einiges erspart. Aber ich bin auch kein Feigling. Mein Hintern tut weh, die Aktion in der letzten Nacht war zu *rough*. Fühlt sich an, als würde Mick noch immer darin stecken. Er ist wie ein Tornado über mich hinweggefegt.

Wir müssen reden. Es gibt eine ganze Menge zu sortieren, fürchte ich.

In diesem Moment bin ich froh, dass ich zumindest das Durcheinander in meinem Kopf beim Laufen etwas ordnen konnte.

Ich ziehe meine Sportklamotten aus und stelle mich unter die Dusche. Ich glaube, ich habe in meinem ganzen Leben noch nicht so ein Beziehungschaos erlebt. Vielleicht liegt es daran, dass ich noch nie eine echte Beziehung hatte. Keine, die tatsächlich etwas mit meinem Herzen zu tun hatte.

Frischgeduscht kehre ich nach zehn Minuten nach unten zurück. Ich finde Mick in der Küche. Er wirkt blass und angespannt.

Als ich die Küche betrete, springt er sofort vom Stuhl auf. Ich sehe das Handtuch mit den Blutflecken von letzter Nacht. Es liegt nicht sehr dekorativ auf meinem Bistrotisch. Offenbar hat er es aus der Schmutzwäsche hervorgefischt. Dummer Junge.

„Leon", beginnt er sehr leise. „Was letzte Nacht passiert ist, tut mir leid." Seine Stimme zittert bedenklich. „Ich weiß gar nicht … ich weiß nicht, was ich sagen soll. Ich wollte dir nicht wehtun … schon gar nicht so …"
Mit einem etwas unbehaglichen Gefühl sehe ich ihn an. „Klassische Deflorationsszene", sage ich schließlich mit einem schiefen Grinsen. „Wir hätten bis zur Vermählung warten sollen."
Er starrt mich an, als habe er den Witz nicht verstanden. „Ich lieb dich, Leon", presst er hervor. „Ich … das letzte Nacht … das hätte nicht passieren dürfen …"
Ich traue meinen Ohren gerade nicht. Hat er gesagt, dass er mich liebt? Ich gehe weiter auf ihn zu, ich sehe, wie rasch er atmet, Tränen stehen in seinen Augen.
„Du hast …" Er räuspert sich, aber es bringt nicht viel. „Du hast den Vertrag verbrannt … Soll ich gehen?" Ich kann ihn kaum noch verstehen, so leise ist er geworden.
Noch ein großer Schritt, dann bin ich bei ihm und schlinge meine Arme um das zitternde Elend, das da vor mir steht. Ein gequälter Schluchzer löst sich aus seiner Kehle und Mick vergräbt sein Gesicht an meiner Schulter.
„Mick, ssshhh …" Ich küsse seinen Hals, sein Ohr, seine Wange, schmecke die salzigen Tränen, die über sein Gesicht laufen und halte ihn einfach fest.
„Ja, ich hab den Vertrag verbrannt", sage ich leise, beruhigend. „Das war wirklich theatralisch von mir. Heute Morgen brauchte ich das irgendwie. Denn wir beide brauchen keinen Vertrag." Ich streiche mit den Händen über seinen Rücken. „Ich will mit dir zusammen sein, hörst du? Gestern, als du auf einmal verschwunden warst, da habe ich

mir solche Sorgen um dich gemacht … Und mir ist klar geworden, wie viel du mir bedeutest."
„Ich dachte, du wolltest … Schluss machen." Mick versucht wirklich, sein Schluchzen zu unterdrücken, aber es gelingt ihm mehr schlecht als recht.
Oh nein. Eines ist mir spätestens in der letzten Nacht bewusst geworden. Ich will Mick. Ohne jede Einschränkung. Ohne Vertrag. Ich will mit ihm zusammen sein.
„Sicher nicht, Mickey. Ich fürchte, ich bin total vernarrt in dich."
Ich nehme sein Gesicht in beide Hände, küsse die Tränen von seinen Wangen. „Was war los gestern, hm? Warum bist du abgehauen?"
Er schließt die Augen, versucht, mir sein Gesicht zu entziehen.
„Mick …"
„Ich hab einfach nicht nachgedacht", gibt er widerwillig zu. „Ich wollte mir nicht angucken, wie der Typ dir einen bläst … das … war plötzlich ganz schlimm für mich."
Er senkt den Blick und spricht hastig weiter. „Ich glaube, das lag an dem Koks … ich hab da jetzt drüber nachgedacht. Mir ist das egal … Du kannst andere Typen haben, ehrlich … ich will nur, dass wir zusammen sind."
„Das ist dir egal?", frage ich erstaunt nach.
„Nein, nicht egal", korrigiert er und lässt die Schultern fallen. „Das tut ganz doll weh … Aber du bist wichtiger als diese scheiß Eifersucht …"
Ich schlinge wieder die Arme um ihn, ziehe ihn ganz fest an mich. „Mick, zwischen Kim und mir ist gar nichts gewesen. Er ist mein Ex und er hat mich um einen Gefallen gebeten.

Das war nur Theater, die ganze Sache mit dem Halsband. Hast du das alles gesehen?"
Er nickt.
„Ich bin ein Idiot", murmele ich leise. „Deswegen bist du so ausgeflippt?"
Er nickt erneut.
Ich wusste es ja schon gestern – ich hatte es nicht anders verdient.
„Du hast geblutet", sagt er jetzt und klingt ziemlich unsicher. „Ich … soll ich gucken, was ich kaputtgemacht habe?"
Ich lache leise. „Ist schon okay. Es war nur ein kleines Gefäß."
„Das war nicht okay", beharrt Mick. „Es ist überhaupt nicht okay, wenn ich mich wie ein Arschloch aufführe!"
„Ich mag es, wenn du wild bist, aber ja, das war zu grob", gebe ich zu. „Und beim nächsten Mal erwarte ich deutlich mehr Vorbereitung."
Mick sieht mich zweifelnd an und zieht die Schultern wieder nach oben. „Beim nächsten Mal?"
„Nun, nicht ausgerechnet heute", rudere ich etwas zurück. Ich lasse ihn los. „Wie wäre es, wenn du jetzt duschen gehst und ich mich in der Zwischenzeit um Frühstück kümmere? Magst du Pancakes?"
In Micks Augen sammeln sich schon wieder Tränen.
„Ssshhh, Mick, wegen Pancakes brauchst du nicht heulen." Ich drehe ihn an den Schultern von mir weg und schiebe ihn sanft aus der Küche. „Los, geh duschen und such dir irgendwelche frischen Klamotten aus meinem Schrank."

38. Kapitel
Mick

Meine Knochen scheinen sich in Wackelpudding verwandelt zu haben. Daran ändert auch die Dusche nichts. Ich schlottere, als ich vor Leons riesigem Kleiderschrank stehe. Rasch ziehe ich ein blaues T-Shirt und eine Jeans heraus. Dann mache ich mich auf die Suche nach einer Unterhose. An der gegenüberliegenden Wand steht eine weiße Kommode mit Schubladen. Ich ziehe die oberste Lade auf und sehe – statt der erhofften Unterwäsche – eine kleine Sammlung akkurat nebeneinanderliegender Sextoys. Ich sollte nicht so überrascht sein, hatte ich wirklich gedacht, dass Leon all seine Spielsachen in seinem Wellnessbereich aufbewahrt? Die Neugier vertreibt für einen Moment meine angeschlagene Stimmung. Ich öffne eine schwarze Schatulle, in ihr befinden sich silberne Kugeln in unterschiedlicher Größe. Sie sind erstaunlich schwer. Außerdem sehe ich Cockringe aus Metall und Leder, dünne ordentlich aufgerollte Lederbänder, breite Handfesseln, ebenfalls aus Leder, und verschiedene Schlagwerkzeuge. Das zum Thema „ich bin kein Sadist". Trotz meiner grundsätzlichen Überzeugung, dass ich kein Sub und schon gar kein Masochist bin, spüre ich ein aufgeregtes Kribbeln in meinem Arsch. Aber heute Morgen sollte mich gar nichts mehr wundern.

Ich lege alles ordentlich zurück und ziehe die nächste Schublade auf – hier finde ich auch endlich Leons Unterwäsche. Ich nehme mir schwarze Shorts und ziehe mich rasch an. Das Gefühl, Leons Klamotten zu tragen, ist fast zu viel für mich. Ich hatte noch niemals das Gefühl, so sehr zu jemandem zu gehören.

Als ich die Küche betrete, sieht Leon mir entgegen. Ich habe noch immer Probleme damit, ihm in die Augen zu schauen. Die letzte Nacht hängt wie Blei auf meinen Schultern. Leon hat den Teig für die Pancakes offensichtlich schon vorbereitet und stellt nun eine Pfanne auf seinen ultramodernen Herd. Daneben steht ein kleines Glas mit weißem Inhalt.

„Kokosöl“, sage ich, als ich näherkomme. „Ich liebe den Geruch.“

Leon grinst. „Dann sollte wir es auch für andere Dinge verwenden.“

Da er den Tisch bereits gedeckt hat, gibt es für mich nichts zu tun. Ich sehe ihm zu, wie er die Pancakes macht und schmiege mich an seinen Rücken.

„Danke. Danke. Danke“, murmele ich in seinen Nacken.

Er dreht seinen Kopf ein wenig. „Weißt du eigentlich, wie gern ich deinen Körper an mir spüre?“

Ich bemerke, dass ich rot werde. In der letzten Nacht war das sicher nicht der Fall. „Aber ich will, dass du dich immer gut dabei fühlst“, sage ich leise.

„Du glaubst es vielleicht nicht, aber ich habe mich noch nie so gut gefühlt wie jetzt.“

Ich beiße ihm in den Nacken. „Ach so einer bist du“, versuche ich mich an einem Witz. Und es klappt tatsächlich, Leon grinst.

Ich lasse ihn in Ruhe zu Ende werkeln und ziehe uns beiden einen Kaffee an seinem Hightech-Kaffeeautomaten. Das Teil ist super. Ich könnte den ganzen Tag Kaffee trinken, nur weil es so einen Spaß macht, das Ding zu bedienen.

Und als ich dann das erste Stück Pancake – dick mit Ahornsirup bestrichen – in den Mund stecke, fange ich wieder an zu heulen. Das schmeckt so lecker und überhaupt hat noch nie jemand Pancakes für mich gemacht und ich verstehe nicht, warum er das macht, wo ich doch so ein Arschloch bin …

Wortlos reicht Leon mir eine Packung Taschentücher. Wenn das so weitergeht, sollte er gleich eine Großpackung Kleenex auf den Tisch stellen.

„Ich reiße dir den Arsch auf und du machst mir Pancakes – warum?", frage ich leise.

Leon grinst und wischt mit dem Daumen etwas Ahornsirup-Tränengemisch von meinem Kinn. „Bestechung – damit du dir nächstes Mal mehr Mühe gibst."

Ich lache und heule gleichzeitig. Ich glaube, ich liebe diesen Mann so sehr, dass ich irgendwann implodieren werde.

„Weiß gar nicht, warum ich heute ständig heule …"

„Ist schon okay", meint Leon und packt mir einen weiteren Pancake auf den Teller. „Du bist emotional etwas instabil, morgen ist das wieder in Ordnung."

„Dann bin ich morgen wieder normal?"

Leon schenkt mir sein halbes Lächeln. „Normal? Okay, das wäre etwas zu viel verlangt. Dein Handy klingelt übrigens."

„Oh." Ich springe auf. Das ist sicher Mo – wahrscheinlich hat er Schiss, dass hier alles aus dem Ruder gelaufen ist.

Als ich den Anruf entgegennehme, höre sich sofort, wie Mo erleichtert aufatmet. „Hey, Mick, alles klar bei dir?"

„Ja, alles in Ordnung. Du brauchst dir keine Gedanken zu machen."

„Mann, das klang vor nicht allzu langer Zeit aber ganz anders …“

Ich ziehe die Nase hoch und wische mit dem Handrücken über meine Augen.

„Du heulst doch“, sagt Mo sofort.

„Ja, stimmt“, gebe ich zu. „Aber ich schwöre dir, es ist alles okay. Wir sprechen später, ja? Sonst werden meine Pancakes kalt.“

„Pancakes?“ Ich höre den Zweifel in Mos Stimme. „Alter, das schreit nach einer Erklärung.“

Keine zehn Minuten später ruft dann auch noch Torge an.

„Moin Mick, na, alles klar?“

„Alles gut, ich hab die Nacht überlebt, Leon hat mich eingesammelt.“

„Ja, das habe ich schon von Max gehört. Und Jascha habe ich auch die Meinung gegeigt.“ Er klingt tatsächlich etwas verärgert. „Lässt man euch mal ein paar Minuten aus den Augen …“

„Oh, glaub mir, die Lektion habe ich gelernt.“

Torge lacht leise und mir wird klar, dass er das falsch aufgefasst haben könnte. „Nein, also, ich wollte damit nicht sagen, dass Leon mir eine Lektion erteilt hätte oder so …“, korrigiere ich hastig.

„Was auch immer ihr gemacht habt, Herzchen, Hauptsache, ihr seid ohne größere Beschädigungen zu Hause angekommen.“

Leon quittiert meine Anrufe mit einem Kopfschütteln und einem Lächeln.

„Tut mir leid“, murmele ich und schalte das Handy auf stumm.

„Du weißt gar nicht, wie viel das wert ist, wenn man solche Freunde hat, die sich Sorgen machen."

Nach dem fünften Pancake bin ich pappsatt. Ich sinke entspannt gegen die kurze Lehne des Stuhls. Leon räumt die Teller und die Tassen vom Tisch und kommt dann zu mir, nimmt mein Gesicht in seine Hände. Er sieht mich sehr intensiv an, dann beginnt er, mir zarte Küsse auf die Lippen zu hauchen.

„Max hat mal gesagt, dass du Zucker bist …", murmelt er zwischen den Küssen. „Aber jetzt schmeckst du auch noch so."

Ich drehe mich und spreize die Beine, damit er dazwischenrutschen kann.

Die unschuldigen kleinen Küsse werden schnell intensiver, meine Hände wandern unter Leons Shirt, ich spüre die festen Muskeln unter seiner weichen Haut. Ich stöhne leise in den Kuss hinein und schmiege mich so eng wie möglich an Leons festen Körper.

„Danke", sage ich leise. „Danke für das Frühstück."

Leon zieht mich auf die Beine. „Magst du dich revanchieren?"

Ich grinse. „Immer", murmele ich an seinen Lippen. „Wenn das mit Sex möglich ist …"

Ich spüre, wie er mit einer Hand meine – nein, *seine* – Hose öffnet und mir über die Hüften schiebt.

„Wie schade, du hast meine Unterwäsche gefunden", brummt er enttäuscht.

„Ja, nachdem ich … andere Dinge gefunden habe …"

Er lacht leise und ist nicht mal ein kleines bisschen verlegen. „Und, was dabei, was dich interessiert?"

Leon schafft es tatsächlich, dass ich nun verlegen bin. „Hm, ja, vielleicht …"
Er umfasst mein Kinn, zwingt meinen Kopf nach oben und unsere Blicke treffen sich. „Wir können alles ausprobieren, was du möchtest. Ich werde dich allerdings zu nichts zwingen."
Er lässt beide Hände in meine Shorts gleiten und schiebt auch diese nach unten. Mein Schwanz ist mittlerweile ziemlich hart, doch leider vermeidet Leon es, ihn zu berühren. Stattdessen drängt er mich gegen den Tisch.
„Setz dich", sagt er leise. Ich habe keine Ahnung, wie er das macht, dass es wie ein Befehl klingt.
Ich schiebe meinen nackten Arsch auf die Tischplatte und strampele mir die Hosen aus, die mich nun doch stören.
„Du bist der Nachtisch", informiert Leon mich. Der Blick, den er mir zuwirft, jagt eine Gänsehaut an meiner Wirbelsäule entlang.
Er legt seine Hand auf meine Brust und presst mich nach hinten, bis ich mich auf den Ellenbogen abstütze. Mein Schwanz steht steil nach oben und wird noch härter, als Leon ihn gierig betrachtet.
Fasziniert und mit einem Stöhnen auf den Lippen sehe ich zu, wie Leon meine Latte umfasst und die Vorhaut ganz nach unten schiebt. Dann legt er seinen Daumen auf die feuchte Spitze und verreibt die kleinen Tropfen. Der Reiz ist extrem heftig und mein Schwanz fängt an zu zucken.
Leon wichst mich ganz langsam, seine Hand gleitet mit festem Griff nach unten und wieder nach oben, nach unten, nach oben, dann landet sein Daumen wieder auf meiner Eichel. Der Druck ist so stark, dass ich es gerade

noch aushalten kann. Leon hebt den Kopf, sieht mir ins Gesicht und mir wird klar, dass er mich beobachtet.
Ich schließe die Augen.
„Nein, Augen auf", befiehlt er sofort. Dann zieht er beide Stühle näher heran und platziert meine Füße darauf. Die Haltung ist bequemer, aber mir wird sofort klar, dass ich mit den aufgestellten, weit gespreizten Beinen auch ziemlich exponiert daliege.
Leon geht zur Arbeitsplatte hinüber und holt das Glas mit dem Kokosöl. Er dreht in aller Ruhe den Deckel ab und taucht seine Finger in die weiße Masse.
„Du magst den Geruch, oder? Ich auch."
Ich spüre seine Finger an meinem Arsch, in meiner Spalte. Er lässt sie über mein Loch gleiten, während er sich nach vorn beugt und meine Schwanzspitze seine Lippen berührt. Er tippt mich mit seiner Zungenspitze an, fährt mit der Zunge an meiner ganzen Länge entlang. Einmal bis nach unten und dann wieder nach oben. Dann legt er seine Lippen eng um meine Eichel und saugt meinen Schwanz in seinen Mund. Zeitgleich bohrt er seinen Finger in meinen Arsch.
Ich presse die Lippen fest zusammen und stöhne unterdrückt. Das Gefühl ist irre intensiv.
Ich spüre, wie er mich weitet, wie kurze Zeit später ein zweiter Finger in meinem Loch verschwindet. Und noch immer saugt er an meinem Schwanz wie an einem dicken Strohhalm. Ich kippe die Hüften, versuche, ihm weiter entgegenzukommen. In meinen Eiern zieht es bereits. Endlich hört er auf zu saugen und lässt meinen Schwanz stattdessen tief in seinen Hals gleiten. Ich höre schon die Engel singen, lange halte ich das nicht durch.

Er sieht nach oben, unsere Blicke begegnen sich. Unfassbar geil sieht er aus, zwischen meinen Beinen, mit meinem Schwanz im Mund.
In diesem Moment fährt er mit einem Finger über meine Prostata. Ich kann den kleinen Aufschrei gar nicht unterdrücken, auch nicht, dass ich automatisch in seinen Mund hineinstoße. Aber er hat damit gerechnet.
In Zeitlupentempo entlässt er meinen Schwanz aus seinem Mund und wischt sich mit dem Handrücken den Speichel ab. „Ich will in deinen Arsch, rutsch weiter nach vorn."
„Du steckst schon drin", informiere ich ihn atemlos, aber natürlich komme ich seiner Aufforderung nach.
„Ich will aber tiefer, Süßer. So tief, wie es geht."
Ich nicke hastig und sehe zu, wie Leon nur seine Hose öffnet und seinen Schwanz herausholt. Dann setzt er ihn an und drückt sich langsam, aber stetig in meinen Körper.
„Oh, wow, das fühlt sich großartig an." Seine Stimme ist noch dunkler als sonst und jagt mir einen Schauer über den Rücken.
Ich presse die Lippen zusammen, versuche, den nervigen Anfangsschmerz zu ignorieren, aber Leon hält schon inne. Er schiebt seine Finger zwischen uns und massiert mit dem Daumen den gedehnten Muskelring.
„Sorry, ich bin einfach eine Memme", brumme ich leise und genieße den zusätzlichen Druck seiner Finger, die mich weiter entspannen.
Er lächelt schmal. „Ich hab es nicht eilig."
Wieder verpasst mein schlechtes Gewissen mir eine saftige Ohrfeige. Er nimmt sich so viel Zeit und ich bin letzte Nacht wie ein Irrer über ihn hergefallen. Es wäre nur gerecht, wenn er mich jetzt richtig rücksichtslos durch-

nehmen würde. Der Gedanke ist gleichermaßen beängstigend wie erregend.
Aber das macht Leon nicht, er wartet, bis der kurze Krampf vorbei ist und er sich weiter in mich hineinschieben kann.
„Gott, das ist gut", entfährt es mir, als er anfängt, sich zu bewegen. Ich liege in der perfekten Höhe vor ihm und er schrammt immer wieder über meine Prostata, wenn er in mich stößt. Das werde ich nicht besonders lange durchhalten. Jede Bewegung jagt kleine Stromstöße durch meinen Körper, ich vibriere von den Fingerspitzen bis in die Zehen.
„Leon, oh Gott, hör auf …!"
Ich spüre, wie der Saft in mir aufsteigt, ohne dass Leon meinen Schwanz auch nur berührt. Ich spreize die Beine weiter und presse die Arschbacken zusammen.
„Schön, das fühlt sich so geil an", stöhnt Leon über mir.
Das Gefühl von Leons Schwanz in meinem Hintern wird so heftig, dass ich den Reiz kaum noch ertragen kann.
„Oooh, Leon, ich komme schon … verdammt", keuche ich, kann aber den Orgasmus nicht aufhalten. Fasziniert starre ich auf meinen Schwanz und sehe, wie das Sperma in einigen kräftigen Schüben hervorschießt und auf meinem T-Shirt landet. Ich presste die Arschbacken so fest zusammen, dass ich fast einen Krampf kriege.
Dieses Mal will Leon mich nicht weiter quälen und zieht sich sofort aus mir zurück. Ich habe das Gefühl, dass mein Arsch in Flammen steht. Er nimmt seinen harten Schwanz in die Hand und holt sich mit raschen Bewegungen einen runter. Es dauert keine Minute, da spritzt er seine Sahne auf meinen Bauch, meinen nur langsam weicher werdenden

Penis und meine Eier. Er verteilt sein Sperma wirklich sehr gründlich auf mir. Völlig fertig lasse ich mich nach hinten sinken.
„Ich liebe dich, Mickey."
Ich höre Leons Stimme, sie klingt ein wenig rau.
„Ich liebe dich auch", sage ich und bemerke, wie zittrig ich klinge. Und erst da wird mir klar, dass mir Tränen über die Wangen laufen.
Leon wischt sie mit einem Daumen weg. „Jetzt heulst du doch wieder."
Ich weigere mich, die Augen zu öffnen. „Is' okay."

39. Kapitel
Leon

Mick grinst schwach. Diese Nummer auf dem Küchentisch hatte es wirklich in sich. Ich glaube nicht, dass Mick schon mal abgespritzt hat, ohne dass jemand sein bestes Stück dabei berührt hat.

Nach einigen Minuten, in denen ich ihn still betrachtet habe, öffnet er schließlich widerwillig die Augen. Ich reiche ihm die Hand und ziehe ihn in eine sitzende Position.

Er lehnt seinen Kopf kurz gegen meine Brust und brummt dann: „Ich glaube, ich geh noch mal duschen." Er rutscht vorsichtig von meinem Tisch und stolpert etwas breitbeinig aus der Küche.

Das war das erste Mal, dass ich jemanden in meiner Küche gevögelt habe. Es ist wirklich erstaunlich, wie viele erste Male ich mit Mick erlebe. Der Gedanke zaubert ein Grinsen auf mein Gesicht, das ich zwar nicht sehen kann, aber im ganzen Körper spüre.

***

Als Mick das Wohnzimmer betritt, sehe ich von meinem Laptop auf. Süß sieht er aus, mit den nassen, ungekämmten Haaren. Er grinst mich jungenhaft an.

„Für heute Nachmittag haben sie eine Sturmwarnung durchgegeben. Ich denke, ich sollte dich nach Hause bringen."

Ich sehe, wie Micks Lächeln erlischt. „Ernsthaft? Oder suchst du nach einem Grund mich loszuwerden?"

Wortlos deute ich auf den Bildschirm, auf dem die News des Tages angezeigt werden. Er kommt zu mir und überfliegt die Schlagzeilen und die Wettermeldung.
„Ja, dann sollte ich wirklich nach Hause." Er sieht aus dem Fenster, es hat bereits angefangen zu regnen. „Mo ist nicht gern allein bei so einem Wetter."
Ich denke eher an das marode Dach oder die windschiefe Scheune, sage aber nichts. Vielleicht haben wir ja Glück und das Unwetter zieht vorbei.
„Ich will dich nie loswerden", sage ich, als ich aufstehe. Was erstaunlich genug ist. Von Mick kann ich gar nicht genug bekommen.
Er schlingt seine Arme um mich und drückt sich fest an mich. Mit einem kleinen Seufzen legt er seinen Kopf auf meine Schulter. „Dann such ich mal mein Zeug zusammen."
Vorsichtshalber packe auch ich ein paar Klamotten von mir ein – das habe ich inzwischen gelernt. Wenn ich mit zu Mick fahre, ist nahezu alles möglich.

***

Der Regen wird stärker, als wir bei Mick ankommen. Ich unterdrücke ein Seufzen – ich habe vergessen, die Schuhe zu wechseln. Jetzt muss ich mit meinen guten Schuhen durch den Matsch. Mick springt bereits aus dem Wagen und sprintet Richtung Haus.
Ich sehe ihm mit einem Kopfschütteln nach. Es hilft nichts, ich muss auch aussteigen. Eigentlich finde ich es albern, durch den Regen zu joggen. Ich löse mich ja nicht auf, wenn ich nass werde. Aber es regnet wirklich so heftig,

dass ich meine Lässigkeit aufgebe und einen Sprint bis zur Haustür hinlege. Die Tür steht offen und Mick und Mo rufen sich Anweisungen zu.
„Oh hi, Leon." Mo bremst direkt vor mir und sieht mich aufmerksam an. „Alles okay mit dir?"
„Ja, danke." Ich spüre seinen neugierigen und gleichzeitig seltsam zurückhaltenden Blick, bis mir aufgeht, dass Mick ja mit ihm telefoniert hat. Was er Mo wohl erzählt hat?
„Lass uns eben füttern", ruft Mick von oben. „Bleibst du noch etwas, Leon?"
„Ja, kann ich machen."
Und schon sind die zwei Jungs in Gummistiefeln raus in den Regen. Ich sehe ihre weißen T-Shirts über den Hof flitzen. Seufzend stelle ich meine Tasche im Flur ab. Ich denke wirklich darüber nach, ob ich Mick und Mo in den Stall folgen sollte. Allerdings glaube ich, dass ich keine große Hilfe bin. Und meine Lust hält sich in Grenzen, da ich vermute, dass im Stall auch irgendwo die Hühner herumlaufen, womöglich noch frei! Vom Gestank mal ganz abgesehen … Nein, es ist sicher in Ordnung, wenn ich im Haus bleibe.
Es dauert eine ganze Zeit lang, bis Mick und Mo wieder auftauchen. Ich habe in der Zwischenzeit Handtücher herausgesucht und Kaffee gemacht. Als sie das Haus wieder betreten, sind sie beide bis auf die Haut durchnässt. Ich reiche ihnen die Handtücher, komme aber nicht umhin festzustellen, dass sie beide sehr sexy aussehen so durchgeweicht und mit T-Shirts, die ihnen am Körper kleben.
„Scheiße!" Mo reißt sich das nasse Shirt vom Leib. Er wirkt ziemlich gestresst, im Gegensatz zu Mick, der eher wie ein

aufgedrehter kleiner Junge aussieht. Seine braunen Augen leuchten. Ich könnte ihn jetzt sofort vernaschen.
„Oh, danke, du hast Kaffee gemacht“, sagt Mick und küsst mich im Vorbeigehen. Die Gummistiefel hat er im Flur geparkt. Auf Socken geht er weiter Richtung Treppe.
„Alles okay drüben?“, frage ich.
„Ja, da ist alles trocken.“ Mick trocknet sich mit einem Handtuch die Haare.
Ich höre den mittlerweile stürmischen Wind, der ums Haus pfeift, und den Regen, der unvermindert gegen die Fensterscheiben schlägt.
„Komm, lass noch mal die Eimer checken“, sagt Mick Richtung Mo.
„Eimer?“, frage ich.
„Das Dach ist an ein paar Stellen undicht“, erklärt Mo und folgt Mick nach oben.
Muss ich mich jetzt vielleicht einbringen? Ich glaube nicht, dass das erwartet wird.

Es dauert länger, bis wir an diesem Abend in Micks Bett landen. Das Grollen eines entfernten Donners hallt zu uns herüber.
Mick knabbert an meinem Hals. „Das ist schön, dass du hier bleibst.“ Er kuschelt sich ganz dicht an mich.
Mir fällt auf, dass Micks Bett frisch bezogen ist. Eigentlich ist es immer frisch bezogen, wenn ich hier bin. „Sag mal, wäschst du eigentlich ständig dein Bettzeug?“
„Hm, ja … ziemlich häufig. Das fühlt sich so nach Luxus an.“ Mick grinst etwas verlegen. „Ich hab ja ein paar Wochen auf der Straße gelebt. Danach hab ich dann gewusst, wie wertvoll ein Bett mit frischer Bettwäsche ist.“

„Lust auf noch etwas mehr Luxus?“
„Hört sich gut an“, meint Mick und schenkt mir einen anzüglichen Blick.
„Du bist echt unersättlich, ich dachte eher an eine Massage“, sage ich mit einem Lachen.
„Au ja, wir starten mit einer Massage.“ Mick rollt sich sofort auf den Bauch.
Ich lasse eine Hand über seinen Rücken wandern, von den Schultern über seine Wirbelsäule bis zu seinem festen, runden Hintern. Dann schwinge ich mich rittlings auf seinen perfekten Arsch.
„Zieh deine Hose aus“, fordert Mick.
„Später.“ Erst mal konzentriere ich mich auf die Massage. Und das fällt mir schon verdammt schwer, so lustvoll wie Mick stöhnt. Aber ich fasse Mick gern an, seine weiche Haut, seine festen Muskeln. Ich lasse meine Hand in seine Haare gleiten. Spüre, wie er erschaudert, wie sein kleiner Arsch unter mir zuckt. Wahrscheinlich ist er schon wieder hart.
Mittlerweile ist das Gewitter in unsere Richtung gezogen. Ich kann den Donner hören und grelle Blitze erhellen in regelmäßigen Abständen das Zimmer, das nur von einer Lampe auf dem Nachtschrank erleuchtet ist.
„Hast du Schiss?“
Mick schüttelt den Kopf. „Ich mag Unwetter. Es nervt nur, dass man sich Sorgen um die Tiere macht. Aber ich finde Sturm und Gewitter toll … solange mir nicht das Dach um die Ohren fliegt.“
„Ja, das Dach … Das müsste wohl dringend neu gedeckt werden“, murmele ich und hauche kleine, federleichte Küsse in seinen Nacken. Er seufzt.

„Das ist sicher sauteuer.“
„Oh ja, da muss ne alte Frau lange für stricken.“
„Klar, oder ein Stricher lange für den Arsch hinhalten.“
„Mick!“, sage ich tadelnd.
„War'n Witz … obwohl …“ Er dreht und windet sich unter mir, bis er auf dem Rücken liegt. Ernst sieht er mich an „Ich komm mir komisch vor, weil du mir Geld gibst. Das geht doch irgendwie nicht.“
„Weil?“
„Weil du keine Gegenleistung mehr von mir bekommst.“
Ich grinse ihn an, denn ich bekomme viel mehr von ihm als eine käufliche Gegenleistung. Allerdings kann ich sein Unbehagen nachvollziehen. „Entspann dich, Mickey. Ich hoffe übrigens, dass du auch bei mir bleibst, wenn ich deine *Dienstleistungen* nicht kaufe …“
Er schlägt mir mit der flachen Hand vor die Brust. „Du nimmst mich nicht ernst.“
„Oh, du kannst sicher sein, dass ich dich ernst nehme, Süßer. Das Geld ist für euer Tierschutzprojekt und deine Arbeit. Deinen Arsch bezahl ich nicht, den will ich umsonst“, sage ich mit einem drohenden Unterton.
Mick sieht mich für einen Augenblick verblüfft an, dann lacht er und zieht mich zu sich hinunter.
Ich liege der Länge nach auf ihm, ohne mich abzustützen. Doch Mick beschwert sich nicht. Seine Erektion liegt heiß an meinem Oberschenkel und er legt den Kopf in den Nacken, damit ich die sensible Stelle an seinem Hals besser erreiche.
Ich sauge mich leicht an der empfindlichen Haut fest und Mick stöhnt sehnsüchtig.

Ein weiterer Blitz erhellt Micks Zimmer. Die Vorstellung, dass ich ihn gleich ficken werde, während draußen die Welt untergeht, hat etwas sehr Erregendes.
„Mick? Seid ihr noch wach?"
„Hm?", brumme ich etwas unwillig und rolle mich von Mick herunter. Mo hat die Tür aufgeschoben und steht im hellerleuchten Flur.
„Sorry, ich wollte euch nicht stören", sagt Mo leise. Er klingt irgendwie anders als sonst.
„Kannst du nicht schlafen?", fragt Mick sofort besorgt.
Mo schüttelt den Kopf. „Dieses Scheißgewitter …", murmelt er angespannt und etwas verlegen.
Oh, Mo hat offenbar Angst vor Gewittern, das erstaunt mich ein wenig. Aber über irrationale Ängste anderer Leute werde ich bestimmt nicht urteilen. Jeder hat so seinen Spleen.
Mick kuschelt sich an mich und fragt leise: „Kann Mo mit ins Bett kommen?"
Er versucht es mit einem Welpenblick und natürlich kann ich nicht Nein sagen. Ich seufze theatralisch. „Meinetwegen."
Mick hebt einladend die Bettdecke an. „Los, komm schon."
Ich kann gar nicht so schnell gucken, wie Mo ins Zimmer und zu uns ins Bett huscht. Wahrscheinlich haben die beiden immer zusammen in einem Bett geschlafen, wenn es mal gewittert hat. Ich verkneife mir einen Kommentar dazu.
„Ihr wolltet ficken, oder?", fragt Mo leise. „Tut euch keinen Zwang an."
Mit Sicherheit kann man in Micks Bett eher ficken als schlafen, wenn man mit drei Mann darin liegt. Ich spüre

Micks Blick auf mir, offenbar versucht er herauszufinden, wie das Programm jetzt weiterläuft.
„Wenn du schon zu uns ins Bett kommst, zieh dich wenigstens aus“, sage ich daher zu Mo.
Mo wirft mir einen unsicheren Blick zu, aber er streift sich umgehend die Hose ab und zieht sich das T-Shirt über den Kopf. „Okay?“
Ich ziehe ihm die Bettdecke weg und mustere ihn von den Füßen bis zum Kopf. Er windet sich unter meinen Blicken, ich spüre das fast körperlich. „Ja, gefällt mir.“
Ich schlage die Bettdecke wieder über seinen Körper.
Ein heftiger Donnerschlag lässt das Haus beben und Mo kriecht hektisch weiter ins Bett hinein, jetzt liegt er schon fast auf Mick. Ich glaube, was ihm fehlt, ist etwas Ablenkung.
Mick sieht mich fragend an.
„Los, ab in die Mitte mit dir“, sage ich zu Mo. „Und mach dich hart.“
Mo kriecht über Mick hinweg, bis er zwischen uns liegt, dann zögert er. Ich spüre seinen kühlen, sehnigen Körper neben mir. Wenn er nicht gleich auf meine Anweisung reagiert, fliegt er wieder raus.
Als hätte er meinen Gedanken gelesen, fängt er an, sich selbst zu streicheln. Ich spüre seine Bewegungen an meinem Körper. Ich sehe ihm ins Gesicht, doch er senkt sofort den Blick.
„Bist du jetzt hart?“, frage ich ihn nur ein paar Sekunden später.
Er nickt hastig. Und als ich meine Hand unter die Bettdecke gleiten lasse, kann ich den Beweis umgehend fühlen.

Ich setze mich auf und lehne mich gegen das Kopfende von Micks Bett. „Ich will, dass du die ganze Zeit über hart bleibst."
„Ja … Sir."
Seine Anrede überrascht mich – und irgendwie auch nicht. Mo ist durch und durch devot.

Mick

Es ist nur der Hauch von Master Leon, den ich spüre, aber ich bin sofort wieder geil. Und mir wird klar, wie verdammt empfänglich ich dafür bin. Dass Mo ihn auch noch mit „Sir" anspricht, entspannt mich nicht gerade.
„Auf alle viere", sagt Leon jetzt und schiebt mit einer lässigen Bewegung die Decke von Mos Körper. Er kniet sich sofort hin.
„So ist es gut, so können wir dich gut sehen." Leon beugt sich nach vorn und streicht mit der Hand über Mos angespannten Hintern. „Dein Arsch ist total kalt. Eine ordentliche Tracht Prügel und dir wäre wieder warm."
Ich sehe, wie Mos Lider flattern und er kurz die Augen schließt. Der Gedanke scheint ihn mächtig aufzuheizen. „Willst du ihn blasen?", fragt Leon mich.
Ich nicke heftig.
„Mo, du bewegst dich nicht. Ich will, dass Mick dich so blasen kann, wie er das möchte. Nur, weil er darauf steht. Klar? Wenn du dich rührst, dann kriegst du die Abreibung deines Lebens. Das schwöre ich dir."
Mo stöhnt leise, obwohl er versucht, es zu unterdrücken. Ich bin so scharf darauf, seinen Schwanz zu schlucken, dass ich mich sofort unter ihn schiebe.
„Bläst du ihn ohne Gummi?", fragt Leon.
„Ich … ja …", gebe ich zu. Ich will ihn so gerne schmecken und ich hab es immer ohne gemacht. Ein unnötiges Risiko. Nur gefickt haben wir immer mit.
„Darüber reden wir später", grollt er. „Los, fang an, bevor dein Kumpel schlappmacht. Dann gibt es auch Prügel."

Nach schlappmachen sieht Mos Schwanz gerade nicht aus. Er ist bretthart und seine Spitze glänzt feucht vor Lust. Ich frage lieber nicht nach, wer dann Prügel kassiert, wenn Mo nicht durchhält. Ich schätze, im Gegensatz zu mir ist Mo ziemlich scharf darauf, von Leon eine Tracht Prügel zu beziehen.

Ich schlinge die Arme um Mos Taille und ziehe mich leicht daran nach oben, um seinen Schwanz in meinen Mund gleiten zu lassen. Ein tiefes Grollen entkommt ihm, als er sich zwingt, sich nicht zu bewegen, meinen Mund nicht aktiv zu erobern. Wie versteinert bleibt er auf allen vieren und lässt mich saugen und lecken. Nur sein Ächzen und Stöhnen verrät, wie verflucht geil er ist. Ich schiebe mich in der 69er Stellung unter ihn, sodass mein Kopf zwischen seinen Beinen liegt und Leon, der noch immer gegen das Kopfende gelehnt dasitzt, einen guten Blick zwischen meine Beine hat. Nur einen Augenblick später spüre ich schon seine Hand auf meinem Oberschenkel. Sie fährt langsam darüber bis zu meinen Eiern und ich fühle, wie mein Schwanz zuckt.

„Mach den Mund auf, Mo", höre ich Leon sagen. Aber da ich noch immer unter Mo liege, seinen Schwanz bis zum Anschlag im Hals habe und meine Nase in seinen Eiern vergrabe, kann ich nicht sehen, was die beiden dort oben treiben.

Kurze Zeit später weiß ich es allerdings – Leon schiebt einen nassen Finger zwischen meine Arschbacken. Nur mit Mos Spucke als Gleitmittel dringt er vorsichtig in mich ein. Ich knurre angespannt und das Vibrieren setzt sich in Mos Körper fort.

„Lass locker, Mick", sagt Leon sanft und zieht den Finger wieder ein Stück zurück, um ihn gleich noch etwas tiefer hineinzuschieben.
Ich lasse die Beine auseinanderfallen und genieße den Druck seiner Eroberung.
„Jetzt darfst du ihn blasen", sagt Leon zu Mo.
Mo beugt sich hinunter und saugt meinen Schwanz so enthusiastisch in seinen Mund, dass ich fast komme. Ich protestiere leise mit einem kleinen Jaulen gegen diese Überreizung und Mo nimmt sich etwas zurück. Aber Leon fickt mich weiterhin mit seinen Fingern.
Als die Reibung unangenehm wird, zieht er seine Finger aus meinem Loch. „Mach sie wieder nass", verlangt er von Mo. Der entlässt meinen Schwanz für kurze Zeit aus seinem heißen Mund und nur Augenblicke später geht es dort weiter, wo wir aufgehört haben. Mos Zunge flattert um meinen Schwanz und Leons neu nassgeleckte Finger stecken tief in meinem Arsch. Zielsicher findet er meine Prostata und streicht mit festem Druck darüber.
Ich bin mir sicher, dass ich das nicht lange durchhalte. Kann kaum noch einen klaren Gedanken fassen. Dass Mos Schwanz in meiner Kehle steckt und mich beim Atmen behindert, macht mich noch zusätzlich total geil. Mir bleibt gar nichts anderes übrig als den Mund weit zu öffnen und mich zu entspannen. Mo fickt mittlerweile meinen Mund, während er mir einen richtig guten Blowjob verpasst. Seine Stöße sind nicht rücksichtslos, sondern mit genau der passenden Dosierung, sodass ich nicht würgen muss. Leons Finger stecken in meinem Hintern und die Dehnung fühlt sich so perfekt an, dass ich mich nicht mehr zurückhalten kann. Und so bin ich der Erste, der abspritzt und zwar in

Mos Mund. Seine Lippen schließen sich um meinen Schwanz und er saugt auch den letzten Tropfen aus mir heraus.
Ich spüre, wie Leon seine Finger aus mir herauszieht.
„Leck sie ab", befiehlt er Mo und ich brauche nicht hinzusehen, um zu wissen, dass Mo genau das macht.
„Hm …" Ich spüre eine Bewegung auf der Matratze. „Das war nicht besonders brav, oder Mo? Hatte ich nicht gesagt, dass du dich nicht rühren sollst?"
Ich fühle, wie Mos Schwanz in meinem Mund zuckt und lasse ihn rausflutschen, um mich unter ihm hervorzurollen. Ich bin total fertig.
„Es tut mir leid", flüstert Mo unterwürfig.
„Du hast Mick in den Mund gefickt, habe ich das richtig gesehen?"
„Ja … Sir."
„Schätze, ich muss dich dafür bestrafen", meint Leon. Seine Worte haben genau den richtigen Tonfall zwischen Schärfe und Lässigkeit und selbst mir kriecht ein Schauder über den Rücken.
Mo zittert mittlerweile.
„Was meinst du – sollte ich dich bestrafen?"
Ich starre Mo an, sehe, dass auch seine Unterlippe verdächtig zittert, während sein Schwanz steinhart ist und seine Eier sich schon nach oben ziehen. Scheiße, das ist genau das, was er will. Was er braucht.
„Ja, Sir", sagt er schließlich leise.
„Was – ja?", fragt Leon nach.
„Sie sollten mich bestrafen", wiederholt Mo und selbst bei der Beleuchtung kann ich sehen, wie sein Gesicht glüht.

In diesem Moment erhellt ein weiterer Blitz den Raum und Mo zuckt heftig zusammen.
„Schade, ich dachte, du könntest mir ein schönes Hilfsmittel aus eurer Küche holen", sagt Leon bedauernd. „Aber wir kommen auch so klar, nicht wahr?"
Mo konzentriert sich wieder auf Leon. „Ja, Sir", sagt er leise. „Danke."
Ich überlege kurz, ob ich anbieten sollte, dass ich in die Küche gehe. Aber ich weiß nicht, was ich holen sollte – einen Kochlöffel? Der Holzstiel auf meinem Arsch hat heftig wehgetan. Oder lieber etwas aus Kunststoff? Ich habe von so etwas keine Ahnung.
Leon steigt aus dem Bett. Er beugt sich zu mir und küsst mich sanft.
„Ist das okay für dich, Mickey?", fragt er leise an meinen Lippen.
Erst als ich nicke, wendet er sich wieder Mo zu, der noch immer auf allen vieren auf meinem Bett verharrt.
Mit einer Handbewegung wischt er die Klamotten von dem Sessel, der in meinem Schlafzimmer steht, setzt sich dorthin und winkt Mo zu sich.
„Leg dich über meine Beine."
Ich kann das nicht glauben, aber Mo hat immer noch einen stehen und er legt sich jetzt über Leons Oberschenkel, sodass sein Schwanz zwischen seinem Körper und Leons Bein eingeklemmt ist.
Leon streicht in einer zärtlichen Geste über Mos milchweißen Arsch und irgendwas sagt mir, dass er nicht mehr lange weiß sein wird.
„Willst du das?", fragt Leon und seine Frage erstaunt mich.

Mo zögert keinen Moment. „Gott ja … mehr als alles andere." Seine Antwort ist mehr ein verzweifeltes Stöhnen.
Ich lege mich so hin, dass ich die beiden gut beobachten kann und da landet auch schon der erste Schlag auf Mos Arsch. Bei dem Geräusch zucke ich zusammen. Mo hält ganz still.
Bis zum vierten Schlag reagiert er gar nicht, dann zieht er zischend Luft ein.
Leon bleibt in seinem Schlagrhythmus und Mos Hintern verfärbt sich zusehends. Aber nicht nur das – Mo fängt an, sich zu bewegen. Er kann einfach nicht mehr stillhalten. Jeder Schlag entlockt ihm ein leises Keuchen.
Und ich fühle mich seltsam berührt von diesem Anblick – mein Freund versohlt meinem besten Kumpel den Arsch. Ich spüre Mos Demütigung und die Lust, die ihn ganz offensichtlich fest im Griff hat. Sein Stöhnen wird lauter, es sieht so aus, als würde er Leons Schlägen ausweichen wollen. Doch er bleibt in der entwürdigenden Position liegen und empfängt jeden einzelnen Schlag, bis Leon schließlich stoppt.
Ich bemerke, dass ich selbst schon schweißgebadet bin.
„Das macht dich geil, was?"
Mo stöhnt gequält. „Ja …"
„Ich will, dass du abspritzt, während ich dich schlage. Meinst du, das kannst du?"
„Oh Gott, verdammt … ja …"
Leon lässt seine Hand über Mos Arschbacken gleiten. „Wow, du glühst. Was für ein perfekter kleiner Sub du bist …"
Ich bin längst wieder hart, nur vom Zusehen.

Und dann schlägt Leon wieder zu. Ich sehe, wie Mo sich anspannt, den Arsch zusammenkneift und seinen Schwanz gegen Leons Bein presst. Er reibt sich an Leon, während Leons Hand immer wieder auf seine geschundene Haut klatscht.

„Komm schon, spritz ab. Ich höre nicht auf, bis du gekommen bist." Leons Stimme ist so dunkel und drohend, dass ich kurz erschaudere.

Und schließlich kommt Mo mit einem gequälten Ächzen, das sofort zu einer Art Schluchzen wird. Er gleitet von Leons Beinen und rollt sich auf dem Boden zusammen.

Leon bleibt still sitzen, lässt Mo einen Moment, um sich zu sammeln. Ich will aufstehen, zu ihm gehen, aber als Leon meine Bewegung bemerkt, schüttelt er den Kopf.

„Mo – bist du in Ordnung?", fragt er, klingt aber nicht sonderlich besorgt.

Mo nickt zaghaft.

„Dann auf die Knie mit dir", sagt Leon schonungslos. „Du hast hier noch einen Job zu erledigen."

Mo rappelt sich tatsächlich auf und kniet sich vor Leon.

Oh Mann, sein Arsch glüht so feuerrot, er kann mit Sicherheit morgen nicht richtig sitzen.

„Leck mich sauber, dann kannst du ins Bett."

Mit der Geschmeidigkeit einer Katze fängt Mo an, sein Sperma von Leons Beinen zu lecken. Dann setzt er sich mit seinem wohligen Seufzen auf die Fersen – das tut mir schon beim Hingucken weh – und sagt: „Danke."

Leon strubbelt ihm durch die roten Haare. „Keine Ursache. Ab ins Bett mit dir."

Leon

Ich sehe Micks sehnsüchtigen Blick – das gibt es wirklich nicht, der Bursche ist schon wieder total scharf. Ich winke ihn zu mir herüber und er springt fast aus dem Bett. Sein schöner, perfekt gerader Schwanz steht wie eine Eins, als er auf mich zukommt.
„Lube?“
Er dreht sich, beugt sich extra so zu seinem Nachtschrank, dass ich seinen süßen Hintern direkt vor der Nase habe.
„Komm her, Mickey. Blas mich etwas und dann kriegst du meinen Schwanz – wenn du möchtest.“
„Und wie …“ Er lässt sich zwischen meinen Beinen auf die Knie sinken und holt meinen Schwanz aus den Shorts.
Er bläst wie ein Profi und eigentlich würde es mir reichen, einfach in seinem Mund abzuspritzen. Aber Mick ist ja selbst schon wieder so geil, dass ich ihn nicht hängenlassen möchte.
Energisch schiebe ich ihn nach hinten. „Steh auf und dreh dich um. Hände auf die Knie.“
Er kommt meiner Aufforderung umgehend nach. Eine schöne Position – zum Ficken, aber auch fürs Rimming. Heute will ich allerdings nur sein Loch vorbereiten, so komme ich doch noch zu meinem Weltuntergangsfick. Obwohl das Gewitter ganz offensichtlich schon ein Stück weitergezogen ist. Mo beobachtet uns vom Bett aus, er hat sich in die Decke eingekuschelt. Und ich hoffe, dass er beim nächsten Gewitter nur noch an seinen brennenden Arsch denkt.
Als ich mit dem Finger Gleitgel auf Micks Hintereingang verteile, kann ich fühlen, dass er noch weich ist. Trotzdem

nehme ich mir die Zeit, ihn ordentlich vorzubereiten. Mag sein, dass es Typen gibt, die den Schmerz brauchen, aber Mick gehört nun ganz eindeutig nicht dazu.

Erst als er süße, kleine, lustvolle Laute ausstößt und mir seinen Arsch entgegendrängt, ziehe ich ihn an den Hüften näher zu mir heran. „Setz dich langsam."

Es ist perfekt. Indem er sich auf meinen Schoß setzt, kann ich in ihn hineingleiten. Ich küsse seinen Rücken, versenke meine Zähne in seinem Nacken, als er schließlich mit weit gespreizten Beinen auf meinem Schoß sitzt, aufgespießt auf meinem harten Schwanz.

Sein Stöhnen ist mehr ein lustvolles Grollen, als er anfängt sich zu bewegen. Er schiebt sein Becken nach vorn und nach hinten, und ich habe ausreichend Platz, um mich mit seiner Erektion und seinen Eiern zu beschäftigen.

„Oh … Leon … Fuck …" Mick keucht und beginnt, seine Bewegungen zu verändern.

„Komm schon, reit mich. Mach es, wie es sich für dich geil anfühlt", feuere ich ihn an. Ich lasse ihn das Tempo bestimmen, halte seinen Schwanz nur locker in meiner Faust. Den Rest besorgt er. Und er besorgt es sich gründlich. Noch bevor ich in ihm abspritze, ziehen sich seine Muskeln um meinen Schwanz zusammen. Der Druck in seinem Inneren ist großartig und zwingt mich ebenfalls in einen berauschenden Orgasmus. Mick kippt etwas nach vorn und ich halte ihn fest. Langsam schiebe ich seine Oberschenkel zusammen, schließe damit seine Beine. Mick scheint total erledigt zu sein.

Er schafft es gerade noch, eine Runde durchs Badezimmer zu drehen, dann fällt er erschöpft neben Mo ins Bett.

„Komm schlafen, Leon", murmelt er.

„Ich gehe duschen und dann möchte ich noch etwas schreiben. Ich hatte gerade eine wirklich schöne Idee", sage ich und zwinkere ihm zu.
„Will nicht wissen, was du für Ideen hast, während wir vögeln", brummt Mick.
Ich grinse anzüglich. „Ich komm später ins Bett. Gute Nacht ihr zwei."
Ich setze mich an mein Tablet, das ich immer dabei habe, und fange an, meine Gedanken zu ordnen. Meine Hand brennt noch immer. Es ist schon eine Zeit lang her, dass ich jemanden so lange und so intensiv mit der Hand gespankt habe. Allerdings hat mich die kleine Episode mit Mo auf eine gute Idee gebracht. Recht schnell ergibt sich eine runde Szene und ich komme in einen angenehmen Schreibflow. In diesem Zustand vergesse ich vollkommen die Zeit.
Als ich endlich zu Mo und Mick ins Bett krieche, hat sogar der Regen aufgehört. Es ist kurz vor vier Uhr. Die beiden schlafen so tief, dass sie nicht mitbekommen, wie ich mich zu ihnen lege.

***

Als ich am nächsten Morgen aufwache, liege ich allein in Micks Bett. Ein Blick auf die Uhr sagt mir auch, warum das so ist: Es ist bereits neun Uhr.
Irgendwo höre ich Wasser rauschen, jemand duscht.
Rasch ziehe ich mich an. Es ist eher ungewöhnlich für mich, dass ich so lange schlafe.
Schon auf dem Weg zur Küche höre ich Musik, ein aktueller Song, der zurzeit im Radio gespielt wird. Schöne,

tanzbare Nummer. Ich höre, dass jemand mitsingt – es ist Mick. Und er singt verdammt gut, wie ich feststellen muss. In der Küchentür bleibe ich stehen, bin überwältigt von dem Anblick, der sich mir bietet. Mick singt nicht nur mit, nein – er tanzt auch, während er Teller und Tassen auf den Tisch stellt. Und Mick gehört zu der Sorte Leute, die einfach gut aussieht beim Tanzen. Er bewegt sich völlig natürlich, wahrscheinlich würde er so auch in einem Club tanzen – und es sieht höllisch sexy aus.

Als er mich bemerkt, hört er auf zu singen und tanzt mich an. „Hey, guten Morgen."

Ich schlinge einen Arm um seine Taille und genieße seine Bewegungen an mir.

„Guten Morgen. Wusste gar nicht, dass du so gut singen kannst."

Mick reibt sich weiterhin ziemlich lasziv an meinem Oberschenkel. „Meinst du das ernst? Dann ist ja mein Problem gelöst! Ich gehe einfach zu einer Castingshow und werde Sänger."

Ich lache leise. „Ich fürchte, für diese Art des Auftritts gibt es keine Castingshows. Aber wie wäre es mit einer Ausbildung bei Max?"

„Bei Master Max?" Mick zieht eine Grimasse. „Weißt du, dieses Sklavending – das liegt mir einfach nicht."

Ich verdrehe die Augen. „Oh Mann, ich meine natürlich in der Tierklinik."

Mick grinst. „Weiß ich doch. Ich denke darüber nach, okay? Ich könnte mir auch vorstellen, eine Ausbildung als Schmied zu machen. Aber nicht sofort. Ich brauche noch etwas Zeit auf dem Hof. Zumindest solange, bis wir ausreichend Leute haben, die mich vertreten können. Aber wenn

Torge demnächst mit seinem Jascha einzieht, ist das schon mal eine Entlastung."
„Also nächstes Jahr?", hake ich nach.
„Du willst mich darauf festnageln, was?"
„Und wie gern ich dich nageln würde", sage ich lachend.
Mick haucht mir einen Kuss auf die Wange und dreht sich aus meiner Umarmung, um den Tisch weiter zu decken. Da fällt mein Blick auf die Arbeitsplatte – auf der Micks Ratte sitzt! Im ersten Moment kann ich es nicht glauben, aber Tail sitzt dort wie ein Eichhörnchen und hat eine Erdnuss in seinen kleinen Händen. Ich bin fasziniert und gleichermaßen entsetzt. Da müssen wir dringend drüber sprechen! Ich bin ja selbst erstaunt, wie viel ich ertragen kann, wenn es um Mick geht, aber eine Ratte in der Küche ist dann doch einfach … *too much*!
Gerade, als ich den Mund öffne, um etwas dazu zu sagen, höre ich ein Geräusch hinter mir. Maybe und Hope, die beiden schwarzen Kätzchen spazieren leise maunzend in die Küche. Es ist eine Sache von einem Sekundenbruchteil: Eine der Katzen – ich kann nicht sagen, welche – sieht die Ratte, springt mit einem gewaltigen Satz auf die Arbeitsfläche. Die Ratte flitzt los und erreicht im letzten Moment Micks rettenden Arm, während Maybe – oder Hope? – mit einem ohrenbetäubenden Scheppern in die gestapelten Cornflakesschalen und Tassen neben der Spüle schlittert.
Beide Katzen rasen entsetzt aus der Küche, Mick sieht verblüfft auf das Scherbenchaos und ich kriege einen Lachanfall.
„Ich glaube, es ist Zeit für neues Geschirr", stoße ich keuchend hervor.
„Oh Mann." Mick schüttelt völlig perplex den Kopf.

In diesem Moment hastet Mo in die Küche. „Ist was passiert? Gibt's Verletzte?"
Mick starrt ihn an. „Dich vielleicht gleich. Wieso hast du die Katzen rausgelassen, du Doofkopp?"
„Ich kann sie nicht immer in meinem Zimmer einsperren", verteidigt sich Mo. Er wirft mir einen irritierten Blick zu, da ich noch immer gegen den Lachflash ankämpfen muss.
„Schade, ich glaube, es hat … es hat die Biene Maja Tasse erwischt", presse ich mühsam hervor.
Mick sieht mich an, als hätte ich nicht mehr alle Tassen im Schrank, dann fängt auch er an zu lachen. Ganz vorsichtig streicht er über Tails kleinen Körper. „Das war ein Schock am Morgen, was?"
„Alles okay bei dir?", frage ich Mo, als er sich ganz vorsichtig auf den Stuhl sinken lässt.
Er lächelt mich ziemlich verlegen an. „Danke, perfekt."
„Hast du dir Gedanken gemacht, was die Kaufsumme betrifft? Ich würde gern einen Termin mit meinem Notar ausmachen."
Jetzt grinst er etwas schief. „Ah, war das deine Strategie? Erst den Verkäufer verhauen und dann nach den Konditionen fragen?"
Ich lache. „Klar, funktioniert doch großartig."
Mo starrt in seine Kaffeetasse. „Ja, du hast recht. Ich bin mit deinem Vorschlag einverstanden. Wenn du einen Termin bei deinem Notar hast, kann ich den Vertrag unterschreiben."
„Dann hast du auch nichts dagegen, wenn ich schon mit den Handwerkern spreche?"
„Nein, natürlich nicht." Mo hebt abwehrend die Hände. „Von meiner Seite aus geht das klar."

40. Kapitel
Mick

In den nächsten Tagen sehe ich Leon nur selten und ich bemerke, dass er mir sofort fehlt. Im Grunde vermisse ich ihn schon, wenn er nur fünf Minuten nicht bei mir ist. Das ist ein doofes Gefühl, aber auf der anderen Seite bin ich wie auf Dope, wenn er in meiner Nähe ist.

Leon und Mo haben einen Termin beim Notar vereinbart. Ich kann noch gar nicht recht glauben, dass Leon Mos Hof wirklich kaufen will. Und auch wenn ich Leon vertraue – es ist ein seltsames Gefühl, dass sich die Dinge hier jetzt grundlegend ändern sollen.

Ich bestelle gerade das Katzenfutter im Internet, als ich Leons Wagen sehe, der auf unseren Hof fährt.

Erfreut und überrascht springe ich auf und stoße mir gleich die Oberschenkel an der Tischkante. Humpelnd und fluchend haste ich zur Haustür.

Als Leon aussteigt, bin ich längst bei ihm. Er küsst mich sanft zur Begrüßung.

„Hi Mick, was ist los – bist du verletzt?"

„Oh nein, nicht der Rede wert. Ich hab mich nur so gefreut, dass du hergekommen bist."

„Das muss ich nicht verstehen, oder?"

Ich schüttele den Kopf und will mir gerade noch einen weiteren Kuss stehlen, da geht die Beifahrertür von Leons Wagen auf.

„Ich hab jemanden mitgebracht", informiert Leon mich.

Ich betrachte den jungen Mann, der aussteigt. Hm, irgendwoher kenne ich ihn. Aber ich komme gerade nicht drauf.

Er trägt eine schwarze Zunfthose und dicke schwarze Arbeitsschuhe, offensichtlich ist er ein Handwerker.
Als er mir die Hand gibt, huscht ein Lächeln über sein Gesicht. Offenbar kennt er mich auch. „Oh hi."
„Das ist Cornel Duric, der Junior Chef von Duric Bau", stellt Leon vor.
In meinem Hirn klingelt gar nichts. Wer ist dieser Kerl?
„Ich bin Mick, hi."
„Ich habe Cornel mitgebracht, damit er sich mal euer Dach ansehen kann. Und dann können wir auch über die anderen Arbeiten sprechen, die anliegen."
Cornel grinst. Er ist ein gutaussehender, muskulöser Typ mit markantem Gesicht. Sehr ansprechend auf eine raue Art und Weise. Ich grabe noch immer in meinen Hirnwindungen nach den passenden Erinnerungen.
„Ich bin flexibel, auch beim Arbeiten", sagt er jetzt.
Warum zum Teufel hört sich das so anzüglich an?
Und dann – als wir gerade das Haus betreten – kommt die Erkenntnis so plötzlich über mich, dass ich fast stolpere. Ich weiß, woher ich Cornel kenne. Oh nein …!
Das Blut schießt so schnell in meinen Kopf, dass ich befürchte, mir würde die Schädeldecke abfliegen und ich haste in die Küche. „Komme gleich zurück!", rufe ich noch. Aber ich bin nicht sicher, ob das die Wahrheit ist.
Leon unterhält sich noch kurz mit Cornel, aber ich kann nicht verstehen, worüber sie sprechen. Ich höre nur Leons dunkles, leicht grollendes Lachen.
Total gestresst raufe ich mir die Haare. So eine Scheiße kann auch nur mir passieren.

Ich schließe die Augen und versuche, mich wieder etwas runterzufahren. Als ich sie wieder öffne, steht Leon vor mir.
„Was machst du hier?", fragt er. „Ist irgendwas?"
Ich nicke langsam. „Könnte man so sagen …", gebe ich zu.
„Und was?"
„Ich fürchte, ich habe deinem Dachdecker ein unmoralisches Angebot gemacht", gebe ich zerknirscht zu.
„Wie? Wann denn das?"
Ich winde mich unter Leons forschendem Blick. „Auf der Party bei diesem Francesco. Cornel hat dort den Barkeeper gemacht."
Leon nickt. „Richtig, er war auch da."
„Ich hab ihn erst nicht erkannt, weil er … so anders aussieht mit Klamotten." Er erinnere mich an dieses unmögliche hellblaue Glanzoutfit. „Oh Mann, Leon, das ist megapeinlich … Ich hab ihm gesagt, dass ich ihn beim nächsten Mal ficken würde, wenn er mir die Wodkaflasche gibt …" Meine Stimme ist kaum mehr als ein Flüstern.
Jetzt lacht Leon und umfasst mein Gesicht mit beiden Händen. „Oh Himmel, bist du süß, Mickey. Wie kann dir das so peinlich sein? – Cornel hat mir die Story eben schon erzählt. Er hatte gesehen, dass du ihn erst nicht erkannt hast. Bis zu deiner plötzlichen Flucht …"
Ich starre ihn ungläubig an. Trotzdem ist mir die ganze Sache total unangenehm. „Entspann dich, Mick. Cornel ist hier ausschließlich als Handwerker, nicht weil er dein Angebot einlösen will." Er grinst noch immer.
„Jetzt zeig uns mal, wo es auf den Dachboden geht und danach können wir überlegen, wie wir den Umbau angehen können."

Ich richte mich etwas auf und schleiche hinter Leon her Richtung Treppe. Dort wartet Cornel auf uns. „Na, hatte ich recht und du hattest eben eine Erkenntnis?“, fragt er mit einem breiten Grinsen.
Ich nicke verlegen.
Aber er klopft mir auf die Schulter. „Is’ schon okay. Ich hatte dein Angebot nicht wirklich ernst genommen. Hatte ja schon vorher gesehen, dass du mit Leon da bist.“
Ich atme einmal tief durch. „Gut, dann ist ja alles in Ordnung.“
Als ich an ihm vorbeigehe, sagt er leise: „Du hast dir den Besten ausgesucht“, und zwinkert mir zu.
Da muss ich ihm recht geben. Allerdings frage ich mich gleichzeitig, was er mit diesem blöden Francesco zu schaffen hat.
Unsere Hausführung dauert über eine Stunde, Cornel macht sich Notizen, fragt zig Sachen nach, die ich nicht beantworten kann und Leon und er planen die ersten Arbeiten.
„Was meinst du zur Zimmeraufteilung?“ Leon sieht mich fragend an. „Wenn Torge und sein Freund hier einziehen wollen, sollten sie eine extra Wohnung haben. Oder nicht?“
Ich zucke mit den Schultern. „Klingt ziemlich aufwendig. Ich hätte nichts dagegen, mit den beiden in einer WG zu wohnen.“
Leon zieht die Augenbrauen nach oben und sein Blick spricht Bände. Ist er etwa eifersüchtig?
„Okay, das sollten wir dann mit Torge und Jascha besprechen, sofern die beiden tatsächlich hier herziehen wollen.“
„Und mit Mo“, werfe ich ein.

„Aber grundsätzlich sollte es mehr Wohnraum geben“, meint Leon. „Wenn hier Praktikanten oder weitere Mitarbeiter wohnen sollen, müssen wir einen Teil des angrenzenden Gebäudes als Ausbau mit einplanen.“
Er wendet sich an Cornel, der ziemlich dekorativ am Treppengeländer lehnt. In diesen Klamotten gefällt er mir eindeutig besser als in hellblauem Glanzhöschen. Ich verkneife mir ein Grinsen.
„Wann kannst du anfangen?“
„Von mir aus morgen. Mein alter Herr hat schon das Okay gegeben. Das Dach sieht gar nicht so schlecht aus, ich würde erst mal nur die maroden Stellen ausbessern.“

41. Kapitel
Leon

Ich ziehe mir gerade die Laufschuhe an, als Max anruft. Einen Augenblick lang überlege ich, nicht ans Telefon zu gehen. Nach der Party bei Francesco ist zwischen uns weitestgehend Funkstille. Wir haben zwar kurz über den Abend gesprochen, aber unsere gemeinsamen Treffen zum Mittagessen habe ich erst mal auf Eis gelegt. Mein Ärger über Max' Wette und das, was alles hätte passieren können, ist noch nicht vollständig abgeflaut.

Trotzdem gehe ich ans Telefon.

„Hi Lee, schön, dass ich dich erreiche."

„Hallo Max. Was gibt es?"

„Ich wollte wissen, ob du heute noch zu Mick fährst."

„Hatte ich nicht vor – warum?"

Max seufzt laut. „Ich befürchte, mein Schmied hat sich verliebt. Und in was für eine Krücke …"

Ich habe keine Ahnung, wovon er spricht, aber die Aufklärung folgt prompt.

„Torge hat ein Pferd geschenkt bekommen. Das würde er gern bei Mick unterstellen. Ich könnte es heute vorbeibringen und mir dann gleichzeitig den Hof ansehen. Wäre schön, wenn du auch da bist."

Da ich ja mittlerweile Vollprofi im Auf- und Abladen von Tieren bin, stimme ich nach kurzer Überlegung zu. Ich möchte diesen Mist mit Max auch endlich bereinigen. Er ist mein bester Freund und es fühlt sich nicht gut an, wenn die Stimmung zwischen uns so abgekühlt ist.

Also ziehe ich meine Laufklamotten wieder aus, suche mir eine alte Jeans und ein Shirt und rufe bei Mick an, um ihn über die Planungen zu informieren. Zumindest ist heute gutes Wetter, die Chance, total nass zu werden oder im Schlamm zu landen, ist gering. Ja, ich bin richtig guter Dinge.

***

Ich bin sogar noch vor Max und dem Pferd bei Mick und Mo. Die beiden stehen auf dem Hof und erwarten offenbar schon den Neuzugang.

Mick kommt zu mir und schmiegt sich zur Begrüßung in meine Arme. Ich genieße es, seinen festen Körper an mir zu spüren und meine Nase in seinen Haaren zu vergraben. Sein Geruch ist total betörend.

„Schön, dass du da bist“, flüstert er an meinen Lippen, bevor er mir einen Kuss auf den Mund haucht.

Mo schlendert ebenfalls näher. „Hört auf damit, da wird man ja ganz neidisch.“

Mick lässt mich los und schlingt einen freien Arm um Mos Schultern. Dann drückt er ihm einen freundschaftlichen Kuss auf die Stirn. „Besser?“

Mo rollt die Augen nach oben, grinst aber.

„Fährt Torge bei Max mit?“

„Ich nehme an, dass Torge und Jay mit Torges Wagen hinterherkommen“, sagt Mick und hibbelt etwas herum.

„Bist du nervös?“

„Bisschen. Ist schon spannend, dass Torge sein Pferd herstellen will. Und ob das Pferd sich mit unseren beiden versteht.“

Na ja, meine Aufregung hält sich in Grenzen. Ich werde nur etwas unruhig bei dem Gedanken an freilaufende

Hühner, versuche aber, diese Gedanken unter Kontrolle zu behalten. Hühner in Käfigen sind schließlich auch keine Alternative.
Es dauert keine fünf Minuten, dann rumpelt Max mit seinem Jeep über den buckligen Zufahrtsweg. Er fährt sehr vorsichtig, trotzdem poltert es in dem Pferdeanhänger, den er zieht, bedenklich. Hoffentlich ist das Tier nicht schon umgefallen.
Direkt dahinter fährt Torge mit seinem schwarzen Qashqai. Max parkt mitten auf dem Hof und steigt aus.
„Hallo. Meine Güte, das ist ja wirklich weit draußen", sagt er und sieht sich neugierig um. „Aber schöne Gegend."
Torge und Jascha kommen ebenfalls zu uns herüber. Ich muss erneut feststellen, dass Torges Freund eine wirklich ungewöhnliche Erscheinung ist. Irgendwie ätherisch mit seiner blassen Haut und den pechschwarzen Haaren. Aber das ist es nicht allein, er hat auch eine ungewöhnliche Ausstrahlung. Eine, die ich total faszinierend finde. Ich weiß nur nicht genau, warum. Denn im Grunde ist er noch ein Junge, ein Teenager. Ein kleiner Emo-Punk und – wenn ich mich an Torges Worte erinnere – ein ganz verdorbenes Früchtchen.
„Moin", begrüßt uns Torge. „Mein Freund Jascha", stellt er seinen Freund vor. Ich glaube, nur Mo kannte ihn bisher nicht.
„Jay", korrigiert Jascha stoisch.
„Ich bin Mo."
„Wollen wir dein Schätzchen ausladen?", fragt Max. Aus dem Transporter erschallt in diesem Moment ein schrilles Wiehern.
„Klar, besser, er kommt da jetzt mal raus", sagt Torge.

Und so beobachten Jascha und ich aus sicherer Entfernung, wie Mick, Max, Mo und Torge das Pferd ausladen. Vier Mann – das reicht für ein Pferd!
Auch wenn das gerade recht hektisch den Anhänger verlässt. Torge hält es am Strick und redet beruhigend auf das Tier ein, das erst mal auf den Hof kackt. Wieder stößt es ein ohrenbetäubendes Wiehern aus.
Torge grinst fröhlich und führt das Pferd über den Hof. Es ist ziemlich dünn und humpelt deutlich sichtbar. Insgesamt sieht es recht heruntergekommen aus.

Max kommt zu uns herüber.
„Ich hab zwar keine Ahnung von Pferden, aber das Exemplar hier ist nicht besonders … hübsch, oder?"
Max lacht grollend. „Nein, es ist nicht hübsch. Aber Torge ist ganz verliebt in den Klepper. Na ja, ist auch in Ordnung, der Junge hat ein verdammt großes Herz."
„Er steht offenbar auf abgemagerte, humpelnde Kreaturen", sagt Jascha sarkastisch.
Ich werfe ihm einen neugierigen Blick zu, aber zu mehr lässt sich der Bursche nicht hinreißen. Und so beobachten wir alle einfach, wie Torge sein Pferd zur Weide führt. Mick und Mo begleiten ihn.
Wir folgen ihnen langsam.
„Ich möchte mit dir reden", sagt Max plötzlich, ungeachtet der Tatsache, dass Jascha neben uns herläuft.
„Tu dir keinen Zwang an."
„Ich merke, dass du immer noch sauer auf mich bist. Aber ich weiß nicht genau, warum. Ich habe mich entschuldigt, das mit der Wette war blöd. Ich hätte dich nicht dazu überreden dürfen, zu Francescos Party zu kommen."

Ich habe den Eindruck, dass Jascha sehr neugierig zuhört, aber er lässt sich nichts anmerken. Es sieht tatsächlich so aus, als wäre seine komplette Aufmerksamkeit nach vorn gerichtet. Auf die Weide, wo Torge sein Pferd nun vom Strick lässt.

Mick lehnt sich über den Zaun und Mo steht dicht neben ihm. Sie unterhalten sich, aber wir sind noch zu weit entfernt, um sie zu hören.

„Ich …“, fange ich an, stocke und setze erneut an. „Ich bin nicht mehr sauer. Ich war nur so aufgebracht, weil die ganze Sache total aus dem Ruder gelaufen ist. Das hätte alles nicht passieren dürfen. Nicht, dass Francesco Mick angräbt und nicht die Sache mit Kim. Aber vor allem hat Mick in dieser Szene nichts zu suchen.“

Max schafft es beleidigt auszusehen, obwohl er kaum eine Miene verzieht. Schließlich sagt er: „Du bist eine eifersüchtige Tucke, die ihren Besitz nicht teilen will“, hält er mir vor, aber ich höre, dass er mich aufziehen will. „Wann bist du dazu geworden?“

„Du hast recht – ich will Mick tatsächlich nicht teilen. Ich will nicht mal, dass andere Typen ihn anstarren.“

Max bleibt abrupt stehen und ich ebenfalls. Wir sehen uns an, liefern uns ein richtiges Blickduell.

„Du hast ja nicht mehr alle Tassen im Schrank“, sagt Max nach einigen Sekunden.

Ich grinse halbherzig. „Na, besten Dank auch.“

Völlig überraschend greift Max nach mir, zieht mich in eine fast rippenbrechende Umarmung und drückt mir einen festen Kuss auf den Mund. „Jetzt verzeih mir schon, du Idiot“, sagt er leise an meinen Lippen.

„Sonst …?“, wage ich nachzufragen, noch immer total überrumpelt.
„Werden wir beide herausfinden, ob Mick eifersüchtig ist“, droht er.
„He, was soll das da hinten?“, ruft Mick dann auch in diesem Moment zu uns herüber.
Ich sehe aus den Augenwinkeln, dass Jascha bereits bei ihm steht. Offensichtlich hat er Mick auf uns aufmerksam gemacht.
„Ich verzeihe dir, Max. Aber halt mir bloß Francesco vom Hals! Ich habe auf diese ganze Szene im Augenblick keinen Nerv.“
Er haucht mir noch einen trockenen Kuss auf die Stirn und lässt mich dann los.
„Danke.“
Als wir zu den anderen aufschließen, wirft Mick mir einen seltsamen Blick zu. Ich streiche ihm beruhigend durch das strubbelige Haar.
Torge ist mittlerweile auch zum Zuschauer am Zaun mutiert und beobachtet, wie wir alle, wie sein Pferd mit Willi und Kraut Kontakt aufnimmt. Es gibt etwas Gequietsche und Willi kickt mit dem Vorderbein nach vorn. Doch das scheint normal zu sein, niemand regt sich auf.
„Wie heißt das Tier eigentlich?“, frage ich Torge.
„Sir Lancelot“, sagt Torge und schlingt einen Arm um Jascha, zieht ihn sanft zu sich heran. Er wirkt in diesem Moment sehr glücklich.
Ich sehe mir das fuchsbraune Elend mit den drei weißen Füßen länger an. Besonders adelig wirkt es nicht mit der abgescheuerten Mähne.
„Aber reiten kannst du Sir Lancelot nicht mehr, oder?“

„Reiten?“ Torge sieht mich ungläubig an, dann schüttelt er den Kopf. Ein unerwartet anzügliches Grinsen schleicht sich auf sein Gesicht. „Zum Reiten haben ich ja meine kleine …“

„Sag’s nicht!“, fällt ihm Jascha heftig ins Wort.

Torge grinst nur boshaft und zuckt mit den Schultern.

„Ich glaube, das wird was“, bemerkt Mo und deutet auf die kleine Gruppe von Vierbeinern mit mehr oder weniger langen Ohren. Mittlerweile stehen sie einträchtig nebeneinander und grasen.

„Ja, das sieht gut aus. Was meinst du, wie wäre es mit einer kleinen Haus- und Hofführung für meinen Liebsten?“, fragt Torge. Jascha errötet ganz leicht.

Mo und Mick nicken synchron.

„Au ja, da schließe ich mich an“, meldet sich Max zu Wort.

Ich sehe, wie Mo ihm einen seltsamen, fast furchtsamen Blick zuwirft. Aber Max scheint das nicht zu bemerken. Und so folgen wir Mo und Mick über den Hof und später durchs Haus.

Cornel hat mit seinen Leuten bereits mit einigen Sanierungsmaßnahmen begonnen. Es sieht so aus, als würde die Arbeit zügig vorangehen. Neben der Dachsanierung stehen auch die Renovierung der Badezimmer und der Schlafzimmer auf dem Plan.

Mick zeigt Torge die Zimmer, die für ihn und Jascha zur Verfügung ständen, sollten die beiden sich entschließen, hierherzuziehen.

„Ich find es bei euch ja ganz schön, aber – wie soll ich von hier wegkommen?“, will Jascha wissen. „Du kannst mich auch nicht ständig fahren.“ Er dreht sich zu Torge.

„Hast du keinen Führerschein?“, fragt Mick.

Jascha schüttelt den Kopf und zieht eine Grimasse.
„Er darf erst im nächsten Jahr anfangen", erklärt Torge. „Ist für ein Jahr gesperrt."
„Oh, okay", murmelt Mick enttäuscht. „Das ist echt ein Problem, weil du hier keine Busanbindung hast."
„Ich muss zur Schule, zu den Bandproben und zur Reha", sagt Jascha.
Max schließt grinsend zu uns auf. „Da muss der liebe Lee wohl mal etwas Geld springen lassen und einen Taxidienst einrichten, was?"
Ich boxe ihm in die Seite.
„Autsch, was denn? Willst du mir erzählen, das säße finanziell nicht drin?"
Alle starren mich an und ich seufze schließlich. „Das ist natürlich kein Problem." Ich sehe sofort, wie Micks Gesicht sich wieder aufhellt. Oh Mann, für dieses Lächeln von ihm würde ich fast alles tun. Wenn er das wüsste, hätte er mich in der Hand.
„Das können wir aber nicht annehmen", sagt Torge ernst.
„Ich sehe das so – du bringst dich hier mit deiner Arbeitskraft ein und kannst Mick so helfen. Wenn ich dafür die Fahrten für deinen Freund organisiere, ist das ein fairer Tausch."
„Ich kann auch helfen", wirft Jascha sofort ein.
Torge grinst breit, es sieht fast so aus, als würde er gleich anfangen zu lachen.
„Was? Ich kann mithelfen!", ruft Jascha empört.
„Ja, Baby, du bist ein richtiges Landei", sagt Torge und zieht ihn nah zu sich heran. „Solange du keine Stromdrähte anfasst und kein Heu stapeln musst …"

„Idiot", zischt Jascha, aber es klingt irgendwie liebevoll. Liegt sicher daran, dass er es Englisch ausspricht.
„Wollt ihr noch 'n Kaffee und ein Stück Kuchen?", fragt Mo leise.
Ich habe keine Ahnung, warum er heute so schüchtern ist.
„Klar, schmeißt mal eure antike Maschine an. Hast du was gebacken?", wende ich mich an Mo.
„Ja."
„Vegan?" Als er nickt, sage ich: „Super, hab ich noch nie gegessen."
„Das schmeckt total lecker", mischt sich Mick ein.
„Jetzt sag nicht, dass du so ein Essensterrorist bist", meint Max, der sich an mir vorbei in die Küche schiebt.
Leider ist er schon einen Schritt zu weit, sonst würde ich ihm noch einen Rippenstoß verpassen.
„Essensterrorist? Was soll denn das bedeuten?", faucht Mo sofort angepisst.
„Jemand, der normalen Menschen das Essen vermiest", erklärt Max liebenswürdig.
„Ach, und du würdest dich als normal bezeichnen?" Mo verschränkt die Arme vor der Brust und schickt einen giftigen Blick in Max' Richtung.
„Zumindest was Essen betrifft", kontert Max mit einem süffisanten Lächeln. „Über alles andere müsste man reden."
Mo wendet sich ruckartig zur Arbeitsplatte um und beginnt, die Kaffeemaschine zu befüllen.
Mick behält recht – der Kuchen, den Mo gebacken hat, schmeckt fantastisch.
„Mann, schmeckt das lecker. Was ist das?", sagt Jascha und schiebt sich ein großes Stück in den Mund.

„Apfel-Nuss-Kuchen“, sagt Mo und wird tatsächlich etwas verlegen vor Stolz.
„Und der ist komplett vegan?“
„Ja.“
„Dann schmeißt ihr die Eier von euren Hühnern weg?“, ätzt Max, der sich allerdings bereits ein zweites Stück Kuchen auf den Teller lädt.
Mo schüttelt den Kopf und antwortet mit verkniffenem Gesichtsausdruck: „Mick ist kein Veganer, nicht mal Vegetarier.“
„Sorry, Süßer“, sagt Mick und küsst Mos Wange. „Ich schaff das einfach nicht. Aber dein Kuchen schmeckt geil.“
Torge packt Jascha in der Zwischenzeit ein weiteres Stück Kuchen auf den Teller und schenkt ihm auch Kaffee nach.
„Hör mal auf damit“, murrt der. „Ich kann mich selbst versorgen. Du hast mich lange genug gequält!“
Torge wuschelt ihm durch die Haare, was ein ärgerliches Knurren seines Freundes zur Folge hat.
„Wieso hat er dich gequält?“, fragt Mick neugierig.
Jascha zieht eine Grimasse. „Er hat mich eine Zeit lang versorgt …“
„Gepflegt“, korrigiert Torge. „Mit allem, was dazugehört. Und du kannst froh sein, dass ich das gemacht habe. Die Alternative wäre gewesen, dass deine Mutter sich um dich gekümmert hätte.“
„Arschloch“, sagt Jascha, aber Torge scheint das zu kennen. „Er war schlimmer als diese Tussi aus dem Stephen King Roman …“
„Annie Wilkes“, werfe ich ein.
„Genau – Annie.“ Jascha grinst. „Du kennst dich aus. Liest du viel?“

Ich höre Micks ersticktes Lachen, gehe aber nicht darauf ein. „Ja, hin und wieder." Um das Thema abzuwenden, frage ich: „Wie bist du eigentlich an das Pferd gekommen?"
„An Sir Lancelot? Traurige Geschichte", erwidert Torge. „Er ist ein ziemlich erfolgreiches Springpferd gewesen, hat ganz schön viel gewonnen. Dann kam die Sehnenverletzung. Die Besitzerin hat einiges an Geld investiert, aber die Verletzung ist nie richtig auskuriert worden. Lance hat immer wieder gelahmt und dann kommt es, wie es üblicherweise kommt – er sollte eingeschläfert werden."
„Da Torge aber schon vorher viel mit Sir Lancelot zu tun hatte wegen der Spezialbeschläge, hat er die Besitzerin bequatscht, ihm das Pferd zu überlassen", ergänzt Max.
„Sonst wäre er sicher in die Wurst gekommen", sagt Mo spitz.
„Nein, Sir Lancelot nicht. Der ist randvoll mit Medikamenten. Außerdem war das für ihn auch nicht vorgesehen", erklärt Max eine Spur zu liebenswürdig, als wäre Mo irgendwie begriffsstutzig.

Als Mick und Torge hinausgehen zum Füttern, bringe ich Max zu seinem Wagen. Mo und Jascha unterhalten sich so angeregt, dass sie gar nicht mitbekommen, wie wir das Haus verlassen.
„Warum ärgerst du Mo eigentlich?", frage ich, als wir bei Max' Wagen ankommen.
„Ärgern?" Er tut so, als wüsste er nicht, was ich meine.
„Ja klar – was soll das? Magst du ihn nicht?"
„Er provoziert mich irgendwie, das kleine Hexenkind."

Max wendet sich seinem Wagen zu und ich habe den Verdacht, dass er nicht möchte, dass ich in sein Gesicht sehe.
„Wie ist er eigentlich im Bett?"
„Ich habe nicht mit ihm geschlafen. – Aber ich habe ihn gespankt", gebe ich zu.
„Und?" Max dreht sich interessiert wieder zu mir herum.
„Er ist ein großartiger Sub, härter als ich. Mir tat vielleicht die Hand weh nach der Session." Ich lache leise.
„Wieso hast du es mit der Hand gemacht? Wollte er das?" Er lehnt sich gegen seinen Wagen.
„Das war wieder so ein spontaner Dreier … nichts geplant, nichts vorbereitet. Aber das ist im Grunde nicht, was Mo möchte. Er will einen Master, er will sich unterwerfen. Keine Spielchen, um zwischendurch mal etwas Druck abzulassen."
Max sieht mich durchdringend an. „Und du und Mick?"
Ich hebe abwehrend die Hände und lache. „Mick ist kein Sub. Ich schätze, ich hab das erste Mal in meinem Leben eine *normale* Beziehung."
Max schüttelt den Kopf. „Lee, was soll ich da bloß sagen? Wie konnte es nur dazu kommen?" Doch dann breitet sich ein verräterisches Grinsen auf seinem Gesicht aus. Als er einsteigt, murmelt er noch halblaut: „Ich hab es ja von Anfang an gesagt …"
Ich kehre zurück auf den Hof und mache mich auf die Suche nach Mick. Doch in der Küche ist er nicht, dort sitzen nur Jascha und Mo. Die beiden scheinen sich prächtig zu verstehen.
„Vielleicht ist er noch im Stall?", schlägt Mo vor und beginnt, die Teller vom Tisch zu räumen.

Mit einem unguten Gefühl nähere ich mich dem Stallgebäude. Ich bin auf der Hut, da ich nicht weiß, wer oder was alles frei herumläuft. Doch im Stall finde ich die beiden nicht, daher gehe ich noch einmal Richtung Weide. Als ich um die Ecke des Gebäudes biege, höre ich Torges dunkle Stimme: „Hey, das machst du super. Du bist ein echtes Naturtalent."
Mir fallen spontan ein paar Dinge ein, bei denen Mick ein ‚Naturtalent' ist. Ich verharre in der Bewegung. Will ich das sehen, was ich möglicherweise zu sehen bekomme, wenn ich weitergehe? Bin ich darauf vorbereitet – und wie soll ich darauf reagieren?
„Komm, ich zeig's dir. Ja, genau so."
Dieser eisige Stich, der durch meine Eingeweide fährt, ist pure, unverfälschte Eifersucht. Verdammt, was immer die beiden dort machen – lass die Jungs spielen, versuche ich mir einzureden. Aber es fühlt sich furchtbar an, lässt mich für einen Moment sogar nach Luft schnappen. Ich sollte gehen, ich sollte keine Szene machen. Trotzdem tragen mich meine Füße weiter, Richtung Weide. Ich muss einfach sehen, ob meine Vermutungen wahr sind, wie auch immer ich darauf reagiere.
Als ich näherkomme, sehe ich zunächst Torges Pferd, Sir Lancelot. Dann jedoch erkenne ich Mick. Er steht in gebeugter Haltung neben dem Pferd, direkt dahinter Torge. Er schmiegt sich an Micks Rückseite und greift um ihn herum. Es sieht aus wie eine sehr intime Umarmung.
Da bemerkt Torge mich, aber statt zurückzuweichen, sagt er: „Hey Leon, komm rüber. Ich zeige Mick gerade, wie man die Hufe korrekt ausschneidet. Lance hat sich einen

Teil vom Vorderhuf rausgebrochen, muss beim Transport passiert sein."
Ich schlucke, versuche, meinen rasenden Herzschlag wieder unter Kontrolle zu bekommen. Ich bin ein verfluchtes, eifersüchtiges Arschloch.
Torge lässt Mick los und tritt zurück, als ich näherkomme. Er sieht mir ins Gesicht, klopft mir dann auf die Schulter. „Entspann dich wieder. Man sieht dir verdammt genau an, was du gedacht hast."

42. Kapitel
Mick

„Ich bin begabt, hat Torge gesagt." Ich gehe neben Leon her Richtung Stallgebäude.
„Hmm, habe ich gehört", brummt er.
„Vielleicht sollte ich wirklich eine Ausbildung zum Hufschmied machen."
„Unterschätz das nicht, das ist schwere Arbeit", wendet Leon ein.
Aber ich zucke nur mit den Schultern. Vielleicht krieg ich dann auch so ein Megakreuz und solche Arme wie Torge und das sähe gar nicht übel aus. Leon will nach rechts zum Haus abbiegen, aber ich nehme seine Hand und ziehe ihn hinter mir her. Ich habe nämlich noch eine Überraschung für ihn.
„Komm mit, ich möchte dir etwas zeigen."
Leon zieht eine Grimasse, er ist eindeutig misstrauisch, wie immer, wenn er mit in den Stall soll.
Ich schiebe das große Scheunentor auf und er folgt mir zögerlich. Im hinteren Teil der Scheune, mit einer kleinen Tür nach draußen, haben Torge und ich eine neue Unterkunft für die Hühner gebaut. Einen Hühner-Hochsicherheitstrakt, wenn man so will. Denn der Maschendraht geht bis zur Decke. Dort scharren jetzt ein paar Hühner im Stroh, die anderen sind sicher im Außenbereich.
Leon bleibt ruckartig stehen.
„Schau mal, extra für dich, damit du keine Angst mehr vor freilaufendem Federvieh haben musst", sage ich grinsend.

Er kommt zögernd näher und schlingt seine Arme um mich, zieht mich mit dem Rücken gegen seine Brust. Wahrscheinlich will er mich als Schild benutzen, falls doch ein Huhn ausbricht. Ich muss mich arg zusammenreißen, um nicht zu lachen.

„Danke", flüstert er an meinem Ohr. „Aber sie sind doch jetzt nicht wegen mir eingesperrt?"

„Nein, keine Sorge. Sie haben einen ziemlich großen Auslauf. Komm, ich zeig dir, was wir gebaut haben."

Ich schiebe Leon aus dem Stall und zeige ihm auch noch unseren Luxus-Hühnerauslauf draußen. Torge und ich haben extra darauf geachtet, einige Bäume mit einzuzäunen. Ich bin schon ziemlich stolz darauf. Leon entspannt sich sichtlich, als wir den Stall verlassen und uns das Gehege draußen ansehen.

Er zieht mich in seine Arme und ich vergrabe meinen Kopf an seinem Hals. „Du hast eben nicht gedacht, dass Torge und ich miteinander rummachen – oder?", frage ich leise.

Leon schüttelt erst den Kopf. Dann seufzt er. „Doch, tut mir leid. Torge sieht einfach fantastisch aus und er ist so ein netter Kerl. Ich könnte es dir nicht mal übelnehmen."

„Aber wie kannst du dann dafür sein, dass Torge und Jay bei uns einziehen? Mann, Leon, sie sehen *beide* gut aus und ich mag sie. Wirst du dann zu Hause bei dir sitzen und dir vorstellen, wie wir es miteinander treiben?"

Jetzt lacht Leon tatsächlich rau. „Die Vorstellung wäre unter Umständen sogar ziemlich heiß."

Dann zuckt er mit den Schultern, aber die Geste ist nicht lässig, sondern Unsicherheit schwingt in ihr mit. Etwas, das ich bei Leon bisher noch nicht häufig gesehen habe. Schließlich schiebt er mich ein Stück von sich weg, als hätte

er einen Entschluss gefasst. „Ich liebe dich", sagt er ernst, „Und ich bin mir sicher, dass dieses Gefühl stark genug ist, um auch einen Fremdfick zu überstehen."
Jetzt bin ich verblüfft. Hat er das gerade wirklich gesagt?
Ich lege meine Hände auf seine Hüften und halte ihn fest. „Ich werde mein Möglichstes tun, damit das nicht passiert. Okay?"
Er grinst mich mit seinem typischen halben Grinsen an. „Ja, das reicht mir, Mick."
Gemeinsam kehren wir ins Haus zurück.

***

„So ein arrogantes Arschloch", flucht Mo.
Torge und Jay sind mittlerweile nach Hause gefahren und Leon ist unter der Dusche. Ich sitze mit Mo im Wohnzimmer und der ist auf 180.
Ich sehe ihn erstaunt an. „Warum regst du dich so auf? Klar, Max hat zwischendurch blöde Kommentare abgelassen. Aber sonst lässt dich sowas doch auch kalt."
Er sieht mich durchdringend an. „Warum ich mich aufrege?" Er atmet deutlich hörbar durch. „Weil er ein so verflucht geiles arrogantes Arschloch ist."
Oh, verblüfft sehe ich Mo an. Er steht auf Max? Das ist eine Entwicklung, die ich nicht vorhersehen konnte. Oder hätte ich das doch?
„Du findest ihn geil", wiederhole ich und grinse Mo an.
Er winkt ab und zieht gleichzeitig die Schultern hoch. „Er kann mich nicht ausstehen – und ich ihn auch nicht. Ende der Geschichte."

Ich will noch etwas dazu sagen, aber Mo macht den Eindruck, als wäre das Thema für ihn jetzt erledigt.
Er dreht sich auf dem Sofa, sodass er mich besser ansehen kann.
„Mick, ich muss über etwas anderes mit dir sprechen."
Oh Scheiße, was ist los? Warum schaut er mich so ernst an?
„Ich habe mich heute länger mit Jay unterhalten und – ich werde ausziehen. Sobald die beiden hier einziehen."
Ich starre ihn an, bin wie vor den Kopf geschlagen. „Warum?"
Er rauft sich die roten Haare. „Mann, Mick …" Er zögert. „Ich lieb dich. Echt. Ich hab mir immer gewünscht, dass … mehr aus uns wird. Aber es ist okay so. Ich weiß, dass wir nicht gut zusammenpassen und dass … mir das irgendwann nicht mehr ausreichen würde."
Ich kann nur den Kopf schütteln. Was redet er da?
„Mick, bitte! Wenn ich hierbleibe, dann kaspere ich ständig in eurer Beziehung herum. Ich muss einfach mal raus, 'n bisschen Abstand zu dir kriegen …" Er grinst schief. „Vor allem Abstand zu deinem geilen Körper."
„Scheiße Mo, was soll das?" Ich bin überhaupt nicht mit seiner Idee einverstanden.
„Jetzt guck nicht so, bitte. Ich helf dir mit dem Hof und den Tieren. Ich schwöre dir das. Aber ich muss mal für mich allein sein. Ich … Jay meinte, dass ich sicher in die Wohnung kann, in der sie jetzt wohnen. Erst mal. Die ist möbliert und bis zum Laden hätte ich es auch nicht mehr so weit."
Oh Mann, er hat das alles schon voll durchgeplant. Ich weiß nicht, was ich dazu sagen soll.

Er rutscht näher heran, nimmt mein Gesicht in seine Hände. „Mickey … wir leben seit Jahren zusammen. Fast wie ein Ehepaar. Wenn ich irgendwas in meinem Leben ändern will, dann muss ich das jetzt machen. Ich kann nicht wie ein drittes Rad am Wagen in eurer Beziehung mitlaufen."
Jetzt nicke ich vorsichtig. Ich verstehe natürlich, was er meint. Trotzdem kommt seine Entscheidung überraschend. Schmerzhaft überraschend, wie ich feststelle. Ich habe mich so an ihn gewöhnt, daran, dass wir hier zusammenleben. Dass er jetzt ausziehen will, fühlt sich fast so an, als wollte er mit mir Schluss machen. Was Quatsch ist, denn wir waren ja nie richtig zusammen.
„Komm schon, jetzt fang nicht an zu heulen. Ich bin nicht aus der Welt", sagt er leise.
Tatsächlich bemerke ich, dass sich meine Augen mit Tränen gefüllt haben. „Is okay, du hast recht." Ich schlinge meine Arme um seinen drahtigen Körper und ziehe ihn ganz dicht an mich. Ich weiß, dass seine Entscheidung sinnvoll ist, aber sie fühlt sich nicht gut an. Ich will nicht, dass er geht. Er soll bei mir bleiben.
Genauso findet Leon uns, als er das Wohnzimmer betritt. „Ist irgendwas passiert? Oder kuschelt ihr nur so?", fragt er vorsichtig.
Ich lasse Mo los und der setzt sich mit einem Ruck ein Stück von mir weg. Oh Mann, kaum ist die Sache mit Torge geklärt, häng ich schon mit dem nächsten Kerl in den Armen herum. Was soll Leon da bloß von mir halten? Aber ich bin wirklich ziemlich down über Mos Entscheidung.
„Mo will ausziehen."

44. Kapitel
Leon

Es regnet die ganze Nacht über, Mick hat sich in meine Arme gekuschelt und schläft tief und fest. Ich höre noch eine ganze Zeit lang dem Regen zu – und dem Geschnarche von Micks neuester Liebschaft. Schnecki – eine kleine braun-weiße Terrierhündin. So vorwurfsvoll, wie sie mich angesehen hat, bin ich sicher, dass sie sonst in Micks Bett schläft. Aber nicht, wenn ich darin schlafe. Das mussten wir erst einmal klären.
Mick ist ziemlich traurig, dass sein Kumpel ausziehen will; aber ich kann Mos Entscheidung verstehen. Er muss einfach mal etwas Abstand haben. Vor allem deshalb, weil er wohl viel mehr für Mick empfindet, als Mick vermutet hatte. Außerdem ist er mit dem Geld aus seinem Hausverkauf zum ersten Mal unabhängig. Ich glaube nicht, dass er Mick mit der Arbeit auf dem Gnadenhof hängen lässt. So ein Typ ist Mo nicht. Aber mir ist klar, dass Mick seinen Freund vermissen wird, sie leben schließlich seit Jahren zusammen. Hartnäckig kämpfe ich den Funken Eifersucht nieder, der immer wieder aufglimmt.
Nach dem Frühstück versorgt Mick zusammen mit Mo die Tiere. Ich bleibe noch etwas am Küchentisch sitzen, trinke meinen Kaffee und checke die E-Mails auf meinem Smartphone. Einige Nachrichten sind so wichtig, dass ich sie sofort beantworten muss. Ein Hoch auf diese Technik. Andere sind nur lästig und ich verspüre den Impuls, mich bei Mick zu verkriechen. Ich beneide ihn ganz kurz für den Weg, den er eingeschlagen hat.

„Kommst du mit in den Wald?“, fragt Mick, als er wieder die Küche betritt.
„Du willst einen Spaziergang machen?“, frage ich mit einem Blick nach draußen. Nebel hängt zwischen den Bäumen.
„Klar, ist doch super Wetter“, behauptet Mick. „Die anderen Hunde sind schon im Auslauf, aber wir könnten Benzo mitnehmen. Der muss unbedingt noch besser lernen, an der Leine zu gehen.“
„Oh super, ich bin sicher ideal geeignet als Hundetrainer.“ Aber natürlich kann ich Mick den Wunsch nicht abschlagen. Und ein böser kleiner Teufel in meinem Ohr fragt mich, ob ich Mick wirklich jeden Wunsch erfüllen würde. Ich ziehe es vor, darauf nicht zu antworten.
Und so sind wir eine halbe Stunde später im Wald unterwegs: Ich mit einem schwarz-braunen Riesenkalb an der Leine und Mick mit seiner filigranen Terrierhündin, die selbstverständlich bei Fuß gehen kann – sogar ohne Leine! Wäre ich Verschwörungstheoretiker würde ich da ein System wittern …
„Weißt du, welche Vögel ich am liebsten mag?“, fragt Mick und klingt total begeistert.
Ich höre nur mit halbem Ohr zu. Wer hatte die Idee mit den Laufschuhen? Sie haben sich gleich zu Anfang voll Wasser gesogen und ich hab so nasse Füße, dass es ein quatschendes Geräusch macht bei jedem Schritt.
„Ja, vögeln, mag ich auch“, sage ich abgelenkt.
Mick bleibt stehen. „Was? Hörst du mir überhaupt zu?“
„Ja, nee, geht so …“ Ich ziehe an Benzos Leine – oder zieht er daran? Wir sind uns nicht einig. Auf jeden Fall sind wir uns nicht einig, wo es gerade langgehen soll.

„Ich meinte Vögel. Hörst du das gar nicht?" Er macht ein komisches Gesicht. „Das ist ein Rotschwanz", behauptet er grinsend. „Die sehen toll aus."
Ich verkneife mir jeden doofen Schwanzkommentar, der mir auf der Zunge liegt.
„Ich schwärme ja für den längsgestreiften Zaunschnepfling. Hörst du, wie er sein zartes *tschilp, tschilp* in den Wald hinausruft?"
Mick versucht, mich zu boxen, aber Benzo zieht im gleichen Augenblick in die andere Richtung.
„Jetzt hör mal auf!", ruft er aufgebracht. „Gerade du solltest doch irgendwie einen Bezug zu Vögeln haben!"
„Ich habe nur einen Bezug zum Vögeln, sagte ich ja schon."
„Mann, du heißt von Dohlenstein, das Logo deines Verlags ist ein Rabe und dein Autorenname ist …"
„Ssshhht, du wirst doch nicht solche geheimen Dinge in die Welt hinausposaunen", flüstere ich und ziehe Mick in meine Arme. Es ist schon ein bisschen romantisch, mit Mick im Wald, der Nebel hat sich noch nicht verzogen, Regenwasser tropft noch immer von den Blättern …
Doch der Friede währt nicht lange, Benzo reißt mich mit einem Ruck aus Micks Umarmung: Er hat irgendwas Spannendes entdeckt. „Blöder Köter", zische ich – nicht leise genug, denn Mick hört es.
„Du musst das verstehen. Benzo ist nicht gewöhnt an der Leine zu gehen. Er hat so ein Scheißleben gehabt, war nur im Zwinger in so einem kleinen Verschlag. Er muss das noch lernen – und du auch." Er grinst mich frech an.

„Ich glaube, ich bin nicht so der Hunde-Typ“, werfe ich mit gespielt verdrießlichem Blick ein, während ich hinter Benzo herstolpere.
Mick wirft mir einen seltsamen Seitenblick zu. „Nein, ich denke auch – Katzen passen besser zu dir. Dabei fällt mir ein … Wenn jetzt renoviert wird, ist es ziemlich laut bei uns im Haus. Wir müssten Maybe und Hope woanders unterbringen. Die sind schon total gestresst, die Süßen.“
Ich ahne Arges. „Und wo genau ist ‚woanders‘?“
„Ich dachte, also meine Idee war …“
„Nein, sprich es nicht aus.“
„Och komm schon, Leon, bitte. Du darfst dir auch was von mir wünschen.“
Seine Welpenblick-Schmoll-Nummer bringt mich zum Lachen.
„Was darf ich mir denn wünschen, was ich sonst nicht bekomme?“, frage ich lauernd.
„Die Frage ist doch, was würdest du dir wünschen, was ich dir nicht ohnehin schon gebe?“
Ich lache leise. „Oh oh, Mickey, möglicherweise gibt es da noch einiges.“
Mick wird für einen Augenblick ernst. „Ich mach alles für dich, Leon. Ich vertraue dir.“
Er sieht mich aus seinen großen braunen Augen an und ich bemerke, wie mein Widerstand dahinschmilzt. Katzen in meinem Haus … Ich kriege schon bei dem Gedanken daran, was sie alles zerstören werden, Schweißausbrüche.
„Ich befürchte, du willst die Katzen nicht nur übergangsweise bei mir einquartieren.“

Mick zuckt mit den Schultern und beobachtet Schnecki, die gerade wie eine Verrückte ein Loch gräbt. Dreckklumpen und Blätter fliegen in unsere Richtung.
„Maybe und Hope sollten einfach irgendwo ihren Platz finden, weil … es echt wichtig ist, dass man im Leben seinen Platz hat. Und nicht immer hin- und hergeschoben wird."
Weise Worte für einen 20jährigen. „Und – wo ist dein Platz?"
Er sieht mich lange an, bevor er antwortet. „Erst mal hier bei den Tieren. Und dann hoffe ich – bei dir."
Ich ziehe ihn wieder in meine Arme. „Solange du möchtest."
„Biete das nicht an", murmelt Mick. „Die Antwort könnte für immer sein."
Ich sehe ihm in die wunderschönen braunen Augen, betrachte die süßen Sommersprossen auf seiner Nase und hauche dann einen Kuss auf seine Lippen. Er erwidert den Kuss viel zärtlicher, als ich es von ihm gewohnt bin. Aber ich genieße das, in Micks Umarmung ist die Zeit völlig nebensächlich. Benzo sieht das allerdings anders und als ihm unsere Schmuserei zu langweilig wird, beginnt er an der Leine zu ziehen.
„Darf ich den Köter loslassen?", brumme ich atemlos an Micks Lippen.
„Auf keinen Fall", sagt er streng und schiebt mich ein Stück von sich weg.
Er grinst und seine vom Küssen feuchten Lippen sehen mehr als verführerisch aus. „Ich wollte ohnehin noch was mit dir besprechen. Cornel meinte nämlich, wir sollten uns eine Bio-Kläranlage einbauen lassen."

Ich seufze laut und verdrehe die Augen. „Es gibt nichts, worüber ich mit meinem sexy Lover lieber reden würde als über Kläranlagen.“
„Hey, das ist doch wichtig! Cornel meinte auch, das sei viel umweltfreundlicher als dieses blöde Dreikammer-System.“
„Du verstehst dich gut mit Cornel, hm?“
Mick nickt. „Ja, klar.“ Dann sieht er mich mit einem aufmerksamen Blick an. „Oh nein, nicht was du meinst! Er hat einen Heidenrespekt vor dir und würde mich nie angraben. Außerdem steht er total auf dich. Er würde sofort was mit dir anfangen …“
„Stört dich offenbar nicht.“
Mick grinst. „Ich hab ihm klargemacht, dass ich keine Lust habe, dich zu teilen. Und du musst mich auch nicht teilen – nicht mit Mo, nicht mit Torge und schon gar nicht mit Cornel. Nur, wenn du teilen möchtest“, fügt er mit einem anzüglichen Grinsen hinzu.

EPILOG

Es ist schön, dass Mick jetzt öfter Zeit hat, bei mir zu bleiben. Auch wenn die meiste Arbeit auf dem Hof bei ihm liegt. Es ist sein Projekt und das soll es auf jeden Fall bleiben. Ich staune ohnehin über sein Planungstalent. Bis er im nächsten Jahr seine Ausbildung anfangen wird, wird es noch eine Menge Arbeit und Organisation benötigen. Aber ich bin guter Dinge, dass er das hinbekommt.

Ich betrachte Mick ausgiebig, wie er sich auf meinem Sofa räkelt und einladend grinst. Er lässt seinen Zeigefinger in einer erotischen Geste über seine Lippen gleiten. Ich sehe kurz seine Zungenspitze, die hervorschnellt. Dann schiebe ich mich über seinen Körper und lasse meine Hand unter seinem T-Shirt verschwinden. Gleichzeitig hauche ich kleine Küsse auf seinen Hals, bis ich die eine empfindliche Stelle treffe, die ihm ein sehnsüchtiges Seufzen entlockt.

Er reibt seinen härter werdenden Schwanz an meinem Oberschenkel.

Ich sauge mich kurz an seinem Hals fest, bis er den Kopf in den Nacken legt. Dann arbeite ich mich weiter bis zu seinem Ohr.

Ein vorwurfsvolles Maunzen bringt mich kurzzeitig aus dem Konzept.

„Was wollen die denn jetzt?" Ich seufze etwas genervt und höre auf, an Micks Ohr zu knabbern. Direkt neben dem Sofa sitzen Maybe und Hope und sehen uns mit typischem Katzenernst an. Mir ist vorher nie aufgefallen, dass Katzen einen immer so ein bisschen herablassend betrachten.

„Die haben Hunger", murmelt Mick, hört jedoch nicht auf, seinen Schwanz an mir zu reiben.

„Hunger? Ich hab die zwei eben erst gefüttert, das ist keine halbe Stunde her."
Mick kichert leise. „Die haben diese Krankheit …"
„Oh nein, was denn noch?" Ich geb es ja ungern zu, aber seit Maybe und Hope bei mir eingezogen sind, hab ich sie doch schon in mein Herz geschlossen. So nervig wie sie sein können. Wenn sie einen nicht gerade davon abhalten, über den eigenen Freund herzufallen, verbreiten sie ein angenehmes Gefühl von Behaglichkeit. Gut, über die Katzenhaare lässt sich streiten und mir hat auch niemand vorher gesagt, dass die Viecher ständig kotzen – aber eine schnurrende Katze ist besser als Yoga.
Auf jeden Fall hoffe ich nicht, dass sie noch eine weitere ernsthafte Erkrankung haben. Aber so wie Mick grinst, ist nicht davon auszugehen.
„Futter-Alzheimer", sagt er jetzt. „Sobald sie gefressen haben, haben sie es schon wieder vergessen. Das haben eigentlich alle Katzen – zumindest alle, die ich kenne."
Seufzend stemme ich mich aus dem Sofa hoch und werfe noch einen Blick auf meinen sehr leckeren Freund und seine deutlich sichtbare Erregung. Dann locke ich Maybe und Hope in die Küche, um ihnen noch etwas zu fressen zu geben. *Futter-Alzheimer*, ich schüttele den Kopf.
Als ich zurückkehre, liegt Mick noch immer auf dem Sofa. Er zieht ein Stück seiner Unterlippe nach innen und kaut darauf herum. Offenbar beschäftigt ihn etwas. „Leon … wir müssen über Sex sprechen."
Ich sehe ihn an und muss ein Grinsen unterdrücken. „So?"
„Ja. Ich habe mit Mo geredet …"

Ich seufze laut. „Also ich könnte ja wetten, dass Mo der Erste ist, der weiß, wenn ich mal was Falsches gegessen habe …“

Mick grinst schief. „Wahrscheinlich“, gibt er zu. Dann wird er sofort wieder ernst. „Leon, die letzten Male, wenn wir Sex hatten, das war immer *vanilla*, ay?“

Ich stimme ihm zu und setze mich zu ihm aufs Sofa.

Er kaut wieder auf seiner Lippe. „Mir gefällt es aber auch härter. Du brauchst dich nicht so zurückzuhalten. Mo meinte, du würdest das machen, um mir einen Gefallen zu tun …“

„Sollen wir es vorher auswürfeln?“

„Du machst dich lustig über mich!“, beschwert er sich.

„Mick, Süßer, ich liebe dich. Ich versprech dir, dass wir zwei uns schon *eingrooven*. Okay? Im Augenblick genieße ich dich einfach so, wie es gerade kommt.“

Ich sehe Micks Augen funkeln, wie immer, wenn ich ihm sage, dass ich ihn liebe. Und mit jedem Funkeln in seinen Augen scheinen meine Gefühle für Mick noch stärker zu werden.

„Aber ich mag es auch sehr, wenn du devot bist“, flüstere ich ihm zu.

Er erschaudert deutlich und das bringt mich auf eine Idee. „Magst du etwas spielen?“

Mick

„Jetzt?" Ich muss mich räuspern, da meine Stimme auf einmal ganz rau ist.
„Beste Voraussetzungen, oder?" Leon grinst anzüglich und lässt seine Hand über meinen noch immer halbsteifen Schwanz gleiten.
„Soll ich auch *Sir* zu dir sagen?"
Leon lächelt schmal und ich kann förmlich sehen, wie er in seine Master-Rolle rutscht. „Wenn es dich überkommt ..."
Das ist eine Rolle, vor der ich großen Respekt habe. Denn Leon ist darin perfekt. Nur ich nicht in meiner Rolle als Sub. Natürlich kann ich das lernen, das System ist dazu gemacht, durch Strafen zu lernen. Und ich gebe zu, dass mich die Vorstellung, von Leon bestraft zu werden, total geil macht. Aber *nur* die Vorstellung.
„Komm mit, Süßer."
Ich folge ihm in sein Schlafzimmer. Dort öffnet er seine Toyschublade. „Was dabei, was du gern ausprobieren möchtest?"
Innerhalb eines Wimpernschlags bin ich knallrot. Mit glühendem Gesicht betrachte ich die Toys, die dort in der Schublade liegen. Mann, ich winde mich unter seinem Blick.
Leon wartet geduldig auf seinem Bett, bis ich mit meiner Auswahl fertig bin. Ich bin total verlegen, dass ich mir jetzt vor seinen Augen Sextoys aussuchen soll, mit denen er mich gleich – mit ziemlicher Sicherheit – quält. Wahrscheinlich ist mein Gesicht noch immer feuerrot, so fühlt es sich zumindest an. Aber das habe ich davon, dass ich Leon herausgefordert habe. Mit brennendem Gesicht halte

ich Leon meine Auswahl entgegen – eine silberne Kugel und ein schwarzes Paddle, von dem ich hoffe, dass er es nicht benutzt. Allerdings kribbelt mein Arsch bereits vor Lust. Es ist nur die Vorstellung des Schmerzes, die mich hart werden lässt.

„Okay?“, frage ich leise.

Leon nickt. „Natürlich.“

Er steht auf, kommt zu mir herüber. „Ich möchte mir auch noch gern etwas aussuchen.“

Ich nicke vorsichtig und sehe zu, wie er ein schwarzes Ledergeschirr aus der Schublade nimmt.

„Deine Hand ist okay?“

„Ja“, ich muss mich räuspern, „ja, heilt super.“

„Zieh dich aus, Mick“, sagt er sanft und setzt sich wieder aufs Bett.

Ich öffne meine Hose, streife sie nach unten, ziehe auch mein Shirt rasch aus. Bevor ich die Shorts fallen lasse, atme ich einmal tief durch.

„Du siehst aus, als würdest du gern einen Rückzieher machen“, bemerkt Leon amüsiert.

„Nein“, behaupte ich und es stimmt: Die ganze Situation macht mich geil. Selbst der Gedanke daran, dass Leon möglicherweise austesten wird, wo meine Grenzen sind.

„Komm näher.“

Ich trete vor ihn und habe sofort den Impuls, mich auf die Knie niedersinken zu lassen. Vielleicht, weil er noch immer sitzt und ich so auf ihn hinuntersehen muss. Die Gedanken in meinem Kopf sind ganz schön verrückt. Als würde er ahnen, was in meinem Kopf vor sich geht, sagt Leon. „Bleib stehen. Ich schau dich gern an.“

Dass mein Schwanz sich mittlerweile aufgerichtet hat, muss ich wohl nicht extra erwähnen. Hey, ich bin ein echter Steher, Stress kann mir nicht allzu viel anhaben. Vielleicht könnte ich eine Karriere im Pornobusiness starten.
Leon beginnt, mir das Ledergeschirr anzulegen – zunächst eine Art Gürtel, dann zwei schmalere Lederriemen um meine Oberschenkel. Die Metallringe, die die Lederteile verbinden, sind eisig auf meiner Haut. Er zieht die Riemen jeweils so fest, dass ich sie deutlich spüren kann. An den Riemen um die Oberschenkel sind jeweils zwei weitere Riemen angebracht.
„Lass die Arme hängen", sagt er.
Und als ich seinem Befehl nachkomme, schnallt er meine Handgelenke an meinen Oberschenkeln fest. Jetzt bin ich auf eine sehr seltsame und sehr wirkungsvolle Art und Weise gefesselt.
Mein Schwanz zuckt erwartungsvoll, der miese Verräter. Leon grinst und steht auf, um noch etwas aus seiner Schublade zu holen. Mit einem breiten schwarzen Lederband kehrt er zurück. Er will mir die Augen verbinden.
Ich seufze leise. Auf der einen Seite würde ich gern sehen, was mit mir passiert, aber ich weiß auch, dass mein Empfinden sich sofort vervielfacht, wenn ich nichts mehr sehen kann. Also lasse ich es zu. Ich schließe die Augen und fange an zu fühlen. Leons Lippen auf meinen. Warm und trocken. Das weiche Lederband, das meine Augen bedeckt. Das glatte Leder des Geschirrs, das sich in meine Oberschenkelmuskeln gräbt, sobald ich sie anspanne. Das kühle Metall dazwischen. Meine Schultern, die ein wenig nach unten gezogen werden.

Leon fasst mich an den Armen und schiebt mich nach vorn. „Lass uns gehen."
Er führt mich aus dem Raum, ich ahne, wohin die Reise geht. Er passt auf, dass ich nirgendwo gegenstoße. Ich vertraue ihm völlig und doch ist da ein Gefühl von Unsicherheit in mir, das in einem Kribbeln über meinen Nacken jagt. Dadurch, dass er mir die Augen verbunden hat, habe ich keine Möglichkeit mehr zu sehen, was er noch mitgenommen hat.
„Du bist so heiß", flüstert Leon an meinem Ohr. „Dein Schwanz tropft vor Geilheit."
Tatsächlich spüre ich die Lustropfen, die aus meiner Schwanzspitze quellen. Leon berührt mich dort – und ich könnte wetten, dass er den Finger in den Mund steckt, um mich zu schmecken. Keine Sekunde später erhalte ich die Bestätigung.
„Verdammt, du bist so lecker."
Ich höre, dass er sich ein paar Schritte entfernt. Als er wieder bei mir ist, legt er mir ein ziemlich schweres Halsband um. Ich keuche, als seine Zunge die empfindliche Stelle an meinem Hals berührt und er nur einen Moment darauf das Halsband schließt. Es ist so eng, dass ich es spüre, wenn ich schlucke.
„Du bist so wunderschön, Mick", murmelt Leon und er klingt wirklich überwältigt.
Es macht mich verdammt stolz, dass er das sagt – wie er es sagt.
Er schiebt mich an den Hüften weiter nach vorn und als ich einen Schritt nach oben machen muss, wird mir klar, dass wir uns in seinem Wellnessraum befinden, direkt vor der gefliesten Wand. Er drückt meinen Kopf ein wenig

nach vorn und ich höre ein metallisches Klicken. Danach ist meine Bewegungsfreiheit noch einmal deutlich eingeschränkt: Er hat mich mit dem Halsband an der Wand befestigt.
Meine Schwanzspitze drückt sich gegen die kalten Fliesen. Ich schlucke, nun doch nervös. Das Halsband drückt sich gegen meinen Kehlkopf. Ich bin selbst schuld, verdammt. Ich habe mir das so ausgesucht und wahrscheinlich habe ich es mir auch genauso gewünscht.
„Na, wollen wir mal austesten, wie viel härter du es möchtest?" Leons Stimme grollt an meinem Ohr.
Ich will protestieren, aber ich bin viel zu geil, um irgendeinen klaren Gedanken zu fassen.
„Die Beine etwas auseinander."
Ich gehorche.
„Du machst das gut, Süßer", lobt Leon mich. Mein Zittern ist ihm sicher nicht entgangen. „Und jetzt zeig mir deinen hübschen Arsch, okay? Du willst doch, dass ich die Kugeln da hineinschiebe, oder?"
Ich weiß gar nicht mehr genau, ob ich das will. Er könnte ebenso gut seinen Schwanz in mir versenken. Allerdings würde ich dann wahrscheinlich sofort abspritzen. Ich bin total angespannt, jeder Muskel in meinem Körper scheint erwartungsvoll zu vibrieren.
Ich versuche, Leon meinen Hintern entgegenzustrecken, was kaum geht, ohne dass ich mich selbst würge.
„Das reicht … wunderschön", schnurrt Leon hinter mir. Ich spüre seine warmen Hände auf meinem Rücken, auf meinem Hintern. Dann kühles Gel, noch kälteres Metall.
„Hast du schon mal so eine Kugel in deinem süßen Arsch gehabt?"

Ich versuche, den Kopf zu schütteln, aber der ist komplett fixiert. „Nein“, krächze ich daher.
„Du brauchst keine Angst zu haben, das Teil kommt auf alle Fälle wieder raus.“
Oh Gott, ich spüre, wie mein Loch sich vor Lust zusammenzieht. Meine Knie zittern wie verrückt.
„Weißt du eigentlich, wie scharf es mich macht, wenn du vor Lust zitterst? Wenn du an nichts anderes mehr denken kannst als daran gefickt zu werden?“
Ich kann darauf nichts antworten.
Dann schiebt Leon die Kugel in mich hinein. Verdammt, so komplett ohne Vorbereitung. Ich keuche, versuche, den Schmerz wegzuatmen. Trotzdem kommt ein kleines Wimmern über meine Lippen, ich kann es gar nicht unterdrücken.
Meine Beine fühlen sich schlabberig an – wie der erste Versuch Johannisbeergelee, den Mo und ich produziert haben. Aber ich habe keine Ahnung, warum ich jetzt an Marmelade denke …
Der Druck ist heftig, aber Leon schiebt die Kugel unerbittlich weiter in meinen Arsch. Bis sie wirklich drin ist.
Ich keuche wie nach einem Sprint, mein Loch fühlt sich total gedehnt an. Aber das Gewicht der Kugel ist geil, ich spüre sie so deutlich in mir, viel intensiver als einen Plug.
„So ein gieriges kleines Loch“, sagt Leon und streicht mit irgendetwas über meine schweißbedeckten Arschbacken. „Ich wette, man könnte locker zwei davon in dir versenken.“
Oh nein, eine Kugel reicht vollkommen, denke ich. Doch ich kann nicht antworten. Der Schmerz weicht einem irren

Druckgefühl, einer Lust, die mich zwingt meinen Arsch zu bewegen.
„Halt den Arsch still, sonst muss ich dein anderes Spielzeug auch noch einsetzen“, warnt Leon mich.
Gott, ich will wirklich stillhalten, aber ich kann nicht. Das Gefühl der Kugel in mir, wenn ich mich bewege, ist überwältigend.
„Mick!“
Oh Scheiße, Mann, wenn ich könnte, würde ich damit aufhören …
Ich spüre erst seine Hand auf meinem Rücken, die mich noch ein wenig weiter nach unten zwingt – und dann den ersten Schlag mit dem Paddle. Schon der erste Schlag tut weh und ich knalle mit dem Kopf gegen die Fliesen, weil ich zurückweiche.
Erst beim vierten Schlag spüre ich die Hitze, die sich über meinem Arsch ausbreitet. Ich bin wie losgelöst von allem, fühle nur noch. Hitze, Schmerz, Lust, das angestrengte Zittern meiner Muskeln. Ich bin total ausgeliefert, Leons Schlägen, seiner Willkür … seiner Liebe.
„Fick mich.“
„Was hast du gesagt?“ Leon hält inne.
„Oh Gott, Leon, bitte fick mich“, keuche ich.
Ich spüre seinen Körper ganz dicht an meinem. Mein Arsch brennt, ich *brenne.*
Seine Hände liegen plötzlich auf meinen Schultern, ich höre ein kurzes Klicken, dann werde ich umgedreht. Mein glühender Arsch wird gegen die kalten Fliesen gepresst. Das. Ist. Eine. Wohltat. Aber die Erholung dauert nur kurz, denn ganz offensichtlich fixiert Leon das Halsband erneut an der Wand.

Dann spüre ich seine Zunge an meiner Schwanzspitze. Das Gefühl bringt mich fast zum Abspritzen. Ich höre die verzweifelten Geräusche, die ich mache, aber ich kann sie nicht verhindern. Ich will einfach nur kommen! Wenn ich meine verdammten Hände frei hätte, ich würde sofort abspritzen, aber so …?!

„Bitte, Leon, bitte … bitte … bitte“, fange ich an zu betteln.

Er schließt seine Lippen um mein Spitze, lässt mich in seinen Mund eindringen. Saugt mich in sich hinein, bis ich Sterne sehe. Ich fange sofort an zu stoßen, mir egal, ob das zu heftig wird, ob er gleich würgen muss. Ich brauch das jetzt, viel intensiver, viel mehr Reibung.

Als Leon sich zurückzieht, jaule ich enttäuscht auf. Mittlerweile ist mein Schwanz so steinhart, dass es schmerzt.

Ich zittere unkontrolliert, bin kurz davor abzuspritzen, obwohl niemand meinen Schwanz auch nur berührt. Da fühle ich etwas direkt vor mir … einladend, kühl, feucht. Nicht Leons Mund. Oh verdammt, er hat sich umgedreht und bietet mir seinen Arsch an. Ich kann das nicht glauben, und ich kann mich auch kaum bewegen.

Er drängt sich rückwärts, presst sich so langsam, Millimeter für Millimeter, auf meinen bretthart Schwanz.

Okay, dann komm. Wenn du meinen Schwanz spüren willst … Ich lehne die Kopf zurück, genieße die kalten Fliesen an meinem heißgeklopften Arsch – und lasse Leon sich langsam auf mich aufspießen. Das Gefühl ist so heftig, dass es meine Vorstellungskraft sprengt.

Als er mich endlich komplett in sich aufgenommen hat, dauert es keine Minute mehr bis ich abspritze. Er ist so heiß, so eng und so verdammt geil. Keine Chance mehr, irgendetwas zurückzuhalten.

Leon

Ich spüre, wie Mick in mir kommt. Sein Saft schießt mit brennender Hitze in meinen Arsch, während er meinen Namen keucht. Doch sein ersticktes Stöhnen nur Sekunden später alarmiert mich sofort. Mit großem Bedauern lasse ich seine Erektion aus mir hinausgleiten und drehe mich um. Ich sehe sein entspanntes Lächeln und – wie ihm die Beine wegsacken.

Sofort schlinge ich die Arme um seinen Oberkörper und halte ihn.

„Leon“, keucht er rau, „oh Gott, Leon …“

Ich löse den Karabinerhaken an seinem Halsband, damit er sich nicht stranguliert und lasse ihn vorsichtig zu Boden gleiten. Er kann sich überhaupt nicht aufrecht halten.

„Scheiße, meine Beine sind wie Wackelpudding“, murmelt er.

„Ich lieb dich auch“, sage ich und lache leise.

„Nächstes Mal … wenn ich dich ficken darf … will ich dich aber sehen“, brummt er.

Ein sehnsüchtiges Ziehen kriecht durch meinen Körper. „Klar. Aber wenn ich mich richtig erinnere, wolltest du es doch nicht immer *vanilla*“, necke ich ihn.

Er bewegt sich, als würde er abwinken wollen, doch seine Arme sind immer noch an seine Beine gefesselt. Ich beginne langsam, seine Fesseln zu lösen. Jede Berührung lässt ihn erschauern.

Als ich ihn komplett befreit habe, sage ich: „Und jetzt drück die Kugel raus.“

Mick liegt noch immer auf dem Boden und macht keine Anstalten, sich irgendwie zu bewegen.

„Ich will in deinen süßen Arsch“, flüstere ich.
„Du bist ein verdammter Sadist“, brummt Mick und zieht die Beine näher an seinen Körper heran.
„Es geht leichter, wenn du dich hinhockst.“
Mick öffnet die Augen halb und sieht mich mit einem undefinierbaren Blick an.
Ich stehe auf. „Ich gehe duschen. Komm nach, wenn du so weit bist.“
Von der Dusche aus sehe ich, wie Mick sich langsam aufrappelt. Er schafft es ziemlich schnell, die Kugel aus seinem Körper hinauszubefördern, sie fällt mit einen lauten „Klong“ auf die Fliesen. Dann gesellt er sich zu mir. Er schlingt seine kräftigen Arme um mich und küsst mich zärtlich, während seine Finger meinen Schwanz umschließen und gemächlich daran auf- und abgleiten.
Ich lege meine Hand auf seine runde, feste Arschbacke und fühle die Hitze, die seine Haut abstrahlt. „War das okay für dich?“, frage ich neugierig.
„Mmm“, brummt er, ohne mich anzusehen. Ich höre die Verlegenheit in seiner Stimme. Allein dafür, dass er nicht so abgebrüht ist, könnte ich mich in ihn verlieben.
Ich lasse meine Hand weiterwandern, zwischen seine perfekten Arschbacken, tiefer in seine Spalte hinein, bis ich mit den Fingern die zarte Haut an seinem Hintereingang erspüren kann. Mick ist gut vorbereitet, weich und geöffnet. Ich kann meine Finger einfach in ihn hineinschlüpfen lassen. Die Reaktion kann ich sofort an meinen Leisten spüren – Mick wird wieder hart. Ich grinse in den sanften Kuss hinein, der unsere Lippen verbindet.
„Was gibt es da zu grinsen?“, fragt er sofort.
„Du bist so unersättlich, das find ich großartig.“

Ich fasse ihn an den Schultern und drehe ihn, sodass ich von hinten in ihn eindringen kann. Ganz langsam schiebe ich meinen Schwanz in ihn, genieße das Gefühl von seiner heißen Enge ganz umschlossen zu werden. Als wir komplett vereint sind, verharre ich, ziehe Micks Oberkörper fest an mich heran.

Ich habe mich noch niemals so verbunden mit jemandem gefühlt. Nicht nur körperlich. Nein, es ist, als würde ich ganz tief in ihn hineinkriechen wollen, so als würden wir zusammen gehören, als wäre ich wirklich ein Teil von ihm. Dieser Friede, der mich bei dem Gedanken durchdringt, ist unbeschreiblich.

„Ich liebe dich, Mickey."

Er legt seinen Kopf nach hinten, bis der auf meiner Schulter liegt. „Ich lieb dich auch."

Bonuskapitel
Mick

„Warum bist du so nervös? Man könnte meinen, es ginge um deinen Arsch."

Überrascht von seinem groben Scherz sehe ich Leon an und versuche wirklich, mich zu entspannen. „Ich glaube, meine Idee war scheiße."

Leon fasst nach meiner Hand. „Wie lange kennst du Mo schon, hm?"

„Ein paar Jahre." Es beruhigt mich ein wenig, seine Wärme zu spüren.

„Und wie hat er auf dein Geschenk reagiert?"

„Er … hat sich gefreut." Ich erinnere mich noch ziemlich genau an seinen ungläubigen Gesichtsausdruck. *Du schenkst mir eine Session? – Du kannst das auch ablehnen, Mo! – Mann, bist du bescheuert? Das ist … geil! Ich bin sprachlos.*

„Aber Mo und Max … ich weiß nicht, ob das eine gute Kombination ist."

Leon seufzt, lässt meine Hand los und gießt mir einen Whiskey ein. Ich hasse das Zeug wie die Pest – und er weiß das. „Trink", sagt er mit einem Grinsen. „Das beruhigt dich vielleicht. Max ist der beste Dom, den ich kenne. Mach dir keine Sorgen."

„Aber die beiden kennen sich quasi gar nicht."

„Das ist nicht notwendig. Alles, was sie voneinander wissen müssen, werden sie jetzt klären."

Mann, ich bin echt nervös. Max und Mo sind schon seit über einer halben Stunde in Leons Wellnessraum.

Ich war ehrlich erstaunt, dass Max diesem Deal zugestimmt hat. Klar, die Idee hatte ich schon, dass Max infrage

kommen könnte. Doch insgesamt betrachtet, ist die ganze Sache absurd. Und dass Mo sich auch noch Zuschauer gewünscht hat … ich seufze leise. Offenbar habe ich eine seiner geheimen Fickfantasien erraten.
Ein Geräusch lässt mich aufsehen, Max und Mo betreten die Küche. Mo hält den Kopf gesenkt, ich sehe, dass der Ansatz seiner roten strubbeligen Haare nass ist. Er trägt statt einer Hose etwas, das wie ein Folter-Jock aussieht: hinten unter den Backen schmale und um die Hüften ein breiter Ledergurt, vorn ein Metallkäfig, der ganz offensichtlich verhindert, dass er einen Ständer kriegt. Und seine Arschbacken – die glühen bereits feuerrot. Max ist nicht zimperlich mit ihm umgegangen.
„Möchtest du uns jetzt etwas Leckeres kochen?“, fragt Max und lehnt sich an die Arbeitsplatte.
Mo nickt hektisch. Er hat alles, was er heute braucht, bereits mitgebracht – für seine ganz persönliche BDSM Cooking Session. Und ich gehe davon aus, dass Max ebenso alles dabei hat, was er benutzen will.
„Dann warte kurz.“
Er nimmt eine schwarze Kochschürze von der Platte, entrollt sie und legt sie Mo um. „Sicher ist sicher.“
Dadurch, dass Mos Vorderseite nun quasi angezogen ist, wirkt sein nackter Arsch noch obszöner.
„Stört es dich, wenn ich mich etwas mit dir beschäftige, während du kochst?“
„Nein …“
„Bitte?“ Max’ dunkle Stimme bekommt etwas Schneidendes.
„Nein, Sir“, korrigiert Mo sofort.

Leon dirigiert mich zum Bistrotisch und wir setzen uns dort. Ich sehe, wie Max die Zutaten auf der Arbeitsplatte verteilt, sich die passenden Schneidebretter, Töpfe und Pfannen zusammensucht und sein eigenes Messer auspackt. Er ist immer total akkurat, wenn es ums Kochen oder Backen geht; ich kenne auch niemanden außer ihn, der das so gern macht. Und ich weiß gerade nicht, was ihn glücklicher macht – dass er in Leons super Hightech-Küche kochen darf oder dass Max ihn nebenbei noch quält.
„Sir, ich hab nur eine Bitte", sagt Mo jetzt.
„Und die wäre?"
„Wenn ich gerade mit dem Messer hantiere …"
Max unterbricht ihn mit einem Lachen. „Schon klar. Ich werde darauf achten." Er tritt hinter Mo und ich sehe, wie er erschaudert und die Schultern nach oben zieht.
„Wie fühlst du dich?"
„Gut … mein Schwanz … tut weh, Sir", sagt Mo leise.
„Schön. Dann leg mal los."
Leon gießt Wein in drei Gläser und versucht, mich in ein belangloses Gespräch zu verwickeln. Ich antworte ihm auch, aber ich bin total abgelenkt von dem, was Max mit Mo veranstaltet. Diese subtile Gewalt, die er einsetzt und seine permanente Präsenz … ich bin mir sehr sicher, dass ich nicht mal Spiegeleier hinkriegen würde!
„Hat das mit dem Fahrdienst für Jascha bisher geklappt?"
„Warum nennst du ihn eigentlich Jascha? Er will, dass wir Jay sagen."
Leon grinst mich an. „Er ist ein Sub, warum soll ich machen, was er will?"
„Was sind das denn für Töne?" Empört funkle ich Leon an und sehe, dass er mich nur aufziehen möchte. „Ja, das hat

bisher gut geklappt. Jay meinte neulich, er würde sich jetzt schon wie ein Promi fühlen, weil er einen eigenen Chauffeur hätte."

„Jetzt schon? Der Junge wird hoffentlich nicht größenwahnsinnig."

„Er ist ein absolut begnadeter Musiker", sage ich, doch dann lenkt mich Mos Stöhnen von unserem Gespräch ab. Ich sehe, wie Max ihm etwas in den Arsch schiebt, während er sich an der Arbeitsplatte festhält.

„Eine Ingwerwurzel", werde ich von Leon informiert. Der nimmt sein Weinglas und trinkt einen Schluck. „Mit Ingwer hast du auch schon Bekanntschaft geschlossen."

Mos Gesicht wird feuerrot und er hat ganz offensichtlich Schwierigkeiten, ruhig stehen zu bleiben.

Erst nach einigen Minuten entfernt Max das Ding wieder aus Mos Loch und der wendet sich erneut seiner Aufgabe zu. Jetzt mit etwas fahrigen Bewegungen. Wenn es das ist, was ich meine, brennt das Zeug wie Feuer und ich verstehe jede einzelne verkrampfte Bewegung, die mein Freund macht.

Wie nebensächlich begibt sich Max zum Kühlschrank und holt Eiswürfel aus dem Gefrierfach.

„Wenn du dich nicht konzentrierst und das Essen versaust, will ich nicht in deiner Haut stecken", flüstert Max ihm zu – so laut, dass wir es hören können.

„Ich glaube, du brauchst eine kleine Abkühlung."

Er nimmt einen Eiswürfel in die Hand und lässt ihn über Mos Rücken hinabgleiten, bis in seine Ritze hinein. Mo keucht und streckt Max seinen Arsch entgegen. Er ist jetzt schon so heiß, dass er nur noch gefickt werden will. Aber

das wird er wohl noch lange nicht bekommen. Stattdessen schiebt Max ihm den angetauten Eiswürfel hinten rein.
Mo jault auf und klammert sich kurz an der Tischplatte fest.
Ich will das nicht sehen, nicht, wie Mo sich windet. Diese Demütigung macht etwas mit mir. Am liebsten würde ich aufstehen, den Raum einfach verlassen. Das hier ist viel intensiver als alles, was ich auf der Party bei Francesco gesehen habe.
Offenbar bemerkt Leon meinen Impuls, er legt seine Hand auf meinen Arm und beugt sich zu mir. „Bleib sitzen, verdirb es nicht."
„Ich habe Hunger, das dauert aber ganz schön lange", meint Max gespielt genervt.
Mo schneidet gerade Gemüse und er ist dabei so verdammt schnell und effizient wie immer.
„Du bist nicht gerade einer der Schnellsten, was?"
Ich sehe, wie Mo bei dem ungerechtfertigten Tadel die Schultern hochzieht und sich verspannt. Wahrscheinlich knirscht er schon mit den Zähnen.
Max lehnt sich weiterhin lässig an die Arbeitsplatte, nimmt die Ingwerwurzel zur Hand und schält mit einem wahrscheinlich sehr scharfen Messer die oberste Schicht ab.
„Ich glaub, ich muss dir noch mal etwas Feuer unterm Hintern machen, damit das hier schneller was wird. Los, beug dich nach vorn."
Mo legt langsam das Messer aus der Hand und platziert es gerade neben dem Brett. Dann befolgt er Max' Befehl.
Oh Gott, wie soll ich das aushalten?
Doch nach diesem kleinen Intermezzo lässt er ihn schließlich in Ruhe zu Ende kochen und ich bin froh, als ich ins

Nebenzimmer flüchten kann, um den Tisch zu decken. Ich weiß gar nicht, warum mir die Situation heute so viel ausmacht. Immerhin habe ich auch zugesehen, wie Leon Mo den Arsch versohlt hat. Vielleicht liegt es an Mo – oder an seiner Reaktion auf Max. Ich habe wirklich keine Ahnung.

Mo hat sich für ein schnelles Gericht entschieden, das mein veganes Lieblingsessen ist: eine scharf gewürzte Gemüsepfanne mit Ebli und Geschnetzeltem aus Lupinenquark.

Leon, Max und ich sitzen am Tisch, während Mo uns das Essen serviert. Ich versuche in seinem Gesicht zu erkennen, was in ihm vorgeht, aber er hat jede sichtbare Emotion ausradiert. Leon gießt uns Wein nach, während Mo sich in die Küche zurückgezogen hat.

„Das schmeckt wirklich gut", sagt Leon – und ich weiß, dass Mo sich über das Lob freut.

„Komm her." Max winkt Mo heran. „Du hast sehr gut gekocht. Möchtest du auch etwas essen?"

Mo nickt zaghaft. Nur an der Bewegung seines Brustkorbs kann ich sehen, dass er aufgeregt ist – sein Atem geht viel schneller als meiner.

„Ich höre nichts", brummt Max sofort drohend und ich zucke innerlich zusammen.

„Ja, Sir", sagt Mo, allerdings immer noch mit deutlicher Zurückhaltung.

„Das geht besser, aber darum kümmern wir uns später."

Max zeigt auf den Boden neben sich und Mo huscht näher heran. Er lässt sich so selbstverständlich neben Max auf die Knie gleiten, dass ich ihn verblüfft anstarre. Aber Mo bemerkt das gar nicht. Seine Aufmerksamkeit scheint vollkommen auf Max fixiert. Ich kann kaum glauben, wie Max

aus dem Ebli und dem Gemüse mit den Fingern eine kleine Kugel formt. „Mund auf."
Mo gehorcht sofort und Max schiebt ihm das Essen in den Mund.
Aber Mo kaut nicht. Total regungslos verharrt er in seiner Haltung.
„Iss."
Oh Scheiße, er hat auf Max' Erlaubnis gewartet! Ich sehe ein zufriedenes Lächeln über Max' kantige Züge huschen.

***

Ich bin erleichtert, als Leon mir schließlich ein Zeichen gibt und wir die beiden allein lassen. Auch wenn ich noch immer ein ungutes Gefühl habe. Im schlimmsten Fall wird der weitere Abend für Mo ein Desaster und dann kann ich unsere Freundschaft abschreiben.
Leon schiebt mich gegen sein Bett, bis ich darauf falle. „Warum machst du dir so viele Gedanken?", fragt er neugierig.
Ich setze mich auf und zucke ein wenig hilflos mit den Schultern.
„Die beiden sind erwachsen, du weißt, worauf dein Kumpel steht und so, wie ich Max kenne, haben sie ein Safeword vereinbart – richtig?"
„Ich … gehe davon aus. Aber die ganze Sache … war meine Idee." Und es ist schon ziemlich krank, dass ich überhaupt auf so etwas gekommen bin, finde ich.
„Da sieht man mal wieder, was in deinem hübschen Köpfchen für verdorbene Ideen entstehen", sagt Leon dann

auch sofort und grinst mich an. Er legt sich neben mich und schmiegt sich ganz dicht an meinen Körper.
Ich spüre seinen warmen Atem an meinem Hals.
„Komm, ich lenk dich ein bisschen ab. Oder würdest du lieber den beiden weiter zusehen?“
Hastig schüttele ich den Kopf. „Nein, bloß nicht!“
Leon bietet mir an diesem Abend das komplette Kontrastprogramm zu dem, was vermutlich unten in seiner Küche – oder wo auch immer – stattfindet. Er küsst und streichelt mich, bis ich vor Verzücken fast anfange zu schnurren – und am Ende lässt er mich in seinem Mund kommen.
Er gestattet nicht einmal, dass ich mich revanchiere. Stattdessen kniet er sich über mich, legt seine Hand um seinen Schwanz und spritzt mir nach ein paar schnellen Bewegungen seine Sahne über die Brust und gegen das Kinn.
Entspannt und ziemlich erledigt strecke ich mich auf seinem Bett aus – und meine Gedanken gehen wieder auf Wanderschaft.
Ich spüre Leons Fingerspitzen, die über meine Stirn und meine Wangenknochen gleiten.
„Hör auf, darüber nachzudenken“, sagt er und klingt ein wenig schläfrig.
Ich drehe mich zu ihm, hauche einen Kuss auf seine Stirn, einen auf seine Lippen. „Ich mach mich kurz sauber und hole noch Wasser. Bin gleich zurück.“
Und das ist wirklich mein Plan. Ich gehe ins Bad, wasche mir Leons Sperma vom Körper und ziehe mir frische Shorts an. Klar, ich könnte auch einfach Wasser aus dem Hahn trinken. Ich zögere – soll ich in die Küche gehen? Es ist ein echter Konflikt – die Flasche Wasser zu holen ist natürlich ein Vorwand, ich muss mich ja nicht selbst verar-

schen. Ich will sehen, wie es Mo geht, ob die beiden überhaupt noch dort sind und was sie treiben. Und genauso will ich es nicht sehen! Ich will es gar nicht wissen und trotzdem zieht es mich magisch an. So eine verfluchte Scheiße, es ist wieder das Unfall-Phänomen: Man will es gar nicht sehen und glotzt trotzdem hin.

Rasch gehe ich die Treppe hinunter, ich höre – nichts.

Absolute Stille. In der Küche brennt Licht, aber es ist ziemlich runtergedimmt. Ich atme tief durch, wahrscheinlich sind die beiden gar nicht mehr hier zugange.

Langsam taste ich mich Richtung Kühlschrank, um mir die Flasche zu holen. Bin ich jetzt etwa enttäuscht? So, als würde man sich einen Porno ansehen wollen und wenn man die DVD startet, kommt nur eine Pokémon-Folge? Ich schüttele den Kopf – wie kann ich meinen Kumpel Mo, Pokémon und Pornos überhaupt in einen Gedanken pressen?

Da höre ich ein seltsames Geräusch. Ich schließe die Kühlschranktür und starre auf den Boden. Sind das etwa Mos Füße, die ich da sehe?

Ein kurzer Schrecken jagt meinen Puls in die Höhe. Verdammt, natürlich ist das Mo. Ich gehe um die Ecke der Küchenzeile und sehe ihn auf dem Boden knien, auf allen vieren. Er ist mit einer Leine an die Heizung gefesselt, sodass er sich kaum bewegen kann. Wie es ihm sonst so geht, kann ich bei der Beleuchtung nicht erkennen.

Ich hocke mich vor ihn. „Mo, alles okay?“

Er hebt den Kopf und da sehe ich, dass er einen Gagball trägt. Hm – und jetzt? Ich weiß, ich sollte mich nicht einmischen, aber ich kann nicht anders. „Soll ich das abmachen?“, frage ich leise.

Er nickt langsam. Sein Blick ruht auf mir, seltsam ruhig und gefasst.
Sofort öffne ich die Schnalle an seinem Hinterkopf und nehme ihm das Folterinstrument ab. Er atmet tief und hörbar ein und aus.
Ich hab keinen Schimmer, was ich sagen soll.
„Mach mich los“, bittet er.
Und eine Welle von Schuldbewusstsein und schlechtem Gewissen schlägt über meinem Kopf zusammen. Hektisch klicke ich die Leine von seinem Halsband und sehe erst jetzt, dass seine Handgelenke ebenfalls aneinandergefesselt sind. Rasch löse ich auch diese Fesselung.
Obwohl er jetzt befreit ist, bleibt er immer noch auf dem Boden sitzen. „Dieses Teil hier …“ Er deutet auf den Käfig, in dem sein Schwanz gefangen ist, „der Verschluss ist hinten. Kannst du das bitte auch aufmachen?“ Seine Stimme klingt rau, als wäre er heiser. Und ich frage mich, wie lange er wohl geschrien und gebettelt – oder gar nicht mehr gesprochen hat. Wie lange ist es her, dass ich mich mit Leon zurückgezogen habe? Ich habe nicht auf die Uhr gesehen – was ich jetzt nachhole. Die Küchenuhr zeigt halb zwölf, das heißt, dass Max etwa zwei Stunden Zeit hatte, sich mit Mo zu beschäftigen.
Mit zittrigen Fingern öffne ich den Verschluss des Käfig-Jocks und Mo stößt ein Zischen aus, das zu einem tonlosen Wimmern wird. Fasziniert sehe ich zu, wie sein gequälter Schwanz sich aufrichtet. Mann, ich hätte nicht gedacht, dass ihn die Sache hier überhaupt noch geil macht.
Ich will aufstehen, doch Mo packt mich am Arm. „Bleib hier … bitte, besorg’s mir.“
Ich zögere. „Bist du sicher, dass ich das machen soll?“

„Bitte, mach schon … Ich weiß nicht, wann Max zurückkommt.“
Na super, es fehlte mir auch noch, dass er uns beide sieht – nachdem ich die Session *gecrasht* habe. Auf der anderen Seite weiß ich noch immer nicht, was in Mo vorgeht, was überhaupt passiert ist – und mein schlechtes Gewissen wiegt Tonnen. Mo könnte jetzt wahrscheinlich alles von mir verlangen – er würde es bekommen.
Kurzentschlossen fasse ich nach seinem Ständer, doch er jault sofort auf und schlägt meine Hand weg.
„Lass mich … lass mich in deinen Mund“, fleht er. „Mein Schwanz tut echt weh.“
Er kämpft sich schwankend auf die Beine und ich knie mich vor ihn. Ganz vorsichtig lasse ich ihn zwischen meine Lippen, schmecke salzigen Schweiß und Mos eigenen Geschmack. Ein absurder Gedanke hüpft durch meinen Schädel – ob ich Männer wohl am Geschmack erkennen könnte?
Doch der wird ausgelöscht, als Mo nach wenigen Sekunden kommt. Er reißt mir fast ein Büschel Haare vom Kopf, so heftig entlädt er sich. Ich schlucke sein Sperma und umschlinge seine Oberschenkel, da er bedrohlich ins Wanken gerät.
„Danke … danke …“, keucht er.
Ich glaube, er heult.
„Mo, ich wollte nicht …“, setze ich an. Doch Mo reißt sich zusammen und gibt mir einen festen Kuss auf die Stirn.
„Mick, es ist alles okay.“
„Aber warum …?“
Er hält sich schwankend an der Arbeitsplatte fest und wirft einen Blick durch die Küche. „Ich muss weg … bevor Max

kommt." Er sieht mich noch einmal an. „Hörst du – alles ist gut. Ich meld mich, wenn ich zu Hause bin."
Völlig verdattert sehe ich seinem hektischen Aufbruch zu.
„Du kannst jetzt nicht Auto fahren", behaupte ich.
„Ich bin total klar, nur etwas kaputt", sagt Mo und seine Stimme ist zwar nach wie vor rau, aber sie klingt schon viel fester als eben. Vielleicht will er mir nur was vorspielen. „Mach dir keine Sorgen und geh wieder ins Bett." Er kommt zu mir herüber, umfasst mein Gesicht und küsst mich noch einmal. „Danke."
Wie ferngesteuert nehme ich mir die Wasserflasche und verlasse die Küche. Ich habe keinen blassen Schimmer, was das jetzt zu bedeuten hat.

Leon

Ein Geräusch lässt mich aufschrecken – ich muss eingeschlafen sein. Ich sehe, wie Mick das Schlafzimmer betritt. Wollte er nicht nur Wasser holen? Dafür hat er aber verdammt lange gebraucht. Vielleicht hat er Max und Mo zugesehen? Doch nach einem Blick in sein Gesicht tippe ich eher darauf, dass er irgendetwas Verbotenes angestellt hat.

„Wollte dich nicht aufwecken", nuschelt er und huscht auf seine Seite des Bettes.

„Was ist los?" Ich setze mich auf und lehne mich gegen das Kopfende.

Im Licht der Nachttischlampe sehe ich, wie Mick meinem forschenden Blick ausweicht.

„Hast du den beiden zugesehen?"

Er schüttelt den Kopf. „Es tut mir leid", sagt er kleinlaut. „Ich hätte mich nicht einmischen dürfen."

„Was ist denn passiert?"

„Ich habe Mo befreit, er war in der Küche … Und ich …" Wieder kann er meinen Blick nicht halten. „Ich hab ihm einen geblasen", gibt er schließlich zu.

Jetzt bin ich kurz sprachlos, ich räuspere mich. „Und wo ist Max?"

„Max ist hier", kommt es da von der Schlafzimmertür. Und Max klingt ziemlich düster.

„Die Frage ist eher – wo ist Mo?"

Mick macht den Eindruck, als würde er sich unter der Bettdecke verstecken wollen.

Max füllt mit seiner Gestalt den kompletten Türrahmen. „Ich warte auf eine Erklärung."

Auf die bin ich allerdings auch gespannt.
„Mo ist nach Hause gefahren“, sagt Mick jetzt.
Max stößt ein ungläubiges Schnauben aus. „Bitte?“
„Ich habe ihn losgemacht und …“
„… und gefickt?“, fällt Max ihm barsch ins Wort.
„Nein …“, Mick ist kaum zu verstehen, „Es war nur … nur ein Blowjob. Ich hab's bei ihm gemacht.“
„Du hast also deinen Spaß mit ihm gehabt und ich soll leer ausgehen?“, fragt Max und seine Stimme lässt nichts Gutes erahnen. „So war das nicht ausgemacht.“
„Es tut mir leid“, sagt Mick sofort.
„Das reicht mir nicht als Entschuldigung.“ Noch immer steht Max im Türrahmen.
„Was möchtest du denn?“, fragt Mick unsicher.
Max wirft mir einen kurzen Blick zu. Ich bin überrascht, dass er in seiner jetzigen Stimmung auf mein Einverständnis wartet. Ich nicke kaum merklich.
„Komm hier her, zu mir“, sagt Max.
Mick klettert umständlich aus dem Bett. Ich sehe an seinen Bewegungen, wie unwohl er sich fühlt.
„Hose aus und dann runter auf alle viere“, befiehlt Max. „Du kriechst.“
Mick wirft mir einen hektischen Blick zu. Ich halte seinen Blick, versuche ihm zu signalisieren, dass ich auf ihn aufpasse. Nichtsdestotrotz hat er eine Sanktion verdient. Max ist sauer und zwar zu Recht. Mo hatte ein Safeword, er hätte die Session jederzeit beenden können. Sich auf diese Weise aus der Situation zu stehlen, hat einen üblen Beigeschmack.

Mick schiebt sich langsam die Shorts von den Hüften und geht auf alle viere. Ich erkenne, wie er mit sich kämpft, als er auf Max zukriecht.
„Das hast du aber noch nicht oft gemacht, was?“, fragt Max spöttisch.
Er wartet, bis Mick bei ihm angekommen ist, greift dann in seine Haare und zieht ihn so weit nach oben, dass er Micks Gesicht in seinen Schritt drücken kann.
Ich frage mich, ob Mick bei dem, was er jetzt fühlen kann, geil wird oder Schiss bekommt. Er bläst ja verdammt gern, aber Max' Schwanz ist eine absolute Herausforderung, die selbst Mick nicht bewältigen könnte. Es gibt einfach biologische Grenzen und Mick ist ja keine Schlange. Außerdem stelle ich fest, dass mir der Gedanke an Max' Schwanz in Micks Mund nicht gefällt.
Er hält Mick weiterhin an den Haaren fest und dirigiert ihn zum Bett. „Stütz dich da ab.“
Mick sieht mich flehend an und auch Max' Blick ruht sehr wachsam auf mir, als er weiterspricht.
„Ich wollte in seinen süßen Arsch. Und darauf hatte ich ihn vorbereitet. Wirklich gut vorbereitet. Jetzt muss ich wohl mit dir vorliebnehmen. Ist vielleicht ein kleines Problem, ohne Vorbereitung – aber nicht meins.“
Jetzt sehe ich, wie Angst Micks Blick umwölkt. Er hat richtig Schiss, meine süße kleine Memme. Ganz offensichtlich kann er sich nicht vorstellen, dass Max seinen riesigen Prügel in seinem empfindlichen Arsch versenkt.
„Warte … bitte“, stößt er schließlich hervor, als Max beginnt, ihn mit etwas Gleitgel vorzubereiten. „Warte …!“
„Was?“
„Ich kann das nicht …“

„Ach, das schaffst du schon“, behauptet Max und sein Tonfall ist ziemlich süffisant. Er spielt dieses Spiel tatsächlich perfekt. „Wenn ich erst mal drin bin, wirst du es schon genießen können. Und du hast wirklich einen festen, geilen Arsch.“

„Nein, bitte … ich kann mich gar nicht gut entspannen … ich … es tut mir leid, ich hätte mich nicht einmischen dürfen. Mo ist viel härter als ich … bitte … ich will nicht, dass du mir den Arsch aufreißt … bitte Max, ich steh gar nicht auf Schmerzen“, bettelt Mick.

Trotzdem bewegt er sich nicht, sondern bleibt in der Haltung, in der Max ihn platziert hat. Mick wirft mir einen weiteren flehenden Blick zu.

„Hm, das ist ja ein echtes Problem“, sagt Max jetzt langsam, als würde er tatsächlich nachdenken. „Willst du, dass ich mir lieber Leons Arsch vornehme?“

Ein Ruck geht durch Micks Körper, dann schlägt er die Augen nieder und bricht den Blickkontakt zwischen uns ab.

„Nein. Nein, okay“, sagt er leise. „Ich halte schon die Klappe.“

Ich seufze und rutsche weiter nach unten. Auf Max’ Riesenschwengel bin ich nicht scharf, aber ich lasse die Sache einfach weiterlaufen.

„Ich will es aber nicht im Stehen“, sage ich zu Max. Mick starrt mich an, als ich die Bettdecke wegschiebe und meine Beine einladend auseinanderfallen lasse.

„Nein, lass das“, sagt er sofort. „Es ist schon okay, ich kann das aushalten.“

„Das ist ja herzallerliebst mit euch.“ Max verdreht spöttisch die Augen. „Soll ich mich jetzt geehrt fühlen oder ist das eine Unverschämtheit?“ Er gibt Mick einen festen Klaps

auf den Hintern, der ihn zusammenzucken lässt. „Los, du unverschämter Bengel. Rutsch rüber und vernasch deinen Lover. Ich will euch wenigstens zusehen."
Mick zögert sichtbar. Seit seinem *Überfall* hat er mich nicht mehr aktiv getoppt. Klar, ich hab ihn dazu gebracht, dass er in mir kommt und er hat mich auch gefingert, aber immer, wenn es ernster wurde, hat er geblockt. Das hier wird definitiv anders werden.
„Du solltest jetzt zusehen, dass du deinen Schwanz hochkriegst, sonst werde ich mich mit euren Ärschen vergnügen", raunt Max Mick zu.
Mick weicht nach vorn aus, krabbelt aufs Bett und schmiegt sich an mich.
„Und ich will, dass du ihn nicht endlos vorbereitest. Er soll dich noch spüren", weist Max ihn an, als er die Gleitgel-Flasche aufs Bett wirft. „Mach hinne."
Ich kann mir das Grinsen kaum noch verkneifen, weiß aber nicht, ob Mick mit so viel Druck klar kommt. Ich bin ohnehin noch ganz berührt, dass er seinen Hintern tatsächlich für mich „opfern" wollte. Daher werde ich ihm jetzt helfen.
Ich umfasse sein Gesicht und verteile so viele Küsse auf seinen Wangen, seinem Kinn, seiner sommersprossigen Nase und seinen Lippen, bis der gestresste Ausdruck weicht. Endlich schlingt er seine Arme um mich und rollt sich auf mich – und ich spüre seine beginnende Erektion an meinem Oberschenkel.
Max' Anwesenheit blende ich aus, als Mick nach dem Gleitgel greift. Ich spüre seine kühlen, glitschigen Finger an meinem Hintereingang und stelle meine Beine auf, sodass er noch besseren Zugang hat. Er ist sehr vorsichtig und

geschickt und ich sehne mich sofort nach mehr, als er sich zwischen meine Beine kniet und nach meinem Schwanz greift.
Erneut schiebt er einen Finger in mein Loch und ertastet meine Prostata. Ich erschaudere mit einem lustvollen Stöhnen, als er mit der Fingerkuppe darüberstreicht.
„Das reicht“, unterbricht Max ihn streng.
Ich öffne die Augen, sehe, dass er in meinem Sessel sitzt, breitbeinig und entspannt.
Mick beugt sich nach vorn. „Ich will das nicht, ich will dir nicht wehtun“, flüstert Mick an meinen Lippen.
Ich beiße in seine Unterlippe, halte ihn kurz mit den Zähnen gefangen. Als ich ihn wieder freigebe, murmele ich: „Mach, ich freu mich darauf – auf dich.“
Ich spüre, wie er unter meinen Händen erschaudert. Er legt seine Stirn gegen meine und drückt seinen Schwanz gegen meinen Eingang. Er dehnt mich mit Nachdruck und ich zwinge mich, mich ihm zu öffnen. Ich will ihn ohne Einschränkung. Ich gebe nach, spüre, wie er in mich gleitet.
Trotzdem kann ich das raue Stöhnen nicht unterdrücken. Ich schlinge die Beine um Micks Hintern und er fängt umgehend an, in mich zu stoßen. Mein Schwanz reibt an seinem angespannten Bauch auf und ab, es dauert nur Sekunden, bis wir einen gemeinsamen Rhythmus gefunden haben, der mich in kürzester Zeit Richtung Ekstase katapultiert. Scheiße, wie ein Teenager, schießt es mir durch den Kopf. Wo ist meine Selbstbeherrschung?
Mick fasst nach meinen Händen und zwingt sie über meinen Kopf, während er sich in mich hämmert. Seine Augen sind dunkel vor Lust und er gibt jede Zurückhaltung auf. Mit jedem Stoß presst er ein abgehacktes Stöhnen

hervor. Schließlich lässt er meine Hände los und richtet sich auf. Er umfasst meinen Schwanz mit festem Griff und lässt ihn durch seine Faust gleiten, während er mich weiterhin erbarmungslos durchnimmt. Ich kann das leise Wimmern leider nicht unterdrücken und genauso wenig mein anfeuerndes „Härter! Fick mich härter!“

Mick jagt mich in Rekordgeschwindigkeit auf meinen Höhepunkt zu und ich lasse es einfach geschehen. Spüre, wie mein Saft aus mir herausschießt und die Kontraktionen meines Höhepunkts Micks Schwanz zusammenpressen. Er schiebt sich noch ein, zwei Mal tief in mich hinein und kommt dann ebenfalls.

Total erledigt bricht er auf mir zusammen und verteilt mein Sperma zwischen uns. Wenn wir jetzt so liegenbleiben, kleben wir vielleicht aufeinander fest. Eine ebenso absurde wie schöne Vorstellung. Ich streichle über seinen verschwitzten Rücken und spüre seinen harten Herzschlag.

„Geile Show“, meint Max anerkennend vom Sessel aus. „Ich hab noch nie zugesehen, wenn du gefickt wurdest.“

Max – ich hatte ihn tatsächlich kurz vergessen. „Gewöhn dich nicht dran, es wird bei diesem einen Mal bleiben“, knurre ich ihn an.

In diesem Moment vibriert irgendwo ein Handy.

Max steht auf und sieht sich suchend um. Es ist Micks Handy.

Erst will er abwinken, doch dann nimmt er das Gerät entgegen und wirft einen Blick auf die Nachricht, die er bekommen hat.

Er räuspert sich, dann sagt er: „Von Mo. Er ist zu Hause und ich soll dir sagen“, er wendet sich an Max, „dass es ihm leidtut und dass er ein Feigling ist.“

Max zuckt mit den Schultern. „Die Sache ist für mich erledigt. – Lee – ist okay, wenn ich mich in deinem Gästezimmer einquartiere, oder?“
„Natürlich.“
„Dann schlaft gut.“ Er strubbelt Mick durch das Haar und wirft mir einen langen Blick zu, den ich erwidere.
Kaum hat Max mein Schlafzimmer verlassen, kommt eine weitere WhatsApp von Mo. „Danke für dein Geschenk. Es war perfekt. Zu perfekt.“
Ich lese die Zeilen, da Mick mir das Handy vor die Nase hält. „Ich kapiere das nicht“, sagt er leise.
„Ich schon. Kennst du das Gefühl, wenn man sich etwas so sehr wünscht und es sich in allen Farben und Details ausmalt?“
„Ja, schon“, gibt er zu.
„Und dann bekommst du genau das oder etwas, was noch besser ist?“
Er sieht mich an. „Meinst du, das ist das Problem? Max ist besser als alles, was er sich vorgestellt hat?“
„Vermutlich. Lass deinem Kumpel noch etwas Zeit, über die ganze Sache nachzudenken, okay?“
Mick nickt und kuschelt sich eng an mich, aber ich schiebe ihn von mir herunter. „Ich muss noch ins Bad. Und du solltest dich vielleicht auch waschen.“
Mit einem widerwilligen Brummen steht Mick auf. „Sag mal, hättest du dich echt von Max ficken lassen?“, fragt er plötzlich neugierig.
Ich scheuche ihn grinsend vor mir her ins Bad. „Das wüsstest du wohl gern, was?“

Ende

Danksagung

Ich möchte mich an dieser Stelle bei Claudia Schuster bedanken, ohne die Mick & Leon nicht so schnell in der Öffentlichkeit gelandet wären. Es hat irre viel Spaß gemacht – und es war so wichtig!

Und ich möchte die Gelegenheit nutzen, mich bei allen Lesern zu bedanken, die dead soft nun schon seit so langer Zeit unterstützen!

***

Neugierig, wie Torge sein 1. Mal mit einem Mann erlebt hat? Diese Geschichte gibt es in:

„Yep – warum nicht anders?“

Die Einnahmen dieser Anthologie kommen komplett dem Verein Rosa Lila in Neubrandenburg zugute.

Leseprobe:

Svea Lundberg

Inbetween –

Zwischen Bühne und Bordell

Stöhnend rieb ich mir über die Augen und kämpfte mich in eine sitzende Position hoch. Als Dank für meine Mühe schlug das Hämmern in meinem Schädel mit neuer Wucht zurück.

»Fuuuck!« Ich blinzelte gegen das Sonnenlicht an, das sich gnadenlos seinen Weg durch die Fenster bahnte. Warum hatte ich nicht daran gedacht, die Rollos herunterzulassen?

»Dafür, dass du offenbar nen ziemlichen Schädel hast, warst du gestern aber noch ganz schön aktiv.«

Verständnislos sah ich zu dem Kerl auf, der inzwischen in Jeans vor meinem Bett stand. Er deutete grinsend auf zwei benutzte Kondome auf dem Boden.

»Mhm«, brummte ich nur und wusste nicht recht, ob seine Worte als Kompliment gemeint waren. In den hintersten Kämmerchen meines Gehirns suchte ich nach Erinnerungen an die vergangene Nacht. Überraschenderweise fand ich sogar einige: Mein One-Night-Stand hieß Yannik und ich hatte ihn in einem Gay-Club auf der Reeperbahn kennen gelernt. An den Sex mit ihm erinnerte ich mich allerdings nur schemenhaft.

Ich musterte ihn durchdringend, während er in seine restlichen Klamotten schlüpfte, und stellte fest, dass er bewundernswert blaue Augen hatte. Jedoch nicht so blau wie …

»Willst du noch nen Kaffee?«, lenkte ich mich schnell von meinen eigenen Gedanken ab.

Yannik schüttelte den Kopf. »Nee, lass mal. Ich geh lieber in meinen eigenen vier Wänden duschen.«

Ich brummte eine Zustimmung, insgeheim froh darüber, dass der Fick letzte Nacht für ihn offenbar genauso unbedeutend war wie für mich.

http://www.deadsoft.de